Marlen Haushofer:
Die Wand
Roman

Mit einem Nachwort von Klaus Antes

Deutscher
Taschenbuch
Verlag

dtv

Von Marlen Haushofer
sind im Deutschen Taschenbuch Verlag erschienen:
Begegnung mit dem Fremden (11205)
Die Frau mit den interessanten Träumen (11206)
Bartls Abenteuer (11235; auch als dtv großdruck 25054)
Wir töten Stella (11293)
Schreckliche Treue (11294)
Die Tapetentür (11361)
Eine Handvoll Leben (11474)
Müssen Tiere draußen bleiben? (dtv großdruck 25082)

Ungekürzte Ausgabe
Juli 1991
7. Auflage November 1993
Deutscher Taschenbuch Verlag GmbH & Co. KG,
München

ISBN 3-546-44184-2
Umschlaggestaltung: Celestino Piatti
Umschlagbild: Gisela Aulfes
Gesamtherstellung: C.H. Beck'sche Buchdruckerei,
Nördlingen
Printed in Germany · ISBN 3-423-11403-7

Das Buch

»Verdutzt streckte ich die Hand aus und berührte etwas Glattes und Kühles: einen glatten kühlen Widerstand an einer Stelle, an der doch gar nichts sein konnte als Luft. Zögernd versuchte ich es noch einmal, und wieder ruhte meine Hand wie auf der Scheibe eines Fensters. Dann hörte ich lautes Pochen und sah um mich, ehe ich begriff, daß es mein eigener Herzschlag war, der mir in den Ohren dröhnte. Mein Herz hatte sich schon gefürchtet, ehe ich es wußte.« Eine Frau will mit ihrer Kusine und deren Mann ein paar Tage in einem Jagdhaus in den Bergen verbringen. Abends unternimmt das Paar noch einen Gang ins Dorf. Am Morgen stellt sich heraus, daß die beiden in der Nacht nicht zurückgekehrt sind. Zusammen mit dem Hund macht die Frau sich auf den Weg, um sie zu suchen. Doch plötzlich kehrt der Hund mit blutender Schnauze zu ihr zurück, und dann stößt sie selbst auf ein unsichtbares Hindernis. Es ist eine riesige gläserne Wand, durch die sie, der Hund, eine Katze und eine trächtige Kuh in einem genau umgrenzten Stück Natur gefangen sind ...

Die Autorin

Marlen Haushofer wurde am 11. April 1920 in Frauenstein/Oberösterreich geboren, studierte Germanistik in Wien und Graz und lebte später in Steyr. Ihre Erzählung ›Wir töten Stella‹ wurde 1963 mit dem Arthur-Schnitzler-Preis ausgezeichnet. 1968 erhielt sie den österreichischen Staatspreis für Literatur. Sie starb am 21. März 1970 in Wien. Ihre Romane und Erzählungen wurden in den letzten Jahren neu entdeckt. Werke u. a.: ›Das fünfte Jahr‹ (1952), ›Die Vergißmeinnichtquelle‹ (1956), ›Wir töten Stella‹ (1958), ›Schreckliche Treue‹ (1968), Erzählungen; ›Eine Handvoll Leben‹ (1955), ›Die Tapetentür‹ (1957), ›Die Mansarde‹ (1969), Romane; außerdem Kinderbücher und Hörspiele.

Für meine Eltern

Heute, am fünften November, beginne ich mit meinem Bericht. Ich werde alles so genau aufschreiben, wie es mir möglich ist. Aber ich weiß nicht einmal, ob heute wirklich der fünfte November ist. Im Lauf des vergangenen Winters sind mir einige Tage abhanden gekommen. Auch den Wochentag kann ich nicht angeben. Ich glaube aber, daß dies nicht sehr wichtig ist. Ich bin angewiesen auf spärliche Notizen; spärlich, weil ich ja nie damit rechnete, diesen Bericht zu schreiben, und ich fürchte, daß sich in meiner Erinnerung vieles anders ausnimmt, als ich es wirklich erlebte.

Dieser Mangel haftet wohl allen Berichten an. Ich schreibe nicht aus Freude am Schreiben; es hat sich eben so für mich ergeben, daß ich schreiben muß, wenn ich nicht den Verstand verlieren will. Es ist ja keiner da, der für mich denken und sorgen könnte. Ich bin ganz allein, und ich muß versuchen, die langen dunklen Wintermonate zu überstehen. Ich rechne nicht damit, daß diese Aufzeichnungen jemals gefunden werden. Im Augenblick weiß ich nicht einmal, ob ich es wünsche. Vielleicht werde ich es wissen, wenn ich den Bericht zu Ende geschrieben habe.

Ich habe diese Aufgabe auf mich genommen, weil sie mich davor bewahren soll, in die Dämmerung zu starren und mich zu fürchten. Denn ich fürchte mich. Von allen Seiten kriecht die Angst auf mich zu, und ich will nicht warten, bis sie mich erreicht und überwältigt. Ich werde schreiben, bis es dunkel wird, und diese neue, ungewohnte Arbeit soll meinen Kopf müde machen, leer und schläfrig. Den Morgen fürchte ich nicht, nur die langen, dämmrigen Nachmittage.

Ich weiß nicht genau, wie spät es ist. Wahrscheinlich gegen drei Uhr nachmittags. Meine Uhr ist verlorengegangen; aber sie war mir schon vorher keine große Hilfe. Eine winzige, goldene Armbanduhr, eigentlich nur ein teures Spielzeug, das die Zeit nie richtig anzeigen wollte.

Ich besitze einen Kugelschreiber und drei Bleistifte. Der Kugelschreiber ist fast ausgetrocknet, und mit Bleistift schreibe ich sehr ungern. Das Geschriebene hebt sich nicht deutlich vom Papier ab. Die zarten grauen Striche verschwimmen auf dem gelblichen Grund. Aber ich habe ja keine Wahl. Ich schreibe auf der Rückseite alter Kalender und auf vergilbtem Geschäftspapier. Das Briefpapier stammt von Hugo Rüttlinger, einem großen Sammler und Hypochonder.

Mit Hugo sollte eigentlich dieser Bericht anfangen, denn wäre seine Sammelwut und Hypochondrie nicht gewesen, säße ich heute nicht hier; wahrscheinlich wäre ich überhaupt nicht mehr am Leben. Hugo war der Mann meiner Kusine Luise und ein ziemlich vermögender Mensch. Sein Reichtum stammte aus einer Kesselfabrik. Es waren ganz besondere Kessel, die nur Hugo erzeugte. Leider habe ich, obgleich ich es mir oft genug erklären lassen mußte, vergessen, worin die Einmaligkeit dieser Kessel lag. Es tut auch gar nichts zur Sache. Jedenfalls war Hugo so vermögend, daß er sich irgend etwas Besonderes leisten mußte. Er leistete sich also eine Jagd. Ebensogut hätte er Rennpferde oder eine Jacht kaufen können. Aber Hugo fürchtete Pferde, und es wurde ihm übel, sobald er ein Schiff betrat.

Auch die Jagd hielt er nur des Ansehens halber. Er war ein schlechter Schütze, und es war ihm zuwider, arglose Rehe zu erschießen. Er lud seine Geschäftspartner ein, und die erledigten mit Luise und dem Jäger den vorgeschriebenen Abschuß, während er, die Hände über dem Bauch gefaltet, in einem Lehnstuhl vor dem Jagdhaus saß und in der Sonne döste. Er war so gehetzt und übermüdet, daß er einnickte, sobald er sich in einem Sessel niederließ – ein riesengroßer, dicker Mann, von dunklen Ängsten geplagt und von allen Seiten überfordert.

Ich mochte ihn gern und teilte seine Liebe für den Wald und ein paar ruhige Tage im Jagdhaus. Es störte ihn nicht, wenn ich mich irgendwo in der Nähe aufhielt, während er im Sessel schlief. Ich unternahm kleine Spaziergänge und freute mich über die Stille nach dem Getriebe in der Stadt.

Luise war eine leidenschaftliche Jägerin, eine gesunde,

rothaarige Person, die mit jedem Mann anbändelte, der ihr über den Weg lief. Da sie den Haushalt verabscheute, war es ihr sehr angenehm, daß ich so nebenbei ein wenig für Hugo sorgte, Kakao kochte und seine zahllosen Mixturen mischte. Er war ja krankhaft besorgt um seine Gesundheit, was ich damals nicht recht verstehen konnte, weil sein Leben doch nur eine ständige Hetzjagd war und sein einziger Genuß ein Schläfchen in der Sonne. Er war sehr wehleidig und, abgesehen von seiner geschäftlichen Tüchtigkeit (die ich voraussetzen mußte), ängstlich wie ein kleines Kind. Er hatte eine große Liebe für Vollständigkeit und Ordnung und reiste immer mit zwei Zahnbürsten. Von jedem Gebrauchsgegenstand besaß er mehrere Exemplare; dies schien ihm Sicherheit zu verleihen. Im übrigen war er recht gebildet, taktvoll und ein schlechter Kartenspieler.

Ich erinnere mich nicht, jemals mit ihm ein Gespräch von einiger Bedeutung geführt zu haben. Manchmal unternahm er kleine Vorstöße in diese Richtung, ließ aber jedesmal vorzeitig davon ab, vielleicht aus Schüchternheit oder einfach, weil es ihm zu mühsam war. Mir war das jedenfalls sehr angenehm, denn es hätte uns doch nur in Verlegenheit versetzt.

Damals war immerzu die Rede von Atomkriegen und ihren Folgen, und das bewog Hugo dazu, sich in seinem Jagdhaus einen kleinen Vorrat von Lebensmitteln und anderen wichtigen Gegenständen einzulagern. Luise, die das ganze Unternehmen sinnlos fand, ärgerte sich darüber und fürchtete, es werde sich herumsprechen und Einbrecher anlocken. Sie hatte wahrscheinlich recht damit, aber in diesen Dingen konnte Hugo einen Starrsinn entwickeln, der nicht zu brechen war. Er bekam Herzbeschwerden und Magenkrämpfe, bis Luise ihren Widerstand aufgab. Es war ihr im Grund auch ganz gleichgültig.

Am dreißigsten April luden mich die Rüttlingers ein, mit ihnen zum Jagdhaus zu fahren. Ich war damals seit zwei Jahren verwitwet, meine beiden Töchter waren fast erwachsen, und ich konnte mir meine Zeit einteilen, wie es mir gefiel. Allerdings machte ich wenig Gebrauch von meiner Freiheit. Ich war immer schon eine seßhafte Natur gewesen und fühlte mich zu Hause am wohlsten. Nur Luises Einladungen schlug ich selten aus. Ich liebte das Jagdhaus und den Wald und nahm gerne die dreistündige Autofahrt auf mich. Auch an jenem dreißigsten April nahm ich die Einladung an. Wir wollten drei Tage bleiben, und es war kein weiterer Gast geladen.

Das Jagdhaus ist eigentlich eine einstöckige Holzvilla, aus massiven Stämmen gebaut und heute noch in gutem Zustand. Im Erdgeschoß ist eine große Wohnküche in Bauernstubenart, daneben ein Schlafzimmer und eine kleine Kammer. Im ersten Stock, um den eine Holzveranda führt, liegen drei kleine Kammern für die Gäste. Eine dieser Kammern, die kleinste, wurde damals von mir bewohnt. Etwa fünfzig Schritt entfernt liegt auf einem Abhang, der zum Bach abfällt, ein kleines Blockhaus für den Jäger, eigentlich nur eine einräumige Hütte, und daneben, gleich an der Straße, steht eine Brettergarage, die Hugo bauen ließ.

Wir fuhren also drei Stunden mit dem Wagen und hielten im Dorf, um Hugos Hund vom Jäger abzuholen. Der Hund, ein bayrischer Schweißhund, hieß Luchs und war zwar Hugos Eigentum, aber beim Jäger aufgewachsen und von ihm abgerichtet. Seltsamerweise war es dem Jäger gelungen, den Hund dahin zu bringen, daß er Hugo als seinen Herrn anerkannte. Luise allerdings beachtete er nicht, er gehorchte ihr auch nicht und ging ihr aus dem Weg. Mich behandelte er mit freundlicher Neutralität, hielt sich aber gern in meiner Nähe auf. Er war ein schönes Tier mit dunklem rotbraunem Fell und ein ausgezeichneter Jagdhund. Wir unterhielten uns ein wenig mit dem Jäger, und es wurde vereinbart, daß er am nächsten Abend mit Luise zur Pirsch gehen sollte. Sie hatte die Absicht, einen Rehbock zu schießen; die Schonzeit endete gerade am ersten Mai. Dieses Gespräch zog sich dahin, wie es eben auf dem Land üblich ist, und sogar Luise, die das nie verstehen konnte, zügelte ihre Ungeduld, um den Jäger, den sie notwendig brauchte, nicht zu verstimmen.

Erst gegen drei Uhr erreichten wir das Jagdhaus. Hugo ging sofort daran, aus dem Kofferraum seines Wagens neue Vorräte in die Kammer neben der Küche zu schaffen. Ich kochte Kaffee auf dem Spirituskocher, und nach der Jause, Hugo fing gerade an einzunicken, schlug Luise ihm vor, mit ihr noch einmal ins Dorf zu gehen. Es war natürlich die pure Bosheit. Jedenfalls ging sie sehr geschickt vor, indem sie Bewegung als unerläßlich für Hugos Gesundheit hinstellte. Gegen halb fünf Uhr hatte sie ihn endlich soweit und zog triumphierend mit ihm ab. Ich wußte, sie würden im Dorfwirtshaus landen. Luise liebte den Umgang mit Holzknechten und Bauernburschen, und es kam ihr nie in den Sinn, daß die verschlagenen Gesellen heimlich über sie lachen könnten.

Ich räumte das Geschirr vom Tisch und hängte die Kleidungsstücke in den Kasten; als ich damit fertig war, setzte ich mich auf die Hausbank in die Sonne. Es war ein schöner warmer Tag, und nach dem Wetterbericht sollte es auch heiter bleiben. Die Sonne stand schräg über den Fichten und mußte bald sinken. Das Jagdhaus liegt in einem kleinen Kessel, am Ende einer Schlucht, unter steil aufsteigenden Bergen.

Während ich so saß und die letzte Wärme auf dem Gesicht spürte, sah ich Luchs zurückkommen. Wahrscheinlich hatte er Luise nicht gehorcht, und sie hatte ihn zur Strafe zurückgeschickt. Ich konnte sehen, daß sie ihn gescholten hatte. Er kam zu mir, sah mich bekümmert an und legte den Kopf auf meine Knie. So blieben wir eine Weile sitzen. Ich streichelte Luchs und redete ihm tröstend zu, denn ich wußte ja, daß Luise den Hund ganz falsch behandelte.

Als die Sonne hinter den Fichten verschwand, wurde es kühl, und bläuliche Schatten fielen in die Lichtung ein. Ich ging mit Luchs ins Haus, heizte den großen Herd und fing an, eine Art Reisfleisch zu bereiten. Ich hätte es natürlich nicht tun müssen, aber ich war selbst hungrig, und ich wußte, daß Hugo ein richtiges, warmes Nachtmahl vorzog.

Um sieben Uhr waren meine Gastgeber noch nicht zurück. Das war auch fast nicht möglich, ich rechnete damit, daß sie vor halb neun nicht kommen würden. So fütterte ich den Hund, aß meinen Teil vom Reisfleisch und las schließlich im Schein der Petroleumlampe die Zeitungen, die Hugo mitgebracht hatte. In der Wärme und Stille wurde ich schläfrig. Luchs hatte sich ins Ofenloch zurückgezogen und schnaufte leise und zufrieden vor sich hin. Um neun Uhr beschloß ich, zu Bett zu gehen. Ich versperrte die Tür und nahm den Schlüssel mit mir in meine Kammer. Ich war so müde, daß ich trotz der feuchtkalten Steppdecke sofort einschlief.

Ich erwachte davon, daß die Sonne auf mein Gesicht fiel, und erinnerte mich sofort an den vergangenen Abend. Da wir nur einen Hüttenschlüssel mithatten, der zweite lag beim Jäger, hätten Luise und Hugo mich bei ihrer Rückkehr wecken müssen. Im Schlafrock rannte ich die Stiege hinunter und sperrte die Eingangstür auf. Luchs empfing mich ungeduldig winselnd und wischte an mir vorbei ins Freie. Ich ging ins Schlafzimmer, obgleich ich sicher war, dort keinen Menschen zu finden, das Fenster war ja vergittert, und selbst durch ein unvergittertes Fenster hätte sich Hugo nicht durchzwängen können. Die Betten waren natürlich unberührt.

Es war acht Uhr; die beiden mußten im Dorf geblieben sein. Ich wunderte mich sehr darüber. Hugo verabscheute die kurzen Wirtshausbetten, und er wäre niemals so rücksichtslos gewesen, mich allein über Nacht im Jagdhaus zurückzulassen. Ich konnte mir nicht erklären, was geschehen war. Ich ging wieder hinauf in meine Schlafkammer und zog mich an. Es war noch sehr kühl, und der Tau glitzerte auf Hugos schwarzem Mercedes. Ich kochte Tee und wärmte mich ein wenig auf, und dann machte ich mich mit Luchs auf den Weg ins Dorf.

Ich merkte kaum, wie kühl und feucht es in der Schlucht war, weil ich darüber nachgrübelte, was aus den Rüttlingers geworden sein mochte. Vielleicht hatte Hugo einen Herzanfall erlitten. Wie es so geht, im Umgang mit Hypochondern, hatten wir seine Zustände nicht mehr ernst genommen. Ich beschleunigte meine Schritte und schickte Luchs voraus. Freudig bellend zog er ab. Ich hatte nicht daran gedacht, meine Bergschuhe anzuziehen, und stolperte ungeschickt über die scharfen Steine hinter ihm her.

Als ich endlich den Ausgang der Schlucht erreichte, hörte ich Luchs schmerzlich und erschrocken jaulen. Ich bog um einen Scheiterstoß, der mir die Aussicht verstellt hatte, und da saß Luchs und heulte. Aus seinem Maul tropfte roter Speichel. Ich beugte mich über ihn und streichelte ihn. Zitternd und winselnd drängte er sich an mich. Er mußte sich in die Zunge gebissen oder einen Zahn angeschlagen haben. Als ich ihn ermunterte, mit mir weiterzugehen, klemmte er den Schwanz ein, stellte sich vor mich und drängte mich mit seinem Körper zurück.

Ich konnte nicht sehen, was ihn so ängstigte. Die Straße trat an dieser Stelle aus der Schlucht heraus, und so weit ich sie überblicken konnte, lag sie menschenleer und friedlich in der Morgensonne. Unwillig schob ich den Hund zur Seite und ging allein weiter. Zum Glück war ich, durch ihn behindert, langsamer geworden, denn nach wenigen Schritten stieß ich mit der Stirn heftig an und taumelte zurück.

Luchs fing sofort wieder zu winseln an und drängte sich an meine Beine. Verdutzt streckte ich die Hand aus und berührte etwas Glattes und Kühles: einen glatten, kühlen Widerstand an einer Stelle, an der doch gar nichts sein konnte als Luft. Zögernd versuchte ich es noch einmal, und wieder ruhte meine Hand wie auf der Scheibe eines Fensters. Dann hörte ich lautes Pochen und sah um mich, ehe ich begriff, daß es mein eigener Herzschlag war, der mir in den Ohren dröhnte. Mein Herz hatte sich schon gefürchtet, ehe ich es wußte.

Ich setzte mich auf einen Baumstamm am Straßenrand und versuchte zu überlegen. Es gelang mir nicht. Es war, als hätten mich alle Gedanken mit einem Schlag verlassen. Luchs kroch näher, und sein blutiger Speichel tropfte auf meinen Mantel. Ich streichelte ihn, bis er sich beruhigte. Und dann sahen wir beide hinüber zur Straße, die so still und glänzend im Morgenlicht lag.

Ich stand noch dreimal auf und überzeugte mich davon, daß hier, drei Meter vor mir, wirklich etwas Unsichtbares, Glattes, Kühles war, das mich am Weitergehen hinderte. Ich dachte an eine Sinnestäuschung, aber ich wußte natürlich, daß es nichts Derartiges war. Ich hätte mich leichter mit einer kleinen Verrücktheit abgefunden als mit dem schrecklichen unsichtbaren Ding. Aber da war Luchs mit seinem blutenden Maul, und da war die Beule auf meiner Stirn, die anfing zu schmerzen.

Ich weiß nicht, wie lange ich auf dem Baumstamm sitzen blieb, aber ich erinnere mich, daß meine Gedanken immerfort um ganz nebensächliche Dinge kreisten, als wollten sie sich um keinen Preis mit der unfaßbaren Erfahrung abgeben.

Die Sonne stieg höher und wärmte meinen Rücken. Luchs schleckte und schleckte und hörte schließlich auf zu bluten. Er konnte sich nicht arg verletzt haben.

Ich begriff, daß ich etwas unternehmen mußte, und befahl Luchs, sitzen zu bleiben. Dann näherte ich mich vorsichtig mit ausgestreckten Händen dem unsichtbaren Hindernis und tastete mich an ihm entlang, bis ich an den letzten Felsen der Schlucht stieß. Hier kam ich nicht weiter. Auf der anderen Seite der Straße kam ich bis zum Bach, und jetzt erst bemerkte ich, daß der Bach ein wenig gestaut war und aus den Ufern trat. Er führte aber nur wenig Wasser. Der ganze April war trocken gewesen und die Schneeschmelze schon vorüber. Auf der anderen Seite der Wand, ich habe mir angewöhnt, das Ding die Wand zu nennen, denn irgendeinen Namen mußte ich ihm ja geben, da es nun einmal da war – auf der anderen Seite also lag das Bachbett eine kleine Strecke fast trocken, und dann floß das Wasser in einem Rinnsal weiter. Offenbar hatte es sich schon durch das durchlässige Kalkgestein gegraben. Die Wand konnte also nicht tief in die Erde reichen. Eine flüchtige Erleichterung durchzuckte mich. Ich mochte den gestauten Bach nicht überqueren. Es war nicht anzunehmen, daß die Wand plötzlich aufhörte, denn dann wäre es Hugo und Luise ein leichtes gewesen, zurückzukommen.

Plötzlich fiel mir auf, was mich im Unterbewußtsein schon die ganze Zeit gequält haben mochte, daß die Straße völlig leer lag. Irgend jemand mußte doch längst Alarm geschlagen haben. Es wäre natürlich gewesen, hätten sich die Dorfleute neugierig vor der Wand angesammelt. Selbst wenn keiner von ihnen die Wand entdeckt hatte, mußten doch Hugo und Luise auf sie gestoßen sein. Daß kein einziger Mensch zu sehen war, erschien mir noch rätselhafter als die Wand.

Ich fing im hellen Sonnenschein zu frösteln an. Das erste kleine Gehöft, eigentlich nur eine Keusche, lag gleich um die nächste Biegung. Wenn ich den Bach überquerte und ein Stückchen die Bergwiese hinaufstieg, mußte ich es sehen können.

Ich ging zu Luchs zurück und redete ihm gut zu. Er war ja ganz vernünftig, ich hätte viel eher Zuspruch gebraucht. Es war mir plötzlich ein großer Trost, Luchs bei mir zu haben. Ich zog Schuhe und Strümpfe aus und durchwatete den Bach. Drüben zog sich die Wand am Fuß der Bergwiese dahin. Endlich konnte ich die Keusche sehen. Sie lag sehr still im Sonnenlicht; ein friedliches, vertrautes Bild. Ein Mann stand am Brunnen und hielt die rechte Hand gewölbt auf halbem Weg vom Wasserstrahl zum Gesicht. Ein reinlicher alter Mann. Seine Hosenträger baumelten wie Schlangen an ihm nieder, und die Ärmel des Hemdes hatte er aufgerollt. Aber er erreichte sein Gesicht nicht mit der Hand. Er bewegte sich überhaupt nicht.

Ich schloß die Augen und wartete, dann sah ich wieder hin. Der reinliche alte Mann stand noch immer regungslos. Jetzt sah ich auch, daß er sich mit den Knien und der linken Hand auf den Rand des Steintrogs stützte, vielleicht konnte er deshalb nicht umfallen. Neben dem Haus war ein Gärtchen, in dem, neben Pfingstrosen und Herzblumen, Küchenkräuter wuchsen. Es gab dort auch einen mageren, zerzausten Fliederbusch, der schon abgeblüht war. Der April war fast sommerlich warm gewesen, selbst hier im Gebirge. In der Stadt waren auch die Pfingstrosen schon verblüht. Aus dem Kamin stieg kein Rauch auf.

Ich schlug mit der Faust gegen die Wand. Es schmerzte ein wenig, aber nichts geschah. Und plötzlich hatte ich auch nicht mehr das Verlangen, die Wand zu zerschlagen, die mich von dem Unbegreiflichen trennte, das dem alten Mann am Brunnen widerfahren war. Ich ging sehr vorsichtig zurück über den Bach zu Luchs, der an etwas schnupperte und seinen Schrecken vergessen zu haben schien. Es war ein toter Kleiber, eine Spechtmeise. Sein Köpfchen war zerstoßen und seine Brust mit Blut befleckt. Jener Kleiber war der erste einer langen Reihe kleiner Vögel, die auf diese jämmerliche Weise an einem strahlenden Maimorgen ihr Ende gefunden hatten. Aus irgendeinem Grund werde ich mich immer an diesen Kleiber erinnern müssen. Während ich ihn betrachtete, fiel mir endlich das klagende Geschrei der Vögel auf. Ich mußte es schon lange gehört haben, ehe es mir bewußt wurde.

Ich wollte plötzlich nur weg von diesem Ort, zurück ins Jagdhaus, weg von dem jämmerlichen Geschrei und den winzigen, blutbeschmierten Leichen. Auch Luchs war wieder unruhig geworden und drängte sich winselnd an mich. Auf dem Heimweg durch die Schlucht blieb er dicht an meiner Seite, und ich sprach ihm beruhigend zu. Ich weiß nicht mehr, was ich zu ihm sagte, es schien mir nur wichtig, die Stille zu brechen, in der düsteren feuchten Schlucht, wo das Licht grünlich durch die Buchenblätter sickerte und winzige Bäche von den nackten Felsen zu meiner Linken rieselten.

Wir waren in eine schlimme Lage geraten, Luchs und ich, und wir wußten damals gar nicht, wie schlimm sie war. Aber wir waren nicht ganz verloren, weil wir zu zweit waren.

Das Jagdhaus lag jetzt im hellen Sonnenschein. Der Tau auf dem Mercedes war getrocknet, und das Dach glänzte in einem fast rötlichen Schwarz; ein paar Schmetterlinge gaukelten über die Lichtung, und es fing an, süß nach warmen Fichtennadeln zu riechen. Ich setzte mich auf die Hausbank, und sogleich schien mir alles, was ich in der Schlucht gesehen hatte, ganz unwirklich. Es konnte einfach nicht wahr sein, derartige Dinge geschahen einfach nicht, und wenn sie doch geschahen, nicht in einem kleinen Dorf im Gebirge, nicht in Österreich und nicht in Europa. Ich weiß, wie lächerlich dieser Gedanke war, aber da ich genauso dachte, will ich es nicht verschweigen. Ich saß ganz still in der Sonne und sah den Faltern zu, und ich glaube, eine Zeitlang dachte ich wirklich gar nichts. Luchs, der am Brunnen getrunken hatte, sprang zu mir auf die Bank und legte seinen Kopf auf meine Knie. Ich freute mich über diesen Gunstbeweis, bis mir einfiel, daß dem armen Hund ja keine andere Wahl blieb.

Nach einer Stunde ging ich in die Hütte und wärmte das restliche Reisfleisch für Luchs und mich, dann kochte ich Kaffee, um einen klaren Kopf zu bekommen, und rauchte dabei drei Zigaretten. Es waren meine letzten Zigaretten. Hugo, der ein starker Raucher war, hatte versehentlich vier Päckchen in der Manteltasche ins Dorf mitgenommen, und er war auch noch nicht dazu gekommen, den Zigarettenvorrat für die nächste Nachkriegszeit im Jagdhaus einzulagern. Nachdem ich die drei Zigaretten geraucht hatte, hielt ich es nicht länger im Haus aus und ging nochmals mit Luchs in die Schlucht zurück. Der Hund folgte mir ohne Begeisterung und hielt sich dicht an meinen Fersen. Ich lief fast den ganzen Weg und hielt atemlos inne, als der Scheiterstoß auftauchte. Dann ging ich langsam mit ausgestreckten Händen weiter, bis ich die kühle Wand berührte. Obgleich ich doch gar nichts anderes hatte erwarten können, war diesmal der Schock viel heftiger als beim erstenmal.

Der Bach war noch immer gestaut, aber das Rinnsal auf der anderen Seite war ein wenig breiter geworden. Ich zog die Schuhe aus und schickte mich an, das Wasser zu durchwaten. Diesmal folgte mir Luchs zögernd und widerwillig. Er war nicht wasserscheu, aber der Bach war eiskalt und reichte ihm bis zum Bauch. Es störte mich, daß ich die Wand nicht sehen konnte, und so brach ich einen Arm voll Haselzweige ab und fing an, sie an der Wand in die Erde zu stecken. Diese Tätigkeit schien mir das Nächstliegende zu sein, und sie beschäftigte mich vor allem so sehr, daß ich dabei nicht denken mußte. Ich steckte also ordentlich meine Zweige. Mein Weg stieg jetzt ein wenig an, und ich erreichte wieder die Stelle, von der aus ich das kleine Anwesen sehen konnte.

Der alte Mann stand noch immer am Brunnen, die gehöhlte Hand zum Gesicht erhoben. Das kleine Stück Tal, das ich von hier aus überblicken konnte, war erfüllt von Sonnenlicht, und die Luft zitterte goldgrün und durchsichtig an den Waldrändern. Auch Luchs konnte jetzt den Mann sehen. Er setzte sich hin, streckte den Hals steil empor, und ein langgezogenes schreckliches Geheul brach aus ihm hervor. Er hatte begriffen, daß das Ding am Brunnen kein lebender Mensch war.

Sein Geheul zerrte an mir, und etwas wollte mich zwingen mitzuheulen. Es zerrte an mir, als wollte es mich in Stücke reißen. Ich nahm Luchs am Halsband und zog ihn mit mir fort. Er verstummte und folgte mir zitternd. Langsam tastete ich mich weiter an der Wand entlang und steckte ein Holz nach dem andern in den Boden.

Wenn ich zurücksah, konnte ich die neue Grenze bis zum Bach verfolgen. Es sah aus, als hätten Kinder gespielt, ein heiteres harmloses Frühlingsspiel. Die Obstbäume jenseits der Wand waren schon verblüht und trugen glänzendes hellgrünes Laub. Die Wand stieg jetzt allmählich bergan bis zu einer Gruppe Lärchen inmitten der Bergwiese. Von hier aus konnte ich zwei weitere Keuschen und ein Stück Tal überblicken. Ich ärgerte mich, daß ich Hugos Fernglas vergessen hatte. Jedenfalls konnte ich keinen Menschen sehen, überhaupt kein lebendes Wesen. Aus den Häusern stieg kein Rauch auf. Das Unglück mußte sich, nach meiner Überlegung, gegen Abend ereignet und die Rüttlingers noch im Dorf oder auf dem Heimweg überrascht haben.

Wenn der Mann am Brunnen tot war, und daran konnte ich nicht mehr zweifeln, mußten alle Menschen im Tal tot sein, und nicht nur die Menschen, alles was lebend gewesen war. Nur das Gras auf den Wiesen lebte, das Gras und die Bäume; das junge Laub spreizte sich glänzend im Licht.

Ich stand, beide Handflächen an die kühle Wand gepreßt, und starrte hinüber. Und plötzlich wollte ich gar nichts mehr sehen. Ich rief Luchs, der angefangen hatte, unter den Lärchen zu graben, und ging zurück, immer entlang der kleinen Spielzeuggrenze. Nachdem wir den Bach überquert hatten, steckte ich die Straße ab bis zum Felsen und kehrte dann langsam zum Jagdhaus zurück. Nach der grünen, kühlen Dämmerung der Schlucht überfiel uns die Sonne mit Gewalt, als wir auf die Lichtung traten. Luchs schien von dem Unternehmen genug zu haben, lief ins Haus und verkroch sich im Ofenloch. Wie immer, wenn er ratlos war, schlief er nach ein wenig Schnaufen und Winseln sofort ein. Ich beneidete ihn um diese Fähigkeit. Jetzt, wo er schlief, vermißte ich die leichte Unruhe, die er ständig um sich verbreitete. Aber es war immer noch besser, einen schlafenden Hund im Haus zu haben, als ganz allein zu sein.

Hugo, der selbst nicht trank, hatte einen kleinen Vorrat

an Kognak, Gin und Whisky für seine Jagdgäste eingelagert. Ich schenkte mir ein Glas Whisky ein und setzte mich an den großen Eichentisch. Ich hatte nicht die Absicht, mich zu betrinken, ich suchte nur verzweifelt nach einer Medizin, die die dumpfe Benommenheit aus meinem Kopf vertreiben sollte. Es fiel mir auf, daß ich an den Whisky als an meinen Whisky dachte, ich glaubte also nicht mehr an die Rückkehr des rechtmäßigen Besitzers. Dies versetzte mir einen kleinen Schock. Nach dem dritten Schluck schob ich das Glas angeekelt zurück. Das Getränk schmeckte nach in Lysol eingeweichtem Stroh. Es gab da gar nichts zu klären in meinem Kopf. Ich hatte mich davon überzeugt, daß über Nacht eine unsichtbare Wand niedergegangen oder aufgewachsen war, und es war mir in meiner Lage ganz unmöglich, eine Erklärung dafür zu finden. Ich fühlte weder Kummer noch Verzweiflung, und es hätte keinen Sinn gehabt, diesen Zustand mit Gewalt herbeizuführen. Ich war alt genug, um zu wissen, daß er mir nicht erspart bleiben würde. Die wichtigste Frage schien mir, ob nur das Tal oder ob das ganze Land von dem Unglück betroffen war. Ich beschloß, das erstere anzunehmen, denn dann blieb mir die Hoffnung, daß man mich in wenigen Tagen aus meinem Waldgefängnis erlösen würde. Heute scheint es mir, als hätte ich insgeheim schon damals nicht an diese Möglichkeit geglaubt. Ich bin aber nicht sicher. Jedenfalls war ich vernünftig genug, zunächst die Hoffnung nicht aufzugeben. Nach einer Weile merkte ich, daß meine Füße schmerzten. Ich zog Schuhe und Strümpfe aus und sah, daß ich mir Blasen an den Fersen gelaufen hatte. Der Schmerz kam mir ganz gelegen, denn er lenkte mich von fruchtlosen Gedanken ab. Nachdem ich meine Füße gebadet und die Fersen mit Salbe bestrichen und mit Pflaster verklebt hatte, beschloß ich, mich im Jagdhaus so einzurichten, wie es mir am erträglichsten schien. Zunächst schob ich Luises Bett aus der Schlafkammer in die Küche und stellte es so an die Wand, daß ich den ganzen Raum und Tür und Fenster überblicken konnte. Luises Schaffell breitete ich vor dem Bett aus, in der heimlichen Hoffnung, Luchs würde es zum Lager erwählen. Er tat es übrigens nicht und schlief nach wie vor im Ofenloch.

Auch das Nachtkästchen holte ich aus der Schlafkammer. Den Kleiderkasten schob ich erst einige Zeit später in die Küche. Die Fensterläden im Schlafzimmer schloß ich, und dann versperrte ich die Tür von der Küche aus. Auch die oberen Kammern versperrte ich und hängte die Schlüssel an einen Nagel neben den Herd. Ich weiß nicht, warum ich das alles tat, es war wohl eine Instinkthandlung. Ich mußte alles überblicken können und mich vor Überfällen sichern. Hugos geladene Büchsflinte hängte ich neben dem Bett auf, und die Stablampe legte ich auf das Nachtkästchen. Ich wußte, daß alle meine Maßnahmen gegen Menschen gerichtet waren, und sie erschienen mir lächerlich. Aber da bisher jede Gefahr von Menschen gedroht hatte, konnte ich mich nicht so schnell umstellen. Der einzige Feind, den ich in meinem bisherigen Leben gekannt hatte, war der Mensch gewesen. Ich zog meinen Reisewecker und meine Armbanduhr auf, und dann holte ich Holz, das geschnitten und zerhackt unter der Veranda aufgestapelt lag, in die Küche und schichtete es neben dem Herd auf.

Inzwischen war es Abend geworden, und die kühle Luft wehte vom Berg herab in das Haus. Das Sonnenlicht lag noch auf der Lichtung, aber alle Farben wurden allmählich kälter und härter. Ein Specht hackte im Wald. Ich war froh, ihn zu hören, ihn und das Geplätscher des Brunnens, der in einem armdicken Strahl in den Holztrog rann. Ich legte meinen Mantel um die Schultern und setzte mich auf die Hausbank. Von hier aus konnte ich den Weg bis zur Schlucht sehen, die Jägerhütte, die Garage und dahinter die dunklen Fichten. Manchmal bildete ich mir ein, Schritte aus der Schlucht zu hören, aber es war natürlich jedesmal eine Täuschung. Eine Zeitlang betrachtete ich ganz gedankenlos ein paar riesige Waldameisen, die in einer kleinen hastigen Prozession an mir vorüberzogen.

Der Specht stellte sein Klopfen ein; die Luft wurde immer kühler und das Licht bläulich und kalt. Das Stückchen Himmel über mir färbte sich rosarot. Die Sonne war hinter den Fichten verschwunden. Der Wetterbericht hatte gestimmt. Bei diesem Gedanken fiel mir das Autoradio ein. Das Fenster war halb heruntergelassen, und ich drückte auf den kleinen schwarzen Knopf. Nach einer kleinen Weile vernahm ich zartes, leeres Summen. Am Vortag hatte Luise zu meinem Ärger während der Fahrt Tanzmusik gehört. Jetzt wäre ich vor Freude über ein bißchen Musik umgefallen. Ich drehte und drehte an den Knöpfen; es blieb dabei, fernes zartes Summen, das vielleicht nur aus dem Mechanismus des kleinen Kastens kam. Schon damals hätte ich begreifen müssen. Aber ich wollte nicht. Lieber redete ich mir ein, irgend etwas an dem Ding wäre über Nacht kaputtgegangen. Immer wieder versuchte ich es, und nie kam etwas anderes aus dem Kästchen als jenes Summen.

Schließlich gab ich es auf und setzte mich wieder auf die Bank. Luchs kam aus dem Haus und legte den Kopf auf meine Knie. Er hatte Zuspruch nötig. Ich redete zu ihm, und er lauschte aufmerksam und drängte sich winselnd an mich. Schließlich leckte er meine Hand ab und klopfte zögernd mit dem Schwanz auf den Boden. Wir hatten beide Angst und versuchten, einander Mut zu machen. Meine Stimme klang fremd und unwirklich, und ich senkte sie zu einem Flüstern, bis ich sie nicht mehr vom Plätschern des Brunnens unterscheiden konnte. Der Brunnen sollte mich noch oft erschrecken. Aus einer gewissen Entfernung klingt sein Geplätscher wie die Unterhaltung zweier verschlafener Menschenstimmen. Aber das wußte ich damals noch nicht. Ich hörte auf zu flüstern und merkte es gar nicht. Ich fröstelte unter meinem Umhang und sah zu, wie der Himmel ins Graue verblaßte.

Endlich ging ich in die Hütte zurück und heizte ein. Später sah ich, daß Luchs bis zur Schlucht vorging und dort regungslos stehenblieb und wartete. Nach einer Weile kehrte er um und trabte mit gesenktem Schädel zum Haus zurück. An den folgenden drei oder vier Abenden hielt er es ebenso. Dann schien er endlich aufzugeben; jedenfalls tat er es nie wieder. Ich weiß nicht, ob er einfach vergaß oder auf seine Hundeart eher die Wahrheit begriff als ich.

Ich fütterte ihn mit Reisfleisch und Hundekuchen und füllte seine Schüssel mit Wasser. Ich wußte, daß er für gewöhnlich nur am Morgen gefüttert wurde, aber ich mochte nicht allein essen. Dann kochte ich Tee für mich und setzte mich wieder an den großen Tisch. Es war jetzt warm in der Hütte, und die Petroleumlampe warf ihren gelben Schein auf das dunkle Holz.

Ich merkte erst jetzt, wie müde ich war. Luchs, der seine Mahlzeit beendet hatte, sprang zu mir auf die Bank und sah mich lange und aufmerksam an. Seine Augen waren braunrot und warm, ein wenig dunkler als sein Fell. Das Weiße um die Iris glänzte feucht und bläulich. Plötzlich war ich sehr froh, daß Luise den Hund zurückgeschickt hatte.

Ich stellte die leere Teeschale weg, goß warmes Wasser in die Blechschüssel und wusch mich, und dann, da gar nichts mehr zu tun blieb, ging ich zu Bett.

Die Fensterläden hatte ich geschlossen und die Tür versperrt. Nach einer kleinen Weile sprang Luchs von der Bank, kam zu mir und beschnüffelte meine Hand. Dann ging er zur Tür, von dort zum Fenster und zurück zu meinem Bett. Ich redete ihm gut zu, und schließlich, nach einem Seufzer, der fast menschlich klang, suchte er seinen Schlafplatz im Ofenloch auf.

Ich ließ die Stablampe noch ein wenig brennen, und als ich sie endlich ausdrehte, schien es mir stockdunkel im Zimmer. Es war aber gar nicht so dunkel. Das niedergebrannte Herdfeuer warf einen schwachen, flackernden Schein auf den Boden, und nach einer Weile konnte ich die Umrisse der Bank und des Tisches erkennen. Ich überlegte, ob ich eine von Hugos Schlaftabletten nehmen sollte, konnte mich aber doch nicht dazu entschließen, weil ich fürchtete, irgend etwas zu überhören. Dann fiel mir ein, daß die schreckliche Wand in der Stille und Dunkelheit der Nacht vielleicht langsam näher rücken mochte. Aber ich war viel zu müde, um mich zu fürchten. Meine Füße schmerzten noch immer, und ich lag lang ausgestreckt auf dem Rücken und war zu müde, um den Kopf zu drehen. Nach allem, was sich ereignet hatte, mußte ich mich auf eine schlimme Nacht gefaßt machen. Aber als ich mich mit diesem Gedanken abgefunden hatte, war ich schon eingeschlafen.

Ich träumte nicht und erwachte ausgeruht gegen sechs Uhr, als die Vögel zu singen anhoben. Sofort fiel mir alles wieder ein, und ich schloß erschreckt die Augen und versuchte, noch einmal in den Schlaf unterzutauchen. Es gelang mir natürlich nicht. Obgleich ich mich kaum bewegt hatte, wußte Luchs, daß ich erwacht war, und kam an mein Bett, um mich mit freudigem Gewinsel zu begrüßen. So stand ich also auf, öffnete die Fensterläden und ließ Luchs ins Freie. Es war sehr kühl, der Himmel noch blaßblau und die Büsche taunaß. Ein strahlender Tag erwachte.

Plötzlich schien es mir ganz unmöglich, diesen strahlenden Maitag zu überleben. Gleichzeitig wußte ich, daß ich ihn überleben mußte und daß es für mich keinen Fluchtweg gab. Ich mußte mich ganz still verhalten und ihn einfach überstehen. Es war ja nicht der erste Tag in meinem Leben, den ich auf diese Weise überleben mußte. Je weniger ich mich wehrte, desto erträglicher würde es sein. Die Benommenheit des Vortags war ganz aus meinem Kopf gewichen; ich konnte klar denken, so klar ich eben überhaupt denken konnte, nur wenn sich meine Gedanken der Wand näherten, war es, als stießen auch sie gegen ein kühles, glattes und ganz unüberwindliches Hindernis. Es war besser, nicht an die Wand zu denken.

Ich schlüpfte in Schlafrock und Hausschuhe, ging über den nassen Weg zum Wagen und stellte das Radio an. Zartes, leeres Summen; es klang so fremd und unmenschlich, daß ich es sofort abstellte.

Ich glaubte nicht mehr daran, daß etwas an dem Ding zerbrochen war. In der kalten Helle des Morgens war es mir ganz unmöglich, daran zu glauben.

Ich erinnere mich nicht mehr, was ich an jenem Vormittag tat. Ich weiß nur noch, daß ich eine Weile regungslos neben dem Wagen stand, bis die Nässe, die durch die leichten Hausschuhe drang, mich aufschreckte.

Vielleicht waren die folgenden Stunden so arg, daß ich sie vergessen mußte; vielleicht verbrachte ich sie auch nur in einer Art Betäubung. Ich erinnere mich nicht. Ich tauchte erst wieder gegen zwei Uhr nachmittags auf, als ich mit Luchs durch die Schlucht ging.

Zum erstenmal fand ich die Schlucht nicht reizvoll romantisch, sondern nur feucht und düster. Sogar im Hochsommer bleibt sie so, das Sonnenlicht fällt nie bis auf ihren Grund. Nach Gewitterregen kriechen dort die Feuersalamander aus ihren Steinverstecken. Später, im Sommer, konnte ich sie manchmal beobachten. Es gab eine Menge von ihnen. Oft sah ich zehn oder fünfzehn an einem Nachmittag; prächtig, schwarz-rot gefleckte Geschöpfe, die mich eigentlich immer mehr an gewisse Blumen, Tigerlilien und Türkenbund, erinnerten als an ihre schlichten graugrünen Eidechsenverwandten. Ich habe nie einen Salamander berührt, während ich Eidechsen gern anfasse.

Damals, am 2. Mai, sah ich sie nicht. Es hatte ja auch nicht geregnet, und ich wußte überhaupt noch nicht, daß es sie gab. Ich schritt schnell aus, um aus der feuchten grünen Dämmerung zu entkommen. Diesmal war ich besser ausgerüstet, mit Bergschuhen, Kniehosen und einer warmen Joppe. Der Mantel war mir am Vortag ein Hindernis gewesen, beim Grenzeabstecken hatten seine Enden auf der Wiese dahingeschleift. Auch Hugos Fernglas hatte ich mitgenommen und im Rucksack eine Thermosflasche mit Kakao und Butterbrote.

Außerdem trug ich, neben meinem kleinen Taschenmesserchen (zum Bleistiftspitzen), noch Hugos scharfes Knickmesser mit mir. Ich konnte es gar nicht verwenden, denn zum Ästeabschneiden war es viel zu gefährlich, man hätte sich dabei nur die Hand verletzt. Obgleich ich es mir nicht eingestehen mochte, trug ich das Messer zu meinem Schutz mit. Es war ein Ding, das mir eine trügerische Sicherheit verlieh. Später ließ ich es häufig zu Hause. Seit Luchs tot ist, trage ich es wieder auf allen Wegen bei mir. Allerdings weiß ich jetzt sehr genau wozu und rede mir nicht mehr ein, daß ich es zum Schneiden von Haselzweigen brauche. Die Wand war natürlich noch immer am abgesteckten Platz und hatte sich nicht, wie mir am Abend durch den Kopf gegangen war, näher an das Jagdhaus geschoben. Sie war auch nicht zurückgewichen, aber das hatte ich ohnedies nicht von ihr erwartet. Der Bach hatte seinen gewöhnlichen Spiegel erreicht, offenbar war es für ihn ein leichtes gewesen, sich durch das lockere Gestein zu graben. Ich konnte ihn, von Stein zu Stein springend, überqueren und folgte dann meiner Spielzeuggrenze bis zum Aussichtspunkt bei den Lärchen. Dort brach ich frische Zweige und fing an, die Wand weiter abzustecken.

Es war eine mühevolle Beschäftigung, bald tat mir der Rücken weh vom vielen Bücken. Ich war aber wie besessen von der Vorstellung, daß ich diese Arbeit, soweit es mir möglich war, erledigen mußte. Sie beruhigte mich und brachte einen Hauch von Ordnung in die große, schreckliche Unordnung, die über mich hereingebrochen war. Etwas wie die Wand durfte es einfach nicht geben. Daß ich sie mit grünen Hölzern absteckte, war der erste Versuch, sie, da sie nun einmal da war, auf einen angemessenen Platz zu verweisen.

Mein Weg führte über zwei Bergwiesen, durch eine junge Fichtenkultur und über einen verwachsenen Himbeerschlag. Die Sonne brannte, und meine Hände bluteten, aufgerissen von Dornen und Schiefern. Die kleinen Hölzer konnte ich natürlich nur auf der Wiese verwenden, im Unterholz brauchte ich richtige Stecken; stellenweise markierte ich auch mit dem Taschenmesser die Bäume in der Nähe der Wand. Das alles hielt mich sehr auf, und ich kam nur ganz langsam vorwärts.

Auf der Höhe des Himbeerschlages sah ich fast das ganze Tal vor mir liegen. Durch das Fernglas konnte ich alles sehr klar und scharf sehen. Vor dem Häuschen des Wagnermeisters saß eine Frau regungslos in der Sonne. Ich konnte ihr Gesicht nicht sehen, sie hielt den Kopf gesenkt und schien zu schlafen. Ich sah so lange hin, bis meine Augen tränten und das Bild in Formen und Farben zerrann. Quer über der Türschwelle lag ein Schäferhund, den Kopf auf die Pfoten gelegt, unbewegt.

Wenn das der Tod war, so war er sehr rasch und sanft gekommen, auf eine fast liebevolle Weise. Vielleicht wäre es klüger gewesen, mit Hugo und Luise ins Dorf zu gehen.

Endlich riß ich mich los von dem friedlichen Bild und steckte weiter meine Zweige. Die Wand senkte sich jetzt wieder in eine kleine Wiesenmulde, in der ein einschichtiges Gehöft lag; eigentlich nur ein sehr kleiner Hof, wie man ihn oft im Gebirge findet, nicht zu vergleichen mit den Vierkantern über Land.

Die Wand teilte die kleine Wiese hinter dem Haus und

hatte von einem Apfelbaum zwei Äste abgeschnitten. Sie sahen übrigens nicht wie abgeschnitten aus, eher wie geschmolzen, wenn man sich geschmolzenes Holz vorstellen könnte.

Ich berührte sie nicht. Zwei Kühe lagen jenseits der Wand auf der Wiese. Ich sah sie lange an. Ihre Flanken hoben und senkten sich nicht. Auch sie wirkten eher schlafend als tot. Ihre rosigen Nüstern waren nicht länger feucht und glatt, sondern sahen aus wie hübsch bemalter feinkörniger Stein.

Luchs wandte den Kopf und sah in den Wald hinein. Er brach nicht wieder in das entsetzliche Geheul aus, er sah einfach nicht hin, so als hätte er beschlossen, alles, was jenseits der Wand lag, nicht zur Kenntnis zu nehmen. Früher einmal hatten meine Eltern einen Hund, der sich auf ähnliche Weise von jedem Spiegel abwandte.

Während ich noch die beiden toten Tiere betrachtete, hörte ich plötzlich hinter mir das Brüllen einer Kuh und Luchs' aufgeregtes Bellen. Es riß mich herum, und da teilte sich das Unterholz, und heraus schritt, gefolgt von dem aufgeregten Hund, eine brüllende und lebendige Kuh. Sie kam sofort auf mich zu und schrie mir ihren ganzen Jammer entgegen. Das arme Tier war zwei Tage nicht gemolken worden, seine Stimme klang schon ganz heiser und rauh. Ich versuchte sofort, ihr Erleichterung zu verschaffen. Als junges Mädchen hatte ich zum Spaß melken gelernt, aber das lag zwanzig Jahre zurück, und ich hatte jede Übung verloren.

Die Kuh ließ sich alles geduldig gefallen, sie hatte begriffen, daß ich ihr helfen wollte. Die gelbe Milch spritzte auf die Erde, und Luchs machte sich daran, sie aufzulekken. Die Kuh gab sehr viel Milch, und mir taten die Hände weh von den ungewohnten Griffen. Die Kuh war plötzlich ganz zufrieden, neigte sich und näherte ihr großes Maul Luchs' brauner Nase. Die gegenseitige Begutachtung schien günstig ausgefallen zu sein, denn beide Tiere waren zufrieden und beruhigt.

Da stand ich also auf einer wildfremden Wiese mitten im Wald und besaß plötzlich eine Kuh. Es war ganz klar, daß ich die Kuh nicht zurücklassen konnte. Ich bemerkte jetzt erst Blutspuren an ihrem Maul. Offenbar war sie immer wieder verzweifelt gegen die Wand gerannt, die sie daran hinderte, in den heimatlichen Stall und zu ihren Menschen heimzugehen.

Von diesen Menschen war nichts zu sehen. Sie mußten sich zur Zeit der Katastrophe im Haus aufgehalten haben. Die zugezogenen Vorhänge vor den kleinen Fenstern bestärkten mich darin, daß sich dies alles am Abend ereignet hatte. Nicht zu spät, denn der alte Mann hatte sich gerade gewaschen und die alte Frau mit der Katze war noch auf der Hausbank gesessen. Am frühen Morgen, wenn es noch kühl ist, sitzt eine alte Frau mit ihrer Katze nicht auf der Hausbank. Außerdem, hätte das Unglück sich am Morgen abgespielt, so wären Hugo und Luise längst daheim gewesen. Ich überlegte das alles und sagte mir sogleich, daß derartige Überlegungen für mich völlig wertlos waren. So gab ich sie auf und suchte im Unterholz unter lockenden Rufen nach einer weiteren Kuh, aber nichts regte sich. Hätte es noch irgendwo in der Nähe ein Rind gegeben, hätte es Luchs längst aufgestöbert.

Es blieb mir nichts übrig, als die Kuh über Berg und Tal nach Hause zu treiben. Damit hatte meine Grenzabsteckkung ein jähes Ende gefunden. Es war ohnedies spät geworden; gegen fünf Uhr nachmittags, und das Sonnenlicht fiel nur noch in schmalen Streifen auf die Lichtung ein.

So traten wir also zu dritt den Heimweg an. Es war gut, daß ich die Äste gesteckt hatte und mich nicht mit dem Abtasten der Wand aufhalten mußte. Ich schritt langsam zwischen Wand und Kuh dahin, immer in Sorge, das Tier könnte sich ein Bein brechen. Sie schien aber an das Gehen im bergigen Gelände gewöhnt zu sein. Ich mußte sie auch nicht antreiben, sondern nur darauf achten, daß sie in sicherer Entfernung von der Wand blieb. Luchs hatte schon begriffen, was meine Spielzeuggrenze bedeutete, und hielt sich immer in sicherem Abstand.

Auf dem ganzen Weg dachte ich nicht einmal an die Wand, so sehr war ich mit meinem Findling beschäftigt. Manchmal blieb die Kuh plötzlich stehen und fing an zu grasen, dann legte Luchs sich in ihre Nähe und ließ sie nicht aus den Augen. Wenn es ihm zu lange dauerte, stieß er sie sanft an, und sie setzte sich gehorsam wieder in

Bewegung. Ich weiß nicht, ob es stimmt, aber in der folgenden Zeit hatte ich manchmal den Eindruck, daß sich Luchs sehr gut auf den Umgang mit Kühen verstand. Ich glaube, der Jäger mußte ihn manchmal als Wachhund benützt haben, wenn er im Herbst seine Kühe auf die Wiese trieb.

Die Kuh schien völlig ruhig und zufrieden zu sein. Sie hatte nach zwei schrecklichen Tagen einen Menschen gefunden, war von der schmerzenden Milchlast befreit worden und dachte gar nicht daran wegzulaufen. Irgendwo mußte es einen Stall geben, in den dieser neue Mensch sie treiben würde. Hoffnungsvoll schnaubend, trabte sie an meiner Seite dahin. Als wir mit einiger Mühe den Bach überschritten hatten, wurde sie sogar schneller, und schließlich konnte ich kaum Schritt halten.

Inzwischen war mir klargeworden, daß diese Kuh zwar ein Segen, aber auch eine große Last war. Von größeren Erkundungsausflügen konnte nicht mehr die Rede sein.

So ein Tier will gefüttert und gemolken werden und verlangt einen seßhaften Herrn. Ich war der Besitzer und der Gefangene einer Kuh. Aber selbst wenn ich die Kuh gar nicht gewollt hätte, wäre es mir unmöglich gewesen, sie zurückzulassen. Sie war auf mich angewiesen.

Als wir die Lichtung erreichten, es war schon fast dunkel, blieb die Kuh stehen, wandte den Kopf zurück und muhte leise und freudig. Ich führte sie zur Jägerhütte. Dort drinnen gab es nur zwei Bettstellen in Kojenart, einen Tisch, eine Bank und einen gemauerten Herd. Ich trug den Tisch ins Freie, riß den Strohsack aus einer der Bettstellen und führte die Kuh in ihren neuen Stall. Er war geräumig genug für eine Kuh. Ich nahm ein Blechschaff vom Herd, füllte es mit Wasser und stellte es in die leere Bettstatt. Mehr konnte ich an diesem Abend nicht für meine Kuh tun. Ich streichelte sie, erklärte ihr die neue Lage und verriegelte dann den Stall.

Ich war so müde, daß ich mich fast nicht zum Jagdhaus schleppen konnte. Meine Füße brannten in den schweren Schuhen, und das Kreuz tat mir weh. Ich fütterte Luchs und trank Kakao aus der Thermosflasche. Die Butterbrote konnte ich vor Müdigkeit nicht essen. An diesem Abend wusch ich mich kalt am Brunnen und ging dann sofort ins Bett. Luchs schien auch müde zu sein, denn er kroch gleich nach dem Fressen ins Ofenloch.

Der folgende Morgen war nicht mehr so unerträglich wie der vergangene, denn sowie ich die Augen aufschlug, fiel mir die Kuh ein. Ich war sofort hellwach, aber noch sehr zerschlagen von den ungewohnten Anstrengungen. Ich hatte mich auch ein wenig verschlafen, das Sonnenlicht fiel schon in gelben Streifen durch die Spalten der Fensterläden.

Ich stand auf und ging an meine Arbeit. Es gab eine Menge Geschirr im Jagdhaus, und ich bestimmte einen Eimer als Melkeimer und ging damit in den Stall. Die Kuh stand brav vor der Bettstatt und begrüßte mich mit freudigem Gesichtabschlecken. Ich molk sie, und es ging schlechter, als am Vortag, weil mir jeder Knochen weh tat. Melken ist eine außerordentlich anstrengende Arbeit, und ich mußte mich erst wieder an sie gewöhnen. Ich kannte aber die richtigen Griffe, und das war für mich das wichtigste. Da ich kein Heu hatte, trieb ich die Kuh nach dem Melken auf die Waldwiese und ließ sie dort grasen. Ich wußte genau, sie würde nicht mehr von mir weglaufen.

Dann endlich frühstückte ich, warme Milch und die hartgewordenen Butterbrote vom Vortag. Der ganze Tag, daran erinnere ich mich deutlich, gehörte der Kuh. Ich richtete ihr den Stall her, so gut es mir eben möglich war; breitete ihr grüne Zweige unter, weil ich keine Streu hatte, und legte mit ihrem ersten Mist den Grundstein zu einem Misthaufen neben der Hütte.

Der »Stall« war solide gebaut, aus kräftigen Stämmen. Unter dem Dach, im Winkel, war ein kleiner Raum, den ich später mit Streu vollstopfte. Aber damals im Mai gab es noch keine Streu, und ich mußte mich bis zum Herbst mit frischen Zweigen behelfen.

Natürlich dachte ich auch über die Kuh nach. Wenn ich besonderes Glück hatte, erwartete sie ein Kalb. Aber darauf durfte ich mich nicht verlassen, ich konnte nur hoffen, meine Kuh werde möglichst lange Milch geben.

Immer noch dachte ich an meine Lage als an einen vorübergehenden Zustand oder bemühte mich wenigstens, so zu tun.

Ich hatte wenig Ahnung von der Rinderzucht. Einmal war ich bei der Geburt eines Kalbes dabeigewesen, aber ich wußte nicht einmal, wie lange eine Kuh trächtig geht. Das habe ich inzwischen aus einem Bauernkalender erfahren, aber viel mehr weiß ich bis heute nicht, und ich wüßte nicht, auf welche Weise ich dazulernen könnte.

Ich wollte den kleinen Herd im Stall einmal abtragen, später fand ich ihn aber ganz praktisch. Wenn es notwendig wurde, konnte ich im Stall Wasser wärmen. Den Tisch und einen Sessel trug ich in die Garage, wo schon eine Menge Werkzeug lag. Hugo hatte immer auf gutes Werkzeug geachtet, und der Jäger, ein ehrlicher, ordentlicher Mann, hatte dafür gesorgt, daß es immer einsatzbereit war. Ich weiß nicht, warum Hugo soviel Wert auf Werkzeug legte. Er selbst rührte es niemals an, betrachtete es aber bei jedem Besuch mit großer Genugtuung. Wenn es eine Marotte war, so war es eine für mich segensreiche Marotte. Daß ich überhaupt noch am Leben bin, verdanke ich nur Hugos leichten Absonderlichkeiten. Der gute Hugo, Gott segne ihn, sicherlich sitzt er noch immer am Wirtshaustisch vor einem Glas Limonade, endlich ohne Furcht vor Krankheit und Tod. Und es gibt keinen mehr, der ihn von Konferenz zu Konferenz jagen könnte.

Während ich mich mit dem Stall beschäftigte, stand die Kuh auf der Waldwiese und graste. Sie war ein hübsches Tier, zartknochig, rundlich und von graubrauner Farbe. Irgendwie machte sie einen fröhlichen jungen Eindruck. Die Art, wie sie den Kopf nach allen Seiten drehte, wenn sie Blätter von den Büschen zupfte, erinnerte mich an eine graziöse, kokette junge Frau, die aus feuchten braunen Augen über die Schulter blickt. Ich schloß die Kuh sofort ins Herz, ihr Anblick war zu erfreulich.

Luchs trieb sich in meiner Nähe umher, sah der Kuh zu, trank aus dem Brunnentrog und stöberte ein wenig im Gebüsch. Er war wieder ganz der alte fröhliche Hund und schien die Schrecken der letzten Tage vergessen zu haben. Er schien sich daran gewöhnt zu haben, daß, zumindest vorläufig, ich sein Herr war.

Mittags kochte ich Suppe aus Erbswurst und öffnete eine Dose Corned beef. Nach dem Essen überfiel mich die Müdigkeit mit Gewalt. Ich befahl Luchs, ein wenig auf die Kuh zu achten, und legte mich wie betäubt in den Kleidern aufs Bett. Nach allem, was geschehen war, hätte ich gar nicht schlafen dürfen; ich muß aber sagen, daß ich in den ersten Wochen im Jagdhaus besonders gut schlief, bis mein Körper sich an die schwere Arbeit gewöhnt hatte. Die Schlaflosigkeit fing erst viel später an, mich zu quälen.

Gegen vier Uhr erwachte ich. Die Kuh hatte sich wiederkäuend hingelegt. Luchs saß auf der Hausbank und beobachtete sie schläfrig. Ich erlöste ihn von der Wache, und er nahm seine Erkundungsgänge wieder auf. Damals wurde ich immer gleich unruhig, wenn ich ihn nicht sehen konnte. Später, als ich wußte, wie sehr ich mich auf ihn verlassen konnte, verlor ich diese Angst völlig.

Als es kühl wurde, stellte ich Wasser auf den Herd und heizte ein. Ich hatte ein Bad dringend nötig.

Gegen Abend brachte ich die Kuh in den Stall, molk sie, stellte ihr frisches Wasser in die Bettstatt und ließ sie dann allein für die Nacht. Nach dem Bad hüllte ich mich in den Schlafrock, trank warme Milch und setzte mich dann an den Tisch, um nachzudenken. Ich wunderte mich darüber, daß ich nicht traurig und verzweifelt war. Ich wurde so schläfrig, daß ich den Kopf in die Hände stützen mußte und fast im Sitzen eingeschlafen wäre. Da ich doch nicht denken konnte, versuchte ich zu lesen, einen von Hugos Kriminalromanen. Es schien aber nicht das richtige zu sein; mein Interesse für Mädchenhandel war im Augenblick sehr gering. Übrigens war auch Hugo regelmäßig auf der dritten oder vierten Seite seiner harten Krimis eingenickt. Vielleicht hatte er sie als Schlafmittel gebraucht.

Auch ich hielt höchstens zehn Minuten durch, dann erhob ich mich entschlossen, drehte die Lampe zurück, versperrte die Tür und ging zu Bett.

Am nächsten Morgen war das Wetter kühl und unfreundlich und brachte mir zu Bewußtsein, daß ich mich um Heu für meine Kuh kümmern mußte.

Ich erinnerte mich, auf der Wiese neben dem Bach einen Stadel gesehen zu haben, es war möglich, daß er noch ein wenig Heu enthielt. Hugos Wagen war für mich unbrauchbar. Er hatte den Schlüssel beim Weggehen mit sich getragen. Aber der Schlüssel hätte mir auch nichts genützt. Ich hatte erst vor zwei Wochen, auf Drängen meiner Töchter, unter den größten Schwierigkeiten die Fahrschule beendet und hätte um keinen Preis gewagt, in die Schlucht zu fahren. Ich fand in der Garage ein paar alte Säcke, mit ihnen beladen ging ich nach der Stallarbeit auf Heusuche.

Im Stadel auf der Bachwiese fand ich wirklich noch etwas Heu. Ich stopfte es in die Säcke, die ich aneinanderband und hinter mir herschleifte. Aber ich sah bald, daß die Säcke auf der Schotterstraße den Transport nicht überstehen würden. So ließ ich zwei am Wegrand liegen und schleppte die anderen beiden auf den Schultern zum Jagdhaus. Ich räumte das Werkzeug aus der Garage und brachte es in der Kammer neben der Küche unter, dann holte ich die zurückgelassenen Säcke und leerte sie in der Garage aus.

Am Nachmittag ging ich noch zweimal um Heu und am folgenden Tag wiederum. Es war ja erst Anfang Mai, und um diese Zeit kann es im Gebirge noch empfindlich kalt werden. Solange es nur kühl und leicht regnerisch blieb, konnte ich die Kuh auf der Waldwiese grasen lassen. Sie schien über ihr neues Leben recht zufrieden zu sein und nahm mein ungeschicktes Melken mit Geduld hin. Manchmal wandte sie den großen Schädel, als betrachtete sie belustigt meine Bemühungen, aber sie blieb ruhig stehen und trat nie nach mir; sie war freundlich, oft sogar ein wenig übermütig.

Ich dachte an einen Namen für meine Kuh und nannte sie Bella. Er paßte gar nicht in die Gegend, aber er war kurz und klangvoll. Die Kuh begriff bald, daß sie nun Bella hieß, und wandte den Kopf, wenn ich sie rief. Ich wüßte gerne, wie sie früher geheißen hat; Dirndl, Gretl oder vielleicht Graue. Eigentlich hätte sie gar keinen Namen gebraucht, sie war die einzige Kuh im Wald, vielleicht die einzige Kuh im Land.

Auch Luchs hatte ja einen ganz unpassenden Namen, der von großer Unwissenheit der Bevölkerung zeugte. Aber von jeher hatten alle Jagdhunde im Tal Luchs geheißen. Die wirklichen Luchse waren schon so lange ausgerottet, daß kein Mensch im Tal eine Vorstellung von ihnen besaß. Vielleicht hatte einer von Luchs' Vorfahren den letzten echten Luchs getötet und seinen Namen als Siegerpreis behalten.

Das trübe Wetter ging in Dauerregen und später sogar in Schneegestöber über. Bella blieb im Stall und wurde mit Heu gefüttert, und ich fand plötzlich Zeit und Ruhe, um nachzudenken. Auf meinem, das heißt auf Hugos, Terminkalender steht am zehnten Mai vermerkt: Inventur.

Jener zehnte Mai war ein richtiger Wintertag. Der Schnee, der anfangs gleich wieder geschmolzen war, blieb liegen, und es schneite immer noch.

Es fing damit an, daß ich erwachte und mich völlig schutzlos und preisgegeben fühlte. Ich war körperlich nicht mehr müde und dem Ansturm meiner Gedanken ausgeliefert. Zehn Tage waren vergangen, und nichts hatte sich an meiner Lage verändert. Zehn Tage lang hatte ich mich mit Arbeit betäubt, aber die Wand war noch immer da, und keiner war gekommen, um mich zu holen. Es blieb mir nichts übrig, als mich endlich der Wirklichkeit zu stellen. Ich gab die Hoffnung damals noch nicht auf, noch lange nicht. Selbst als ich mir endlich sagen mußte, daß ich nicht länger auf Hilfe warten durfte, blieb diese irrsinnige Hoffnung in mir; eine Hoffnung gegen jede Vernunft und gegen meine eigene Überzeugung.

Schon damals, am zehnten Mai, schien es mir sicher, daß die Katastrophe von riesigem Ausmaß war. Alles sprach dafür, das Ausbleiben der Retter, das Schweigen der Menschenstimmen im Radio und das wenige, das ich selber durch die Wand gesehen hatte.

Noch viel später, als fast jede Hoffnung in mir erloschen war, konnte ich noch immer nicht glauben, daß auch meine Kinder tot wären, nicht auf diese Weise tot wie der Alte am Brunnen und die Frau auf der Hausbank.

Wenn ich heute an meine Kinder denke, sehe ich sie immer als Fünfjährige, und es ist mir, als wären sie schon damals aus meinem Leben gegangen. Wahrscheinlich fangen alle Kinder in diesem Alter an, aus dem Leben ihrer Eltern zu gehen; sie verwandeln sich ganz langsam in fremde Kostgänger. All dies vollzieht sich aber so unmerklich, daß man es fast nicht spürt. Es gab zwar Momente, in denen mir diese ungeheuerliche Möglichkeit dämmerte, aber wie jede andere Mutter verdrängte ich diesen Eindruck sehr rasch. Ich mußte ja leben, und welche Mutter könnte leben, wenn sie diesen Vorgang zur Kenntnis nähme?

Als ich am zehnten Mai erwachte, dachte ich an meine Kinder als an kleine Mädchen, die Hand in Hand über den Spielplatz trippelten. Die beiden eher unangenehmen, lieblosen und streitsüchtigen Halberwachsenen, die ich in der Stadt zurückgelassen hatte, waren plötzlich ganz unwirklich geworden. Ich trauerte nie um sie, immer nur um die Kinder, die sie vor vielen Jahren gewesen waren. Wahrscheinlich klingt das sehr grausam, ich wüßte aber nicht, wem ich heute noch etwas vorlügen sollte. Ich kann mir erlauben, die Wahrheit zu schreiben; alle, denen zuliebe ich mein Leben lang gelogen habe, sind tot.

Im Bett fröstelnd, überlegte ich, was zu tun wäre. Ich konnte mich umbringen oder versuchen, mich unter der Wand durchzugraben, was wahrscheinlich nur eine mühevollere Art des Selbstmords gewesen wäre. Und natürlich konnte ich hier bleiben und versuchen, am Leben zu bleiben.

Um ernstlich an Selbstmord zu denken, war ich nicht mehr jung genug. Hauptsächlich hielt mich auch der Gedanke an Luchs und Bella davon ab und außerdem eine gewisse Neugierde. Die Wand war ein Rätsel, und ich hätte es nie fertiggebracht, mich angesichts eines ungelösten Rätsels davonzumachen. Dank Hugos Fürsorge besaß ich einige Vorräte, die den Sommer über reichen mochten, ein Heim, Holz auf Lebenszeit und eine Kuh, die auch ein ungelöstes Rätsel war und vielleicht ein Kalb erwartete.

Zumindest das Erscheinen oder Nichterscheinen dieses Kalbes wollte ich abwarten, ehe ich weitere Beschlüsse faßte. Über die Wand zerbrach ich mir nicht allzusehr den Kopf. Ich nahm an, sie wäre eine neue Waffe, die geheimzuhalten einer der Großmächte gelungen war; eine ideale Waffe, sie hinterließ die Erde unversehrt und tötete nur Menschen und Tiere. Noch besser freilich wäre es gewesen, hätte man die Tiere verschonen können, aber das war wohl nicht möglich gewesen. Solange es Menschen gab, hatten sie bei ihren gegenseitigen Schlächtereien nicht auf die Tiere Rücksicht genommen. Wenn das Gift, ich stellte mir jedenfalls eine Art Gift vor, seine Wirkung verloren hatte, konnte man das Land in Besitz nehmen. Nach dem friedlichen Aussehen der Opfer zu schließen, hatten sie nicht gelitten; das ganze schien mir die humanste Teufelei, die je ein Menschenhirn ersonnen hatte.

Ich konnte nicht ahnen, wie lange das Land unfruchtbar bleiben würde, ich nahm an, sobald es betretbar war, würde die Wand verschwinden, und die Sieger würden einziehen.

Heute frage ich mich manchmal, ob das Experiment, wenn es überhaupt etwas Derartiges war, nicht ein wenig zu gut gelungen ist. Die Sieger lassen so lange auf sich warten.

Vielleicht gibt es gar keine Sieger. Es hat keinen Sinn, darüber nachzudenken. Ein Wissenschaftler, ein Spezialist für Vernichtungswaffen, hätte wahrscheinlich mehr herausgefunden als ich, aber es hätte ihm wenig genützt. Mit all seinem Wissen könnte er nichts anderes tun als ich, warten und versuchen, am Leben zu bleiben.

Nachdem ich mir alles so gut zurechtgelegt hatte, wie es einem Menschen mit meiner Erfahrung und meiner Intelligenz möglich war, warf ich die Decke von mir und ging daran, einzuheizen, denn es war sehr kalt an jenem Morgen. Luchs kroch aus dem Ofenloch und zeigte mir seine tröstliche Sympathie, und dann war es an der Zeit, in den Stall zu gehen und Bella zu versorgen.

Nach dem Frühstück fing ich an, alles, was ich an Vorräten besaß, im Schlafzimmer unterzubringen und eine Liste anzulegen. Die Liste liegt vor mir, ich mag sie nicht abschreiben, im Lauf dieses Berichts wird ja fast jedes Ding, das ich besaß, erwähnt werden. Die Lebensmittel räumte ich aus der kleinen Kammer ins Schlafzimmer, weil es dort auch im Sommer kühl ist. Das Haus lehnt sich an den Berg, und seine Rückseite liegt immer im Schatten.

Kleidungsstücke waren genügend vorhanden, ebenso Petroleum für die Lampe und Spiritus für den kleinen

Kocher. Es gab auch ein Bündel Kerzen und zwei Taschenlampen mit Ersatzbatterien. Die Hausapotheke war reichlich versorgt; außer Verbandzeug und schmerzstillenden Tabletten ist noch alles vorhanden. In diese Apotheke hatte Hugo seine ganze Liebe gelegt; ich glaube, die meisten Medikamente sind längst unbrauchbar geworden.

Als lebenswichtig erwies sich ein großer Sack Erdäpfel, eine Menge Zündhölzer und Munition. Und natürlich die verschiedenen Werkzeuge, eine Büchsflinte und ein Mannlichergewehr, das Fernglas, Sense, Rechen und Heugabel, die dazu gedient hatten, die Waldwiese für die Wildfütterung zu mähen, und ein Säckchen Bohnen. Ohne diese Dinge, die ich Hugos Ängsten und dem Zufall verdanke, wäre ich nicht mehr am Leben.

Ich stellte fest, daß ich von den Lebensmitteln schon zuviel verbraucht hatte. Vor allem war es eine Verschwendung, auch Luchs mit ihnen zu füttern; es tat ihm auch nicht gut, er brauchte dringend frisches Fleisch. Das Mehl mochte noch drei Monate reichen, bei größter Sparsamkeit, und ich konnte mich nicht darauf verlassen, bis dahin gefunden zu werden. Ich durfte mich überhaupt nicht darauf verlassen, jemals gefunden zu werden.

Mein größter Schatz für die Zukunft waren die Erdäpfel und die Bohnen. Ich mußte unbedingt einen Platz finden, an dem ich einen kleinen Acker anlegen konnte. Und vor allem mußte ich mich dazu entschließen, für frisches Fleisch zu sorgen. Ich konnte mit Gewehren umgehen, hatte mich oft mit Erfolg an Scheibenschießen beteiligt, aber ich hatte noch nie auf lebendes Wild geschossen.

Später fand ich an der Wildfütterungsstelle sechs rote Salzlecksteine und bewahrte sie in der Küche im Trockenen auf. Schon lange habe ich nur noch dieses rohe Salz. Im Sommer konnte ich auch mit Luises Angelzeug Forellen fangen. Ich hatte es nie zuvor getan, aber das konnte ja nicht allzu schwierig sein. Die Aussicht auf derart mörderische Betätigung gefiel mir gar nicht, es blieb mir aber keine Wahl, wenn ich mich und Luchs am Leben erhalten wollte.

Mittags kochte ich Milchreis und verzichtete auf Zukker. Trotz meiner Sparsamkeit besaß ich aber schon nach acht Wochen kein Stück Zucker mehr und mußte in Zukunft auf jede Süßigkeit verzichten.

Ich nahm mir auch fest vor, täglich die Uhren aufzuziehen und einen Tag vom Kalender abzustreichen. Das schien mir damals sehr wichtig, ich klammerte mich geradezu an die spärlichen Reste menschlicher Ordnung, die mir geblieben waren. Gewisse Gewohnheiten habe ich übrigens nie abgelegt. Ich wasche mich täglich, reinige meine Zähne, wasche die Wäsche und halte das Haus sauber.

Ich weiß nicht, warum ich das tue, es ist fast ein innerer Zwang, der mich dazu treibt. Vielleicht fürchte ich, wenn ich anders könnte, würde ich langsam aufhören, ein Mensch zu sein, und würde bald schmutzig und stinkend umherkriechen und unverständliche Laute ausstoßen. Nicht daß ich fürchtete, ein Tier zu werden, das wäre nicht sehr schlimm, aber ein Mensch kann niemals ein Tier werden, er stürzt am Tier vorüber in einen Abgrund. Ich will nicht, daß mir dies zustößt. In letzter Zeit habe ich gerade davor die größte Angst, und diese Angst läßt mich meinen Bericht schreiben. Wenn ich am Ende angelangt bin, werde ich ihn gut verstecken und ihn vergessen. Ich will nicht, daß das fremde Ding, in das ich mich verwandeln könnte, ihn eines Tages finden wird. Ich werde alles tun, um dieser Verwandlung zu entgehen, aber ich bin nicht eingebildet genug, fest zu glauben, mir könne nicht widerfahren, was so vielen Menschen vor mir geschehen ist.

Schon heute bin ich ja nicht mehr der Mensch, der ich einmal war. Woher sollte ich wissen, in welche Richtung ich gehe? Vielleicht habe ich mich schon so weit von mir entfernt, daß ich es gar nicht mehr merke.

Wenn ich jetzt an die Frau denke, die ich einmal war, ehe die Wand in mein Leben trat, erkenne ich mich nicht in ihr. Aber auch die Frau, die auf dem Kalender vermerkte, am zehnten Mai Inventur, ist mir sehr fremd geworden. Es war ganz vernünftig von ihr, Notizen zu hinterlassen, daß ich sie in der Erinnerung zu neuem Leben erwecken kann. Es fällt mir auf, daß ich meinen Namen nicht niedergeschrieben habe. Ich hatte ihn schon fast vergessen, und dabei soll es auch bleiben. Niemand nennt mich mit diesem Namen, also gibt es ihn nicht mehr. Ich möchte auch nicht, daß er vielleicht eines Tages in den Illustrierten der Sieger erscheint. Unvorstellbar, daß es irgendwo auf der Welt noch Illustrierte geben sollte. Aber warum eigentlich nicht? Hätte sich die Katastrophe in Belutschistan abgespielt, säßen wir völlig ungerührt in den Kaffeehäusern und läsen darüber in der Zeitung. Heute sind wir Belutschistan, ein sehr entferntes, fremdes Land, von dem man kaum weiß, wo es liegt, ein Land, in dem Menschen wohnen, die vermutlich gar keine richtigen Menschen sind, unterentwickelt und unempfindlich gegen Schmerzen; Zahlen und Nummern in fremden Zeitungen. Keine Ursache, sich aus der Ruhe bringen zu lassen. Ich erinnere mich sehr gut, wie wenig Phantasie die meisten Menschen besaßen. Wahrscheinlich war das ein Glück für sie. Phantasie macht den Menschen überempfindlich, verletzbar und ausgeliefert. Vielleicht ist sie überhaupt eine Entartungserscheinung. Ich habe den Phantasielosen ihren Mangel nie angekreidet, manchmal habe ich sie sogar um ihn beneidet. Sie hatten ein leichteres und angenehmeres Leben als die anderen.

Das gehört eigentlich nicht in meinen Bericht. Es läßt sich eben nicht vermeiden, daß ich manchmal nachdenke über Dinge, die für mich gar nicht von Bedeutung sind. Ich bin so allein, daß ich dem fruchtlosen Denken nicht immer entrinnen kann. Seit Luchs tot ist, ist es damit viel schlimmer geworden.

Ich werde versuchen, nicht allzuoft von den Kalendernotizen abzuweichen.

Am sechzehnten Mai fand ich endlich einen Platz für den Erdapfelacker. Tagelang hatte ich mit Luchs danach gesucht. Der Acker sollte nicht zu weit von der Hütte entfernt sein, nicht im Schatten liegen und, vor allem, fruchtbare Erde tragen. Diese letzte Forderung war fast nicht zu erfüllen.

Der Humus liegt hier nur als dünne Haut über dem Kalkstein. Ich war nahe daran, die Hoffnung auf Erde aufzugeben, als ich auf einer kleinen Lichtung auf der Sonnenseite die richtige Stelle fand. Der Platz war fast eben, trocken und ringsum vom Wald geschützt, und es gab dort wirklich Erde. Eine ganz sonderbare leichte Erde, schwarz und mit winzigen Kohlestückchen durchsetzt. Es mußte hier einmal ein Kohlenmeiler gestanden sein, vor langer Zeit, denn jetzt gab es längst keine Köhler mehr im Wald.

Ich wußte nicht, ob Erdäpfel die rußige Erde mögen, aber ich entschloß mich doch, sie an dieser Stelle einzulegen, weil ich wußte, daß ich sonst nirgends so tiefe Erde finden würde.

Ich holte Schaufel und Krampen aus der Hütte und ging gleich daran, den Boden umzustechen. Es war nicht so einfach, denn es wuchs auch Buschwerk darauf und ein unglaublich zähes Kraut mit langen Wurzeln. Diese Arbeit dauerte vier Tage und strengte mich übermäßig an. Als ich damit fertig war, ruhte ich mich einen Tag aus und ging dann gleich an das Einlegen der Erdäpfel. Ich erinnerte mich dunkel daran, daß man sie zu diesem Zweck zerschnitt und darauf achtete, daß jedes Stück mindestens ein Keimauge trug.

Dann häufte ich die Erde auf und ging nach Hause. Ich konnte jetzt nichts tun als warten und hoffen.

Ich bestrich meine wunden Hände mit Hirschtalg, von dem ich ein großes Stück in der Jägerhütte gefunden hatte. Sobald ich wieder dazu fähig war, fing ich an, neben dem Stall umzustechen und meine Bohnen einzulegen. Es reichte nur für ein winziges Gärtchen, und ich wußte nicht, ob die Bohnen überhaupt keimen würden. Sie mochten zu alt oder chemisch präpariert sein. Jedenfalls mußte ich den Versuch wagen.

Inzwischen hatte sich das Wetter gebessert, und Sonnenschein wechselte mit Regenschauern ab. Es gab sogar einmal ein leichtes Gewitter, und der Wald verwandelte sich in einen grünen, dampfenden Kessel. Nach diesem Gewitter, ich hielt es damals für aufzeichnenswert, wurde es sommerlich warm, und das Gras auf der Waldwiese wurde hoch und üppig. Es war ein merkwürdig hartes, fast stachliges Gras, sehr lang, und ich nehme an, es taugte nicht viel als Viehfutter. Bella schien aber zufrieden damit. Sie verbrachte jeden Tag auf der Wiese, und sie schien mir rundlicher zu werden. Zur Sicherheit holte ich aber noch das letzte Heu aus dem Stadel, um auch bei einem plötzlichen Schlechtwettereinbruch versorgt zu sein. Jeden zweiten Tag schnitt ich frische Zweige für Bellas Lagerstatt. Ich wollte, daß meine Kuh in Sauberkeit und Ordnung gedeihen konnte. Die Sorge für Bella machte mir viel Arbeit. Ich hatte jetzt reichlich Milch für mich und Luchs, aber selbst wenn Bella keine Milch gegeben hätte, wäre es mir unmöglich gewesen, nicht ebensogut für sie zu sorgen. Sehr bald war sie mir mehr geworden als ein Stück Vieh, das ich zu meinem Nutzen hielt. Vielleicht war diese Einstellung unvernünftig; ich konnte und wollte aber nicht dagegen ankämpfen. Ich hatte ja nur noch die Tiere, und ich fing an, mich als Oberhaupt unserer merkwürdigen Familie zu fühlen.

Am Tag nach dem Gewitter, dem dreißigsten Mai, regnete es den ganzen Tag einen warmen, fruchtbaren Regen, der mich zwang, in der Hütte zu bleiben, wenn ich nicht in wenigen Minuten durchnäßt sein wollte. Gegen Abend wurde es unangenehm kühl, und ich heizte ein. Nachdem ich die Stallarbeit verrichtet und mich gewaschen hatte, zog ich meinen Schlafrock an, um noch ein wenig bei Lampenlicht zu lesen. Ich hatte einen Bauernkalender gefunden, der mir lesenswert erschien. Es stand darin eine Menge über Gartenbau und Viehzucht, und ich hatte das dringende Bedürfnis, mehr darüber zu erfahren. Luchs lag im Ofenloch und schnaufte behaglich in der Wärme, und ich trank bitteren Tee und lauschte auf das gleichmäßige Rauschen des Regens. Plötzlich war es mir, als hörte ich Kindergeschrei. Ich wußte, es konnte nur eine Täuschung sein, und wandte mich wieder dem Kalender zu, aber dann hob Luchs den Kopf und lauschte, und da war es wieder, ein leises, jämmerliches Klagen.

An jenem Abend kam die Katze in mein Haus. Als klatschnasses graues Bündel hockte sie vor der Tür und jammerte.

Später, in der Hütte, schlug sie entsetzt ihre Krallen in meinen Schlafrock und fauchte den bellenden Luchs wütend an.

Ich schrie den Hund an, und er kroch unwillig und gekränkt in sein Loch zurück. Dann setzte ich die Katze auf den Tisch. Sie fauchte noch immer auf Luchs hin, eine magere, grauschwarz gestreifte Bauernkatze, hungrig und durchnäßt, aber noch immer bereit, sich mit Krallen und Zähnen zu verteidigen. Sie beruhigte sich erst, als ich Luchs in die Schlafkammer verbannt hatte.

Ich gab ihr warme Milch und ein wenig Fleisch, und sie vertilgte hastig und sich fortwährend umblickend alles, was ich ihr vorsetzte. Dann ließ sie sich streicheln, sprang vom Tisch, stelzte durchs Zimmer und glitt auf mein Bett. Dort ließ sie sich nieder und fing an, sich zu waschen. Als sie trocken war, sah ich, daß sie ein schönes Tier war, nicht groß, aber apart gezeichnet. Das schönste an ihr waren ihre Augen, groß, rund und bernsteingelb. Sie mochte dem alten Mann am Brunnen gehört haben und war auf ihrem Heimweg von der Abendpirsch auf die Wand gestoßen. Vier Wochen lang hatte sie sich herumgetrieben, mich vielleicht schon lange beobachtet, ehe sie gewagt hatte, sich der Hütte zu nähern. Die lockende Wärme und der Lichtschein, vielleicht auch der Milchgeruch, hatten ihr Mißtrauen besiegt.

Luchs winselte in seinem Gefängnis und ich führte ihn am Halsband heraus, zeigte ihm die Katze, streichelte zuerst ihn und dann sie und stellte sie als neue Hausgenossin vor. Luchs benahm sich sehr vernünftig und schien begriffen zu haben. Die Katze verhielt sich noch tagelang feindselig und abweisend gegen ihn. Sie mochte schlimme Erfahrungen gemacht haben und fauchte wütend, wenn Luchs sich ihr neugierig näherte.

Nachts schlief sie in meinem Bett, eng an meine Beine geschmiegt. Es war nicht sehr bequem für mich, aber mit der Zeit gewöhnte ich mich daran. Am Morgen lief die Katze weg und kam erst bei Einbruch der Dämmerung zurück, um zu fressen, zu trinken und in meinem Bett zu schlafen. So hielt sie es fünf oder sechs Tage. Dann blieb sie ganz bei mir und benahm sich von da an wie eine richtige Hauskatze.

Luchs gab es nicht auf, sich ihr zu nähern, er war ja überhaupt ein sehr neugieriger Hund, und schließlich fand die Katze sich damit ab, hörte auf zu fauchen und ließ sich sogar beschnuppern. Allerdings schien sie sich dabei nicht wohl zu fühlen. Sie war ein sehr nervöses und mißtrauisches Geschöpf, zuckte bei jedem Geräusch zurück und befand sich meistens in einem Zustand der Fluchtbereitschaft und Spannung.

Es dauerte wochenlang, bis sie sich beruhigte und nicht mehr zu fürchten schien, ich könnte sie mit Fußtritten davonjagen. Seltsamerweise schien sie Luchs bald weniger zu mißtrauen als mir. Von seiner Seite erwartete sie sichtlich keine bösen Überraschungen mehr, und sie fing an, ihn zu behandeln wie ein launenhaftes Weib seinen Tolpatsch von Ehemann behandelt. Manchmal fauchte sie ihn an und schlug nach ihm, und dann wieder, wenn Luchs sich zurückgezogen hatte, näherte sie sich ihm und schlief sogar an seiner Seite ein.

Die Erfahrungen, die sie mit Menschen gemacht hatte, mußten sehr schlimm gewesen sein, und da ich wußte, wie schlecht Katzen besonders auf dem Land häufig behandelt werden, wunderte ich mich nicht. Ich war immer gleichmäßig freundlich zu ihr, näherte mich ihr nur langsam und nie, ohne dabei zu ihr zu sprechen. Und als sie sich Ende Juni zum erstenmal von ihrem Platz erhob, über den Tisch auf mich zukam und ihr Köpfchen an meiner Stirn rieb, empfand ich dies als großen Erfolg. Von da an war das Eis gebrochen. Nicht daß sie mich mit Zärtlichkeiten überhäuft hätte, aber sie schien bereit, das Böse, das ihr von Menschen widerfahren war, zu vergessen.

Noch jetzt geschieht es manchmal, daß sie ängstlich vor mir zurückweicht oder zur Tür flieht, wenn ich mich zu plötzlich bewege. Es kränkt mich, aber wer weiß, vielleicht kennt die Katze mich besser, als ich selbst mich kenne, und ahnt, wozu ich fähig sein könnte. Während ich dies schreibe, liegt sie vor mir auf dem Tisch und sieht aus großen gelben Augen über meine Schulter auf einen Fleck der Wand. Dreimal hab ich mich schon danach umgedreht und kann dort nichts sehen als das alte dunkle Holz. Manchmal starrt sie auch mich lange und unverwandt an, aber nie so lange wie die Wand, nach einer gewissen Zeit wird sie unruhig und dreht den Kopf weg oder kneift die Lider zu.

Auch Luchs mußte die Augen abwenden, wenn ich ihn lange ansah. Ich glaube nicht, daß Menschenaugen hypnotisch wirken, ich kann mir aber vorstellen, daß sie einfach zu groß und leuchtend sind, um einem kleineren Tier angenehm zu sein. Ich ließe mich auch nicht gern von untertassengroßen Augen anstarren.

Seit Luchs tot ist, hat sich die Katze enger an mich angeschlossen. Vielleicht sieht sie ein, daß wir ganz aufeinander angewiesen sind, aber sie war eifersüchtig auf den Hund, ohne es zeigen zu können. In Wahrheit bin ich mehr auf sie angewiesen als sie auf mich. Ich kann zu ihr reden, sie streicheln und ihre Wärme sickert über meine Handflächen in meinen Leib und tröstet mich. Ich glaube nicht, daß die Katze mich so nötig braucht wie ich sie.

Luchs entwickelte mit der Zeit eine gewisse Zuneigung für sie. Für ihn war sie ein Familien- oder Rudelmitglied, und er hätte jeden Angreifer angefallen, um sie zu beschützen.

Wir waren also zu viert, die Kuh, die Katze, Luchs und ich. Luchs stand mir am nächsten, er war bald nicht nur mein Hund, sondern mein Freund; mein einziger Freund in einer Welt der Mühen und Einsamkeit. Er verstand alles, was ich sagte, wußte, ob ich traurig oder heiter war, und versuchte auf seine einfache Art, mich zu trösten.

Die Katze war ganz anders, ein tapferes, abgehärtetes Tier, das ich respektierte und bewunderte, das sich aber immer seine Freiheit vorbehielt. Sie war mir in keiner Weise verfallen. Freilich, Luchs hatte keine Wahl, er war auf einen Herrn angewiesen. Ein herrenloser Hund ist das ärmste Wesen auf der Welt, und selbst der übelste Mensch kann noch seinen Hund in Entzücken versetzen.

Die Katze fing bald an, gewisse Forderungen an mich zu stellen. Sie wollte jederzeit, auch nachts, kommen und gehen, wie es ihr gefiel. Ich hatte Verständnis dafür, und da ich bei kaltem Wetter das Fenster geschlossen halten mußte, stemmte ich hinter dem Kasten ein kleines Loch in die Wand. Es war eine mühsame Arbeit, aber sie lohnte sich, denn jetzt hatte ich nachts Ruhe. Der Kasten hielt im Winter den kalten Luftzug ab. Im Sommer schlief ich natürlich bei offenem Fenster, aber die Katze benützte immer ihren eigenen kleinen Ausgang. Sie nahm ein sehr geregeltes Leben auf, schlief bei Tag, ging gegen Abend weg und kam erst wieder gegen Morgen und wärmte sich bei mir im Bett an.

Ich sehe mein Gesicht, klein und verzerrt, im Spiegel ihrer großen Augen. Sie hat sich angewöhnt zu antworten, wenn ich zu ihr spreche. Geh nicht fort heute nacht, sage ich, im Wald sind der Uhu und der Fuchs, bei mir bist du warm und sicher. Hrrr, grrr, mau, sagt sie, und das mag heißen, man wird ja sehen, Menschenfrau, ich möchte mich nicht festlegen. Und dann kommt bald der Augenblick, an dem sie aufsteht, einen Buckel macht, sich zweimal lang ausstreckt, vom Tisch springt, in den Hintergrund gleitet und lautlos in der Dämmerung untertaucht. Und später werde ich meinen leisen Schlaf schlafen, einen Schlaf, in dem die Fichten rauschen und der Brunnen plätschert.

Gegen Morgen, wenn der vertraute kleine Körper sich an meine Beine schmiegt, werde ich mich ein wenig tiefer in den Schlaf sinken lassen, nie ganz tief, denn ich muß sehr auf der Hut sein.

Es könnte einer ans Fenster schleichen, der wie ein Mensch aussieht und eine Hacke auf dem Rücken verbirgt.

Mein Gewehr hängt geladen neben dem Bett. Ich muß horchen, ob nicht Schritte sich dem Haus oder dem Stall nähern. In der letzten Zeit habe ich oft daran gedacht, die Schlafkammer zu räumen und Bella hier einen Stall einzurichten. Vieles spricht dagegen, aber es wäre mir eine große Beruhigung, sie durch die Tür zu hören und sie ganz nahe und in Sicherheit zu wissen. Ich müßte natürlich von der Kammer eine Tür ins Freie ausbrechen und den Boden in der Kammer aufreißen und eine Rinne bauen. Die Rinne könnte ich in die Senkgrube hinter dem Haus führen, unter das kleine Holzhäuschen. Was mir Sorgen macht, ist nur der Gedanke an die Tür. Mit größter Mühe werde ich es fertigbringen, die Tür auszubrechen, aber ich muß ja dann die Stalltür richtig einpassen, und ich glaube, das wird mir nicht gelingen. Jeden Abend im Bett denke ich über diese Tür nach, und ich könnte weinen, daß ich so ungeschickt und unfähig bin. Und doch, wenn ich sehr lange darüber nachgedacht habe, werde ich die Tür in Angriff nehmen. Im Winter wird es Bella angenehm warm neben der Küche haben, und sie wird meine Stimme hören. Solange es kalt ist und Schnee liegt, kann ich nichts tun, als daran denken.

Bellas Stall stellte mich auch damals im Juni vor neue Aufgaben. Der Holzboden war von ihrem Harn durchtränkt und fing an zu faulen und zu stinken. Es konnte so unmöglich weitergehen. Ich riß zwei Bretter heraus und grub eine Rinne, in der der Harn nach außen abfließen konnte. Die Hütte stand ein wenig geneigt, dem Abhang zu, der sich zum Bach hinab erstreckte. Der Boden mochte sich im Lauf der Jahre ein wenig gesenkt haben, das war für meine Arbeit günstig. Durch den durchlässigen Kalkboden konnte alles ungehindert abfließen und im Boden versickern.

Im Sommer stank es ein wenig hinter dem Stall, aber dorthin kam ich ohnedies nie; der Stall jedenfalls war jetzt sauber und trocken. Der Abhang hinter dem Stall war immer schon eine besonders unfreundliche und fast unheimliche Gegend gewesen, immer im Schatten, dicht von Fichten bestanden und feucht. Weißliche Schwämme wuchsen dort, und es roch immer ein wenig modrig. Daß der Unrat vielleicht in den Bach sickern würde, störte mich nicht. Das Brunnenwasser kam von einer Quelle oberhalb des Jagdhauses und war klar und sehr kalt, das beste Wasser, das ich je getrunken habe.

Es fällt mir auf, daß ich in meinem Kalender nie vermerkt habe, wann ich ein Stück Wild schoß. Jetzt erinnere ich mich auch, daß es mir einfach zuwider war, es aufzuschreiben, es genügte ja schon, daß ich es tun mußte. Auch jetzt möchte ich nicht darüber schreiben, nur so viel, daß es mir nach einigen Fehlschlägen ganz gut gelang, uns mit Fleisch zu versorgen, ohne zuviel Munition zu verbrauchen. Ich bin zwar ein Stadtkind, aber meine Mutter stammte vom Land, eben aus der Gegend, in der ich jetzt lebe. Sie und Luises Mutter waren Schwestern, und wir verbrachten die Sommerferien immer auf dem Land. Es war ja damals noch nicht üblich, die Ferien an der Riviera zu verbringen. Wenn ich diese Sommer auf dem Land auch immer wie im Spiel verbrachte, blieb doch manches, was ich hörte, hängen und erleichtert mir das Leben, das ich jetzt führen muß. Ich bin zumindest nicht völlig ahnungslos. Schon damals als Kind übte ich mich mit Luise im Scheibenschießen. Ich war darin sogar besser als Luise, aber sie war es, die eine leidenschaftliche Jägerin wurde. Im ersten Sommer hier im Wald fing ich auch häufig Forellen. Es machte mir weniger aus, sie zu töten. Ich weiß nicht, warum; bei den Rehen erscheint es mir heute noch besonders verwerflich, fast wie ein Verrat. Ich werde mich nie daran gewöhnen.

Meine Vorräte schmolzen viel zu schnell, und ich mußte mich sehr einschränken. Besonders fehlten mir Obst, Gemüse, Zucker und Brot. Ich half mir, so gut es ging, mit Brennesselspinat, Lattich und jungen Fichtenwipfeln. Später, als ich schon sehnsüchtig auf die Erdapfelernte wartete, kam eine Zeit, in der mich Gelüste befielen wie eine schwangere Frau. Vorstellungen von gutem und reichlichem Essen verfolgten mich bis in den Traum. Zum Glück dauerte dieser Zustand nicht allzulange. Ich kannte ihn schon aus der Kriegszeit, aber ich hatte vergessen, wie schrecklich es ist, von einem unzufriedenen Körper abhängig zu sein. Ganz plötzlich, als die ersten Erdäpfel da waren, verließen mich meine wilden Begierden, und ich fing an zu vergessen, wie frisches Obst, Schokolade und Eiskaffee geschmeckt hatten. Ich dachte nicht einmal mehr an den Duft von frischem Brot. Aber ganz vergessen konnte ich das Brot nie. Noch heute werde ich manchmal von Verlangen danach überfallen. Schwarzes Brot ist für mich eine unvorstellbare Köstlichkeit geworden.

Wenn ich an jenen Sommer zurückdenke, scheint er mir erfüllt von Geschäftigkeit und Plage. Ich wurde mit den anfallenden Arbeiten kaum fertig. Da ich nicht an schwere Arbeit gewöhnt war, fühlte ich mich dauernd wie erschlagen. Es fehlte mir auch noch die richtige Einteilung. Ich arbeitete zu schnell oder zu langsam, und ich mußte mir jede Arbeit erst selber unter vielen Rückschlägen beibringen. Ich wurde mager und kraftlos, und sogar die Stallarbeit strengte mich übermäßig an. Ich weiß nicht, wie ich es fertigbrachte, diese Zeit zu überstehen. Ich weiß es wirklich nicht; wahrscheinlich gelang es mir nur, weil ich es mir in den Kopf gesetzt hatte und weil ich für drei Tiere zu sorgen hatte. Durch die dauernde Überanstrengung ging es mir bald wie dem armen Hugo; ich schlief ein, sobald ich mich auf die Bank setzte. Dazu kam noch, daß ich zwar Tag und Nacht von gutem Essen träumte, sobald ich aber essen wollte, brachte ich kaum ein paar Bissen hinunter. Ich glaube, ich lebte nur von Bellas Milch. Sie war das einzige, was mir nicht widerstand.

Ich war viel zu sehr in diese Mühsal verstrickt, als daß ich meine Lage hätte klar überblicken können. Da ich beschlossen hatte durchzuhalten, hielt ich durch, aber ich hatte vergessen, warum das wichtig war, und ich lebte nur von einem Tag zum andern. Ich weiß nicht mehr, ob ich damals häufig in die Schlucht ging, wahrscheinlich nicht. Ich erinnere mich nur, daß ich einmal, Ende Juni, zur Bachwiese ging, um nach dem Gras zu sehen, und dabei durch die Wand blickte. Der Mann am Brunnen war umgefallen und lag jetzt auf dem Rücken, die Knie leicht angezogen, die gehöhlte Hand noch immer auf dem Weg zum Gesicht. Ein Sturm mußte ihn umgestürzt haben. Er sah nicht aus wie ein Leichnam, eher wie eine Ausgrabung in Pompeji. Während ich so stand und auf das steinerne Unding starrte, sah ich unter einem der Büsche jenseits der Wand zwei Vögel im hohen Gras liegen. Auch sie mußte der Wind von den Büschen getragen haben. Sie sahen hübsch aus, wie bemaltes Spielzeug. Ihre Augen glänzten wie geschliffene Steine, und die Farben des Gefieders waren nicht verblaßt. Sie sahen nicht tot aus, sondern wie Dinge, die niemals lebendig gewesen waren, ganz und gar anorganisch. Und doch hatten sie einmal gelebt, und ihr warmer Atem hatte die kleinen Kehlen bewegt. Luchs, der wie immer mit mir war, wandte sich ab und stieß mich mit der Schnauze an. Er wollte, daß ich weiterging. Er war vernünftiger als ich, und so ließ ich mich von ihm von den Steindingern wegführen.

Wenn ich später zur Wiese mußte, vermied ich es meistens, durch die Wand zu schauen. Sie wuchs im ersten Sommer schon fast ganz zu. Einige von meinen Haselstöcken hatten wunderbarerweise Wurzel geschlagen, und bald zog sich an der Wand ein grüner Zaun dahin. Auf der Bachwiese blühten Steinnelken, Akelei und ein hohes gelbes Kraut. Die Wiese sah heiter und freundlich aus im Gegensatz zur Schlucht, aber da sie an die Wand stieß, konnte ich mich nie mit ihr befreunden.

Ich war zwar durch Bella ans Jagdhaus gefesselt, aber ich wollte doch versuchen, mich noch ein wenig in der Gegend umzusehen. Ich erinnerte mich an einen Weg, der zu einer höher gelegenen Jagdhütte führte und von dort hinab in das gegenüberliegende Tal. Dorthin wollte ich gehen. Da ich die Kuh nicht lange alleinlassen durfte, beschloß ich, schon nachts aufzusteigen. Es war gerade Vollmond und das Wetter klar und warm. Ich molk Bella erst spät am Abend, ließ Heu und Wasser im Stall und stellte für die Katze Milch vor den Herd. Beim ersten Mondlicht, gegen elf Uhr, brach ich mit Luchs auf. Ich nahm etwas Proviant mit mir, die Büchsflinte und das Fernglas. Das alles belastete mich zwar, ich wagte aber nicht, unbewaffnet zu gehen. Luchs war aufgeregt und hoch erfreut über diesen späten Spaziergang. Ich stieg zunächst zur Jagdhütte auf, die noch in Hugos Revier lag. Der Pfad war gut erhalten, und der Mond gab genügend Licht. Ich habe mich nie nachts im Wald gefürchtet, während ich in der Stadt immer ängstlich war. Warum das so war, weiß ich nicht, wahrscheinlich weil ich nie daran dachte, daß ich auch im Wald auf Menschen treffen könnte. Der Aufstieg dauerte fast drei Stunden. Als ich aus dem Waldschatten trat, lagen die kleine Lichtung und in ihrer Mitte die Hütte im weißen Licht vor mir. Ich wollte die Hütte erst auf dem Rückweg durchsuchen und setzte mich auf die Bank davor, um ein wenig auszuruhen und aus der Thermosflasche zu trinken. Es war hier viel kühler als im Talkessel, vielleicht hing dieser Eindruck aber nur mit dem weißen kalten Licht zusammen.

Die ganze dumpfe Bedrücktheit der letzten Zeit glitt von mir ab und ließ mich leicht und befreit zurück. Wenn ich jemals Frieden empfunden habe, dann war es in jener Juninacht auf der mondbeschienenen Lichtung. Luchs saß dicht an mich gedrängt und blickte ruhig und aufmerksam zum tintenschwarzen Wald hinüber. Es fiel mir schwer, aufzustehen und weiterzuwandern. Ich durchquerte die taunasse Wiese und tauchte wieder in den Waldschatten ein. Manchmal raschelte es in der Dunkelheit, eine Menge kleiner Tiere mochte unterwegs sein.

Luchs hielt sich lautlos an meiner Seite, vielleicht dachte er noch immer an einen Pirschgang. Der Pfad führte eine halbe Stunde lang durch den Wald, und ich mußte langsam gehen, weil das Mondlicht nur schwach auf den Weg fiel. Ein Kauz schrie, und sein Ruf klang gar nicht unheimlicher als irgendein anderer Tierlaut. Ich ertappte mich dabei, daß ich besonders vorsichtig und leise auftrat. Ich konnte nicht anders, irgend etwas zwang mich dazu. Als ich endlich aus dem Wald trat, war die erste Dämmerung angebrochen. Ihr trüber Schein vermischte sich mit dem Licht des untergehenden Mondes. Der Steig führte jetzt zwischen Latschen und Alpenrosen dahin, die im Zwielicht wie große und kleine graue Klumpen aussahen. Manchmal löste sich ein Stein unter meinen Füßen und polterte über die Halden zu Tal. Als ich den höchsten Punkt erreicht hatte, setzte ich mich auf einen kleinen Felsen und wartete. Gegen halb fünf ging die Sonne auf. Ein frischer Wind sprang auf und fuhr über mein Haar. Der graurosa Himmel färbte sich orange und feuerrot. Es war der erste Sonnenaufgang im Gebirge, den ich erlebte. Nur Luchs saß neben mir und starrte wie ich ins Licht. Es kostete ihn große Anstrengung, nicht freudig zu bellen, ich sah es am Zucken seiner Ohren und an den wellenartigen Muskelbewegungen, die über seinen Rücken liefen. Plötzlich war es taghell. Ich stand auf und begann mit dem Abstieg ins Tal. Es war ein langgezogenes und dichtbewaldetes Tal. Mit dem Glas konnte ich nichts sehen als Wald. Ein gegenüber ansteigender Höhenrücken versperrte mir die Sicht. Das war enttäuschend, denn ich hatte gehofft, von hier aus wenigstens ein Dorf zu sehen. Ich wußte jetzt, daß ich den Weg durch die Latschen weitergehen mußte, wenn ich einen freien Ausblick suchte. Dort drüben lag eine Alm, und von ihr aus mußte ich weiter ins Land sehen können. Aber ich konnte nicht zur Alm und ins Tal, und so entschloß ich mich für das Tal. Es schien mir wichtiger zu sein. Vielleicht hoffte ich närrischerweise noch immer, dort unten keine Wand vorzufinden. Ich fürchte, es war so, denn anders hätte ich mir den Weg ersparen können. Ich befand mich jetzt im Nachbarrevier, das, soviel ich mich erinnerte, an einen reichen Ausländer verpachtet war, der nur einmal im Jahr, zur Hirschbrunft, erschien. Vielleicht war das der Grund für den schlechten Zustand der Straße; überall konnte man die Spuren des Frühlingshochwassers sehen. In Hugos Revier waren diese Schäden sofort ausgebessert worden. Die Straße glich stellenweise fast einem Flußbett. Es gab hier keine Schlucht. Zu beiden Seiten des Baches stiegen bewaldete Berglehnen an. Im ganzen hatte dieses Tal ein freundlicheres Gesicht als mein Tal. Ich schreibe »mein Tal«. Der neue Besitzer, wenn es ihn gibt, hat sich noch nicht bei mir gemeldet. Wäre die Straße nicht so ausgewaschen gewesen, hätte ich den Ausflug nur als Spaziergang angesehen. Je mehr ich mich der Talsohle näherte, desto vorsichtiger wurde ich. Ich streckte den Bergstock vor mir her und achtete darauf, daß Luchs brav bei Fuß ging. Er schien übrigens von keinerlei bösen Ahnungen oder Erinnerungen geplagt zu sein und trottete vergnügt neben mir her. Ich befand mich noch im Wald, als ich mit dem Stock an die Wand stieß. Ich war sehr enttäuscht. Alles, was ich sah, war der Wald und ein Stückchen Straße. Die Wand war hier weiter von den ersten Häusern entfernt als drüben. Auch die große Jagdhütte, die erst vor zwei Jahren gebaut worden war und die jeden Luxus enthalten sollte, war noch nicht zu sehen.

Plötzlich war ich sehr müde, ja fast erschöpft. Der Gedanke an den weiten Rückweg drückte mich fast zu Boden. Ich ging langsam ein Stück zurück bis zu einer Holzknechthütte, die ich gar nicht beachtet hatte. Sie lag in einer kleinen Mulde an den Berg geschmiegt, und ihr Eingang war völlig mit Brennesseln verwachsen. In der Hütte war nichts zu finden außer einer Blechschüssel und einem Stück verschimmelten und von Mäusen angenagten Specks. Ich setzte mich an den rohen Tisch und packte meine Vorräte aus. Luchs war zum Bach gegangen, um zu trinken. Ich konnte ihn durch die offene Tür sehen, und das beruhigte mich ein wenig. Ich trank Tee aus der Flasche, aß eine Art Reiskuchen und gab später auch Luchs davon. Die Stille und die Sonne, die auf dem Dach brütete, verlockten mich zum Schlafen. Aber ich fürchtete die Flöhe in den streugefüllten Bettstellen, außerdem hätte mich ein kurzer Schlaf nur noch müder gemacht. Es war besser, dem Verlangen nicht nachzugeben. Also packte ich den Rucksack und verließ die Hütte.

Die nächtliche und morgendliche Hochstimmung war verflogen, und die Füße taten mir weh in den schweren Bergschuhen. Die Sonne brannte auf meinen Kopf, und selbst Luchs schien müde und versuchte nicht, mich aufzumuntern. Der Aufstieg war nicht steil, aber sehr lang und eintönig. Vielleicht schien er auch nur mir eintönig in meiner niedergedrückten Stimmung. Ich stolperte dahin, ohne auf meine Umgebung zu achten, und gab mich trüben Gedanken hin.

Jetzt hatte ich also die Täler, die ich erreichen konnte, ohne tagelang wegzubleiben, erforscht. Ich konnte noch zur Alm aufsteigen und von dort aus das Land überblikken, aber weiter hinein in den langgezogenen Gebirgsstock konnte ich mich nicht wagen. Natürlich würde man mich finden, wenn es dort drüben keine Wand gab, ja, ich mußte mir sagen, daß man mich längst hätte finden müssen. Ich konnte ruhig daheim sitzen bleiben und warten. Aber immer wieder fühlte ich mich dazu getrieben, selber etwas gegen die Ungewißheit zu unternehmen. Und ich war gezwungen, nichts zu tun und zu warten, ein Zustand, den ich schon immer besonders verabscheut hatte. Viel zu oft und viel zu lange hatte ich schon gewartet auf Menschen oder Ereignisse, die niemals eingetroffen waren oder so spät, daß sie mir nichts mehr bedeutet hatten.

Während des langen Rückwegs dachte ich über mein früheres Leben nach und fand es in jeder Hinsicht ungenügend. Ich hatte wenig erreicht von allem, was ich gewollt hatte, und alles, was ich erreicht hatte, hatte ich nicht mehr gewollt. Wahrscheinlich ist es meinen Mitmenschen ebenso ergangen. Gerade darüber haben wir, als wir noch zueinander sprachen, nie gesprochen. Ich glaube nicht, daß ich noch einmal Gelegenheit haben werde, mich mit anderen Menschen darüber zu unterhalten. So bin ich nur auf Vermutungen angewiesen. Damals auf dem Rückweg in mein Tal war ich mir noch nicht klar darüber, daß mein früheres Leben ein jähes Ende gefunden hatte, das heißt, ich wußte es wohl schon, aber nur mit dem Kopf, und also glaubte ich nicht daran. Erst wenn das Wissen um eine Sache sich langsam im ganzen

Körper ausbreitet, weiß man wirklich. Ich weiß ja auch, daß ich, wie jede Kreatur, einmal sterben muß, aber meine Hände, meine Füße und meine Eingeweide wissen es noch nicht, und deshalb erscheint mir der Tod so unwirklich. Seit jenem Junitag ist Zeit vergangen und allmählich fange ich an zu begreifen, daß ich nie wieder zurück kann.

Gegen ein Uhr mittags erreichte ich den Pfad, der durch die Latschen führt, und ruhte mich auf einem Stein aus. Der Wald lag dunstend in der Mittagssonne, und warme Duftwolken stiegen aus den Latschen zu mir auf. Jetzt konnte ich erst sehen, daß die Alpenrosen blühten. Als rotes Band zogen sie sich über die Halden dahin. Es war jetzt viel stiller als in der Mondnacht, als läge der Wald schlafgelähmt unter der gelben Sonne. Ein Raubvogel zog hoch im Blauen seine Kreise, Luchs schlief mit zuckenden Ohren, und die große Stille senkte sich wie eine Glocke über mich. Ich wünschte, immer hier sitzen zu dürfen, in der Wärme, im Licht, den Hund zu Füßen und den kreisenden Vogel zu Häupten. Längst hatte ich aufgehört zu denken, so, als hätten meine Sorgen und Erinnerungen nichts mehr mit mir gemein. Als ich weitergehen mußte, tat ich es mit tiefem Bedauern, und ganz langsam verwandelte ich mich unterwegs wieder in das einzige Geschöpf, das nicht hierhergehörte, in einen Menschen, der verworrene Gedanken hegte, die Zweige mit seinen plumpen Schuhen knickte und das blutige Geschäft der Jagd betrieb.

Später, als ich die obere Jagdhütte erreichte, war ich wieder ganz mein altes Ich, begierig darauf, in der Hütte etwas Brauchbares zu finden. Ein schwaches Bedauern blieb noch stundenlang in mir zurück.

Ich erinnere mich sehr deutlich an jenen Ausflug; vielleicht weil er der erste war und sich wie ein Gipfel aus dem monatelangen Einerlei meiner täglichen Mühen erhebt. Übrigens bin ich diesen Weg seither nicht mehr gegangen. Ich hatte es immer tun wollen, aber es kam nicht mehr dazu, und ohne Luchs wage ich nicht mehr weitere Ausflüge zu unternehmen. Ich werde nie mehr über den Alpenrosen in der Mittagssonne sitzen und auf die große Stille lauschen.

Der Schlüssel zur Hütte hing an einem Nagel unter einer losen Schindel und war nicht schwer zu finden. Ich ging sofort daran, die Hütte zu durchsuchen. Sie war natürlich viel kleiner als das Jagdhaus und bestand nur aus einer Küche und einer kleinen Schlafkammer. Ich fand ein paar Decken, ein Segeltuch und zwei steinharte Keilkissen. Sie und die Decken brauchte ich nicht; das Segeltuch war regendicht, und ich nahm es mit. Kleidungsstücke fand ich hier nicht. In der Küche gab es in einem Kästchen über dem Herd Mehl, Schmalz, Zwieback, Tee, Salz, Eierpulver und einen kleinen Sack gedörrter Zwetschen, die der Jäger als Allheilmittel betrachtet haben mußte, denn ich erinnere mich, daß er immerzu daran kaute. Außerdem fand ich in der Tischlade ein Paket schmutziger Tarockkarten. Ich kenne das Spiel nur vom Zuschauen, aber die Karten gefielen mir, und so nahm ich sie mit. Später erfand ich mit ihnen ein neues Spiel, ein Spiel für eine einsame Frau. Viele Abende habe ich damit verbracht, die alten Tarockkarten zu legen. Ihre Figuren waren mir so vertraut, als hätte ich sie schon ewig gekannt. Ich gab ihnen Namen, und einige mochte ich lieber als die andern. Meine Beziehungen zu ihnen wurden so persönlich wie zu den Figuren eines Romans von Dickens, den man schon zwanzigmal gelesen hat. Heute spiele ich dieses Spiel nicht mehr. Eine Karte hat Tiger, der Sohn der Katze, aufgefressen, und eine hat Luchs mit den Ohren in ein Schaff Wasser gefegt. Ich möchte nicht ständig an Luchs und Tiger erinnert werden. Aber gibt es denn im Jagdhaus irgend etwas, was mich nicht an sie erinnert?

In der oberen Jagdhütte fand ich auch eine alte Weckeruhr, die mir noch sehr nützlich wurde. Ich besaß zwar den kleinen Reisewecker und die Armbanduhr, aber der Reisewecker fiel mir bald darauf aus der Hand, und die Armbanduhr zeigte die Zeit nie genau an. Heute besitze ich nur noch den alten Wecker aus der Jagdhütte, aber auch er steht schon lange still. Ich richte mich nach der Sonne oder, wenn sie nicht scheint, nach dem Einflug und Abflug der Krähen und verschiedenen anderen Anzeichen. Ich möchte wissen, wo die genaue Uhrzeit geblieben ist, jetzt, da es keine Menschen gibt. Manchmal fällt mir ein, wie wichtig es einmal war, ja nicht fünf Minuten zu spät zu kommen. Sehr viele Leute, die ich kenne, schienen ihre Uhr als kleinen Götzen zu betrachten, und ich fand das auch immer vernünftig. Wenn man schon in der Sklaverei lebt, ist es gut, sich an die Vorschriften zu halten und den Herrn nicht zu verstimmen. Ich habe der Zeit, der künstlichen, vom Ticken der Uhren zerhackten Menschenzeit, nicht gerne gedient, und das hat mich oft in Schwierigkeiten gebracht. Ich habe Uhren nie gemocht, und jede meiner Uhren ist nach einiger Zeit auf rätselhafte Weise zerbrochen oder verschwunden. Die Methode der systematischen Uhrenvernichtung habe ich aber sogar vor mir selbst verheimlicht. Heute weiß ich natürlich, wie das alles geschehen ist. Ich habe ja so viel Zeit, nachzudenken, und im Lauf der Zeit werde ich mir noch auf alle Schliche kommen.

Ich kann es mir leisten, es hat keinerlei Folgen für mich. Selbst wenn mir plötzlich die aufregendsten Erkenntnisse zuteil würden, wäre es ganz ohne Bedeutung für mich. Ich müßte weiterhin zweimal täglich den Kuhstall ausmisten, Holz hacken und Heu die Schlucht heraufschleppen. Mein Kopf ist frei, er darf treiben, was er will, nur die Vernunft darf ihn nicht verlassen, die Vernunft, die er braucht, um mich und die Tiere am Leben zu erhalten.

In der oberen Hütte lagen auf dem Küchentisch zwei Zeitungen vom elften April, ein ausgefüllter Totozettel, eine halbe Schachtel billiger Zigaretten, Zünder, eine Spule Zwirn, sechs Hosenknöpfe und zwei Nadeln. Die letzten Spuren, die der Jäger im Wald zurückgelassen hatte. Eigentlich hätte ich seine Habseligkeiten in einem großen lodernden Feuer verbrennen sollen. Der Jäger war ein ordentlicher, braver Mann, und es wird ihn bis zum Ende der Zeiten nicht wieder geben. Ich hatte ihn immer viel zuwenig beachtet. Er war ein vergrämt aussehender, bartloser Mann in mittleren Jahren, hager und, für einen Jäger, unnatürlich weißhäutig. Das auffallendste an ihm waren seine sehr hellen, grünlichblauen Augen, die besonders scharf waren und auf die sich dieser bescheidene Mann sehr viel einzubilden schien. Er benützte das Fernglas nie anders als mit verächtlichem Lächeln. Das ist alles, was ich über den Jäger weiß; außer daß er sehr pflichtbewußt war und gern getrocknete Zwetschen kaute, ja, und daß er eine gute Hand für Hunde hatte. In der ersten Zeit dachte ich manchmal an ihn. Es wäre doch möglich gewesen, daß Hugo ihn schon bei seiner Ankunft mitgenommen hätte. Wahrscheinlich hätte ich es dann leichter gehabt in den letzten Jahren. Jetzt allerdings bin ich meiner Sache nicht mehr ganz sicher. Wer weiß, was die Gefangenschaft aus diesem unauffälligen Mann gemacht hätte. Auf jeden Fall war er körperlich stärker als ich, und ich wäre von ihm abhängig gewesen. Vielleicht würde er heute faul in der Hütte umherliegen und mich arbeiten schicken. Die Möglichkeit, Arbeit von sich abzuwälzen, muß für jeden Mann eine große Versuchung sein. Und warum sollte ein Mann, der keine Kritik zu befürchten hat, überhaupt noch arbeiten. Nein, es ist schon besser, wenn ich allein bin. Es wäre auch nicht gut für mich, mit einem schwächeren Partner zusammen zu sein, ich würde einen Schatten aus ihm machen und ihn zu Tode versorgen. So bin ich eben, und daran hat auch der Wald nichts geändert. Vielleicht können mich überhaupt nur Tiere ertragen. Wären auch Hugo und Luise im Wald zurückgeblieben, hätten sich sicher im Lauf der Zeit endlose Reibereien ergeben. Ich kann nichts sehen, was unser Zusammensein glücklich hätte gestalten können.

Es hat keinen Sinn, darüber nachzudenken. Luise, Hugo und den Jäger gibt es nicht mehr, und im Grund wünsche ich sie nicht zurück. Ich bin nicht mehr die, die ich noch vor zwei Jahren war. Wenn ich mir heute einen Menschen wünschte, so müßte es eine alte Frau sein, eine gescheite, witzige, mit der ich manchmal lachen könnte. Denn das Lachen fehlt mir noch immer sehr. Aber sie würde wohl vor mir sterben, und ich bliebe wieder allein zurück. Es wäre schlimmer, als sie nie gekannt zu haben. Das Lachen wäre damit zu teuer erkauft. Ich müßte mich dann auch noch an diese Frau erinnern und das wäre zuviel. Ich bin schon jetzt nur noch eine dünne Haut über einem Berg von Erinnerungen. Ich mag nicht mehr. Was soll denn mit mir geschehen, wenn diese Haut reißt?

Ich werde nie meinen Bericht zu Ende bringen, wenn ich mich hinreißen lasse, jeden Gedanken, der mir durch den Kopf geht, niederzuschreiben. Aber jetzt habe ich die Lust verloren, weiter über meinen Ausflug zu berichten. Ich weiß auch nicht mehr, wie der Abstieg zur Hütte war. Jedenfalls kam ich mit vollgepacktem Rucksack zurück, versorgte Bella und ging gleich zu Bett.

Am folgenden Tag, es steht auf meinem Kalender vermerkt, fingen die Zahnschmerzen an. Der Zahn tat so entsetzlich weh, daß ich mich nicht wundere über die Aufzeichnung. Nie zuvor und nie nachher hat mir ein Zahn so weh getan. Ich hatte an diesen Zahn nie gedacht, wahrscheinlich weil ich genau wußte, daß er nicht geheuer war. Er war aufgebohrt und trug eine Einlage, und der Zahnarzt hatte mir aufgetragen, ja bestimmt in drei Tagen zu kommen. Die drei Tage waren zu drei Monaten geworden. Ich verbrauchte eine Unmenge von Hugos schmerzstillenden Tabletten und fühlte mich am dritten Tag so benommen, daß ich nur mit größter Mühe die notwendigen Arbeiten verrichten konnte. Manchmal glaubte ich, ich müßte verrückt werden; es war, als hätte der Zahn lange dünne Wurzeln gebildet, die sich jetzt durch mein Hirn bohrten. Am vierten Tag hörten die Pulver überhaupt zu wirken auf, und ich saß am Tisch, den Kopf in die Arme gestützt, und lauschte auf das wütende Toben in meinem Hirn. Luchs lag neben mir auf der Bank und war betrübt, aber ich war nicht fähig, ihm ein gutes Wort zu sagen. Ich saß auch die ganze Nacht hindurch am Tisch, im Bett wurden die Schmerzen nur noch ärger. Am fünften Tag bildete sich ein Geschwür, und in einem Anfall von Verzweiflung und Wut schnitt ich mir den Kiefer mit Hugos Rasiermesser auf. Der Schmerz des Schneidens war fast angenehm, weil er für einen Augenblick den anderen Schmerz auslöschte. Es floß eine Menge Eiter ab, und ich war schon so heruntergekommen, daß ich stöhnte und schrie und glaubte, ohnmächtig zu werden.

Aber ich wurde nicht ohnmächtig; es ist mir nicht gegeben, ich war noch nie im Leben ohnmächtig. Schließlich, als ich immer noch bei Besinnung war, stand ich zitternd auf, wusch mir Blut, Eiter und Tränen vom Gesicht und legte mich aufs Bett. Die folgenden Stunden waren reinstes Glück. Ich schlief dann bei offener Hüttentür ein, und ich schlief, bis Luchs mich am Abend weckte. Dann stand ich, immer noch recht wackelig, auf, trieb Bella in den Stall, fütterte und molk sie, alles sehr langsam und vorsichtig, weil ich bei raschen Bewegungen taumelte. Später, nachdem ich ein wenig Milch getrunken und Luchs gefüttert hatte, schlief ich am Tisch sitzend sofort wieder ein. Seither füllt sich gelegentlich die Fistel, bricht auf und heilt wieder zu. Aber ich habe keine Schmerzen mehr. Ich weiß nicht, wie lange so etwas gutgehen kann. Es wäre für mich lebenswichtig, falsche Zähne zu haben, aber ich habe noch immer sechsundzwanzig eigene Zähne im Mund, unter anderen auch solche, die längst herausgehört hätten, aber aus Eitelkeit sogar noch überkront wurden. Manchmal erwache ich um drei Uhr morgens, und der Gedanke an diese sechsundzwanzig Zähne hüllt mich in kalte Hoffnungslosigkeit. Wie Zeitbomben sitzen sie in meinem Kiefer fest, und ich glaube nicht, daß ich jemals imstande sein werde, mir selbst einen Zahn zu ziehen. Wenn Schmerzen kommen, werde ich sie ertragen müssen. Es wäre zum Lachen, wenn ich schließlich nach jahrelangen unendlichen Mühen im Wald an Zahneiterung sterben sollte.

Nach dieser Zahngeschichte erholte ich mich nur langsam. Ich glaube, es lag an den vielen Pulvern, die ich genommen hatte. Bei meinem nächsten Rehbock verbrauchte ich zuviel Munition, weil meine Hände zitterten. Ich aß fast nichts, trank aber viel Milch, und ich glaube, die Milch heilte mich schließlich von meiner Vergiftung.

Am zehnten Juni ging ich auf den Erdapfelacker. Das grüne Kraut stand schon recht hoch, und fast alle Knollen waren aufgegangen. Aber auch das Unkraut war in die Höhe geschossen; und da es am Vortag geregnet hatte, fing ich gleich an zu jäten. Es wurde mir klar, daß ich meinen Acker auch schützen mußte. Ich glaube zwar nicht, daß das Wild Erdapfelkraut frißt, wenn es ringsum die feinsten Kräuter finden kann, aber es könnte doch sein, daß irgendein Tier sich an die kostbaren Knollen heranmacht. Also verbrachte ich die nächsten Tage damit, den Acker mit kräftigen Ästen abzustecken, die ich mit langen braunen Lianen miteinander verflocht. Es war keine besonders anstrengende Arbeit, aber sie verlangte eine gewisse Geschicklichkeit, die ich mir erst aneignen mußte.

Nachdem diese Arbeit getan war, sah mein kleiner Akker aus wie eine Festung mitten im Wald. Von allen Seiten war er geschützt, nur gegen die Mäuse konnte ich wenig tun. Freilich hätte ich ihre Löcher mit Petroleum füllen können, aber diese Verschwendung konnte ich mir nicht leisten; außerdem, wer weiß, vielleicht hätten die Erdäpfel dann nach Petroleum geschmeckt. Ich habe natürlich keine Ahnung, und besonders viele Experimente kann ich mir aus naheliegenden Gründen nicht gestatten.

Von den Bohnen neben dem Stall war nur die Hälfte aufgegangen. Vielleicht waren sie doch schon zu alt gewesen. Aber auch hier konnte ich, wenn das Wetter günstig blieb, auf eine kleine Ernte hoffen. Eigentlich war es ein reiner Glücksfall, daß ich die Bohnen eingelegt hatte, eher aus einem spielerischen Einfall heraus als aus Überlegung. Später wurde mir erst klar, wie wichtig gerade die Bohnen für mich waren, sie mußten mir das Brot ersetzen. Heute habe ich schon einen ganz großen Bohnengarten.

Ich zäunte auch den Bohnengarten ab, denn ich konnte mir vorstellen, daß Bella in einem unbewachten Augenblick das Bohnenkraut nicht verschmäht hätte. Wenn mir meine Arbeit ein wenig Zeit übrigließ, an Regentagen etwa, verfiel ich sofort in einen Zustand der Sorge und Ängstlichkeit. Bella gab zwar immer gleich viel Milch und war entschieden rundlicher geworden. Aber ich wußte noch immer nicht, ob sie ein Kalb erwartete.

Und wenn sie wirklich ein Kalb bekam? Ich saß stundenlang am Tisch, den Kopf in die Hände gestützt und dachte über Bella nach. Ich verstand so wenig von Kühen. Wenn ich nicht imstande war, dem Kalb ans Licht zu helfen, wenn Bella die Geburt nicht überlebte, wenn gar sie und das Kalb starben, wenn Bella auf der Wiese giftiges Gras erwischte, ein Bein brach oder von einer Kreuzotter gebissen wurde? Ich erinnerte mich dunkel daran, während meiner ländlichen Sommerferien sehr düstere Geschichten über Rinder gehört zu haben. Es gab eine Krankheit, bei der man der Kuh an einer bestimmten

Stelle ein Messer in den Leib rennen mußte. Ich kannte diese Stelle nicht, und selbst wenn ich sie gekannt hätte, niemals wäre ich dazu fähig gewesen, Bella ein Messer in den Leib zu rennen. Ich hätte sie eher erschossen. Vielleicht lagen auch Nägel oder Glasscherben auf der Wiese. Luise war in dieser Hinsicht immer nachlässig gewesen. Nägel und Scherben konnten einen von Bellas unzähligen Magen aufschlitzen. Ich wußte nicht einmal, wie viele Magen eine Kuh hat; derartige Dinge lernt man zur Prüfung und vergißt sie wieder. Und nicht nur Bella, wenn sie auch mein größtes Sorgenkind war, befand sich in dauernder Gefahr; Luchs konnte in eine alte Falle geraten, und die Kreuzottern konnten auch ihn beißen. Ich weiß nicht, warum ich damals die Kreuzottern so sehr fürchtete. In den zweieinhalb Jahren, die ich hier bin, habe ich nicht einmal auf der Lichtung eine Schlange gesehen. Was meiner Katze zustoßen konnte, war gar nicht auszudenken. Sie vermochte ich auch nicht zu schützen, weil sie nachts in den Wald lief und sich mir völlig entzog. Die Eule konnte sie fangen oder der Fuchs, und sie konnte noch eher in eine Falle geraten als Luchs.

Sosehr ich mich auch bemühte, diesen Vorstellungen zu entfliehen, gelang es mir doch nie wirklich. Ich glaube auch nicht, daß sie wahnhaften Charakter hatten, denn es war viel unwahrscheinlicher, daß ich mitten im Wald die Tiere durchbringen würde, als daß sie starben. Ich habe an derartigen Ängsten gelitten, solange ich mich zurückerinnere, und ich werde darunter leiden, solange irgendein Geschöpf lebt, das mir anvertraut ist. Manchmal, schon lange ehe es die Wand gab, habe ich gewünscht, tot zu sein, um meine Bürde endlich abwerfen zu können. Über diese schwere Last habe ich immer geschwiegen; ein Mann hätte mich nicht verstanden, und die Frauen, denen ging es doch genau wie mir. Und so tratschten wir lieber über Kleider, Freundinnen und Theater und lachten, die heimliche verzehrende Sorge in den Augen. Jede von uns wußte darum, und deshalb redeten wir nie darüber. Es war eben der Preis, den man für die Fähigkeit bezahlte, lieben zu können.

Später habe ich Luchs davon erzählt, nur so, um das Reden nicht zu verlernen. Er wußte gegen jedes Übel nur ein Heilmittel, einen netten kleinen Wettlauf im Wald. Die Katze hört mir zwar aufmerksam zu, aber nur solange ich nicht die geringste Gemütsbewegung zeige. Sie mißbilligt schon den leisesten Hauch von Hysterie und geht einfach weg, wenn ich mich gehenlasse. Bella pflegt mir, auf alles, was ich zu sagen habe, einfach das Gesicht abzuschlecken; das ist zwar tröstlich, aber keine Lösung. Es gibt ja auch keine Lösung, sogar meine Kuh weiß es, nur ich wehre mich immer wieder gegen das Leiden.

Ende Juni veränderte sich die Katze auf eine sehr verdächtige Weise. Sie wurde dick und mürrisch. Manchmal hockte sie stundenlang in häßlicher, brütender Stellung auf einem Fleck und schien in sich hineinzuhorchen. Wenn Luchs sich ihr näherte, bekam er ein grobes Kopfstück, und zu mir war sie entweder übertrieben unfreundlich oder zärtlicher als je zuvor. Ihr Zustand schien mir, da sie nicht krank war und fraß, ganz eindeutig. Während ich immer nur an das Kalb gedacht hatte, waren in der Katze winzige Kätzchen gewachsen. Ich gab ihr viel Milch, und sie hatte auch mehr Durst als früher.

Am siebenundzwanzigsten Juni, einem gewittrigen Tag, hörte ich nach dem Abendessen aus dem Kasten leises Wimmern. Ich hatte den Kasten offenstehen lassen, als ich in den Stall gegangen war, und in ihm lagen ein paar alte Magazine von Luise. Auf ihnen hatte die Katze ihr Wochenbett gehalten, genau auf dem Titelbild der »Eleganten Dame«.

Die Katze schnurrte laut und sah aus großen feuchten Augen stolz und glücklich zu mir auf. Ich durfte sie sogar streicheln und ihre Jungen ansehen. Eines war graugetigert wie die Mutter und eines schneeweiß und zerzaust. Das Graue war tot. Ich trug es weg und begrub es neben dem Stall. Die Katze schien es nicht zu vermissen, sie ging ganz in der Pflege des weißen zausigen Dings auf.

Als Luchs seinen Schädel neugierig in den Kasten steckte, wurde er wütend angefaucht und floh erschreckt und empört ins Freie. Die Katze blieb im Kasten und war zu keiner Übersiedlung zu bewegen. So ließ ich die Tür offen und band sie mit einer Schnur fest, damit sie nicht ganz aufgehen konnte und das Kätzchen geschützt in der Dämmerung lag.

Die Katze war übrigens eine leidenschaftliche Mutter und ging nur nachts auf kurze Zeit weg. Sie mußte jetzt keine Beute suchen, ich fütterte sie genügend mit Fleisch und Milch.

Am zehnten Tag stellte uns die Katze ihr Junges vor. Sie trug es am Nackenfell mitten ins Zimmer und setzte es auf den Boden. Es sah jetzt schon recht hübsch aus, weiß und rosa; aber es war noch immer zausiger als alle jungen Katzen, die mir je untergekommen waren. Wimmernd flüchtete es zur mütterlichen Wärme zurück, und die Vorstellung war beendet. Die Katze war sehr stolz, und sooft sie daraufhin das Junge aus dem Kasten holte, mußte ich sie streicheln und loben. Sie war, wie jede Mutter, erfüllt von dem Bewußtsein, etwas ganz Einmaliges erschaffen zu haben. Und so war es ja auch, denn nicht einmal zwei junge Katzen gleichen einander aufs Haar, nicht äußerlich und schon gar nicht in ihren eigensinnigen kleinen Seelen.

Bald darauf krabbelte das Kleine allein aus dem Kasten und lief bald mir, bald Luchs vor die Füße. Es zeigte nicht die geringste Furcht, und Luchs betrachtete und beschnüffelte es interessiert, sobald die Katze nicht in der Nähe war. Aber die Katze war fast immer in der Nähe und sah die sich anbahnenden Beziehungen mit mißtrauischen Augen an.

Ich nannte die kleine Katze Perle, weil sie so weiß und rosig war. Sogar durch die Haut ihrer kleinen Ohren konnte man das Blut schimmern sehen. Später wuchsen ihr große Haarbüschel auf den Ohren, aber solange sie noch ganz klein war, sah man an vielen Stellen die Haut durch den flockigen Pelz leuchten. Ich wußte damals noch nicht, daß sie ein Weibchen war, aber irgend etwas an ihrem sanften, ein wenig flachgedrückten Gesicht schien mir eben weiblich zu sein. Perle fühlte sich sehr von Luchs angezogen und fing an, mit ihm im Ofenloch zu liegen und mit seinen langen Ohren zu spielen. Nachts aber schlief sie im Kasten bei ihrer Mutter.

In wenigen Wochen wurde mir klar, daß Perle, das zausige kleine Ding, im Begriff war, sich in eine Schönheit zu verwandeln. Sie bekam ganz langes, seidiges Haar und war, dem Aussehen nach, eine Angorakatze. Freilich nur dem Aussehen nach; irgendein langhaariger Ahne war in ihr auferstanden. Perle war ein kleines Wunder, aber schon damals wußte ich, daß sie am unrechten Ort geboren war. Eine langhaarige, weiße Katze, mitten im Wald, ist zum frühen Tod verurteilt. Sie hatte gar keine Chancen. Vielleicht hatte ich sie deshalb so gern. Eine neue Sorgenlast war mir auferlegt worden. Ich zitterte vor dem Tag, an dem sie ins Freie gehen würde. Es dauerte auch nicht lange, und sie spielte vor der Hütte mit ihrer Mutter oder mit Luchs. Die alte Katze war sehr besorgt um Perle, vielleicht fühlte sie, was ich wußte, nämlich, daß ihr Kind in Gefahr war. Ich befahl Luchs, auf Perle zu achten, und wenn wir zu Hause waren, ließ er sie nicht aus den Augen. Die alte Katze, schließlich ermüdet von den anstrengenden Mutterpflichten, war froh, daß Luchs sich als Perles Beschützer aufspielte. Die Kleine war in ihrem Wesen ein wenig anders als die gewöhnlichen Hauskatzen, ruhiger, sanfter und zärtlicher. Oft saß sie lange Zeit auf der Hausbank und sah einem Falter nach. Ihre blauen Augen waren nach einigen Wochen grün geworden und leuchteten wie Edelsteine aus dem weißen Gesicht. Ihre Nase war stumpfer als die ihrer Mutter und ihr Hals von einer prächtigen Krause geziert. Ich war jedesmal beruhigt, wenn ich sie auf der Bank sitzen sah, die Vorderpfoten auf den buschigen Schwanz gestellt, aufmerksam ins Licht starrend. Dann redete ich mir ein, sie werde sich zu einer Zimmerkatze entwickeln und höchstens, wie jetzt, unter der Veranda sitzen und ein beschauliches Leben führen.

Wenn ich an den ersten Sommer zurückdenke, ist er viel mehr von der Sorge um meine Tiere überschattet als von meiner eigenen verzweifelten Lage. Die Katastrophe hatte mir eine große Verantwortung abgenommen und, ohne daß ich es sogleich merkte, eine neue Last auferlegt. Als ich die Lage endlich ein wenig überblicken konnte, war ich längst nicht mehr fähig, irgend etwas daran zu ändern.

Ich glaube nicht, daß mein Verhalten einer gewissen Schwäche oder Sentimentalität entsprang, ich folgte einfach einem Trieb, der mir eingepflanzt war und den ich nicht bekämpfen konnte, wenn ich mich nicht selbst zerstören wollte. Um unsere Freiheit ist es sehr traurig bestellt. Wahrscheinlich hat es sie nie anderswo als auf dem Papier gegeben. Von äußerer Freiheit konnte wohl nie die Rede sein, aber ich habe auch nie einen Menschen gekannt, der innerlich frei gewesen wäre. Und ich habe diese Tatsache nie als beschämend empfunden. Ich kann nicht sehen, was daran unehrenhaft sein sollte, wie jedes Tier die auferlegte Last zu tragen und letzten Endes wie jedes Tier zu sterben. Ich weiß nicht einmal, was Ehre ist. Geboren werden und sterben ist nicht ehrenhaft, es geschieht jeder Kreatur und bedeutet darüber hinaus gar nichts. Auch die Erfinder der Wand haben nicht nach einem freien Willensentschluß gehandelt, sondern sind einfach ihrer triebhaften Wißbegier gefolgt. Man hätte sie nur, im Interesse der großen Ordnung, davon abhalten müssen, ihre Erfindung in die Tat umzusetzen.

Aber ich will mich lieber dem zweiten Juli zuwenden, dem Tag, an dem mir klar wurde, daß mein Leben von der Menge der verbliebenen Zündhölzer abhing. Dieser Gedanke überfiel mich, wie alle unangenehmen Gedanken, um vier Uhr morgens.

Bis dahin hatte ich in dieser Hinsicht sehr leichtsinnig gelebt, ohne zu bedenken, daß jedes angebrannte Zündholz mich einen Tag meines Lebens kosten konnte. Ich sprang aus dem Bett und holte den Vorrat aus der Kammer. Hugo, der ein starker Raucher war, hatte an Zünder gedacht, auch eine Schachtel Feuersteine für sein Feuerzeug hatte er besorgt. Leider brachte ich das Tischfeuerzeug aber nie dazu, daß es funktionierte. Ich besaß noch zehn Pakete Zünder, ungefähr viertausend Hölzchen. Nach meinen Berechnungen konnte ich damit fünf Jahre auskommen. Heute weiß ich, daß ich ungefähr richtig gerechnet habe; mein Vorrat wird bei großer Sparsamkeit noch zweieinhalb Jahre reichen. Damals atmete ich befreit auf. Fünf Jahre schienen mir eine unendlich lange Zeit. Ich glaubte nicht, daß ich alle Hölzchen aufbrauchen würde. Jetzt scheint der Tag des letzten Zündholzes in greifbare Nähe gerückt. Aber selbst heute sage ich mir noch, daß es nie so weit kommen wird.

Zweieinhalb Jahre werden vergehen, und dann wird mein Feuer erlöschen, und alles Holz um mich herum wird mich nicht vor dem Verhungern oder Erfrieren retten können. Und doch sitzt in mir noch immer eine wahnsinnige Hoffnung. Ich kann nur nachsichtig darüber lächeln. Mit diesem verstockten Eigensinn habe ich als Kind gehofft, nie sterben zu müssen. Ich stelle mir diese Hoffnung als einen blinden Maulwurf vor, der in mir hockt und über seinem Wahn brütet. Da ich ihn nicht aus mir vertreiben kann, muß ich ihn gewähren lassen.

Eines Tages wird der letzte Schlag ihn und mich treffen, und dann wird selbst mein blinder Maulwurf es wissen, ehe wir beide sterben. Er tut mir fast leid, ich hätte ihm für seine Beharrlichkeit ein wenig Erfolg gegönnt. Andrerseits ist er eben wahnsinnig, und ich muß froh sein, wenn ich ihn unter Kontrolle halten kann.

Es gibt übrigens noch eine andere lebenswichtige Frage, die Frage der Munition. Mit ihr kann ich noch ein Jahr auskommen. Seit Luchs tot ist, brauche ich ja viel weniger Fleisch. Im Sommer werde ich gelegentlich Forellen fangen und im übrigen auf eine gute Erdäpfel- und Bohnenernte hoffen. Zur Not könnte ich mich auch von Erdäpfeln, Bohnen und Milch ernähren. Aber Milch wird es nur geben, wenn Bella wieder ein Kalb bekommt. Jedenfalls fürchte ich mich vor dem Hunger viel weniger als vor der Kälte und Dunkelheit. Wenn es dazu kommt, muß ich den Wald verlassen. Es hat keinen Sinn, so viel über die Zukunft zu grübeln, ich muß nur darauf achten, gesund und anpassungsfähig zu bleiben. Eigentlich mache ich mir in den letzten Wochen wenig Sorgen. Ich weiß nicht, ob das ein gutes oder ein böses Zeichen ist. Vielleicht wäre alles anders, wenn ich wüßte, daß Bella ein Kalb erwartet. Manchmal denke ich auch, es wäre besser, wenn es nicht geschähe. Es würde das unvermeidliche Ende nur hinauszögern und mir eine neue Last aufbürden. Aber es wäre doch schön, wenn wieder etwas Neues, Junges da wäre. Vor allem wäre es gut für die arme Bella, die jetzt so verlassen in ihrem dunklen Stall steht und wartet.

Eigentlich lebe ich jetzt gern im Wald, und es wird mir sehr schwerfallen, ihn zu verlassen. Aber ich werde zurückkommen, wenn ich dort drüben jenseits der Wand am Leben bleiben werde. Manchmal stelle ich mir vor, wie schön es gewesen wäre, hier im Wald meine Kinder großzuziehen. Ich glaube, das wäre für mich das Paradies gewesen. Aber ich zweifle daran, daß es auch meinen Kindern so gut gefallen hätte. Nein, es wäre doch nicht das Paradies gewesen. Ich glaube, es hat nie ein Paradies gegeben. Ein Paradies könnte nur außerhalb der Natur liegen, und ein derartiges Paradies kann ich mir nicht vorstellen. Der Gedanke daran langweilt mich, und ich habe kein Verlangen danach.

Am zwanzigsten Juli fing ich mit der Heuernte an. Das Wetter war sommerlich heiß, und das Gras auf der Bachwiese stand hoch und saftig. Ich trug Sense, Rechen und Gabel zum Heustadel und ließ das Werkzeug in Zukunft dort, denn es gab ja keinen Menschen, der es hätte stehlen können.

Als ich so am Bachesrand stand und die Bergwiese hinaufsah, hatte ich das Gefühl, diese Arbeit niemals bewältigen zu können. Ich habe als junges Mädchen mähen gelernt, und es hat mir damals Spaß gemacht nach dem langen Sitzen in muffigen Schulzimmern. Aber das lag mehr als zwanzig Jahre zurück, und ich hatte es sicher längst verlernt. Ich wußte, daß man nur am frühen Morgen mähen kann oder abends, wenn schon Tau liegt, und so war ich schon um vier Uhr von der Hütte aufgebrochen. Sobald ich die ersten paar Schwünge gemäht hatte, merkte ich, daß ich den Rhythmus noch in mir hatte, und lockerte meine verkrampften Muskeln. Es ging natürlich noch sehr langsam und strengte mich übermäßig an. Am zweiten Tag gelang es mir schon viel besser, und am dritten Tag regnete es, und ich mußte eine Pause einlegen. Es regnete vier Tage, und das Heu verfaulte auf der Wiese, nicht alles, aber der Teil, der im schattigen Grund lag. Damals verstand ich die verschiedenen Anzeichen noch nicht, nach denen ich jetzt das Wetter bis zu einem gewissen Grad voraussehen kann. Ich wußte nie, würde es jetzt schön bleiben oder am nächsten Tag regnen. Die ganze Heuernte hindurch hatte ich mit unsicherem Wetter zu kämpfen. Später gelang es mir immer, die günstigste Zeit zu erkennen, in jenem ersten Sommer aber war ich dem Wetter hilflos ausgeliefert.

Ich brauchte drei Wochen, um die Wiese abzuernten.

Daran war nicht nur das veränderliche Wetter schuld, sondern auch meine Ungeschicklichkeit und körperliche Schwäche. Als im August das Heu endlich trocken im Stadel war, war ich so erschöpft, daß ich mich auf die Wiese setzte und weinte. Ich erlitt einen schweren Anfall von Mutlosigkeit und erfaßte zum erstenmal ganz klar, welcher Schlag mich getroffen hatte. Ich weiß nicht, was geschehen wäre, hätte mich die Verantwortung für meine Tiere nicht dazu gezwungen, wenigstens die notwendigsten Dinge zu tun. Ich erinnere mich sehr ungern an diese Zeit. Es dauerte vierzehn Tage, bis ich mich endlich wieder aufraffen konnte und wieder zu leben anfing. Luchs hatte unter meiner schlechten Verfassung sehr gelitten. Er war ja völlig abhängig von mir. Immer wieder versuchte er, mich aufzumuntern, und wenn ich nicht auf ihn einging, wurde er völlig ratlos und verkroch sich unter dem Tisch. Ich glaube, er tat mir schließlich so leid, daß ich anfing, gute Laune zu heucheln, bis ich wieder in eine ruhige, gleichmäßige Stimmung glitt.

Ich bin von Natur aus nicht launenhaft. Ich glaube, es war einfach die körperliche Erschöpfung, die mich damals so widerstandslos werden ließ.

Eigentlich hatte ich ja alle Ursache, zufrieden zu sein. Die gewaltige Arbeit der Heuernte lag hinter mir. Was machte es schon aus, daß sie mich zuviel Kraft gekostet hatte? Um einen neuen Anfang zu machen, jätete ich den Erdapfelacker und ging dann daran, Holz für den kommenden Winter zu schneiden. An diese Arbeit ging ich mit einiger Vernunft heran. Wahrscheinlich zwang mich einfach meine Schwäche dazu. Ein großer Scheiterstoß, genau sieben Raummeter, stand gleich oberhalb der Hütte neben der Straße. Es war der Wintervorrat eines Herrn Gassner, wie mit blauer Kreide darauf vermerkt war. Herr Gassner, wer immer das sein mochte, hatte keinen Bedarf mehr an Brennholz.

Ich legte die Scheiter auf einen Sägebock aus der Garage und fand sogleich, daß ich mit der Säge sehr schlecht fertig wurde. Immer wieder blieb sie im Holz stecken, und ich mußte mich plagen, um sie wieder herauszubekommen. Am dritten Tag begriff ich endlich, das heißt, meine Hände, Arme und Schultern begriffen, und plötzlich war es, als hätte ich mein Leben lang nur Holz gesägt. Ich arbeitete langsam, aber stetig weiter. Meine Hände waren bald voll Blasen, die schließlich aufsprangen und näßten. Dann setzte ich zwei Tage aus und behandelte sie mit Hirschtalg. Ich hatte die Holzarbeit gern, weil ich sie in der Nähe der Tiere verrichten konnte. Bella stand auf der Waldwiese und sah manchmal zu mir herüber. Luchs trieb sich immer in meiner Nähe umher, und auf der Bank saß Perle in der Sonne und sah aus halb geschlossenen Augen den Hummeln nach. Und drinnen im Haus schlief auf meinem Bett die alte Katze. Alles war für den Augenblick in Ordnung, und ich brauchte mir keine Sorgen zu machen.

Manchmal striegelte ich Bella mit Hugos Nylonbürste. Sie hatte das sehr gern und hielt ganz still dabei. Auch Luchs wurde gebürstet und die Katzen mit einem alten Staubkamm aus der Jägerhütte auf Flöhe untersucht. Sie hatten, ebenso wie Luchs, immer ein paar Flöhe und waren dankbar für die Behandlung. Es waren glücklicherweise Flöhe, die sich aus Menschenblut nichts zu machen schienen, große gelbbraune Tiere, die fast wie kleine Käfer aussahen und sehr schlecht springen konnten. Mit ihnen hatte der treffliche Hugo nicht gerechnet und kein Insektenpulver eingelagert, wahrscheinlich wußte er nicht einmal, daß sein eigener Hund Flöhe hatte.

Bella hatte kein Ungeziefer. Sie war übrigens ein sehr reinliches Tier und achtete immer darauf, daß sie nicht in ihren eigenen Fladen lag. Natürlich hielt ich auch ihren Stall peinlich sauber. Neben dem Stall wuchs langsam der Misthaufen an. Ich hatte vor, mit ihm im Herbst den Erdapfelacker zu düngen. Rund um den Misthaufen wucherten riesige Brennesseln, eine unausrottbare Plage. Anderseits war ich immer auf der Suche nach jungen Nesseln für meinen Spinat, das einzige Gemüse, das es hier gab. Ich mochte aber die Misthaufennesseln nicht dazu verwenden. Ich glaube, das war ein dummes Vorurteil; es ist mir bis heute nicht gelungen, es abzulegen.

Die jungen Fichtenwipfel waren jetzt schon dunkelgrün und fest und schmeckten nicht mehr so gut wie im Frühling. Ich kaute sie aber noch immer; mein Verlangen nach Grünzeug war nicht zu stillen. Manchmal fand ich auch im Wald den angenehm säuerlich schmeckenden Hasenklee. Ich weiß nicht, wie er wirklich heißt, aber ich hatte ihn schon als Kind gern gegessen. Meine Nahrung war natürlich sehr eintönig. Ich hatte nur noch wenig Vorräte und wartete sehnsüchtig auf die Ernte. Ich wußte, daß auch die Erdäpfel, wie alles im Gebirge, später reifen würden als über Land. Mit dem Rest meiner Vorräte ging ich sehr geizig um und nährte mich hauptsächlich von Fleisch und Milch.

Ich war sehr mager geworden. In Luises Frisierspiegel sah ich manchmal verwundert meine neue Erscheinung. Mein Haar, das stark gewachsen war, hatte ich mit der Nagelschere kurz geschnitten. Es war jetzt ganz glatt und von der Sonne gebleicht. Mein Gesicht war mager und gebräunt und meine Schultern eckig, wie die eines halbwüchsigen Knaben.

Meine Hände, immer mit Blasen und Schwielen bedeckt, waren meine wichtigsten Werkzeuge geworden. Ich hatte die Ringe längst abgelegt. Wer würde schon seine Werkzeuge mit goldenen Ringen schmücken. Es schien mir absurd und lächerlich, daß ich es früher getan hatte. Seltsamerweise sah ich damals jünger aus als zu der Zeit, als ich noch ein bequemes Leben geführt hatte. Die Fraulichkeit der Vierzigerjahre war von mir abgefallen, mit den Locken, dem kleinen Doppelkinn und den gerundeten Hüften. Gleichzeitig kam mir das Bewußtsein abhanden, eine Frau zu sein. Mein Körper, gescheiter als ich, hatte sich angepaßt und die Beschwerden meiner Weiblichkeit auf ein Mindestmaß eingeschränkt. Ich konnte ruhig vergessen, daß ich eine Frau war. Manchmal war ich ein Kind, das Erdbeeren suchte, dann wieder ein junger Mann, der Holz zersägte, oder, wenn ich Perle auf den mageren Knien haltend auf der Bank saß und der sinkenden Sonne nachsah, ein sehr altes, geschlechtsloses Wesen. Heute hat mich der merkwürdige Reiz, der damals von mir ausging, ganz verlassen. Ich bin noch immer mager, aber muskulös, und mein Gesicht ist von winzigen Fältchen durchzogen. Ich bin nicht häßlich, aber auch nicht reizvoll, einem Baum ähnlicher als einem Menschen, einem zähen braunen Stämmchen, das seine ganze Kraft braucht, um zu überleben.

Wenn ich heute an die Frau denke, die ich einmal war, die Frau mit dem kleinen Doppelkinn, die sich sehr bemühte, jünger auszusehen, als sie war, empfinde ich wenig Sympathie für sie. Ich möchte aber nicht zu hart über sie urteilen. Sie hatte ja nie eine Möglichkeit, ihr Leben bewußt zu gestalten. Als sie jung war, nahm sie, unwissend, eine schwere Last auf sich und gründete eine Familie, und von da an war sie immer eingezwängt in eine beklemmende Fülle von Pflichten und Sorgen. Nur eine Riesin hätte sich befreien können, und sie war in keiner Hinsicht eine Riesin, immer nur eine geplagte, überforderte Frau von mittelmäßigem Verstand, obendrein in einer Welt, die den Frauen feindlich gegenüberstand und ihnen fremd und unheimlich war. Von vielen Dingen wußte sie ein wenig, von vielen gar nichts; im ganzen gesehen herrschte in ihrem Kopf eine schreckliche Unordnung. Es reichte gerade für die Gesellschaft, in der sie lebte, die genauso unwissend und gehetzt war wie sie selbst. Aber eines möchte ich ihr zugute halten: sie spürte immer ein dumpfes Unbehagen und wußte, daß dies alles viel zuwenig war.

Ich habe zweieinhalb Jahre darunter gelitten, daß diese Frau so schlecht ausgerüstet war für das wirkliche Leben. Heute noch kann ich keinen Nagel richtig einschlagen, und der Gedanke an die Tür, die ich für Bella aufbrechen will, jagt mir eine Gänsehaut über den Rücken. Natürlich war nicht damit zu rechnen, daß ich einmal Türen ausbrechen müßte. Aber ich weiß auch sonst fast nichts, ich kenne nicht einmal die Namen der Blumen auf der Bachwiese. Ich habe sie im Naturgeschichtsunterricht nach Büchern und Zeichnungen gelernt, und ich habe sie vergessen wie alles, von dem ich mir keine Vorstellung machen konnte. Ich habe jahrelang mit Logarithmen gerechnet und habe keine Ahnung, wozu man sie braucht und was sie bedeuten. Es ist mir leichtgefallen, fremde Sprachen zu erlernen, aber aus Mangel an Gelegenheit lernte ich sie nie sprechen, und ihre Rechtschreibung und Grammatik habe ich vergessen. Ich weiß nicht, wann Karl VI. lebte, und ich weiß nicht genau, wo die Antillen liegen und wer dort lebt. Dabei war ich immer eine gute Schülerin. Ich weiß nicht; an unserem Schulwesen muß etwas nicht in Ordnung gewesen sein. Menschen einer fremden Welt würden in mir die Geistesschwache meines Zeitalters sehen. Und ich glaube zu wissen, daß es den meisten meiner Bekannten nicht besser erginge.

Ich werde nie mehr eine Möglichkeit haben, diese Mängel auszugleichen, denn selbst wenn es mir gelingen sollte, die vielen Bücher zu finden, die in den toten Häusern aufgestapelt sind, werde ich nicht mehr dazu fähig sein, das Gelesene zu behalten. Als ich geboren wurde, hatte ich eine Chance, aber weder meine Eltern, meine Lehrer noch ich selbst waren imstande, sie wahrzunehmen. Jetzt ist es zu spät. Ich werde sterben, ohne meine Chance genützt zu haben. Ich war in meinem ersten Leben ein Dilettant, und auch hier im Wald werde ich nie etwas anderes sein. Mein einziger Lehrer ist unwissend und ungebildet wie ich, denn ich bin es selbst.

Seit einigen Tagen ist mir klargeworden, daß ich immer noch hoffe, ein Mensch werde diesen Bericht lesen. Ich weiß nicht, warum ich es wünsche, es macht doch keinen Unterschied. Aber mein Herz klopft rascher, wenn ich mir vorstelle, daß Menschenaugen auf diesen Zeilen ruhen und Menschenhände die Blätter wenden werden. Viel eher aber werden die Mäuse den Bericht fressen. Es gibt ja so viele Mäuse im Wald. Hätte ich nicht die Katze, wäre das Haus längst von ihnen überschwemmt. Aber einmal wird die Katze nicht mehr sein, und die Mäuse werden meine Vorräte fressen und schließlich sogar jedes Stückchen Papier. Wahrscheinlich fressen sie beschriebenes Papier genauso gern wie unbeschriebenes. Vielleicht wird der Bleistift ihnen Übelkeit bereiten, ich weiß nicht einmal, ob er giftig ist oder nicht. Es ist ein merkwürdiges Gefühl, für Mäuse zu schreiben. Manchmal muß ich mir einfach vorstellen, ich schriebe für Menschen, es fällt mir dann ein wenig leichter.

Der August brachte schönes, beständiges Wetter. Ich beschloß, im folgenden Jahr mit der Heuernte zu warten, und das erwies sich später auch als vernünftig. Ich erinnerte mich, auf einem meiner Pirschgänge einen Himbeerschlag entdeckt zu haben. Er lag eine gute Stunde vom Haus entfernt, aber die Aussicht auf etwas Süßes hätte mich damals auch zwei Stunden gehen lassen. Da ich immer gehört hatte, Himbeerschläge wären die reinsten Tummelplätze für Kreuzottern, ließ ich Luchs zu Hause. Er fügte sich nur widerstrebend und schlich betrübt zum Haus zurück. Ich zog über meine Schuhe alte Ledergamaschen an, die dem Jäger gehört hatten und die mich, da sie über die Knie reichten, sehr im Gehen behinderten. Natürlich sah ich keine einzige Kreuzotter auf dem Schlag. Heute kümmere ich mich gar nicht mehr um sie. Entweder gibt es hier sehr wenig Schlangen, oder sie weichen mir aus. Wahrscheinlich finden sie mich ebenso gefährlich wie ich sie.

Die Himbeeren waren gerade reif geworden, und ich pflückte einen großen Eimer voll und trug ihn heim. Da ich keinen Zucker hatte und nicht einkochen konnte, mußte ich die Beeren sofort aufessen. Jeden zweiten Tag ging ich in den Schlag. Es war die reinste Glückseligkeit; ich badete in Süßigkeit. Die Sonne brütete auf den reifen Früchten, und ein wilder Duft von Sonne und gärenden Früchten hüllte mich ein und berauschte mich. Es tat mir leid, daß Luchs nicht bei mir war. Manchmal, wenn ich mich von einem Busch erhob und meinen Rücken streckte, überfiel mich das Wissen, allein zu sein. Es war nicht Furcht, nur Beklommenheit. Im Himbeerschlag, ganz allein mit dornigen Stauden, Bienen, Wespen und Fliegen, begriff ich, was Luchs für mich war. Ich konnte mir damals nicht vorstellen, ohne ihn zu sein. Aber in den Himbeerschlag nahm ich ihn niemals mit. Immer noch verfolgte mich der Gedanke an Kreuzottern. Ich konnte Luchs nicht einer solchen Gefahr aussetzen, nur um mich in seiner Nähe behaglich zu fühlen.

Erst viel später, auf der Alm, sah ich wirklich eine Kreuzotter. Sie lag auf einer Geröllhalde und sonnte sich. Von da an fürchtete ich mich nie mehr vor einer Schlange. Die Kreuzotter war sehr schön, und als ich sie so liegen sah, ganz der gelben Sonne hingegeben, war ich sicher, daß sie nicht daran dachte, mich zu beißen. Ihre Gedanken waren weit weg von mir, sie wollte nichts als in Frieden auf den weißen Steinen liegen und in Sonnenlicht und Wärme baden. Immerhin war ich froh, daß Luchs damals zurückgeblieben war. Ich glaube aber nicht, daß er sich der Schlange genähert hätte. Ich habe nie bemerkt, daß er eine Schlange oder Eidechse angriff. Manchmal wühlte er nach einer Maus; in dem steinigen Boden gelang es ihm aber selten, eine zu erwischen.

Die Himbeerernte dauerte zehn Tage. Ich war faul, saß auf der Bank und steckte eine Beere nach der anderen in den Mund. Es wunderte mich, daß mein Fleisch noch nicht zu Himbeerfleisch geworden war. Und dann, ganz plötzlich, hatte ich genug. Es wurde mir nicht übel, ich hatte nur genug von der Süßigkeit und dem Himbeerduft. Die letzten zwei Eimer voll Beeren preßte ich durch ein Tuch, füllte den Saft in Flaschen und stellte die Flaschen in den Brunnentrog, wo das Wasser auch im Sommer eiskalt blieb. So süß die Beeren waren, der Saft schmeckte säuerlich und erfrischend, und es tat mir leid, daß er nicht unbegrenzt haltbar war. Ich habe es nie versucht, aber ohne Zucker hätte der Saft wohl auch im Brunnen zu gären angefangen. Da ich keine festen Verschlüsse besaß, konnte ich auch nicht in Dunst einkochen. Mein Hunger nach Süßigkeiten war zunächst einmal gestillt, und im Lauf der nächsten Monate hielt er sich immer in erträglichen Grenzen. Heute leide ich überhaupt nicht mehr unter ihm. Man kann sehr gut ohne Zucker leben, und der Körper verliert mit der Zeit das süchtige Verlangen nach ihm.

Als ich zum letztenmal im Schlag war, brannte die Sonne besonders heiß auf meinen Rücken herab. Der Himmel war noch wolkenlos, aber fast bleigrau, und die Luft lag heiß und dick wie ein Brei über den Sträuchern. Es hatte vierzehn Tage nicht geregnet, und ich mußte ein Gewitter fürchten. Bisher war ich von heftigen Gewittern verschont geblieben, aber ich hatte ein wenig Angst davor, weil ich wußte, wie wild sie im Gebirge sein können. Mein Leben war auch ohne Naturkatastrophen schon schwierig und mühevoll genug.

Gegen vier Uhr nachmittags stieg plötzlich eine schwarze Wolkenwand hinter den Fichten auf. Mein Eimer war noch nicht ganz gefüllt, aber ich beschloß aufzubrechen. Die Wespen und Fliegen hatten mich die ganze Zeit belästigt und gereizt und giftig summend meinen Kopf umkreist. Es gab auch ein paar Hornissen auf dem Schlag, die sich aber immer ganz zurückhaltend benommen hatten; heute wurden auch sie zudringlich und schossen wie wütende Weberschiffchen durch die Luft. Es sah aus, als wären sie aus reinem Gold. So schön die Hornissen waren, fand ich es doch besser, ihnen den Schlag zu überlassen.

Die Wespen verfolgten mich noch ein Stück in den Wald und ließen dort erst von meinen Beeren ab. Unter den Fichten und Buchen hing die Hitze wie unter einer großen grünen Glocke gefangen. Die Wolkenwand näherte sich bedrohlich und die Sonne lag hinter Schleiern. Das letzte Stück des Weges rannte ich fast. Ich wollte nichts als heimkommen, Bella in den Stall führen und mich dann im Haus verschanzen.

Luchs empfing mich winselnd und sah besorgt und voll Unruhe zum Himmel auf. Er fühlte das nahende Gewitter. Bella kam sofort angetrabt, trank am Brunnen und ließ sich dann willig in den Stall führen. Die Fliegen und Bremsen hatten sie den ganzen Tag geärgert, und sie schien froh zu sein, in ihren Stall zu kommen. Ich molk sie, schloß die Fensterläden und drehte den Schlüssel im Schloß um; der Riegel schien mir bei einem Sturm nicht sicher genug.

Dann ging ich in die Hütte, fütterte Luchs und die Katzen, preßte die Beeren aus und füllte den Saft in Flaschen. Ich stellte die Flaschen aber noch nicht in den Brunnen, damit sie bei einem Sturm nicht zerschlagen würden. Inzwischen war es sechs oder halb sieben geworden. Der Himmel hatte sich ganz verfinstert, und sein Grauschwarz zeigte jetzt einen häßlichen Hauch von Schwefelgelb. Das konnte Hagel oder Sturm bedeuten und sah beängstigend aus. Obgleich die Sonne nur noch als diffuses Licht über dem Wald lag, hing die schreckliche Hitzeglocke noch immer über der Lichtung. Das Atmen fiel mir schwer. Nicht der leiseste Windhauch war zu spüren. Ich trank ein wenig kalte Milch und aß, ganz ohne Appetit, ein Stückchen Reiskuchen. Dann gab es nichts mehr zu tun für mich. So ging ich nach oben und überprüfte die Fensterläden in den Kammern. Dann sicherte ich auch das Fenster in der Schlafkammer. Das Küchenfenster stand noch offen, ebenso die Tür, aber keine Zugluft war zu spüren.

Die alte Katze war nach dem Füttern in den Wald gegangen. Perle saß auf dem Fensterbrett und starrte in den schwarzgelben Himmel. Sie hatte die Ohren zurückgelegt und die Schulterblätter hochgezogen, und ihre ganze Haltung drückte Unbehagen und Furcht aus. Luchs lag auf der Türschwelle, ließ die Zunge heraushängen und hechelte laut. Ich streichelte Perle, und ihr weißes Fell knisterte und sprühte unter meiner Hand. Auch mein Haar knisterte, wenn ich darüberfuhr, und auf meinen Armen und Beinen krabbelte es wie von Ameisen. Ich beschloß, ganz ruhig zu bleiben, und setzte mich auf die Bank vor der Hütte. Die arme Bella in ihrem schwülen, finsteren Gefängnis tat mir leid, aber sie mußte es eben ertragen, ich konnte ihr nicht helfen. Das Gewitter konnte jeden Augenblick losbrechen. Aber immer noch blieb es ruhig.

Im Wald ist es nie ganz still. Man glaubt nur, es wäre still, aber immer gibt es eine Menge Geräusche. Ein Specht klopft in der Ferne, ein Vogel schreit, der Wind knistert im Waldgras, ein Ast schlägt an einen Stamm, und die Zweige rascheln, wenn kleine Tiere unter ihnen durchschlüpfen. Alles lebt, alles arbeitet. Aber an jenem Abend war es wirklich fast still. Das Verstummen der vielerlei vertrauten Geräusche machte mir angst. Sogar das Plätschern des Brunnens klang verhalten und gedämpft, als bewegte sich auch das Wasser nur träge und unwillig. Luchs stand auf, sprang mühsam zu mir auf die Bank und stieß mich sanft mit der Schnauze an. Ich war zu matt, um ihn zu streicheln, aber ich redete ihm zu, leise und eingeschüchtert von der schrecklichen Stille.

Ich verstand nicht, was das Gewitter daran hinderte, endlich loszubrechen. Es war dunkel wie am späten Abend, und mir fiel ein, wie harmlos und fast gemütlich die Gewitter in der Stadt gewesen waren. Es war so beruhigend gewesen, sie durch dicke Scheiben zu beobachten. Meistens hatte ich sie kaum bemerkt.

Dann wurde es ohne Übergang stockfinster. Ich stand auf und ging mit Luchs ins Haus. Ich war ein wenig ratlos und wußte nicht, was ich tun sollte. So zündete ich eine Kerze an. Die Lampe wollte ich nicht brennen, wohl aus dem alten Aberglauben heraus, daß Licht den Blitz anzieht. Ich versperrte die Tür, ließ aber das Fenster noch offenstehen und setzte mich dann zum Tisch. Die Kerze brannte steil und ruhig, von keinem Hauch bewegt. Luchs ging zum Ofenloch, blieb zögernd stehen, kehrte um und sprang wieder zu mir auf die Bank. Er wollte mich in der Gefahr nicht allein lassen, obgleich alles ihn dazu trieb, sich ins Ofenloch, in die sichere Höhle zu verkriechen. Auch ich hätte mich am liebsten in eine sichere Höhle verkrochen, aber für mich gab es sie nicht. Ich spürte, wie mir der Schweiß übers Gesicht lief und sich in den Mundwinkeln sammelte. Das Hemd klebte mir an der Haut. Dann zerriß der erste Donnerschlag die Stille. Perle sprang entsetzt vom Fensterbrett und floh ins Ofenloch. Ich schloß das Fenster und die Läden, und die Schwüle wurde erstickend. Dann erhob sich in den Wolken ein tobendes Gebrüll. Durch die Spalten der Fensterläden sah ich es gleißendgelb niederzucken. Aus der Dunkelheit tauchte die alte Katze auf, blieb mit gesträubtem Fell mitten im Zimmer stehen, stieß einen klagenden Schrei aus und verkroch sich unter meinem Bett, von wo ich beim schwachen Kerzenlicht ihre Augen gelbrot leuchten sah. Ich wollte die Tiere beruhigen, aber der nächste Donnerschlag verschluckte meine Stimme. Das langgezogene tiefe Gebrüll über uns dauerte vielleicht zehn Minuten, aber mir erschien es endlos. Die Ohren taten mir weh, ganz innen im Kopf, und sogar die Zähne fingen an zu schmerzen. Ich habe Lärm immer sehr schlecht vertragen und ihn als körperlichen Schmerz empfunden.

Dann war es plötzlich eine Minute lang ganz still, und diese Stille war beklemmender als der Lärm. Es war, als stünde über uns mit gespreizten Beinen ein Riese und schwänge seinen feurigen Hammer, um ihn auf unser Spielzeughaus niedersausen zu lassen. Luchs winselte und drängte sich an mich. Es war fast eine Erlösung, als der nächste Blitz gelb niederfuhr und der Donner das Haus erzittern ließ. Was dann folgte, war ein heftiges Gewitter, aber das Schlimmste hatten wir hinter uns. Auch Luchs schien das zu spüren, denn er sprang von der Bank und kroch zu Perle ins Ofenloch. Weißes Fell lag dicht an rotbraunes Fell geschmiegt, und ich blieb allein am Tisch zurück.

Jetzt hatte sich auch der Sturm erhoben und fegte fauchend über das Haus weg. Die Kerze fing an zu flackern, und sogleich schien es mir weniger schwül zu sein. Der Anblick der flackernden Kerze ließ mich an kühle, frische Luft denken. Ich fing jetzt an, die Sekunden zwischen Blitz und Donner zu zählen. Nach dieser Berechnung stand das Gewitter noch immer über dem Kessel. Der Jäger hatte mir einmal von einem Gewitter erzählt, das sich drei Tage lang im Kessel verfangen hatte. Damals hatte ich ihm nicht recht geglaubt, jetzt dachte ich anders darüber. Ich konnte nichts tun als warten. Ich hatte den ganzen Tag gebückt im Himbeerschlag gestanden, und die Müdigkeit fing an, mich zu quälen. Ich wagte nicht, mich aufs Bett zu legen, aber ich spürte, daß ich so müde wurde, daß die Kerzenflamme zu einem wäßrigen, wabernden Ring verschwamm. Immer noch regnete es nicht. Das hätte mir Sorgen machen müssen, aber zu meinem eigenen Erstaunen fing ich an, ganz gleichgültig zu werden. Meine Gedanken verwirrten sich auf schläfrige Weise. Ich bemitleidete mich sehr, weil ich so müde war und man mich nicht schlafen ließ, und ich war sehr böse und erbittert auf irgend jemand, aber als ich aufschrak, hatte ich vergessen, mit wem ich gerechtet hatte. Die arme Bella zog durch meinen Kopf, der Erdapfelacker, und dann fiel mir ein, daß die Fenster in meiner Wohnung in der Stadt offenstanden. Es fiel mir schwer, mir selber die Unsinnigkeit dieses Gedankens klarzumachen. Ich sagte laut: ›Vergiß die verdammten Fenster‹ und erwachte.

Ein Donnerschlag ließ das Geschirr auf dem Herd klappern. Es mußte ganz in der Nähe eingeschlagen haben. Die Bombennächte im Keller fielen mir ein, und die alte Furcht ließ meine Zähne aufeinanderschlagen. Auch die Luft war so dick und schlecht wie damals im Keller. Schon wollte ich die Tür aufreißen, als der Wind brüllend um das Haus raste und die Schindeln auf dem Dach zu rattern anfingen. Ich wagte nicht, mich hinzulegen, und ich wagte nicht mehr, mich an den Tisch zu setzen, weil ich nicht wieder in den unangenehmen Dämmerzustand gleiten wollte. So fing ich an, im Zimmer auf und ab zu gehen, die Hände auf dem Rücken verschränkt und vor

Müdigkeit taumelnd. Luchs streckte den Kopf aus dem Ofenloch und sah mich beunruhigt an. Ich brachte es fertig, ihm etwas Tröstliches zu sagen, und er zog sich wieder zurück. Das Gewitter schien mir jetzt schon stundenlang zu dauern; dabei war es erst halb zehn. Endlich wurden die Zeiträume zwischen Blitz und Donner länger, und ich atmete ein wenig auf. Aber noch immer regnete es nicht, und das Sausen des Windes ließ nicht nach. Und da hörte ich plötzlich, wie aus weiter Ferne, Glocken läuten. Es war ganz unerklärlich, aber ich vernahm im Heulen des Windes deutlich den hellen Ton einer fernen Glocke. Wenn er nicht in meinem Kopf war, mußte er von den Glocken im Dorf stammen. Da es keinen Menschen mehr gab, läutete der Sturm die Glocke. Es war ein gespenstischer Laut, etwas, was ich gar nicht hören konnte und doch hörte. Ich habe noch mehrere Gewitter im Wald erlebt, aber die Glocke habe ich nie mehr gehört. Vielleicht hat der Sturm das Seil zerrissen, oder das Läuten war eine Täuschung meiner lärmgepeinigten Ohren. Endlich erstarb der Wind und mit ihm das geisterhafte Gebimmel. Dann gab es einen Laut, als hätte jemand ein riesiges Stück Stoff zerrissen, und das Wasser stürzte vom Himmel.

Ich ging zur Tür und öffnete sie weit. Der Regen peitschte mir ins Gesicht und wusch die Furcht und Schläfrigkeit von mir ab. Ich konnte wieder atmen. Die Luft schmeckte frisch und kühl und prickelte in den Lungen. Luchs kam aus seiner Höhle und witterte neugierig ins Freie. Dann bellte er freudig auf, schüttelte seine langen Ohren und schritt gemessen zurück zu seiner weißen Freundin, die, zusammengerollt, friedlich eingeschlafen war. Ich nahm einen Mantel um und lief mit der Taschenlampe durch die nasse Schwärze in den Stall. Bella hatte sich losgerissen und stand mit dem Schädel zur Tür. Sie brüllte klagend und drängte sich an mich. Ich tätschelte ihre Flanken, die angstvoll auf und nieder gingen, und sie ließ sich willig umdrehen und wieder an der Bettstatt festbinden. Dann öffnete ich das Fenster. Es konnte hier kaum hereinregnen, die Fichten schützten die Rückseite des Daches. Bella hatte nach den Schrecken dieser Nacht Luft und Kühlung verdient. Dann ging ich ins Haus zurück, und endlich, endlich, fand ich, ich dürfte mich auch beruhigt niederlegen. Die Katze kroch unter dem Bett hervor und kam zu mir, und in wenigen Minuten war ich fest eingeschlafen. Ich träumte von einem Gewitter und erwachte von einem Donnerschlag. Es war kein Traum. Das alte Unwetter war zurückgekommen oder ein neues in den Kessel eingefallen. Es regnete heftig, und ich stand auf, um das Fenster zu schließen und eine Wasserlache vom Boden aufzuwischen. Es war erfrischend kühl im Zimmer. Ich legte mich wieder hin und schlief sofort weiter. Immer wieder erwachte ich von einem Donnerschlag, und immer wieder schlief ich ein. Es war ein ständiges Hin und Her von echten und Traumgewittern, und gegen Morgen war ich so weit, daß mich alle Gewitter kaltließen. Ich zog mir die Decke über den Kopf und schlief endlich tief und ungestört.

Ich erwachte von einem dumpfen Poltern, einem Laut, den ich noch nie gehört hatte und der mich sofort hellwach werden ließ. Es war acht Uhr früh, ich hatte mich verschlafen. Zunächst ließ ich den ungeduldigen Luchs ins Freie und sah nach, was da so laut poltern, scharren und schleifen mochte. Vor der Hütte war nichts zu sehen. Der Sturm hatte die Büsche zerzaust und einige Zweige geknickt, und große Lachen standen auf dem Weg zum Stall. Ich zog mich an, nahm den Melkeimer und ging zu Bella. Im Stall war alles in Ordnung. Das Poltern kam vom Bach her. Ich ging ein Stück den Abhang hinunter und sah eine gelbe Flut sich dahinwälzen, entwurzelte Bäume, Rasenstücke und Steinblöcke mit sich reißend. Sofort dachte ich an die Schlucht. Das Wasser mußte sich an der Wand stauen und die Bachwiese überschwemmen. Ich beschloß, so bald wie möglich nachzusehen. Zunächst mußte ich aber wie jeden Tag die anfallende Arbeit verrichten. Ich ließ Bella aus dem Stall. Es war kühl und regnete ganz leicht, und die Bremsen und Fliegen würden sie in Ruhe lassen. Auf der Waldwiese war eine große Eiche gestanden. Sie hatte von früher her ein Blitzmal getragen. Endlich hatte der Blitz doch sein Opfer gefunden. Diesmal war es nicht bei einem Mal geblieben, die alte Eiche war völlig zersplittert. Es tat mir leid um sie. Es gab hier ganz selten einmal eine Eiche. Als ich zum Haus zurückging, vernahm ich fernes Murren. Das Gewitter schien noch immer im Gebirge zu hängen. Vielleicht wanderte es von Kessel zu Kessel, immer im Kreis herum, genau wie der Jäger es geschildert hatte.

Nach dem Mittagessen ging ich mit Luchs in die Schlucht. Die Straße konnte dort nicht überschwemmt werden, weil sie zu hoch lag, aber das Wasser war nach der andern Seite hin ausgewichen und hatte Bäume, Sträucher, Gestein und Erdklumpen mit sich gerissen. Mein freundlicher grüner Bach hatte sich in ein gelbbraunes Ungetüm verwandelt. Ich wagte kaum hinzusehen. Ein falscher Tritt auf dem rutschigen Stein, und alle meine Sorgen hätten ein Ende im eisigen Wasser gefunden. Wie ich es mir gedacht hatte, konnte das Wasser an der Wand nicht rasch genug abfließen. Ein kleiner See hatte sich gebildet, auf dessen Grund die Gräser der Bachwiese langsam hin und her fluteten. An der Wand lag ein Berg von Bäumen, Sträuchern und Steinen zu einer Pyramide aufgestapelt. Die Wand war also nicht nur unsichtbar, sondern auch unzerbrechlich, denn die Wucht, mit der die Baumstämme und Steine sie getroffen hatten, mußte unvorstellbar gewesen sein. Der See war allerdings nicht so groß wie ich befürchtet hatte, und würde sicherlich in wenigen Tagen ganz abfließen. Ich konnte über die angeschwemmten Massen hinweg nicht sehen, wie es drüben aussah, wahrscheinlich wälzten sich dort die gelben Fluten ein wenig ruhiger weiter. Die Flüsse würden anschwellen, Häuser und Brücken mitreißen, Fenster und Türen eindrücken und die leblosen steinernen Dinge, die einmal Menschen gewesen waren, aus ihren Betten und Stühlen holen. Und auf den großen Sandbänken würden sie zurückbleiben und in der Sonne trocknen, Steinmenschen, Steintiere und dazwischen Geröll und Felsbrokken, die nie etwas anderes gewesen waren als Stein.

Ich sah dies alles sehr deutlich vor mir, und es wurde mir ein bißchen übel davon. Luchs stieß mich mit der Schnauze an und drängte mich zur Seite. Vielleicht gefiel ihm das Hochwasser nicht, vielleicht spürte er auch, daß ich sehr weit weg war von ihm, und wollte sich bemerkbar machen. Wie immer bei solchen Gelegenheiten folgte ich ihm schließlich. Er wußte viel besser als ich, was gut für mich war. Den ganzen Rückweg ging er eng an meiner Seite, mich mit der Flanke gegen die Felswand drängend, weg von dem polternden, scharrenden Ungetüm, das mich hätte verschlingen können. Endlich mußte ich lachen über seine Besorgtheit, und er sprang mir mit nassen Pfoten gegen die Brust und bellte herausfordernd laut und fröhlich. Luchs hätte einen starken, heiteren Herrn verdient. Ich war seiner Lebenslust oft nicht gewachsen und mußte mich dazu zwingen, fröhlich zu scheinen, um ihn nicht zu enttäuschen. Aber wenn ich ihm auch kein sehr munteres Leben bereiten konnte, muß er wenigstens gespürt haben, wie sehr ich an ihm hing und daß ich ihn notwendig brauchte. Luchs war ja ausgesprochen freundlich, liebebedürftig und den Menschen zugetan. Der Jäger muß ein guter Mensch gewesen sein; ich habe nie eine Spur von Bösartigkeit oder Verschlagenheit an Luchs entdeckt.

Als wir zum Jagdhaus kamen, waren wir beide tropfnaß. Ich heizte ein und hängte meine Kleider zum Trocknen auf die Stange, die zu diesem Zweck über dem Herd angebracht ist. Die Schuhe stopfte ich mit der zu kleinen Bällchen gerollten Autofahrschule aus und stellte sie zum Trocknen auf zwei Holzscheite.

Inzwischen dauerte das Gemurre in den Wolken an, kam einmal von rechts, einmal von links. Es klang zornig und ein wenig enttäuscht und hielt den ganzen Tag über an. Alles in allem hatte ich wenig Schaden von dem Gewitter. Meine Forellen waren wohl zum Teil zugrunde gegangen, und das war der schlimmste Verlust, der mich durch das Gewitter getroffen hatte. Aber mit der Zeit würden auch sie sich wieder erholen und vermehren. Auf dem Dach hingen ein paar Schindeln lose, und diesen Schaden mußte ich möglichst bald ausbessern. Es graute mir ein wenig davor, denn ich bin nicht schwindelfrei, aber schwindelfrei oder nicht, ich mußte einfach hinauf aufs Dach und es ausbessern.

Auf dem freien Platz vor der Hütte hatte ich eine Menge geschnittenes Holz aufgestapelt gehabt, das ich erst kleinhacken wollte. Die Himbeerernte und meine Genäschigkeit hatten mich diese wichtige Arbeit unterbrechen lassen. Jetzt war das Holz triefend naß, und ich mußte warten, bis es in der Sonne trocknen konnte. Der Regen hatte das Sägemehl in kleinen Bächen auf die Straße geschwemmt, drei schmale gelbrote Streifen, die sich langsam im Schotter verloren. Die Straße durch die Schlucht war auch ausgewaschen, aber nicht so schlimm, wie ich befürchtet hatte. Bei Gelegenheit mußte ich sie in Ordnung bringen. So vieles gab es, was ich tun sollte, Holz hacken, Erdäpfel ernten, Acker umstechen, Heu aus der Schlucht holen, die Straße richten und das Dach ausbessern. Kaum hoffte ich, mich ein wenig ausruhen zu dürfen, lag schon wieder eine neue Arbeit vor mir.

Schon hatten wir Mitte August; der kurze Bergsommer würde bald dahin sein. Es regnete noch zwei Tage, und das Gewitter murrte noch immer ganz leise in der Ferne. Am dritten Tag hingen weiße Nebel bis auf die Wiese herab. Kein Berg war zu sehen, und die Fichten sahen wie abgeschnitten aus. Ich trieb Bella wieder auf die Weide, denn das kühle feuchte Wetter schien ihr gutzutun. Ich reinigte die Hütte, nähte ein wenig und wartete auf besseres Wetter. Am fünften Tag nach dem Gewitter brach endlich die Sonne aus weißen Nebelschleiern hervor. Ich weiß es genau, weil es auf meinem Kalender vermerkt ist. Damals war ich noch ziemlich mitteilsam und machte häufig Notizen. Später werden sie spärlicher, und ich werde auf meine Erinnerung angewiesen sein.

Nach dem großen Unwetter wurde es nicht mehr sehr warm. Die Sonne schien zwar, und mein Holz konnte trocknen, aber die Landschaft nahm plötzlich herbstlichen Charakter an. Der langstielige Enzian blühte auf den nassen Wänden der Schlucht, und im Schatten der Büsche wuchsen die Zyklamen. Manchmal blühen die Zyklamen im Gebirge schon im Juli, und das soll auf einen frühen Winter hindeuten. In der Zyklame vermischt sich das Rot des Sommers mit dem Blau des Herbstes zu einem rosigen Violett, und ihr Duft fängt noch einmal die ganze vergangene Süße ein; wenn man aber länger daran riecht, spürt man dahinter einen ganz anderen Geruch, den Geruch nach Verfall und Tod. Ich habe die Zyklame immer schon für eine sehr sonderbare und ein wenig beängstigende Blume gehalten.

Da die Sonne wieder schien, stürzte ich mich auf die

Holzarbeit. Das Zerhacken ging mir besser von der Hand als das Schneiden, und ich machte rasche Fortschritte. Ich wartete aber nicht wieder, bis ein Berg Holzscheiter den Boden bedeckte, sondern räumte jeden Abend das kleingehackte Holz unter die Veranda und stapelte es dort ordentlich auf. Ich wollte nicht wieder vom Regen überrascht werden.

Ganz langsam gelang es mir, in alle meine Arbeiten System zu bringen, und das erleichterte mir das Leben ein wenig. Planlosigkeit war eigentlich nie einer meiner Fehler gewesen, nur war ich selten in die Lage gekommen, einen meiner Pläne auszuführen, weil sich mit tödlicher Sicherheit immer jemand oder etwas gefunden hatte, das meine Pläne zunichte machte. Hier im Wald konnte niemand meine Pläne durchkreuzen. Wenn ich versagte, war es meine eigene Schuld, und ich konnte nur mich dafür verantwortlich machen.

Ich arbeitete bis Ende August mit dem Holz. Meine Hände gewöhnten sich schließlich daran. Sie staken immer voll Splitter, die ich jeden Abend mit der Pinzette entfernte. Früher hatte ich mit dieser Pinzette meine Brauen gezupft. Jetzt ließ ich sie wachsen, und sie wurden dicht und viel dunkler als mein Haar und gaben mir einen düsteren Blick. Aber das kümmerte mich nicht, ich war vollauf damit beschäftigt, meine Hände jeden Abend in Ordnung zu bringen. Ich hatte großes Glück, niemals fing ein Splitter zu eitern an, ja es bildeten sich nur selten kleine Entzündungen, die über Nacht mit Jod behandelt wurden und zurückgingen.

Eigentlich kam ich durch die Holzarbeit um einen sehr schönen Spätsommer. Ich sah die Landschaft gar nicht, besessen von dem Gedanken, genügend Holzvorrat aufzustapeln. Als das letzte Scheit unter der Veranda untergebracht war, streckte ich meinen Rücken und beschloß, mich ein wenig zu pflegen. Eigentlich ist es sonderbar, wie gering meine Freude über eine erledigte Arbeit jedesmal ist. Sobald sie getan ist, vergesse ich sie und denke an neue Aufgaben. Auch damals wurde aus der Erholungspause nicht viel. So war es immer. Während ich mich plagte, träumte ich davon, wie ich still und friedlich auf der Bank rasten würde. Sobald ich aber endlich auf der

Bank saß, wurde ich unruhig und hielt Ausschau nach neuer Arbeit. Ich glaube nicht, daß das einem besonderen Fleiß entsprang, ich bin von Natur aus eher träge, wahrscheinlich war es Selbstschutz, denn was hätte ich in der Ruhe anderes getan als mich erinnert und gegrübelt. Genau das sollte ich nicht tun, was blieb mir also übrig, als weiterzuarbeiten? Arbeit mußte ich mir nicht erst suchen, sie bot sich aufdringlich genug von selber an.

Nachdem ich zwei Tage im Haus vertrödelt, meine Wäsche gewaschen und genäht hatte, ging ich daran, die Straße in Ordnung zu bringen. Mit Krampen und Schaufel zog ich in die Schlucht. Ich konnte ja ohne Schubkarren sehr wenig unternehmen. So schlug ich mit dem Krampen die Straße auf, verteilte den Schotter gleichmäßig und schlug ihn mit der Schaufel fest nieder. Der nächste Wolkenbruch würde neue Rinnen auswaschen, und ich würde sie wieder füllen und festschlagen. Ein Schubkarren fehlte mir sehr. Aber Hugo hatte nicht an Schubkarren gedacht. Er hatte ja auch nie damit gerechnet, eigenhändig Straßen ausbessern zu müssen. Ich glaube, am liebsten hätte er sich einen Bunker gekauft und wagte es nur nicht, weil ihm der Gedanke asozial erschien und er großen Wert darauf legte, nicht so zu erscheinen. So mußte er sich eben mit halben Maßnahmen begnügen, die eher eine Spielerei waren und seine Befürchtungen ein wenig beruhigen sollten. Sicher wußte er das ganz genau, denn er war ein durchaus real denkender Mensch, der seinen dunklen Ängsten manchmal ganz bewußt etwas zum Fraß vorwerfen mußte, um ungestört arbeiten und weiterleben zu können. Schubkarren, wie gesagt, schienen in seinen Träumereien vom Überleben nie aufgetaucht zu sein. Deshalb ist die Straße heute in einem sehr schlechten Zustand. Ich kratze nur immer das vorhandene Gestein auseinander, aber mit der Zeit wird immer weniger Schotter, und der nackte Fels kommt zum Vorschein. Dabei könnte ich die Straße mit Bachschotter gut wiederherstellen, es ist nur eine Frage der Beförderung. Ich könnte zwar einen Sack mit Schotter füllen und ihn auf Buchenzweigen auf die Straße schleppen. Vielleicht würden fünfzehn Säcke genügen; es läßt sich schwer abschätzen. Vielleicht hätte ich es vor einem Jahr noch auf mich genommen. Heute finde ich, es lohnt sich nicht. Selbst in einem trockenen Bachbett das Heu heimzuschleppen ist müheloser, als fünfzehn Sack Schotter auf die Straße zu ziehen.

Am sechsten September sah ich bei den Erdäpfeln nach und fand die Knollen noch zu klein und das Kraut noch grün. Ich mußte also meinen Hunger noch ein paar Wochen bezwingen; aber der Anblick der kleinen Knollen gab mir neue Hoffnung. Daß ich die Erdäpfel nicht verbraucht, sondern eingelegt hatte, war der Grundstein zu meiner heutigen relativen Sicherheit. Solange nicht eine Wetterkatastrophe meine Ernte vernichtet, werde ich nie verhungern müssen.

Die Bohnen waren auch schon fast reif und hatten sich, obgleich nicht alle aufgegangen waren, doch vervielfacht. Ich wollte den größten Teil als Samen zurücklegen. Meine Arbeit fing an, Früchte zu tragen, es war auch an der Zeit, denn nach dem Straßenausbessern fühlte ich mich sehr matt. Da es ein paar Tage regnete, stand ich nur zu den notwendigen Arbeiten auf und blieb die übrige Zeit im Bett. Ich schlief auch bei Tag, und je mehr ich schlief, desto müder wurde ich. Ich weiß nicht, was damals mit mir los war. Vielleicht fehlten mir wichtige Vitamine oder es war einfach Überarbeitung, die mich geschwächt hatte. Luchs gefiel das gar nicht. Immer wieder kam er zu mir und stieß mich mit der Schnauze an, und als das alles nicht helfen wollte, sprang er mit den Vorderpfoten auf das Bett und bellte so laut, daß an Schlafen nicht zu denken war. Damals haßte ich ihn einen Moment lang wie einen Sklaventreiber. Fluchend zog ich mich an, nahm das Gewehr und ging mit ihm weg. Es war ohnedies an der Zeit. Wir hatten kein Stückchen Fleisch im Haus, und ich hatte Luchs mit den letzten kostbaren Nudeln gefüttert. Es gelang mir, einen schwachen Bock zu schießen, und Luchs war wieder mit mir zufrieden. Ich heuchelte ein wenig Begeisterung, lud den Bock auf meinen Nacken und ging heim. Ich schoß damals, nachdem ich es mir einmal gründlich überlegt hatte, fast nur schwache Bökke. Ich fürchtete, das Wild, nur noch in meinem Revier ein wenig dezimiert, würde überhandnehmen und in einigen Jahren in einem abgefressenen Wald wie in einer Falle sitzen. Um dieser künftigen Not ein wenig vorzubeugen, schoß ich nach Möglichkeit nur Böcke ab. Ich glaube nicht, daß ich mich damals irrte. Jetzt nach zweieinhalb Jahren schon spüre ich mehr Wild als früher. Wenn ich einmal von hier weggehe, werde ich das Loch unter der Wand so tief graben, daß dieser Wald nie zu einer Falle werden kann. Meine Rehe und Hirsche werden eine fette, unermeßliche Weide finden oder den plötzlichen Tod. Beides ist besser als die Gefangenschaft in einem kahlgefressenen Wald. Es rächt sich jetzt, daß alles Raubzeug längst ausgerottet worden ist und das Wild außer dem Menschen keinen natürlichen Feind mehr hat. Manchmal, wenn ich die Augen schließe, sehe ich den großen Auszug aus dem Wald. Aber das sind nur Träume. Offenbar hört ein Mensch nie auf, bei Tag zu träumen.

Ich zerwirkte den Rehbock, eine Arbeit, die mir anfangs große Mühe bereitet hatte, und legte das gesalzene Fleisch in Eimer, die ich mit großen Deckeln zuband. Dann trug ich die Eimer zu einer Quelle und stellte sie bis zum Rand in das eisige Wasser. Es ist dies nicht meine Brunnenquelle, es gibt hier eine ganze Menge Quellen. Sie entspringt unter einer Buche und sammelt sich in einer tiefen Mulde zwischen den Wurzeln zu einem kleinen Teich, fließt dann einige Meter weiter und verschwindet wieder im Boden. Einer von Hugos Jagdgästen, ein kleiner bebrillter Mann, behauptete einmal, das ganze Gebirge, ja selbst das Tal erhöbe sich über riesigen Höhlen. Ich weiß nicht, ob das stimmt, aber ich habe oft gesehen, daß eine Quelle oder ein kleiner Bach spurlos in der Erde verschwindet. Wahrscheinlich hatte der kleine Mann recht.

Der Gedanke an diese Höhlen verfolgt mich manchmal tagelang. Das viele Wasser, das sich dort unten sammelt, ganz klar und gefiltert von Erde und Kalkstein. Vielleicht gibt es auch Tiere in den Höhlen. Grottenolme und weiße blinde Fische. Ich sehe, wie sie endlos im Kreis schwimmen, unter den riesigen Tropfsteinkuppeln. Nichts ist zu hören als das Rieseln und Rauschen des Wassers. Wo könnte es einsamer sein? Ich werde die Olme und Fische nie sehen. Vielleicht gibt es sie gar nicht. Ich möchte nur gern, daß auch in den Höhlen ein wenig

Leben ist. Höhlen haben etwas sehr Anziehendes und zugleich Abschreckendes an sich. Als ich noch jung war und der Tod mir wie eine persönliche Beleidigung erschien, stellte ich mir oft vor, wie ich mich zum Sterben in eine Höhle zurückziehen wollte, um nie gefunden zu werden. Dieser Gedanke hat noch immer einen gewissen Reiz für mich; es ist wie ein Spiel, das man als Kind gespielt hat und an das man noch manchmal gerne zurückdenkt. Ich habe es nicht nötig, mich vor meinem Tod in eine Höhle zurückzuziehen. Keiner wird bei mir sein, wenn ich sterbe. Niemand wird mich betasten, anstarren und seine heißen lebendigen Finger auf meine erkaltenden Lider pressen. An meinem Sterbelager werden sie nicht zischeln und flüstern und mir die letzten bitteren Tropfen zwischen die Zähne zwängen. Eine Zeitlang dachte ich, daß Luchs die Totenklage für mich halten würde. Es ist anders gekommen, und es ist besser so. Luchs ist in Sicherheit, und für mich wird es weder Menschenstimmen noch Tiergeheul geben. Nichts wird mich zurückreißen in die alte Qual. Ich lebe immer noch gern, aber eines Tages werde ich genug gelebt haben und zufrieden sein, daß es zu Ende geht.

Aber natürlich kann auch alles ganz anders kommen. Ich bin noch lange nicht in Sicherheit. Sie können jeden Tag zurückkommen und mich holen. Es werden Fremde sein, die eine Fremde finden werden. Wir werden einander nichts mehr zu sagen haben. Es wäre besser für mich, sie kämen nie. Damals, im ersten Jahr, dachte und fühlte ich noch nicht so. Alles hat sich fast unmerklich gewandelt. Deshalb wage ich nicht mehr, allzuweit vorauszuplanen, denn ich weiß nicht, wie ich wiederum in zwei Jahren fühlen und denken werde, oder in fünf oder zehn. Ich kann es nicht einmal ahnen. Ich lebe nicht gern planlos in den Tag hinein. Ich bin ein Ackerbauer geworden, und ein Ackerbauer muß planen. Wahrscheinlich war ich nie etwas anderes als ein verhinderter Ackerbauer. Vielleicht wären meine Enkel schon leichtsinnige Falter geworden. Meine Kinder schon schoben jede Verantwortung von sich. Ich habe aufgehört, das Leben und den Tod weiterzugeben.

Auch das Alleinsein, das uns so viele Generationen begleitet hat, stirbt mit mir aus. Das ist nicht gut und ist nicht schlecht; es ist einfach.

Und wie bringe ich die Tage dieses Winters hin?

Ich erwache in der Dämmerung und stehe sofort auf. Bliebe ich liegen, finge ich an zu denken. Ich fürchte Gedanken in der Morgendämmerung. So gehe ich an die Arbeit. Bella begrüßt mich freudig. Sie hat so wenig Vergnügen in letzter Zeit. Ich wundere mich darüber, wie sie es erträgt, Tag und Nacht allein in ihrem düsteren Stall zu sein. Ich weiß so wenig von ihr. Vielleicht träumt sie manchmal, flüchtige Erinnerungen, Sonne auf ihrem Rücken, saftiges Gras zwischen den Zähnen, ein Kalb drängt sich warm und duftend an sie, Zärtlichkeit, endlose stumme Zwiesprache aus vergangenen Wintertagen. Nebenan raschelt das Kalb in der Streu, vertrauter Atem steigt aus vertrauten Nüstern. Erinnerungen steigen aus ihrem schweren Leib auf und sinken nieder im trägen Lauf des Blutes. Ich weiß gar nichts darüber. Jeden Morgen streichle ich ihren großen Schädel, spreche zu ihr und sehe ihre feuchten riesigen Augen auf mein Gesicht gerichtet. Wären es Menschenaugen, fände ich sie ein wenig verrückt.

Die Lampe steht auf dem kleinen Herd. In ihrem gelben Licht wasche ich Bellas Euter mit warmem Wasser und fange dann zu melken an. Sie gibt wieder etwas Milch. Nicht viel, aber genug für mich und die Katze. Und ich rede und rede, ich verspreche ihr ein neues Kalb, einen langen warmen Sommer, frisches grünes Gras, warme Regengüsse, die die Mücken verscheuchen und immer wieder ein Kalb. Und sie schaut mich an aus ihren sanftverrückten Augen, drängt die breite Stirn an mich und läßt sich die Hornansätze kraulen. Ich bin warm und lebendig, und sie spürt, daß ich ihr wohlwill. Mehr werden wir nie voneinander wissen. Nach dem Melken säubere ich den Stall, und die kalte Winterluft strömt herein. Ich lüfte nie länger als notwendig. Der Stall ist ohnedies kühl; Atem und Wärme einer Kuh erzeugen nur ein wenig Lauigkeit. Ich werfe Bella das raschelnde duftende Heu vor und fülle das Schaff mit Wasser, und einmal in der Woche bearbeite ich ihr kurzes glattes Fell mit der

Bürste. Dann nehme ich die Lampe an mich und lasse sie für einen langen einsamen Tag in der Dämmerung zurück. Ich weiß nicht, was geschieht, wenn ich den Stall verlasse. Blickt Bella mir lange nach, oder sinkt sie bis zum Abend in einen ruhigen Halbschlaf? Wenn ich nur wüßte, wie ich die Tür in der Schlafkammer ausbrechen werde. Jeden Tag, wenn ich Bella allein zurücklassen muß, denke ich daran. Ich habe ihr auch schon erzählt davon, und sie hat mir mitten in der Erzählung das Gesicht abgeschleckt. Arme Bella.

Dann trage ich die Milch ins Haus, schüre das Feuer und bereite das Frühstück. Die Katze erhebt sich von meinem Bett, schreitet zu ihrem Teller und trinkt. Dann zieht sie sich ins Ofenloch zurück und wäscht ihren Winterpelz. Seit Luchs tot ist, schläft sie tagsüber auf seinem alten Platz unter dem warmen Ofen. Ich habe nicht das Herz, sie zu vertreiben. Es ist auch besser so, als die traurige leere Höhle sehen zu müssen. Am Morgen reden wir kaum miteinander; sie ist dann eher griesgrämig und verschlossen. Ich kehre die Stube, trage Holz für den Tag ins Haus. Inzwischen ist es hell geworden, so hell es eben an einem bedeckten Wintermorgen wird. Die Krähen fallen schreiend in die Lichtung ein und lassen sich auf den Fichten nieder. Dann weiß ich, daß es halb neun ist. Wenn ich Abfälle habe, trage ich sie auf die Lichtung und lege sie unter die Fichten. Wenn ich im Freien arbeiten muß, Holz hacken, Schnee schaufeln oder Heu holen, trage ich Hugos Lederhose. Es hat mich viel Mühe gekostet, sie um die Mitte enger zu machen. Sie reicht mir bis zu den Knöcheln und hält mich auch an sehr kalten Tagen warm. Nach dem Mittagessen und Aufräumen setze ich mich an den Tisch und schreibe an meinem Bericht. Ich könnte ja auch schlafen, aber das will ich nicht. Ich muß am Abend so müde sein, daß ich auf der Stelle einschlafen kann. Ich darf ja auch die Lampe nicht zu lange brennen lassen. Im kommenden Winter werde ich mich schon mit Kerzen aus Hirschtalg behelfen müssen. Ich habe es schon versucht, sie stinken abscheulich, aber ich werde mich auch daran gewöhnen müssen.

Gegen vier Uhr, wenn ich die Lampe anzünde, kommt die Katze aus dem Ofenloch und springt zu mir auf den

Tisch. Eine Zeitlang sieht sie mir geduldig beim Schreiben zu. Sie liebt das gelbe Lampenlicht ebensosehr wie ich. Wir hören die Krähen unter rauhem Geschrei aus der Lichtung aufsteigen, und die Katze wird nervös und legt die Ohren zurück. Wenn sie sich wieder beruhigt hat, ist unsere Stunde gekommen. Die Katze schlägt mir zart den Bleistift aus der Hand und macht sich auf den beschriebenen Blättern breit. Dann streichle ich sie und erzähle ihr alte Geschichten oder ich singe für sie. Ich kann nicht gut singen und tue es nur leise und eingeschüchtert von der Stille des Winternachmittags. Aber die Katze mag meinen Gesang. Sie liebt ernste getragene Töne, besonders Kirchenlieder. Hohe Töne mag sie nicht, ebensowenig wie ich. Wenn sie genug hat, hört sie auf zu schnurren, und ich bin sofort still. Das Feuer knistert und knackt im Ofen, und wenn es schneit, sehen wir gemeinsam den großen Flocken nach. Wenn es regnet oder stürmt, neigt die Katze zu Trübsinn, und ich versuche, sie aufzuheitern. Manchmal gelingt es mir, aber meist versinken wir beide in hoffnungsloses Schweigen. Und ganz selten geschieht das Wunder: die Katze steht auf, stößt ihre Stirn gegen meine Wange und stemmt die Vorderpfoten auf meine Brust. Oder sie nimmt meinen Fingerknöchel zwischen die Zähne und beißt zart und verspielt daran herum. Es geschieht nicht allzuoft, denn sie geht sparsam um mit den Beweisen ihrer Zuneigung. Bei gewissen Liedern gerät sie in Ekstase und zieht die Krallen wollüstig über das raschelnde Papier. Ihre Nase wird feucht, und ihre Augen überziehen sich mit einem schillernden Film.

Alle Katzen neigen zu geheimnisvollen Zuständen; dann sind sie weit weg und völlig unerreichbar. Perle war verliebt in ein winziges rotes Samtpölsterchen von Luise. Es war für sie ein magischer Gegenstand. Sie schleckte es ab, zog Furchen durch das weiche Gewebe, und endlich ruhte sie darauf aus, weiße Brust auf rotem Samt, die Augen zu grünen Schlitzen verengt, ein prächtiges Fabeltier. Ihr später geborener Halbbruder Tiger war den Düften verfallen. Er konnte die längste Zeit vor einem wohlriechenden Kraut sitzen, den Schnurrbart gespreizt, die Augen geschlossen, Speicheltröpfchen auf der kleinen Unterlippe. Schließlich sah er aus, als werde er im nächsten Augenblick in tausend Stücke zerspringen. Wenn es soweit war, rettete er sich mit einem kühnen Sprung in die Wirklichkeit und raste, mit aufgestelltem Schwanz, kleine Schreie ausstoßend, in die Hütte. Überhaupt pflegte er sich nach derartigen Ausschweifungen recht rüpelhaft zu benehmen, wie ein halbwüchsiger Junge, den man beim Lesen eines Gedichtes ertappt. Man darf Katzen aber niemals auslachen, das nehmen sie sehr übel. Bei Tiger war es manchmal nicht leicht, ernst zu bleiben. Perle war viel zu schön, um ausgelacht zu werden, und ihre Mutter auszulachen, würde ich nicht wagen. Was verstehe ich schon von ihren seltsamen Zuständen? Was verstehe ich überhaupt von ihrem Leben? Ich überraschte sie einmal, als sie hinter der Hütte mit einer toten Maus spielte. Sie mußte das Tierchen gerade erst getötet haben. Was ich damals sah, brachte mich zur Überzeugung, daß sie die Maus als heißgeliebtes Spielzeug betrachtete. Sie legte sich auf den Rücken, drückte das leblose Ding an die Brust und beleckte es zärtlich. Dann stellte sie es vorsichtig hin und gab ihm einen beinahe liebevollen Schubs, beleckte es wieder und wandte sich endlich mit kleinen Klageschreien an mich. Ich sollte ihr Spielzeug wieder beweglich machen. Keine Spur von Grausamkeit oder Bosheit.

Ich habe nie unschuldigere Augen gesehen als die Augen meiner Katze, die gerade eine kleine Maus totgequält hatte. Sie hatte keine Ahnung, daß sie dem kleinen Ding Schmerzen bereitet hatte. Ein geliebtes Spielzeug hatte aufgehört, sich zu bewegen, und die Katze klagte darum. Ich fror im hellen Sonnenschein, und etwas wie Haß regte sich in mir. Ich streichelte die Katze ganz abwesend und spürte, wie der Haß wuchs. Es gab nichts und niemanden, den ich dafür hassen konnte. Ich wußte, ich würde nie begreifen, und ich wollte auch gar nicht begreifen. Ich hatte Furcht. Ich fürchte mich auch heute noch, weil ich weiß, daß ich nur leben kann, wenn ich gewisse Dinge nicht begreife. Es war übrigens das einzige Mal, daß ich die Katze mit einer Maus antraf. Sie scheint ihren entsetzlichen unschuldigen Spielen nur nachts nachzugehen, und ich bin froh darüber.

Jetzt liegt sie vor mir auf dem Tisch, und ihre Augen

sind klar wie ein See, auf dessen Grund feinverästelte Pflanzen wachsen. Die Lampe brennt schon zu lange, und es wird Zeit für mich, in den Stall zu gehen und eine halbe Stunde mit Bella zu verbringen, ehe ich sie wieder für eine Nacht allein in der Dunkelheit zurücklassen muß. Und morgen wird es sein, wie es heute ist und wie es gestern war. Ich werde erwachen, aus dem Bett steigen, ehe der erste Gedanke Zeit hat aufzuwachen, und später wird die schwarze Krähenwolke sich über die Lichtung senken, und ihr rauhes Geschrei wird den Tag ein wenig beleben.

Früher las ich manchmal am Abend in den alten Zeitungen und Magazinen. Heute habe ich jede Beziehung zu ihnen verloren. Sie langweilen mich. Das einzige, was mich hier im Wald gelangweilt hat, waren die alten Zeitungen. Wahrscheinlich haben sie mich schon immer gelangweilt. Ich wußte nur nicht, daß das ständige leichte Unbehagen Langeweile war. Sogar meine armen Kinder litten schon darunter und konnten nicht zehn Minuten allein bleiben. Wir waren alle ganz betäubt von Langeweile. Es war uns gar nicht möglich, ihr zu entfliehen, ihrem pausenlosen Dröhnen und Flimmern. Ich wundere mich über nichts mehr. Vielleicht war die Wand auch nur der letzte verzweifelte Versuch eines gequälten Menschen, der ausbrechen mußte, ausbrechen oder wahnsinnig werden.

Die Wand hat unter anderem auch die Langeweile getötet. Die Wiesen, Bäume und Flüsse jenseits der Wand können sich nicht langweilen. Mit einem Ruck stand die rasende Trommel still. Dort drüben kann man nur noch den Regen, den Wind und das Knistern der leeren Häuser hören; die verhaßte brüllende Stimme ist verstummt. Aber es gibt keinen mehr, der sich an der großen Stille erfreuen kann.

Da der September heiter und warm blieb und ich mich von meiner Müdigkeit erholt hatte, beschloß ich, wieder nach Beeren Ausschau zu halten. Ich wußte, daß die Dorfleute immer von der Alm Preiselbeeren geholt hatten. Preiselbeeren wären für mich ein Segen gewesen, weil man sie auch ohne Zucker einkochen kann. Ihr Gehalt an Gerbsäure läßt sie nicht verderben. Am zwölften

September brach ich mit Luchs nach dem Frühmelken auf. Bella ließ ich zur Sicherheit im Stall. Meine einzige Sorge galt Perle, die sich angewöhnt hatte, kleine Ausflüge zum Bach zu unternehmen. Wenige Tage zuvor war sie mit einer Forelle im Maul nach Hause gekommen und hatte sich zu ihrer Mahlzeit unter der Veranda niedergelassen. Sie war stolz und fröhlich über ihren ersten Erfolg, und ich mußte sie loben und streicheln. So saß sie jeden Tag mitten im Bach auf einem Stein, die rechte Vorderpfote erhoben, und wartete. Ihr Fell leuchtete weithin in der Sonne, und jeder, der Augen im Kopf hatte, mußte sie sehen. Ich konnte gar nichts dagegen tun. Der Traum von der friedlichen Zimmerkatze war ausgeträumt, ich hatte ohnedies nie wirklich daran geglaubt. Weder die alte Katze noch später Tiger gingen jemals zum Bach. Beide waren außergewöhnlich wasserscheu. Perle war ein wenig aus der Art geschlagen. Die alte Katze betrachtete das befremdliche Benehmen ihrer Tochter mit Mißbilligung, mischte sich aber nicht mehr in ihre Angelegenheiten. Perle war kaum halbwüchsig, aber ihre Mutter kümmerte sich kaum noch um sie und hatte ihr altes Leben wieder aufgenommen. So sperrte ich Perle bei Wasser und Fleisch in die obere Kammer, in der ich Rinde und Fallholz liegen hatte. Es tat mir leid, aber ich konnte nicht anders.

Der Aufstieg zur Alm, der Weg war nicht schwer zu finden, dauerte drei Stunden. Der Weg war gut erhalten und breit, weil er ja dem Viehauftrieb gedient hatte. Wäre die Wand einige Tage später entstanden, hätten sich dort oben eine kleine Rinderherde und eine Sennerin befunden. Aber ich wollte mich nicht beklagen, es hätte für mich alles viel übler aussehen können.

Die Almhütte lag inmitten einer großen Wiese, auf der das Gras schon ein wenig gelb wurde. Während ich über die weichen Matten wanderte, dachte ich an Bella, die den ganzen Sommer hindurch das harte staudige Gras von der Lichtung gefressen hatte, während es hier die zartesten Kräuter für sie gab. Sofort kam mir der Gedanke, sie im nächsten Mai hierherzubringen. Gleichzeitig tauchten aber so viele Schwierigkeiten vor mir auf, daß ich ängstlich zurückschrak. Die Almhütte war in gutem Zustand, und es ließ sich zur Not einen Sommer darin leben. Ich fand ein Butterfaß, zwei alte Kalender und das Bild eines mir unbekannten Filmstars, mit Reißnägeln an den Kasten geheftet. Die Sennerin war also ein Senn gewesen. Die Hütte war sehr verschmutzt, das Geschirr zeigte braune Fettränder, und der Tisch war wohl niemals abgerieben worden. Ich fand auch noch einen schwarzgrün schillernden Filzhut und einen zerrissenen Wetterfleck. Ich war müde, und meine Begierde nach Preiselbeeren wurde immer schwächer. Ich mußte mich zwingen weiterzugehen. Schließlich fand ich den Platz, an dem sie wuchsen. Sie waren aber erst rosa; ich mußte also noch einmal auf die Alm steigen, um sie zu holen. Ehe ich den Rückweg antrat, suchte ich noch eine Stelle, von der aus ich das Land überblicken konnte. Die Wiese ging dort in Wald über, und dann fiel jäh eine Geröllhalde ab. Dort setzte ich mich auf einen Baumstrunk und sah durch das Glas in die Ferne.

Es war ein schöner Herbsttag, und die Fernsicht war sehr gut. Ich zitterte ein wenig, als ich anfing, die roten Kirchtürme zu zählen. Fünf waren es schließlich und ein paar winzige Häuser. Die Wälder und Wiesen zeigten noch keine Verfärbung. Dazwischen gab es gelbbraune Rechtecke, die nicht abgeernteten Getreidefelder. Die Straßen lagen leer. Ein paar kleine Gegenstände glaubte ich als Lastautos zu erkennen. Nichts bewegte sich dort unten, kein Rauch stieg auf, und kein Vogelschwarm fiel in die Felder ein. Ich suchte den Himmel ab, lange Zeit. Er blieb leer und ohne jede Bewegung. Ich hatte ja nichts anderes zu sehen erwartet. Das Glas glitt mir aus der Hand und schlug auf meinen Knien auf. Jetzt konnte ich die Kirchtürme nicht mehr erkennen.

Luchs langweilte sich und wollte weitergehen. Ich stand auf und folgte ihm. Den leeren Eimer ließ ich in der Almhütte zurück, um ihn nicht wieder herauftragen zu müssen, aber die Kalender, ein Säckchen Mehl und das Butterfaß nahm ich mit. Ich band es auf dem Rucksack fest, und es fing sofort an, mich zu drücken und zu stoßen. Aber ich konnte nicht darauf verzichten. Es war mühsam genug, die Butter in winzigen Portionen mit der Schneerute zu schlagen. Jetzt, da ich ein Butterfaß besaß, konnte ich sogar daran denken, Butterschmalz auszulassen. Luchs erlitt einen seiner Anfälle und raste über die Wiese, daß die langen Ohren flogen. Ich keuchte mit dem Butterfaß hinterdrein. Immer schon hatte ich eine Abneigung gegen schwere Lasten gehabt, und immer hatte ich mich abschleppen müssen. Zuerst mit der unmäßig geschwollenen Schultasche, dann mit Koffern, Kindern, Einkaufstaschen und Kohlenkübeln, und jetzt, nach Heubündeln und Holzscheiten, auch noch mit einem Butterfaß. Ich wunderte mich darüber, daß meine Arme noch nicht bis zu den Knien reichten. Vielleicht hätte mir dann beim Bücken das Kreuz weniger weh getan. Es fehlten mir nur noch Krallen, ein dichter Pelz und lange Fangzähne, und ich wäre ein völlig angepaßtes Geschöpf gewesen. Neiderfüllt sah ich Luchs, der leichtfüßig über die Wiese flog, und es fiel mir ein, daß ich seit dem Morgen nur ein wenig Brunnenwasser auf der Alm getrunken hatte. Ich hatte ganz vergessen zu essen. Mein Proviant ruhte unter dem Butterfaß. Ich kam ganz erschöpft im Jagdhaus an, und die Schultern schmerzten mich tagelang. Aber das Butterfaß war gerettet.

In meinem Kalender finde ich jetzt vierzehn Tage keinerlei Notizen. Ich erinnere mich kaum an diese Zeit. Ging es mir so gut oder so schlecht, daß ich nicht schreiben mochte? Ich glaube, eher schlecht. Die eintönige Ernährung und die großen Anstrengungen hatten mich sehr geschwächt. Es muß aber in dieser Zeit gewesen sein, daß ich Fallholz und Rinden sammelte und in der oberen Kammer aufstapelte. Ich hatte das schon früher einmal getan. Ich brauchte trockenes Holz zum Unterzünden. Das Holz unter der Veranda war zwar bei ruhigem Wetter geschützt, aber wenn es stürmte und regnete, wurde es doch manchmal feucht und wollte nicht anbrennen. Ich hätte die Garage sehr gut als Holzhütte verwenden können, aber ich brauchte sie für das Heu. Übrigens hat feuchtes Holz auch Vorteile, es verbrennt viel langsamer, und man muß weniger oft nachlegen. Am Abend, wenn ich will, daß das Feuer über Nacht nicht ausgeht, lege ich immer feuchtes Holz darauf.

Am zweiten Oktober erwachte ich auf dem Kalender zu neuem Leben. Die Erdäpfel wurden geerntet. Ich schleppte sie in Säcken nach Hause und breitete sie in der Schlafkammer aus. Ich wagte nicht, sie in den kleinen Keller zu tun, der hinter der Hütte in den Berg gegraben ist. Versuchsweise legte ich ein paar Erdäpfel hinein, und sie erfroren beim ersten Frost. In der Schlafkammer war es, bei geschlossenen Läden, dunkel und kühl und, sonderbarerweise, nicht feucht. Sie war jetzt schrecklich angeräumt, weil ich alle Vorräte darin untergebracht hatte. Mein Anfangskapital hatte sich vervielfacht. Am Abend kochte ich trotz meiner Müdigkeit einen Topf Erdäpfel und aß sie mit frischer Butter. Es war ein Festessen, und ich wurde endlich einmal wirklich satt und schlief am Tisch ein. Auch Luchs, der mich nach einer Stunde vorwurfsvoll weckte, hatte Erdäpfel bekommen, nur die Katzen, reine Raubtiere, hatten sie verschmäht. Luchs fraß übrigens gerne Erdäpfel, aber ich gab sie ihm nicht oft, weil ich wußte, daß sie ihm nicht guttaten.

Ich wollte den Acker nicht verwildern lassen, ich konnte im ersten Jahr des Unkrauts kaum Herr werden, und so entschloß ich mich dazu, ihn gleich umzustechen. Nach einem Rasttag, an dem ich die Bohnen abnahm, fing ich mit dem Umstechen an. Erst als das geschehen war, fühlte ich mich beruhigt. Die Bohnen trocknete ich in der Sonne und legte sie gleich als Saatgut weg. Auch von den Erdäpfeln räumte ich nach langem Berechnen und Überlegen einen Teil zur Seite. Ich hielt mich immer daran, diesen Teil nicht anzurühren. Es war besser, ein paar Wochen mäßig zu hungern, als im kommenden Jahr zu verhungern. Als meine Ernte eingebracht war, fielen mir die Obstbäume auf jener Wiese ein, auf der ich Bella gefunden hatte. Ich fand dort einen Apfelbaum, zwei Zwetschgenbäume und einen Holzapfelbaum. Die Zwetschgenbäume trugen vierundzwanzig Früchte, kleine, fleckige, mit Harztropfen behängte Dinger, die sehr süß waren. Ich aß sie auf der Stelle auf und bekam nachts Bauchschmerzen davon. Der Apfelbaum trug vielleicht fünfzig Früchte, große, hartschalige, rotbackige Winteräpfel, die einzige Apfelsorte, die im Gebirge wirklich gedeiht. Früher hatte ich immer gefunden, sie schmeckten nach Rüben. Ich mußte damals sehr heikel und verwöhnt gewesen sein. Der Holzapfelbaum war über und über bedeckt mit seinen winzigen roten Äpfelchen. Man kann sie eigentlich nur der Mostmaische beimengen. Ich esse sie mit einiger Überwindung wegen der Vitamine das ganze Jahr hindurch. Die Äpfel waren noch nicht ganz reif, und so ließ ich sie noch stehen. Es war ein herrlicher Tag, die Luft war schon ein wenig kühl und prickelnd, und ich konnte mit großer Klarheit jeden Baum und jedes Gehöft jenseits der Wand sehen. Die Vorhänge waren noch immer zugezogen, und die beiden Kühe, Bellas Gefährtinnen, lagen in ihrem tiefen steinernen Schlaf. Das Gras, niemals gemäht, reichte ihnen bis über die Flanken und verbarg ihre Nüstern vor mir. Rund um das kleine Haus wuchs eine Flut von Brennesseln. Es hätte ein schöner Ausflug sein können, aber der Anblick der beiden Tiere und des Nesselwaldes hatte mich verstört und bedrückt.

Der Herbst war mir immer die liebste Jahreszeit, wenn ich mich auch körperlich nie sehr wohl fühlte. Bei Tag war ich müde und doch überwach, und nachts lag ich stundenlang in einem unruhigen Halbschlaf und träumte wirr und lebhafter als sonst. Die Herbstkrankheit verschonte mich auch im Wald nicht, aber da ich sie mir kaum erlauben konnte, trat sie gemildert auf. Vielleicht hatte ich auch nicht Zeit, sie besonders zu beachten. Luchs war sehr aufgekratzt und munter, aber ein Fremder hätte wahrscheinlich keinen Unterschied bemerkt. Er war ja fast immer munter. Ich habe ihn nie länger als drei Minuten mürrisch gesehen. Er konnte einfach der Aufforderung, fröhlich zu sein, nicht widerstehen. Und das Leben im Wald war eine ständige Verlockung für ihn. Sonne, Schnee, Wind, Regen, alles war ein Anlaß zur Begeisterung. Ich konnte neben Luchs nie lange traurig bleiben. Es war fast beschämend, daß es ihn so glücklich machte, mit mir zusammen zu sein. Ich glaube nicht, daß wildlebende erwachsene Tiere glücklich oder auch nur fröhlich sind. Das Zusammenleben mit den Menschen muß im Hund diese Fähigkeit geweckt haben. Ich möchte wissen, warum wir auf Hunde wie ein Rauschgift wirken. Vielleicht verdankt der Mensch seinen Größenwahn dem Hund. Sogar ich bildete mir manchmal ein, es müßte an mir etwas Besonderes sein, wenn Luchs sich bei meinem Anblick vor Freude fast überschlug. Natürlich war nie etwas Besonderes an mir, Luchs war, wie alle Hunde, einfach menschensüchtig.

Manchmal, wenn ich jetzt allein unterwegs bin im winterlichen Wald, rede ich wie früher zu Luchs. Ich weiß gar nicht, daß ich es tue, bis mich irgend etwas aufschrekken läßt und ich verstumme. Ich wende den Kopf und erhasche den Schimmer eines rotbraunen Felles. Aber der Weg ist leer, kahle Sträucher und nasse Steine. Es wundert mich nicht, daß ich noch immer die dürren Äste hinter mir knistern höre unter dem leichten Tritt seiner Sohlen. Wo anders sollte seine kleine Hundeseele spuken als auf meiner Spur? Es ist ein freundlicher Spuk, und ich fürchte ihn nicht. Luchs, schöner braver Hund, mein Hund, wahrscheinlich macht nur mein armer Kopf das Geräusch deiner Tritte, den Schimmer deines Fells. Solange es mich gibt, wirst du meine Spur verfolgen, hungrig und sehnsüchtig, wie ich selbst hungrig und sehnsüchtig unsichtbare Spuren verfolge. Wir werden beide unser Wild nie stellen.

Am zehnten Oktober erntete ich die Äpfel und legte sie in der Schlafkammer auf einer Decke aus. Es war jetzt schon so kühl am Morgen, daß ich jeden Tag Reif erwarten mußte. Es war an der Zeit, die Preiselbeeren zu holen.

Diesmal hielt ich mich nicht am Aussichtspunkt auf. Ich sah auf den ersten Blick, daß sich nichts geändert hatte. Nur die Wälder starrten in ihrer neuen Farbenpracht. Es war windig, und die Sonne gab so wenig Wärme, daß meine Hände beim Beerenpflücken starr wurden. Ich kochte Tee in der Hütte und gab Luchs ein wenig Fleisch, und dann packte ich den Eimer mit den Beeren in den Rucksack und stieg zu Tal. Die Beeren kochte ich zu Marmelade und füllte sie in Gläser. Auch dieser kleine Vorrat sollte mir helfen, den Winter zu überstehen.

Es lagen jetzt nur noch zwei Arbeiten vor mir. Die Streu für Bella mußte gemäht werden, und die Garage mußte ich vor dem Einbruch der Kälte mit Heu füllen. Ich hätte mir Zeit lassen können, es blieb noch lange schön. Ich mähte die Streu mit der Sichel und rechte sie mit dem trockenen Laub zusammen. Sie brauchte nur einen Tag, um zu trocknen, und ich räumte sie unter das Stalldach in einen kleinen Verschlag. Was dort nicht Platz fand, brachte ich in einem Winkel des Stalles unter. Und endlich hatte ich auch das Heu in die Garage gezogen und durfte rasten.

Jetzt saß ich wirklich auf der Hausbank in der schwachen Wärme der Mittagssonne, und es konnte mir nicht mehr schaden, denn ich war viel zu matt, um zu grübeln.

Ich saß ganz still, die Hände unter dem Umhang verborgen, und hielt das Gesicht dem lauen Licht entgegen. Luchs stöberte im Gebüsch und kehrte immer wieder zu mir zurück, um sich zu überzeugen, daß es mir gutging. Perle verzehrte unter der Veranda eine Forelle und setzte sich dann zu mir auf die Bank und fing an, ihr langes Fell zu waschen. Manchmal hielt sie inne, blinzelte mir zu, schnurrte laut und gab sich dann wieder ihrem Reinlichkeitsdrang hin. Da das Wetter schön war, ließ ich Bella noch immer auf die Wiese, gab ihr aber am Abend frisches Heu; das Gras auf der Wiese konnte ihr nicht mehr genügen, es war hart und saftlos geworden, und das meiste davon hatte ich als Streu gemäht. Bella war wieder rundlicher geworden, aber ich konnte noch immer nicht wissen, ob sie ein Kalb erwartete. Es bestärkte mich in meiner Hoffnung, daß sie die ganzen Monate nicht einmal nach dem Stier verlangt hatte. Aber ich fühlte mich doch sehr unsicher.

Der Frühling, der Sommer und der Herbst waren vergangen, und ich hatte alles getan, was ich hatte tun können. – Es war vielleicht sinnlos, aber ich war zu müde, um darüber nachzudenken. – Alle meine Tiere waren in der Nähe, und ich hatte für sie gesorgt, soweit es mir möglich gewesen war. Die Sonne prickelte auf meinem Gesicht, und ich schloß die Augen. Aber ich schlief nicht, ich war zu müde, um zu schlafen. Ich bewegte mich auch nicht, denn jede Bewegung schmerzte, und ich wollte ganz ohne Schmerzen und still in der Sonne sitzen und nicht denken müssen.

An jenen Tag erinnere ich mich sehr deutlich. Ich sehe die Spinnfäden, die sich schillernd zwischen den Bäumen spannten, neben dem Stall unter den Fichten, in der zitternden goldgrünen Luft. Die Landschaft gewann eine ganz neue Tiefe und Klarheit, und ich wünschte, den ganzen Tag so zu sitzen und zu schauen.

Am Abend, als ich vom Stall zum Haus ging, hatte sich der Himmel bezogen, und es schien mir wärmer geworden zu sein. In der Nacht schlief ich trotz meiner Müdigkeit sehr schlecht, aber es störte mich nicht. Ich lag ganz zufrieden, lang ausgestreckt, und wartete. Einmal kam mir der Gedanke, daß es doch eine große Verschwendung sei, überhaupt zu schlafen. Gegen Morgen kam die Katze heim, schmiegte sich in meine Kniekehlen und fing an zu schnurren. Es war behaglich und warm, und ich brauchte keinen Schlaf. Aber schließlich mußte ich doch eingeschlafen sein, denn als ich erwachte, war es spät, und Luchs verlangte stürmisch ins Freie. Es regnete, und nach der langen Trockenheit war ich ganz zufrieden damit. Der Bach hatte fast kein Wasser mehr geführt, und die Forellen waren in großer Not. Der Regen hing als grauer Schleier über dem Wald und verdichtete sich höher oben zu Nebel. Es war wärmer als an den schönen Tagen, aber alles glänzte vor Nässe. Ich wußte, dieser Regen bedeutete das Ende des Herbstes. Er leitete den Winter ein, die lange Zeit, vor der ich Angst hatte. Ich ging langsam ins Haus zurück, um einzuheizen.

Es regnete zwei Tage und wurde immer kühler. Am siebenundzwanzigsten Oktober fiel der erste Schnee. Luchs begrüßte ihn freudig, die Katze war verstimmt, und Perle starrte neugierig in das weiße Treiben. Ich öffnete ihr die Tür, und sie näherte sich vorsichtig dem fremden weißen Zeug, das den Weg bedeckte. Ganz langsam hob sie eine Pfote, berührte den Schnee, schüttelte sich erschreckt und floh in die Hütte zurück. Zehnmal am Tag versuchte sie es von neuem, brachte es aber nie fertig, die Pfote in die nasse Kälte einzutauchen. Schließlich setzte sie sich aufs Fensterbrett und döste wie ihre Mutter vor sich hin. Die alte Katze war abgehärtet und mutig, aber sie stapfte ungern durch den Schnee, solange er noch naß war. Nachts schlüpfte sie ins Freie, um ihre Notdurft zu verrichten, kam aber gleich wieder zurück. Sie ist ein äußerst sauberes Tier, sie benimmt sich im Haus wie ein reiner Geist, und sie hat auch ihre Kinder zu größter Sauberkeit erzogen. Auch ihre Jagdbeute verzehrte sie irgendwo im Freien. Wahrscheinlich war es ihr früher überhaupt nicht erlaubt gewesen, das Haus zu betreten. Perle brachte ihre Forellen immer nach Hause, und Tiger legte mir jedes Beutetier erst zu Füßen und mußte gestreichelt werden, ehe er es anrührte. Ich bin aber sehr froh, daß die Katze mich mit derlei Aufmerksamkeiten verschont und so außerordentlich unabhängig ist. Sie könnte sich zur Not auch ohne meine Hilfe durchschlagen.

Alle meine Katzen haben und hatten die Gewohnheit, nach dem Fressen ihre Schüssel zu umkreisen und auf dem Boden zu scharren. Ich weiß nicht, was das bedeutet, sie versäumten es aber niemals. Katzen leben überhaupt unter einem geradezu byzantinischen Zeremoniell und nehmen es sehr übel, wenn man sie bei ihrem geheimnisvollen Ritual stört. Luchs war im Vergleich zu ihnen ein schamloses Naturkind, und sie schienen ihn darob ein wenig zu verachten.

Setzte ich eine meiner Katzen auf die Bank, sprang sie herunter, ging dreimal auf und ab und setzte sich dann genau dorthin, wo ich sie zuvor hingesetzt hatte. Mit dieser Geste beharrten sie auf ihrer Freiheit und Unabhängigkeit. Es bereitete mir immer Freude, sie zu beobachten, und meiner Zuneigung war immer ein wenig verzagte Bewunderung beigemischt. Luchs schien ähnlich zu empfinden. Er hing an den Katzen, weil sie zu uns gehörten, besonders Perle mochte er gern, weil sie ihn niemals abwies und anfauchte, aber er schien sich den Katzen gegenüber immer ein wenig unsicher zu fühlen.

Es war schön, in jenem ersten Oktober mit Luchs, Perle und der alten Katze zu hausen. Endlich fand ich Zeit, mich mit ihnen zu befassen.

Der Wintereinbruch dauerte nur einige Tage. Nachher kam der Föhn und leckte den jungen Schnee von den Bergen. Es wurde unangenehm warm, und der Wind fuhr Tag und Nacht fauchend um das kleine Haus. Ich schlief schlecht und lauschte dem Röhren der Hirsche, die in der Brunftzeit von den Höhen stiegen. Luchs wurde unruhig und bellte und winselte sogar im Schlaf. Er mochte von längst vergangenen Jagden träumen. Beide Katzen zog es hinaus in den warmen feuchten Wald. Ich lag wach und machte mir Sorgen um Perle. Das Röhren der Hirsche klang traurig, drohend und manchmal fast verzweifelt. Vielleicht schien es auch nur mir so zu klingen; in den Büchern habe ich es ganz anders gelesen. Da stand immer von heller Herausforderung, Stolz und Lust. Es mag an mir liegen, daß ich all dies nie heraushören konnte. Für mich klang es immer nach einem schrecklichen Zwang, der sie dazu trieb, blind in die Gefahr zu rennen. Sie konnten ja nicht wissen, daß ihnen in diesem Jahr kein Unheil drohte. Das Fleisch eines Brunfthirsches ist völlig ungenießbar. Ich lag also wach und dachte an die kleine Perle, die so unerfahren war und so gefährdet mit ihrem weißen Pelzchen in einer Welt der Eulen, Füchse und Marder. Ich hoffte nur, der Föhn würde nicht zu lange dauern und der Winter uns endlich ein wenig Ruhe bringen. Der Föhn dauerte auch wirklich nur drei Tage, gerade lange genug, um Perle zu töten.

Am dritten November kam sie morgens nicht nach Hause. Ich suchte sie mit Luchs, aber wir fanden sie nicht. Der Tag schlich langsam und trostlos dahin. Das Wetter war immer noch föhnig, und der warme Wind machte mich ruhelos. Auch Luchs wanderte immer hin und her; war er im Freien, wollte er schon wieder ins Haus und sah ratlos zu mir auf. Nur die alte Katze lag auf meinem Bett und schlief. Sie schien Perle nicht zu vermissen. Es wurde Abend; ich versorgte die Kuh, kochte ein paar Erdäpfel und fütterte Luchs und die Katze. Die Dunkelheit war plötzlich hereingebrochen, und der Wind rüttelte an den Fensterläden. Ich zündete die Lampe an, setzte mich zum Tisch und versuchte, in einem Kalender zu lesen, aber immer wieder glitt mein Blick in den dämmrigen Hintergrund zur Katzentür. Und dann gab es ein schabendes Geräusch, und Perle kroch um die Ecke des Kastens.

Die alte Katze reckte sich hoch, schrie laut auf und sprang vom Bett. Ich glaube, dieser Schrei war es, der mich so erschreckte, daß ich nicht sofort aufstehen konnte. Perle kam langsam näher, in einem schrecklichen blinden Kriechen und Gleiten, als wäre ihr jeder Knochen gebrochen. Vor meinen Füßen versuchte sie sich aufzurichten, brachte einen erstickten Laut heraus und fiel mit dem Kopf hart auf den Boden. Ein Blutstrom quoll aus ihrem Maul; sie zitterte und streckte sich lang aus. Als ich neben ihr kniete, war sie schon tot. Luchs stand neben mir und wich winselnd vor seiner blutigen Gespielin zurück. Ich streichelte das klebrignasse Fell, und es war mir, als hätte ich seit Perles Geburt diese Stunde erwartet. Ich wickelte sie in ein Tuch, und am Morgen begrub ich sie auf der Waldwiese. Der ausgetrocknete Holzboden hatte durstig ihr Blut aufgesaugt. Der Fleck ist zwar verblaßt, aber ich werde ihn nie wegbringen. Luchs suchte Perle tagelang, dann schien er einzusehen, daß sie für immer weggegangen war. Er hatte sie sterben sehen, aber den Zusammenhang schien er nicht zu begreifen. Die alte Katze lief auf zwei Tage weg und nahm dann ihr gewohntes Leben wieder auf.

Ich habe Perle nicht vergessen. Ihr Tod war der erste Verlust, den ich im Wald erlitt. Wenn ich an sie denke, sehe ich sie selten in ihrer weißen Pracht auf der Bank sitzen und den kleinen blauen Schmetterlingen nachstarren. Meistens sehe ich sie als armseligen blutbefleckten Balg, die Augen halb offen und gebrochen, die rosige Zunge zwischen die Zähne geklemmt. Ich kann es nicht ändern. Es hat keinen Sinn, sich gegen die Bilder zu wehren. Sie kommen und gehen, und je mehr ich mich gegen sie wehre, desto grausiger werden sie.

Perle war begraben, und der Föhn erstarb über Nacht, als hätte er seine Aufgabe erfüllt. Neuer Schnee fiel vom Himmel, das Röhren der Hirsche wurde schwächer und verstummte nach einigen Tagen ganz. Ich ging meiner Arbeit nach und versuchte, der Traurigkeit nicht nachzugeben, die mich überfallen hatte. Es war jetzt endlich winterliche Ruhe, aber nicht die Ruhe, die ich mir gewünscht hatte. Ein Opfer war gefallen, und nicht einmal die Wärme des Ofens und das Licht der Lampe konnten Behagen in die Hütte zaubern. Es lag mir jetzt auch nichts mehr an diesem Behagen, und zu Luchs' Freude ging ich viel mit ihm in den Wald. Dort war es kalt und unwirtlich, und das war leichter zu ertragen als die falsche Gemütlichkeit meines warmen, sanft erhellten Heims.

Es fiel mir schwer, ein Stück Wild zu schießen. Ich

mußte mich zum Essen zwingen und wurde wieder mager wie nach der Heuernte. Diesen Abscheu vor dem Töten verlor ich nie. Er muß mir angeboren sein, und ich mußte ihn immer wieder von neuem überwinden, wenn ich Fleisch brauchte. Ich verstand jetzt, warum Hugo Luise und seinen Geschäftsfreunden den Abschuß überlassen hatte. Manchmal denke ich, es ist schade, daß nicht Luise am Leben geblieben ist; wenigstens mit der Fleischversorgung hätte sie keine Schwierigkeit. Aber sie wollte ja niemals in irgendeiner Sache zurückstehen, und so schleppte sie auch den armen Hugo in sein Verderben. Vielleicht sitzt sie immer noch am Wirtshaustisch, ein lebloses erstarrtes Ding mit bemalten Lippen und rotblonden Locken. Sie lebte so gerne und machte immerzu alles falsch, weil man in unserer Welt nicht ungestraft so gerne leben durfte. Als sie noch lebte, war sie mir sehr fremd und stieß mich manchmal ab. Aber die tote Luise habe ich beinahe liebgewonnen, vielleicht, weil ich jetzt so viel Zeit habe, über sie nachzudenken. Im Grunde wußte ich nie mehr über sie, als ich heute über Bella oder die Katze weiß. Nur ist es eben viel leichter, Bella oder die Katze zu lieben, als einen Menschen.

Am sechsten November unternahm ich mit Luchs einen weiten Gang und folgte einem fremden Pfad. Mein Orientierungssinn ist sehr schlecht entwickelt. Ich neige dazu, immer in die falsche Richtung zu gehen. Aber Luchs brachte mich jedesmal gut nach Hause, wenn ich mich verirrt hatte. Heute gehe ich nur noch die altvertrauten Wege, ich müßte mir sonst Zeichen in die Bäume schneiden, um zurückzufinden. Ich habe auch gar keine Ursache, wild im Wald herumzuirren. Das Wild begeht seine alten Wechsel, und die Wege zum Acker und zur Bachwiese finde ich im Schlaf. Aber wenn ich es auch nicht sehen will, ohne Luchs bin ich eine Gefangene des Kessels geworden.

An jenem sechsten November, einem kühlen, sonnigen Tag, konnte ich mir noch einen Ausflug in unbekanntes Gebiet erlauben. Der Schnee war wieder geschmolzen, und rotbraunes Laub bedeckte glatt und feuchtglänzend die Pfade. Ich kletterte eine Anhöhe hinauf, überquerte eine Holzriese, die naß und gefährlich rutschig zu Tal führte. Dann erreichte ich eine kleine ebene Hochfläche, dicht mit Buchen und Fichten bestanden, auf der ich eine Weile ausruhte. Gegen Mittag brach die Sonne durch den Nebel und wärmte meinen Rücken. Luchs geriet darüber in Entzücken und sprang begeistert an mir hoch. Er wußte, daß dies kein Pirschgang war, ich hatte das Gewehr nicht mitgenommen, und daß er sich einige Freiheiten erlauben durfte. Seine Pfoten waren naß und schmutzig, und ein wenig Laub und Sand blieben auf meinem Mantel haften. Schließlich beruhigte er sich wieder und trank aus einem winzigen Bach, der wohl nur jetzt nach der kleinen Schneeschmelze Wasser führte.

Wie immer, wenn ich im Wald mit Luchs unterwegs war, kam eine gewisse Ruhe und Heiterkeit über mich. Ich hatte nichts anderes vor, als dem Hund ein wenig Bewegung zu verschaffen und mich selbst vom fruchtlosen Denken abzuhalten. Das Gehen im Wald lenkte mich von mir ab. Es tat mir gut, langsam auszuschreiten, zu schauen und die kühle Luft zu atmen. Ich folgte dem kleinen Bach bergab. Das Wasser wurde fadendünn, und ich ging schließlich im Bachbett weiter, weil der Steig ganz verwachsen war und ich beim Durchschreiten und Auseinanderhalten der Zweige jedesmal einen Schauer kalten Wassers in den Nacken bekam. Luchs fing an, unruhig zu werden und setzte sein Dienstgesicht auf. Er folgte einer Spur. Lautlos, die Nase dicht am Boden, lief er vor mir her. Von einer kleinen Höhle, die das Wasser am Ufer ausgewaschen hatte und die von einem Haselbusch halb verdeckt war, blieb er stehen und zeigte einen Fund an. Er war aufgeregt, aber nicht so freudig wie sonst, wenn er ein Wild ausgemacht hatte.

Ich bog die tropfenden Zweige auseinander und sah in der Dämmerung der Höhle, eng an die Wand gedrückt, eine tote Gemse. Es war ein erwachsenes Tier, das jetzt im Tod sonderbar klein und schmal aussah. Deutlich konnte ich den weißlichen Aussatz der Räude erkennen, der Stirn und Augen bedeckte wie ein übler Pilz. Ein ausgestoßenes einsames Tier, heruntergestiegen aus den Geröllfeldern, den Latschen und Alpenrosen, um sich sterbend und blind in diese Höhle zu verkriechen. Ich ließ die Zweige zurückfallen und scheuchte Luchs weg, der einer näheren Untersuchung nicht abgeneigt schien. Er gehorchte nur widerwillig und folgte mir zögernd bergab. Ich war plötzlich müde und wollte nach Hause. Luchs merkte, daß mich das tote räudige Ding verstimmt hatte, und ließ betrübt den Kopf hängen. Unser Ausflug, der so freundlich angefangen hatte, endete damit, daß wir beide schweigsam dahintrotteten, bis das Bächlein wunderbarerweise in den vertrauten Bach mündete und wir durch die Schlucht heimgehen mußten. Eine Forelle stand regungslos im grünbraunen Tümpel, und bei ihrem Anblick fing ich an zu frieren. Die Felsen in der Schlucht sahen kalt und düster aus, und von der Sonne merkte ich an diesem Tag nichts mehr, denn als wir die Hütte erreichten, war sie längst hinter Nebelschleiern verborgen. Die Feuchtigkeit der Schlucht lag wie ein nasses Tuch auf meinem Gesicht.

Auf den Fichten saßen die Krähen. Als Luchs sie verbellte, flatterten sie auf und ließen sich auf entfernteren Bäumen wieder nieder. Sie wußten genau, daß dieses Gebell keine Gefahr für sie bedeutete. Luchs mochte die Krähen nicht und versuchte immer, sie zu vertreiben. Später fand er sich widerwillig mit ihnen ab und wurde ein wenig duldsamer. Ich habe nichts gegen die Krähen und überlasse ihnen die spärlichen Küchenabfälle. Manchmal gab es auch reichliche Mahlzeiten für sie, wenn ich ein Stück Wild geschossen hatte. Eigentlich sind sie schöne Vögel mit ihrem schillernden Gefieder, den dicken Schnäbeln und den glänzenden schwarzen Augen. Oft finde ich im Schnee eine tote Krähe. Am nächsten Morgen ist sie schon verschwunden. Ein Fuchs mag sie geholt haben. Vielleicht der Fuchs, der Perle tödlich verletzte. Ich fand Bißspuren an ihr, aber das schlimmste war eine innere Verletzung. Die Bisse hätte sie überlebt.

Einmal, es muß im ersten Winter gewesen sein, sah ich einen Fuchs am Bach stehen und trinken. Er war im graubraunen Winterpelz mit dem weißlichen Reif darüber. In der schläfrigen Stille der Schneelandschaft sah er sehr lebendig aus. Ich hätte ihn schießen können, ich trug das Gewehr bei mir, aber ich tat es nicht. Perle mußte sterben, weil einer ihrer Vorfahren eine überzüchtete Angorakatze war. Sie war von Anfang an als Opfer für Füchse,

Eulen und Marder bestimmt. Sollte ich dafür den schönen lebendigen Fuchs bestrafen? Perle war ein Unrecht widerfahren, aber dieses Unrecht war auch ihren Opfern, den Forellen, geschehen, sollte ich es an den Fuchs weitergeben? Das einzige Wesen im Wald, das wirklich recht oder unrecht tun kann, bin ich. Und nur ich kann Gnade üben. Manchmal wünsche ich mir, diese Last der Entscheidung liege nicht auf mir. Aber ich bin ein Mensch, und ich kann nur denken und handeln wie ein Mensch. Davon wird mich erst der Tod befreien. Wenn ich »Winter« denke, sehe ich immer den weißbereiften Fuchs am verschneiten Bach stehen. Ein einsames, erwachsenes Tier, das seinen vorgezeichneten Weg geht. Es ist mir dann, als bedeute dieses Bild etwas Wichtiges für mich, als stehe es nur als Zeichen für etwas anderes, aber ich kann seinen Sinn nicht erkennen.

Jener Ausflug, an dem Luchs die tote Gemse gefunden hatte, war der letzte im Jahr. Es fing wieder an zu schneien, und bald lag der Schnee knöcheltief. Ich beschäftigte mich mit meinem kleinen Haushalt und mit Bella. Sie gab jetzt etwas weniger Milch und wurde zusehends dicker. Ich fing an, ernstlich auf ein Kalb zu hoffen. Oft lag ich schlaflos und bedachte alle Möglichkeiten. Sollte Bella etwas zustoßen, wurden auch meine Lebensaussichten viel geringer. Selbst wenn ein Kuhkalb geboren wurde, waren sie nur begrenzt. Nur ein Stierkalb konnte mich hoffen lassen, längere Zeit im Wald leben zu können. Noch immer hoffte ich damals, man würde mich eines Tages finden, aber soweit es mir möglich war, verdrängte ich alle Gedanken an die Vergangenheit und an die fernere Zukunft und befaßte mich nur mit naheliegenden Dingen: der nächsten Erdapfelernte und den saftigen Almwiesen. Der Gedanke an eine sommerliche Übersiedlung auf die Alm beschäftigte mich ganze Abende lang. Weil ich, seit ich weniger im Freien arbeitete, schlechter schlief, blieb ich abends länger auf (eine sträfliche Petroleumverschwendung) und las in Luises Magazinen, den Kalendern und Kriminalromanen. Die Magazine und Romane langweilten mich bald sehr, und ich fand immer mehr Gefallen an den Kalendern. Ich lese sie heute noch.

Alles, was ich über Viehzucht weiß, es ist sehr wenig,

stammt aus diesen Kalendern. Auch die Geschichten, die darin stehen und über die ich früher nur gelacht hätte, gefallen mir immer besser, manche sind rührend und manche gruselig, besonders eine, in der der Aalkönig einen tierquälerischen Bauern verfolgt und schließlich unter dramatischen Umständen erwürgt. Diese Geschichte ist wirklich ausgezeichnet, und ich fürchte mich sehr, wenn ich sie lese. Damals aber im ersten Winter konnte ich mit diesen Geschichten noch nicht viel anfangen. In Luises Magazinen gab es seitenlange Abhandlungen über Gesichtsmasken, Nerzmäntel und Porzellansammlungen. Manche Gesichtsmasken bestanden aus einem Brei von Honig und Mehl, und ich wurde immer sehr hungrig, wenn ich darüber las. Am besten gefielen mir die prächtigen bebilderten Kochrezepte. Eines Tages, als ich sehr hungrig war, wurde ich aber so wütend (ich hatte immer einen Hang zu Jähzorn), daß ich die ganzen Rezepte in einem Schwung verbrannte. Das letzte, was ich sah, war ein Hummer auf Mayonnaise, der sich krümmte, als ihn das Feuer verschlang. Das war sehr dumm von mir, ich hätte drei Wochen damit einheizen können und verschwendete alles an einem Abend.

Schließlich hörte ich auf zu lesen und legte lieber mein Kartenspiel. Es beruhigte mich, und der Umgang mit den vertrauten schmutzigen Figuren lenkte mich von meinen Gedanken ab. Damals hatte ich einfach Angst vor dem Augenblick, an dem ich das Licht auslöschen und zu Bett gehen mußte. Den ganzen Abend hindurch saß diese Angst mit mir am Tisch. Die Katze war um diese Zeit schon weggegangen, und Luchs schlief im Ofenloch. Ich war ganz allein mit meinen Spielkarten und mit meiner Angst. Und jeden Abend mußte ich doch endlich zu Bett gehen. Ich fiel fast unter den Tisch vor Müdigkeit, aber sobald ich im Bett lag, in der Dunkelheit und Stille, wurde ich hellwach, und die Gedanken fielen über mich her wie ein Hornissenschwarm. Wenn ich dann endlich einschlief, träumte ich und erwachte weinend und tauchte wieder unter in einen jener schrecklichen Träume.

So leer meine Träume bisher gewesen waren, so überfüllt waren sie seit dem Winter. Ich träumte nur von Toten, denn selbst im Traum wußte ich, daß es keine

Lebenden mehr gab. Immer fingen die Träume ganz harmlos und heuchlerisch an, aber ich wußte von Anfang an, daß etwas Schlimmes bevorstand, und unaufhaltsam glitt die Handlung dahin bis zu jenem Augenblick, an dem die vertrauten Gesichter erstarrten und ich stöhnend erwachte. Ich weinte, bis ich wieder einschlief und zu den Toten hinabsank, immer tiefer, immer schneller, und aufschreiend wieder erwachte. Bei Tag war ich müde und teilnahmslos, und Luchs unternahm verzweifelte Versuche, mich aufzumuntern. Selbst die Katze, die mir immer ganz mit sich selbst beschäftigt erschienen war, schenkte mir kleine spröde Zärtlichkeiten. Ich glaube nicht, daß ich ohne die beiden den ersten Winter überstanden hätte.

Es war gut, daß ich mich auch zwangsläufig mehr mit Bella befassen mußte, die so dick geworden war, daß ich jeden Tag auf das Kalb gefaßt sein mußte. Sie war schwerfällig und kurzatmig geworden, und ich redete ihr jeden Tag gut zu, um ihr Mut zu machen. Ihre schönen Augen hatten einen besorgten angestrengten Ausdruck angenommen, als machte sie sich Gedanken über ihren Zustand. Vielleicht bildete ich mir das auch nur ein. So war mein Leben geteilt in schreckliche Nächte und vernünftige Tage, an denen ich mich vor Müdigkeit kaum aufrecht halten konnte.

Die Tage schlichen dahin. Mitte Dezember wurde es wärmer und der Schnee schmolz. Ich ging mit Luchs jeden Tag ins Revier. Dann konnte ich ein wenig besser schlafen, aber ich träumte immer noch. Es wurde mir klar, daß die Gefaßtheit, mit der ich mich vom ersten Tag an in meine Lage gefügt hatte, nur eine Art Betäubung gewesen war. Jetzt hörte die Betäubung auf zu wirken, und ich reagierte ganz normal auf meinen Verlust. Die Sorgen, die mir bei Tag zusetzten, um meine Tiere, die Erdäpfel, das Heu, empfand ich als den Umständen angemessen und damit erträglich. Ich wußte, ich würde mit ihnen fertig werden, und war bereit, mich damit zu befassen. Die Angst, die mich nachts überfiel, schien mir dagegen völlig unfruchtbar, eine Angst um Vergangenes und Totes, das ich nicht neu beleben konnte und dem ich in der Dunkelheit der Nacht hilflos ausgeliefert war. Wahrscheinlich verschlimmerte ich selbst meinen Zustand, weil ich mich so heftig dagegen wehrte, mich mit dem Vergangenen auseinanderzusetzen. Aber das wußte ich damals noch nicht. Weihnachten kam immer näher, und ich fürchtete mich davor.

Der vierundzwanzigste Dezember war ein windstiller, grauverhangener Tag. Am Vormittag ging ich mit Luchs ins Revier und war froh darüber, daß wenigstens kein Schnee lag. Es war unvernünftig von mir, aber Weihnachten ohne Schnee schien mir damals erträglicher zu sein. Während ich so auf den vertrauten Steigen dahinschritt, lösten sich die ersten Flocken und sanken ganz langsam und still nieder. Es war, als hätte sich sogar das Wetter gegen mich verschworen. Luchs konnte nicht begreifen, warum ich nicht in Begeisterung geriet, als immer mehr Flocken aus dem grauweißen Himmel schwebten. Ich versuchte, ihm zuliebe fröhlich zu sein, aber es gelang mir nicht, und so trabte er bekümmert und mit gesenktem Kopf neben mir her. Als ich mittags aus dem Fenster sah, waren die Bäume schon weiß bestäubt, und gegen Abend, als ich in den Stall ging, hatte sich der Wald in einen richtigen Weihnachtswald verwandelt, und der Schnee knirschte trocken unter meinen Sohlen. Während ich die Lampe anzündete, wußte ich plötzlich, daß es so mit mir nicht weitergehen konnte. Das wilde Verlangen überfiel mich, nachzugeben und den Dingen ihren Lauf zu lassen. Ich war es müde geworden, immer weiterzufliehen, und wollte mich stellen. Ich setzte mich zum Tisch und wehrte mich nicht mehr länger. Ich spürte, wie die Verkrampftheit in meinen Muskeln sich löste und mein Herz langsam und gleichmäßig schlug. Schon der einfache Entschluß nachzugeben schien geholfen zu haben. Ich erinnerte mich sehr deutlich an früher, und ich versuchte, gerecht zu sein, nichts zu verklären und nichts anzuschwärzen.

Es ist schrecklich schwer, gerecht zu sein zu seiner eigenen Vergangenheit. In jener ferner Wirklichkeit war Weihnachten ein schönes, geheimnisvolles Fest gewesen, solange ich noch klein war und an das Wunder glaubte. Später wurde Weihnachten zu einem fröhlichen Fest, an dem ich von allen Seiten beschenkt wurde und mir einbildete, der Mittelpunkt des Hauses zu sein. Ich dachte keinen Augenblick daran, was dieses Fest meinen Eltern oder Großeltern bedeuten mochte. Etwas von dem alten Zauber war abgebröckelt, und es verlor immer mehr von seinem Glanz. Später, solange meine Kinder klein waren, erholte sich auch das Fest wieder, nicht für lange Zeit, meine Kinder waren nicht so anfällig für Geheimnis und Wunder wie ich. Und dann wurde Weihnachten wieder ein fröhliches Fest, an dem meine Kinder von allen Seiten beschenkt wurden und sich einbildeten, alles geschähe nur ihretwegen. Es war ja eigentlich wirklich so. Und noch ein wenig später und Weihnachten war kein Fest mehr, sondern ein Tag, an dem man gewohnheitsmäßig einander mit Dingen beschenkte, die man so oder so einmal hätte kaufen müssen. Schon damals war Weihnachten für mich gestorben, nicht erst an diesem vierundzwanzigsten Dezember im Wald. Es wurde mir klar, daß ich es gefürchtet hatte, seit meine Kinder aufgehört hatten, Kinder zu sein. Ich hatte nicht die Kraft gehabt, das sterbende Fest wieder zu beleben. Und heute, nach einer langen Reihe von Weihnachtsabenden, saß ich im Wald allein mit einer Kuh, einem Hund und einer Katze, und ich besaß nichts mehr von allem, was vierzig Jahre lang mein Leben ausgemacht hatte. Der Schnee lag auf den Fichten, und das Herdfeuer knisterte, und alles war so, wie es ursprünglich hätte sein sollen. Nur, es gab die Kinder nicht mehr, und es geschah kein Wunder. Ich mußte nie wieder durch die Kaufhäuser rennen und unnötige Dinge kaufen. Es gab keinen riesigen geputzten Baum, der im geheizten Zimmer langsam verdorrte, statt im Wald zu grünen und zu wachsen, keinen Kerzenschimmer, keinen vergoldeten Engel und keine süßen Lieder.

Als ich ein Kind war, sangen wir immer: »Ihr Kinderlein kommet«. Es ist immer mein heimliches Weihnachtslied geblieben, auch als es aus irgendeinem Grund nicht mehr oder nur selten gesungen wurde. Die Kinderlein all, wohin waren sie gegangen, verführt von den Verführten in das steinerne Nichts? Vielleicht war ich der einzige Mensch auf der Welt, der sich an jenes alte Lied erinnerte. Etwas, das gut und schön geplant war, hatte sich übel entwickelt und war schlimm ausgegangen. Ich durfte mich nicht beklagen, denn ich war ebenso schuldig oder unschuldig wie die Toten. So viele Feste hatten die Menschen schon erschaffen, und immer hatte es einen gegeben, mit dem die Erinnerung an ein Fest gestorben war. Mit mir stirbt das Fest der Kinderlein all. In Zukunft wird ein verschneiter Wald nichts anderes bedeuten als verschneiten Wald und eine Krippe im Stall nichts anderes als eine Krippe im Stall.

Ich stand auf und trat vor die Tür. Der Lampenschimmer fiel auf den Weg, und der Schnee auf den kleinen Fichten glänzte gelblich. Ich wünschte, meine Augen könnten vergessen, was dieses Bild so lange für sie bedeutet hatte. Etwas ganz Neues wartete hinter allen Dingen, nur konnte ich es nicht sehen, weil mein Hirn mit altem Zeug vollgestopft war und meine Augen nicht mehr umlernen konnten. Ich hatte das Alte verloren und das Neue nicht gewonnen, es verschloß sich vor mir, aber ich wußte, daß es vorhanden war. Ich weiß nicht, warum mich dieser Gedanke mit einer ganz schwachen und schüchternen Freude erfüllte. Es war mir wohler zumute als seit vielen Wochen.

Ich zog die Schuhe an und ging noch einmal in den Stall. Bella hatte sich hingelegt und schlief. Ihr warmer sauberer Dunst lag über ihr. Sanftmut und Geduld strömten von ihrem schweren schlafenden Leib aus. So verließ ich sie wieder und stapfte durch den Schnee zurück zum Haus. Luchs, der mit mir ins Freie gegangen war, kam hinter einem Busch hervor, und ich sperrte die Tür von innen zu. Luchs sprang auf die Bank und legte seinen Kopf auf meine Knie. Ich redete mit ihm und sah, daß er darüber glücklich war. Er hatte sich meine Aufmerksamkeit in den letzten trüben Wochen verdient. Er verstand, daß ich wieder ganz bei ihm war und daß er mich mit Japsen, Winseln und Händelecken erreichen konnte. Luchs war sehr zufrieden. Schließlich wurde er müde und schlief fest ein. Er fühlte sich in Sicherheit, weil sein Mensch zu ihm zurückgekommen war, aus einer fremden Welt, in die er ihm nicht hatte folgen können. Ich legte mein Kartenspiel und hatte keine Angst mehr. Ob die Nacht schlimm werden sollte oder gut, ich wollte sie nehmen, wie sie kam, und mich nicht gegen sie wehren.

Um zehn Uhr schob ich Luchs vorsichtig von mir, legte die Karten zusammen und ging zu Bett. Ich lag lang ausgestreckt in der Dunkelheit und sah schläfrig in den rosigen Schein, der aus dem Herd auf den dunklen Boden fiel. Meine Gedanken kamen und gingen ganz unbehindert, und ich fürchtete mich noch immer nicht. Die Lichter auf dem Boden hörten auf zu tanzen, und mein Kopf war ein wenig schwindlig von den vielen Gedanken. Ich wußte jetzt, was alles falsch gewesen war und wie ich es hätte besser machen können. Ich war sehr weise, aber meine Weisheit kam zu spät, und selbst weise geboren, hätte ich nichts vermocht in einer Welt, die nicht weise war. Ich dachte an die Toten, und sie taten mir sehr leid, nicht weil sie tot waren, sondern weil sie alle im Leben so wenig Freude gefunden hatten. Ich dachte an alle Menschen, die ich gekannt hatte, und ich dachte gern an sie; sie gehörten zu mir bis zu meinem Tod. Ich mußte ihnen einen sicheren Platz in meinem neuen Leben einräumen, wenn ich in Frieden leben wollte. Ich schlief ein und glitt hinunter zu meinen Toten, und es war anders als in den Träumen zuvor. Ich hatte keine Furcht, ich war nur traurig, und diese Trauer erfüllte mich bis zum Rand. Ich erwachte davon, daß die Katze auf mein Bett sprang und sich an mich schmiegte. Ich wollte die Hand nach ihr ausstrecken, aber ich schlief wieder ein und schlief traumlos bis zum Morgen. Beim Erwachen war ich müde, aber froh, als hätte ich eine schwere Arbeit hinter mich gebracht.

Von da an wurde es besser mit meinen Träumen, ganz langsam verblaßten sie, und der Tag gewann mich zurück. Das erste, was ich merkte, war, daß mein Holzvorrat zusammengeschrumpft war. Das Wetter war trüb und nicht zu kalt, und ich beschloß, die günstigen Tage zu nützen und mich um das Holz zu kümmern. Ich schleifte die Scheite über den Schnee und fing mit dem Sägen an. Ich hatte Lust zu arbeiten, und ich konnte ja auch nicht wissen, wie das Wetter noch werden sollte. Ich konnte krank werden, Kälte konnte hereinbrechen und mich am Holzschneiden hindern. Meine Hände waren bald wieder mit Blasen bedeckt, aber nach einigen Tagen wurden die Blasen zu Schwielen und hörten auf zu schmerzen.

Nachdem ich genügend Holz zersägt hatte, ging ich daran, es zu zerkleinern. Einmal, ich war ein wenig unaufmerksam gewesen, hackte ich mich über dem Knie. Es war keine tiefe Wunde, aber sie blutete stark, und es wurde mir klar, wie vorsichtig ich sein mußte. Es fiel mir nicht leicht, aber ich gewöhnte mich daran. Jeder, der allein im Wald lebt, muß vorsichtig werden, wenn er am Leben bleiben will. Die Wunde über dem Knie hätte vernäht gehört und hinterließ ein breite wulstige Narbe, die mich bei jedem Wetterwechsel schmerzt. Im übrigen hatte ich aber viel Glück. Alle Wunden, die ich mir zuzog, heilten rasch und ohne Eiterung. Damals besaß ich noch Heftpflaster, jetzt binde ich einfach ein Stück Stoff darum, und es heilt auch so.

Den ganzen Winter hindurch wurde ich nie krank. Ich war immer anfällig gegen Erkältungen gewesen, plötzlich schien ich ganz davon geheilt zu sein. Und das, obgleich ich mich nicht schonen konnte und manchmal erschöpft und durchnäßt nach Hause kam. Die Kopfschmerzen, unter denen ich früher häufig gelitten hatte, waren schon seit dem Frühsommer nicht mehr aufgetreten. Mein Kopf tat nur noch weh, wenn ein Scheit gegen ihn sprang. Natürlich spürte ich am Abend sehr oft alle Muskeln und Knochen, besonders nach der Holzarbeit oder wenn ich Heu die Schlucht heraufgezogen hatte. Ich war nie sehr kräftig, nur zäh und ausdauernd. Allmählich kam ich dahinter, was ich mit meinen Händen alles tun konnte. Hände sind ein wunderbares Werkzeug. Manchmal bildete ich mir ein, daß Luchs, wären ihm plötzlich Hände gewachsen, bald auch zu denken und zu reden angefangen hätte.

Natürlich gibt es immer noch eine Menge Arbeiten, mit denen ich nicht fertig werde, aber ich bin ja auch erst mit vierzig darauf gekommen, daß ich Hände besitze. Man darf nicht zuviel von mir verlangen. Der größte Erfolg wäre es wohl, wenn ich die Tür zu Bellas neuem Stall richtig einsetzen könnte. Zimmermannsarbeit fällt mir immer noch besonders schwer. Dafür bin ich in der Landwirtschaft und der Tierpflege nicht ungeschickt. Alles, was mit Pflanzen und Tieren zu tun hat, hat mir schon von jeher eingeleuchtet. Ich hatte nur nie die Gelegenheit, diese natürliche Begabung auszubauen. Diese Arbeiten befriedigen mich auch am meisten. Die ganze Weihnachtswoche hindurch sägte und zerhackte ich Holz. Ich fühlte mich wohl und schlief tief und traumlos. Am neunundzwanzigsten Dezember wurde es über Nacht sehr kalt, und ich mußte damit aufhören und mich ins Haus zurückziehen. Ich dichtete die Tür und Fensterspalten im Stall und im Haus mit Streifen ab, die ich aus einer alten Decke geschnitten hatte. Der Stall war fest gebaut und Bella brauchte noch nicht zu frieren. Auch die Streu, die ich im Stall und über dem Stall untergebracht hatte, hielt die schlimmste Kälte ab. Die Katze haßte die Kälte, und in ihrem kleinen runden Schädel fing sie an, mich dafür verantwortlich zu machen. Sie strafte mich mit mürrischen vorwurfsvollen Blicken und verlangte klagend, ich sollte endlich diesen Unfug abstellen. Der einzige, dem die Kälte nichts ausmachte, war Luchs. Aber er begrüßte ja jedes Wetter freudig. Er war nur ein wenig enttäuscht davon, daß ich nicht bei klirrender Kälte spazierengehen mochte, und versuchte dauernd, mich zu kleinen Ausflügen zu ermuntern. Ich machte mir Sorgen um das Wild. Es lag mehr als ein Meter Schnee, und es gab keine Fütterung mehr. Ich besaß zwei Säcke Roßkastanien, die von der vorjährigen Fütterung übriggeblieben waren und die ich für mich als eisernen Vorrat aufheben wollte. Es konnte ja dahin kommen, daß ich einmal um Roßkastanien froh sein würde. Als aber der strenge Frost anhielt, wurde ich schwankend und mußte immerzu an die beiden Säcke in der Schlafkammer denken. Am sechsten Januar, dem Dreikönigstag, hielt ich es in der Hütte nicht mehr aus. Die Katze behandelte mich immer noch mit der größten Verachtung und zeigte mir ihr getigertes Hinterteil, und Luchs fieberte nach einem Auslauf. So zog ich an, was mich irgendwie warm halten konnte, und machte mich mit dem Hund auf den Weg.

Es war ein gleißend schöner Frosttag. Die verschneiten Bäume glitzerten schmerzhaft im Sonnenlicht, und der Schnee knirschte trocken unter meinen Füßen. Luchs stob davon, in eine Wolke leuchtenden Staubes gehüllt. Es war so kalt, daß mein Atem sofort gefror und jeder Luftzug in den Lungen schmerzte. Ich band mir ein Tuch vor Mund und Nase und zog die Kapuze fest über die Stirn. Mein erster Weg war zur Wildfütterungsstelle. Es gab dort unzählige Spuren. Die Kälte kroch mir in die Knochen, als ich sah, wie sie alle in ihrer Not gekommen waren und die Futterraufen leer gefunden hatten.

Plötzlich haßte ich die blaue, flirrende Luft, den Schnee und mich selbst, weil ich nichts für die Tiere tun konnte. Meine Kastanien waren in dieser großen Not nicht viel mehr als nichts. Es war die reinste Unvernunft, sie herauszugeben, aber ich konnte gar nicht anders. Ich kehrte sofort um, zerrte die beiden Säcke aus der Kammer, band sie aneinander und schleppte sie im Schnee hinter mir nach. Luchs war begeistert von dem Unternehmen und umsprang mich mit aufmunterndem Gebell. Die Futterstelle lag nur zwanzig Minuten entfernt, aber der Weg führte bergauf, außerdem war er tief verschneit, und ich kam ganz erschöpft und mit erstarrten Händen oben an. Ich leerte die Säcke in die Raufen und kam mir vor wie ein Narr. Da es so kalt war und ich nicht wagte, mich hinzusetzen, ging ich langsam weiter bergauf. Überall fand ich ihre Spuren. Das Hochwild hatte die höheren Lagen verlassen und war zu den Rehen herabgestiegen. Bei Anbruch der Dämmerung würden sie alle zur Futterstelle kommen und sich wenigstens einmal noch sättigen können.

Die Rinde der jungen Bäume war angenagt, und ich beschloß, im kommenden Sommer einen kleinen Vorrat von Heu von der Waldwiese für das Wild zurückzulegen. Es fiel mir nicht schwer, diesen Vorsatz zu fassen, der Sommer lag weit. Als ich dann wirklich mit der Sichel die Waldwiese mähte, dachte ich anders darüber. Jedenfalls aber habe ich jetzt immer so viel Heu, daß ich im ärgsten Notfall das Wild eine Woche lang füttern kann. Es wäre ja vielleicht klüger, es nicht zu tun, das Wild vermehrt sich ohnedies zu sehr, aber ich kann es einfach nicht verhungern und so elend umkommen lassen.

Nach einer Viertelstunde merkte ich, daß ich die Kälte nicht länger ertragen konnte und kehrte um. Auch Luchs schien einverstanden zu sein; seine Begeisterung hatte sich rasch abgekühlt. Auf dem Rückweg fand ich in einer Schneewehe halb verborgen ein Reh, das sich den Hinterlauf gebrochen hatte und sich nicht mehr bewegen konnte. Der Lauf war so schlimm gebrochen, daß die Knochensplitter aus der Haut ragten. Ich wußte, daß ich dieser Qual sofort ein Ende machen mußte. Es war ein junges Reh und sehr abgemagert. Ich hatte das Gewehr nicht mit und mußte das Tier mit dem Knickmesser durch einen Stich in den Nacken töten. Das Reh hob matt das Haupt und sah mich an, dann seufzte es, zitterte und fiel zurück in den Schnee. Ich hatte es gut getroffen.

Es war nur ein kleines Reh, aber es lastete schwer auf mir, als ich heimzu ging. Später, nachdem ich meine Hände in der Hütte aufgetaut hatte, weidete ich es aus. Sein Fell war schon eiskalt, aber als ich es aufbrach, stieg ein wenig Dampf aus dem Leib auf. Sein Herz fühlte sich noch ganz warm an. Ich legte das Fleisch in ein Holzschaff und trug es in eine der oberen Kammern, wo es bis zum nächsten Morgen steif frieren würde. Von der Leber gab ich Luchs und der Katze. Ich mochte nur ein Glas heiße Milch trinken. In der Nacht hörte ich die Kälte im Holz knacken. Ich hatte kräftig nachgelegt, aber ich fröstelte unter der Decke und konnte nicht einschlafen. Manchmal prasselte ein Scheit auf und erlosch wieder, und ich fühlte mich krank. Ich wußte, es kam davon, daß ich immer wieder töten mußte. Ich stellte mir vor, was ein Mensch empfinden mag, dem Töten Freude macht. Es gelang mir nicht. Die Härchen sträubten sich auf meinen Armen, und mein Mund wurde trocken vor Abscheu. Man mußte wohl dazu geboren sein. Ich konnte mich dahin bringen, es möglichst rasch und geschickt zu tun, aber ich würde mich nie daran gewöhnen. Lange lag ich wach in der knisternden Dunkelheit und dachte an das kleine Herz, das über mir in der Kammer zu einem Eisklumpen gefror.

Das war in der Nacht zum siebten Jänner. Die Kälte hielt noch drei Tage an, aber die Kastanien waren schon am Morgen verschwunden.

Ich fand noch drei erfrorene Rehe und ein Hirschkalb, und wer weiß, wie viele ich nicht fand.

Nach der großen Kälte brach eine Welle feuchter wärmerer Luft herein. Der Weg zum Stall verwandelte sich in eine spiegelnde Eisfläche. Ich mußte Asche streuen und das Eis aufhacken. Dann drehte sich der Westwind und kam von Süden und fauchte Tag und Nacht um die Hütte. Bella wurde unruhig, und ich mußte zehnmal am Tag nach ihr sehen. Sie fraß wenig, trat von einem Fuß auf den andern und zuckte beim Melken schmerzlich zurück. Wenn ich an die bevorstehende Geburt dachte, erfaßte mich Panik. Wie sollte ich das Kalb aus Bella herausbringen? Ich war einmal bei der Geburt eines Kalbes dabeigewesen und erinnerte mich ungefähr, wie es dabei zugegangen war. Zwei starke Männer hatten das Kalb aus dem Mutterleib gezogen. Mir war das sehr barbarisch erschienen, und die Kuh hatte mir schrecklich leid getan, aber vielleicht mußte es wirklich so sein. Ich verstand ja nichts davon.

Am elften Jänner blutete Bella ein wenig. Es war nach der Abendfütterung, und ich beschloß, mich für die Nacht im Stall einzurichten. Ich füllte die Thermosflasche mit heißem Tee, richtete mir einen starken Strick, eine Schnur und eine Schere und stellte ein Schaff Wasser auf den Herd. Luchs wollte unbedingt mit dabeisein, aber ich sperrte ihn ins Haus, er hätte im Stall nur Verwirrung gestiftet. Ich hatte schon einen kleinen Bretterverschlag für das Kalb errichtet und ihn mit frischer Streu gefüllt. Bella begrüßte mich mit dumpfem Muhen und schien froh zu sein über mein Erscheinen. Ich konnte nur hoffen, daß dies nicht ihr erstes Kalb war und sie einige Erfahrungen hinter sich hatte. Dann streichelte ich sie und fing an, ihr Mut zuzusprechen. Sie hatte Schmerzen und war ganz mit den Vorgängen in ihrem Leib beschäftigt. Unruhig trat sie hin und her und legte sich nicht mehr nieder. Es schien sie zu beruhigen, wenn ich zu ihr sprach, also erzählte ich ihr alles, was die Hebamme mir in der Klinik gesagt hatte. Es wird schon gutgehen, es dauert gar nicht mehr lange, es wird kaum noch weh tun und ähnlichen Unsinn. Ich setzte mich auf den Sessel, den ich aus der Garage herübergetragen hatte. Später holte ich das Wasser aus der Hütte, es war dampfend heiß, aber es hatte Zeit auszukühlen. Der Wasserdampf stieg auf, und mir war so beklommen, als sollte ich selber ein Kind bekommen.

Es wurde neun Uhr. Der Föhn rüttelte am Dach, und

ich fing an, vor Nervosität zu frösteln, und schenkte mir heißen Tee ein. Und wiederum versprach ich Bella eine leichte Geburt und ein schönes starkes Kalb. Sie hatte den Schädel zu mir gedreht und sah mich gequält und geduldig an. Sie wußte, daß ich ihr helfen wollte, und das gab mir ein wenig Selbstvertrauen.

Dann geschah lange Zeit gar nichts. Ich mußte noch einmal Mist wegräumen und ein wenig frische Streu unterbreiten. Der Föhn legte sich, und es wurde plötzlich ganz still. Die Lampe brannte gelb und ruhig auf dem kleinen Herd. Ich durfte sie auf keinen Fall umstoßen. Auf so viele Dinge mußte ich achten. Vielleicht würde auch das Licht bei der Geburt nicht ausreichen.

Auf einmal war ich schrecklich müde. Meine Schultern schmerzten, und mein Kopf wackelte hin und her. Am liebsten hätte ich mich in die frische Streu im Kälberverschlag gelegt und geschlafen. Ein paarmal nickte ich ein und fuhr erschrocken wieder auf. Bella blutete wieder und hatte starke Wehen. Ihre Flanken krümmten sich und arbeiteten heftig. Manchmal stöhnte sie leise, und ich redete ihr aufmunternd zu. Einmal trank sie ein wenig Wasser. Ich sah, die Sache ging langsam vorwärts. Und dann endlich erschien ein nasses Bein und gleich darauf ein zweites. Bella plagte sich sehr. Ich band, ein wenig zitternd vor Aufregung, die kleinen braunen Beine zusammen und zog am Strick. Es hatte keinerlei Erfolg. Ich besaß nicht die Kräfte von zwei starken Männern. Wie ich so auf Bella hinsah, war mir plötzlich alles ganz klar. Ich konnte mir genau vorstellen, wie das Kalb in ihr lag. Es war ganz unsinnig, an den Vorderbeinen zu ziehen, das mußte den Schädel des Kalbes zurückreißen statt nach vorne drücken. Ich wusch mir die Hände und tastete mich vorsichtig in Bellas warmen Leib hinein. Es war schwieriger, als ich gedacht hatte. Ich mußte warten, bis die Wehe abklang, ehe ich tiefer eindringen konnte. Es gelang mir, den Schädel zu fassen, und mit beiden Händen niederzudrücken. Die nächste Wehe schnürte mir die Arme ein, aber der Schädel glitt vorwärts. Bella stöhnte laut und trat zur Seite. Ich feuerte sie an und drückte den Kopf nieder, bis mir der Schweiß in die Augen lief. Der Schmerz in den Armen wurde unerträglich. Aber da kam schon der Kopf. Bella schnaufte erleichtert.

Ich wartete bis zur nächsten Wehe und zog am Strick, und da war das Kalb, so plötzlich, daß ich vorspringen und es auf meinen Knien auffangen mußte. Ich ließ es sachte zu Boden gleiten, die Nabelschnur war schon gerissen. Ich legte das Kleine vor Bellas Vorderbeine, und sie fing sofort an, es abzuschlecken. Wir waren beide selig, es so gut gemacht zu haben. Es war ein Stierkalb, und wir hatten es gemeinsam ans Licht gebracht. Bella konnte sich nicht genug darin tun, ihren Sohn abzuschlecken, und ich bewunderte seine feuchten geringelten Stirnlocken. Er war graubraun wie seine Mutter, vielleicht würde er ein wenig dunkler werden. Schon nach ein paar Minuten versuchte er, auf die Beine zu kommen, und Bella sah aus, als wollte sie ihn vor Liebe auffressen. Schließlich, als mir die Schleckerei schon zu genügen schien, hob ich den kleinen Stier auf und trug ihn in seinen Verschlag. Bella konnte sich hinüberneigen und seine Nüstern abschlecken, soviel sie wollte. Dann gab ich ihr lauwarmes Wasser und frisches Heu. Aber ich wußte, die Geburt war noch nicht ganz vorüber. Ich war in Schweiß gebadet. Es war Mitternacht. Ich setzte mich auf den Sessel und trank heißen Tee. Da ich nicht einschlafen durfte, stand ich wieder auf und ging im Stall hin und her.

Nach einer Stunde wurde Bella wieder unruhig und bekam Wehen. Es dauerte diesmal nur wenige Minuten, dann war auch die Nachgeburt da, und Bella legte sich erschöpft nieder. Ich reinigte den Stall, streute frische Streu auf und sah noch einmal nach dem Kalb. Es war eingeschlafen und hatte sich in der Streu verkrochen. Ich nahm die Lampe an mich, verriegelte die Stalltür und ging ins Haus zurück. Luchs empfing mich aufgeregt, und ich erzählte ihm, wie es gewesen war. Wenn er auch meine Worte nicht verstehen mochte, er begriff bestimmt, daß mit Bella etwas Erfreuliches geschehen war, und kroch beruhigt in sein Ofenloch. Ich wusch mich gründlich, legte frisches Holz aufs Feuer und ging zu Bett.

In dieser Nacht spürte ich nicht einmal, daß die Katze zu mir aufs Bett sprang und erwachte erst beim Morgenlicht. Mein erster Weg war zum Stall. Mit Herzklopfen schob ich den Riegel zurück. Bella war gerade damit beschäftigt, ihrem Sohn die Nase abzuschlecken, und ich atmete auf bei diesem Anblick. Er stand schon fest auf seinen kräftigen Beinen, und ich führte ihn zu seiner Mutter und drückte sein Maul gegen ihr Euter. Er begriff sofort und trank sich voll. Bella trat von einem Bein aufs andere, wenn er mit seinem runden Schädel gegen ihren Leib rannte. Er war sichtlich ein aufgeweckter kleiner Kerl. Als er genug hatte, molk ich Bella leer. Die Milch war gelb und fett und schmeckte mir nicht. Bella sah jetzt ein wenig eingefallen und verhärmt aus, aber ich wußte, das würde sich bei guter Pflege bald geben. In ihren feuchten Augen konnte ich lesen, daß sie in warmem Glück schwamm. Mir wurde ganz sonderbar zumute, und ich mußte aus dem Stall flüchten.

Der Föhn hielt noch immer an, und es blieb windig und regnerisch. Später brach ein feuchtblauer Himmel durch das fliegende Gewölk, und schwarze Schatten huschten über die Lichtung. Ich fühlte mich unruhig und gespannt. Die Katze war wie elektrisch. Ihr Haar sträubte sich und knisterte, wenn ich darüberstrich. Sie war ruhelos, lief klagend hinter mir her, bohrte ihre heiße, trockene Nase in meine Handfläche und wollte nicht fressen. Ich fürchtete schon, eine unbekannte Katzenkrankheit hätte sie befallen, als mir endlich klar wurde, daß sie nach einem Kater schrie. Hundertmal ging sie in den Wald, kam wieder zurück und überfiel mich mit klagenden Zärtlichkeiten. Sogar Luchs, der den Föhn kaum spürte, wurde von ihrer Unruhe angesteckt und lief ratlos immer um das Haus herum. Nachts erwachte ich davon, daß ein fremdes Tier im Wald schrie: Ka-au, ka-au. Es klang ein wenig nach Kater, aber doch wieder nicht, und ich machte mir Sorgen um meine Katze. Sie blieb drei Tage aus, und ich hatte kaum noch Hoffnung, sie wiederzusehen.

Das Wetter schlug um, und es fing an zu schneien. Ich war froh darüber, denn ich fühlte mich matt und nicht arbeitsfähig. Der warme Wind hatte mir heftig zugesetzt. Ich hatte mir eingebildet, er trüge leichten Verwesungsgeruch mit sich. Vielleicht war es keine Einbildung. Wer weiß, was alles aufgetaut war, das da steifgefroren im

Wald gelegen hatte. Es war eine Wohltat, den Wind nicht mehr hören zu müssen und den leichten Flocken zuzusehen, die am Fenster vorüberschwebten.

In dieser Nacht kam die Katze zurück. Ich zündete die Kerze an, und die Katze sprang auf meine Knie. Ich spürte ihr nasses, kaltes Fell durch das Nachthemd durch und schloß sie in die Arme. Sie schrie und schrie und wollte mir erzählen, was ihr widerfahren war. Immer wieder stieß sie mit dem Kopf gegen meine Stirn, und ihr Geschrei lockte Luchs aus dem Ofenloch, der die Wiedergekehrte freudig beschnüffelte. Schließlich stand ich auf und wärmte ein wenig Milch für die beiden. Die Katze war völlig ausgehungert, struppig und verwahrlost, gerade so wie damals, als sie vor meiner Tür geschrien hatte. Ich lachte, schalt und lobte sie in einem Atem, und Luchs war äußerst verwirrt, als auch er mit Kopfstößen beehrt wurde. Etwas Außergewöhnliches mußte der Katze geschehen sein. Vielleicht verstand Luchs mehr von dem Geschrei als ich, jedenfalls schien es sich um etwas Erfreuliches zu handeln, denn er trabte zufrieden auf seine Schlafstelle zurück. Die Katze konnte sich nicht so rasch beruhigen. Mit aufgestelltem Schwanz stolzierte sie auf und ab, wand sich um meine Beine und stieß kleine Schreie aus. Erst als ich mich wieder niedergelegt und die Kerze ausgeblasen hatte, kam sie zu mir ins Bett und fing an, sich gründlich zu waschen. Ich fühlte mich seit Tagen zum erstenmal ruhig und gelöst. Die Stille der Winternacht war ein liebliches Wunder nach dem Fauchen und Ächzen des Föhns. Endlich schlief ich ein, das zufriedene Schnurren der Katze im Ohr.

Am Morgen lag der Neuschnee zehn Zentimeter hoch. Es war noch immer windstill, und ein gedämpftes weißes Licht lag über der Waldwiese. Im Stall begrüßte mich Bella schon ungeduldig und ließ sich ihren hungrigen Sohn zuführen. Er wurde von Tag zu Tag stärker und munterer, und Bellas eingefallener Leib hatte sich schon ein wenig gerundet. Bald würde nichts mehr an jene föhnige Jännernacht erinnern, in der wir den kleinen Stier zur Welt gebracht hatten.

Die beiden waren ganz und gar miteinander beschäftigt, und ich fühlte mich ein wenig verloren und ausgeschlossen. Es wurde mir klar, daß ich Bella beneidete, und ich sah zu, daß ich aus dem Stall kam. Dort brauchte man mich jetzt nur zum Füttern, Melken und Ausmisten. Sobald ich die Tür hinter mir zugezogen hatte, verwandelte sich der dämmrige Stall in eine kleine Insel des Glücks, durchtränkt von Zärtlichkeit und warmem Tieratem. Es war besser für mich, nur eine Arbeit zu suchen, als mir darüber Gedanken zu machen. In der Garage war nur noch wenig Heu, und nach dem Frühstück ging ich mit Luchs in die Schlucht, um Heu zu holen. Die Katze lag, sehr mager und mit glanzlosem Fell, auf meinem Bett und schlief den Schlaf der Erschöpfung. Ich ging vormittags zweimal um Heu und nachmittags wiederum, und am nächsten Tag machte ich es ebenso. Es war nicht kalt, es schneite zeitweise in kleinen trockenen Flocken. Die Windstille hielt an. Es war gerade so, wie ich den Winter gern habe. Luchs, endlich auch ermüdet vom Hin- und Herlaufen zwischen Bachwiese und Hütte, rührte sich nicht aus dem Ofenloch, und die Katze schlief tagelang und stand nur zum Fressen und zu ihren kurzen nächtlichen Ausflügen auf. Sie trank den Schlaf wie eine Medizin, ihre Augen wurden wieder klar und ihr Fell wieder glänzend. Sie schien sehr zufrieden, und ich begann zu vermuten, daß das fremde Tier im Wald doch ein Kater gewesen war. Ich nannte ihn Herr Ka-au Ka-au und stellte ihn mir sehr stolz und mutig vor, anders hätte er im Wald wohl nicht überleben können. Ich freute mich nicht auf die jungen Katzen, sie würden mir doch wieder nur Kummer bringen, aber ich gönnte der Katze ihr Glück.

So vieles hatte sich in der letzten Zeit ereignet. Perle war getötet worden, ein kleiner Stier war zur Welt gekommen, die Katze hatte einen Kater gefunden, Rehe waren erfroren, und das Raubzeug hatte einen fetten Winter gehabt. Ich selbst hatte viel Aufregungen hinter mir, und jetzt war ich müde. Ich lag auf der Bank, und wenn ich die Augen schloß, sah ich Schneegebirge am Horizont, weiße Flocken, die sich auf mein Gesicht senkten in einer großen hellen Stille. Es gab keine Gedanken, keine Erinnerungen, nur das große stille Schneelicht. Ich wußte, daß diese Vorstellung für einen einsamen Menschen gefährlich war, aber ich brachte nicht die Kraft auf, mich dagegen zu wehren.

Luchs ließ mich nicht lange in Ruhe. Immer wieder kam er und stieß mich mit der Nase an. Ich wandte mühsam den Kopf und sah das Leben warm und fordernd aus seinen Augen leuchten. Seufzend stand ich auf und ging meiner täglichen Arbeit nach. Jetzt ist Luchs nicht mehr, mein Freund und Wächter, und das Verlangen, in die weiße schmerzlose Stille einzugehen, ist manchmal sehr groß. Ich muß selbst auf mich achten und strenger gegen mich sein, als ich es früher war.

Die Katze starrt aus gelben Augen in die Ferne. Manchmal kommt sie plötzlich zu mir zurück, und ihre Augen zwingen mich, die Hand auszustrecken und den runden Kopf mit dem schwarzen M auf der Stirn zu streicheln. Wenn es der Katze angenehm ist, schnurrt sie. Manchmal ist ihr meine Berührung lästig. Sie ist aber zu höflich, um sie abzuwehren, sie erstarrt nur unter meiner Hand und bleibt ganz ruhig. Und ich ziehe langsam meine Hand zurück. Luchs war immer selig, wenn ich ihn streichelte. Freilich, er konnte gar nicht anders, aber ich vermisse ihn deshalb nicht weniger. Er war mein sechster Sinn. Seit er tot ist, fühle ich mich wie ein Amputierter. Etwas fehlt mir und wird mir immer fehlen. Es ist nicht nur, daß ich ihn bei der Jagd und beim Spurensuchen vermisse und stundenlang einem getroffenen Wild nachklettern muß. Das allein ist es nicht, obgleich das Leben dadurch für mich schwieriger geworden ist. Das schlimmste ist, daß ich mich ohne Luchs wirklich allein fühle.

Seit seinem Tod träume ich viel von Tieren. Sie reden zu mir wie Menschen, und es erscheint mir im Traum ganz natürlich. Die Menschen, die im ersten Winter meinen Schlaf bevölkerten, sind ganz fortgegangen. Ich sehe sie nie mehr. In meinen Träumen waren die Menschen nie freundlich zu mir, bestenfalls waren sie teilnahmslos. Die Traumtiere sind immer freundlich und immer voll Leben. Aber ich glaube, das ist nicht so besonders merkwürdig, es zeigt nur, was ich immer von Menschen und Tieren erwartete.

Es wäre viel besser, überhaupt nicht zu träumen. Ich lebe jetzt schon so lange im Wald, und ich habe von

Menschen, Tieren und Dingen geträumt, aber nicht einmal von der Wand. Ich sehe sie, sooft ich Heu hole, das heißt, ich sehe durch sie hindurch. Jetzt, im Winter, wenn die Bäume und Sträucher kahl sind, kann ich auch das kleine Haus wieder deutlich erkennen. Wenn Schnee liegt, sieht man fast keinen Unterschied, hier und dort weiße Landschaft, auf meiner Seite leicht entstellt von den Spuren meiner schweren Schuhe.

Die Wand ist so sehr ein Teil meines Lebens geworden, daß ich oft wochenlang nicht an sie denke. Und selbst wenn ich an sie denke, erscheint sie mir nicht unheimlicher als eine Ziegelwand oder ein Gartenzaun, der mich am Weitergehen hindert. Was ist denn auch so Besonderes an ihr? Ein Gegenstand aus einem Stoff, dessen Zusammensetzung ich nicht kenne. Derartige Gegenstände hat es in meinem Leben immer mehr als genug gegeben. Durch die Wand wurde ich gezwungen, ein ganz neues Leben zu beginnen, aber was mich wirklich berührt, ist immer noch das gleiche wie früher: Geburt, Tod, die Jahreszeiten, Wachstum und Verfall. Die Wand ist ein Ding, das weder tot noch lebendig ist, sie geht mich in Wahrheit nichts an, und deshalb träume ich nicht von ihr.

Eines Tages werde ich mich mit ihr befassen müssen, weil ich nicht immer hier werde leben können. Aber bis dahin will ich nichts mit ihr zu tun haben.

Seit heute früh bin ich überzeugt davon, daß ich nie wieder einen Menschen treffen werde, es sei denn, es lebt noch einer im Gebirge. Wenn es dort draußen noch Menschen gäbe, hätten sie längst das Gebiet mit Flugzeugen überflogen. Ich habe gesehen, daß auch niedrighängende Wolken die Grenze überfliegen können. Und sie tragen kein Gift mit sich, sonst würde ich nicht mehr leben. Warum kommen dann keine Flugzeuge? Es hätte mir schon viel eher auffallen müssen. Ich weiß nicht, wieso ich nicht daran dachte. Wo bleiben die Erkundungsflugzeuge der Sieger? Gibt es keine Sieger? Ich glaube nicht, daß ich sie jemals zu Gesicht bekommen werde. Eigentlich bin ich froh, daß ich nie an die Flugzeuge dachte. Noch vor einem Jahr hätte mich diese Überlegung in große Verzweiflung gestürzt. Heute nicht mehr.

Seit einigen Wochen scheinen meine Augen nicht ganz

in Ordnung zu sein. In die Ferne sehe ich ausgezeichnet, aber beim Schreiben verschwimmen mir oft die Zeilen vor den Augen. Vielleicht kommt es auch vom schwachen Licht und daher, daß ich mit einem harten Bleistift schreiben muß. Ich war immer stolz auf meine Augen, obgleich es dumm ist, auf einen körperlichen Vorzug stolz zu sein. Etwas Schlimmeres als blind zu werden, konnte ich mir nie vorstellen. Wahrscheinlich werde ich nur ein wenig weitsichtig und muß mir keine Sorgen machen. Bald kommt mein Geburtstag wieder. Seit ich im Wald lebe, merke ich nicht, daß ich älter werde. Es ist ja keiner da, der mich darauf aufmerksam machen könnte. Niemand sagt mir, wie ich aussehe, und ich selber denke nie darüber nach. Heute ist der zwanzigste Dezember. Ich werde schreiben, bis die Frühlingsarbeit anfängt. Der Sommer wird in diesem Jahr für mich weniger anstrengend werden, weil ich nicht mehr auf die Alm ziehe. Bella wird, wie im ersten Jahr, auf der Waldwiese grasen, und ich werde mir die weiten anstrengenden Wege ersparen.

Der Februar des ersten Jahres ist auf meinem Kalender ganz leer. Ich erinnere mich aber noch einigermaßen an ihn. Ich glaube, er war eher warm und feucht als kühl. Das Gras auf der Lichtung fing an, von den Wurzeln her grün zu werden, darüber lagen die gelben Stengel vom Herbst. Es war aber nicht föhnig, sondern mildes Westwetter. Eigentlich kein außergewöhnliches Wetter für Februar. Ich war damit zufrieden, das Wild fand überall Laub und altes Gras und konnte sich ein wenig erholen. Auch den Vögeln ging es wieder gut. Sie blieben der Hütte fern, und das hieß, daß sie mich nicht mehr brauchten. Nur die Krähen blieben mir bis zum richtigen Frühling treu. Sie saßen auf den Fichten und warteten auf Abfälle. Ihr Leben verlief nach strengen Regeln. Jeden Morgen zur gleichen Stunde fielen sie in die Lichtung ein und ließen sich nach langem Kreisen und aufgeregtem Geschrei auf den Bäumen nieder. Am späten Nachmittag, mit der Dämmerung, erhoben sie sich und zogen kreisend und schreiend über den Wald ab. Ich habe keine Ahnung, wo ihre Nachtquartiere liegen. Die Krähen führen ein aufregendes Doppelleben. Mit der Zeit faßte ich eine gewisse Zuneigung zu ihnen und konnte nicht verstehen, daß ich sie früher einmal nicht gemocht hatte. Da sie in der Stadt nur auf schmutzigen Ablageplätzen zu sehen waren, schienen sie mir immer trostlose, schmutzige Tiere. Hier, auf den glänzenden Fichten, waren sie plötzlich ganz andere Vögel, und ich vergaß meine alte Abneigung. Heute warte ich schon jeden Tag auf ihren Einfall, weil sie mir die Zeit ansagen. Selbst Luchs gewöhnte sich an sie und ließ sie in Ruhe. Er gewöhnte sich überhaupt an alles, woran mir lag. Er war ein sehr anpassungsfähiges Geschöpf. Nur für die Katze blieben die Krähen eine ständige Quelle des Ärgers. Sie saß auf dem Fensterbrett und starrte mit gesträubtem Fell und blanken Zähnen zu ihnen hinüber. Wenn sie sich lange genug aufgeregt und in Wut versetzt hatte, legte sie sich mürrisch auf die Bank und versuchte, ihren Ärger in Schlaf zu ertränken. Oberhalb der Hütte hatte eine Eule gelebt. Seit die Krähen kamen, war sie abgezogen. Ich hatte nichts gegen die Eule, aber da wir vielleicht junge Katzen erwarteten, war es mir ganz recht, daß die Krähen sie vertrieben hatten.

Gegen Ende Februar war der Zustand der Katze nicht mehr zu übersehen. Sie war dick geworden und schwankte zwischen schlechter Laune und Zärtlichkeitsanfällen. Luchs stand fassungslos vor dieser Veränderung. Erst als er ein kräftiges Kopfstück abbekam, wurde er vorsichtig und zog sich von seiner launischen Freundin zurück. Er schien vergessen zu haben, daß sich das alles schon einmal genauso abgespielt hatte. Diesmal würde es wohl keine Perle geben, und es war auch viel besser so. Mit Sicherheit konnte man bei einer so gemischten Abstammung natürlich gar nichts sagen. Gegen alle Vernunft hatte ich angefangen, mich auf den Nachwuchs zu freuen. Der Gedanke daran lenkte mich ab und beschäftigte mich. Mein Gemütszustand besserte sich überhaupt, je länger es am Abend hell blieb und je mehr sich der Frühling näherte. Der Winter im Wald ist fast nicht auszuhalten, besonders wenn man keine Gefährten hat.

Soviel wie möglich hielt ich mich schon im Februar im Freien auf. Die Luft machte mich müde und hungrig. Ich besichtigte meinen Erdapfelvorrat und fand, daß ich sparen mußte, um bis zur nächsten Ernte durchzukommen.

Das Saatgut durfte auf keinen Fall angerührt werden. Im Sommer würde ich wohl wieder fast ausschließlich von Fleisch und Milch leben müssen. Aber ich konnte dieses Jahr meinen Acker vergrößern. Die Erdäpfel aß ich mit der Schale, wegen der Vitamine. Ich weiß nicht, ob das wirklich nützte, jedenfalls munterte mich schon der Gedanke daran ein wenig auf. Jeden zweiten oder dritten Tag gönnte ich mir einen Apfel, und zwischendurch kaute ich die winzigen Holzäpfel, die so herb sind, daß man sie fast nicht schlucken kann. Von ihnen besaß ich genug für den ganzen Winter. Bella gab jetzt so viel Milch, daß der Stier sie nicht leertrinken konnte und ich sogar ein wenig Butterüberschuß hatte und Butterschmalz erzeugen konnte. Die Lebensmittelversorgung war im Winter besser als im Sommer, weil das Fleisch viel länger genießbar blieb. Was mir fehlte, waren nur Obst und Gemüse. Ich wußte nicht, wie lange der Stier bei seiner Mutter trinken sollte, und suchte in allen Kalendern nach Aufklärung, fand aber kein Wort darüber. Sie waren eben für Leute geschrieben, die die Grundbegriffe der Landwirtschaft kannten. Meine Unwissenheit machte das Leben manchmal aufregend für mich. Ich ahnte überall Gefahren, die ich nicht rechtzeitig erkennen konnte. Immerzu mußte ich auf unangenehme Überraschungen gefaßt sein und konnte nichts tun, als sie mit Gleichmut ertragen.

Ich ließ den Stier vorläufig trinken, soviel er mochte. Es hing ja alles davon ab, daß er bald groß und stark wurde. Ich hatte keine Ahnung, wie alt ein Stier sein muß, um ein Kalb herstellen zu können, aber ich hoffte, er würde seine Mannbarkeit rechtzeitig zu verstehen geben. Ich war mir im klaren darüber, daß mein Plan ein wenig abenteuerlich war, aber es blieb mir nichts anderes übrig, als auf sein Gelingen zu hoffen. Ich wußte nicht, wie eine derartige Inzucht sich auswirken würde. Vielleicht würde Bella in diesem Fall gar kein Kalb bekommen, oder eine Mißbildung würde in ihr heranwachsen. Auch darüber war in den Kalendern nichts zu finden. Es war ja wohl nicht üblich gewesen, einen Stier mit seiner Mutter zu kreuzen. Da ich nicht gern planlos dahinlebe und im dunkeln tappe, fiel es mir sehr schwer, die Ruhe zu bewahren. Ungeduld war immer schon einer meiner schlimmsten Fehler, aber im Wald habe ich gelernt, sie bis zu einem gewissen Grad zu bändigen. Die Erdäpfel wachsen nicht schneller, wenn ich die Hände ringe, und auch mein kleiner Stier wurde nicht über Nacht erwachsen. Als er es dann endlich war, wünschte ich manchmal, er wäre ewig ein kleines rundes Kalb geblieben. Er stellte mich vor Probleme, die mir das Leben sehr erschwerten.

Ich mußte warten und warten. Hier hat alles sehr viel Zeit, eine Zeit, die nicht von tausend Uhren gehetzt wird. Nichts treibt und drängt, ich bin die einzige Unruhe im Wald und leide immer noch darunter.

Der März brachte einen Rückschlag. Es schneite und fror, und über Nacht verwandelte sich der Wald in eine gleißende Winterlandschaft. Die Kälte blieb aber gemäßigt, denn mittags lag die Sonne schon warm auf dem Hang und das Wasser tropfte vom Dach. Dem Wild drohte keine Gefahr, auf der Sonnenseite gab es schon genug apere Stellen mit Gras und Laub. Ich fand kein totes Reh mehr in jenem Frühling. Wenn die Sonne schien, ging ich mit Luchs ins Revier oder holte Heu aus dem Stadel. Einmal erlegte ich einen schwachen Bock und ließ ihn einfrieren. Endlich kam Tauwetter, und es regnete und stürmte ein paar Tage lang. Ich konnte nicht weiter sehen als vom Haus zum Stall, so tief hing der Nebel herab. Ich lebte auf einer kleinen warmen Insel in einem feuchten Nebelmeer. Luchs fing an, trübsinnig zu werden, und trottete dauernd zwischen Hütte und Lichtung hin und her. Ich konnte ihm nicht helfen, das naßkühle Wetter tat mir nicht gut, und ich wollte mich nicht erkälten. Ich spürte schon Kratzen im Hals und einen leichten Husten. Aber es wurde weiter nichts daraus und ging am folgenden Tag schon zurück. Viel schlimmer war, daß ich rheumatische Schmerzen in allen Gelenken bekam. Plötzlich wurden meine Finger dick und rot, und ich konnte sie nur unter Schmerzen abbiegen. Ich fieberte leicht, schluckte Hugos Rheumapillen, saß ärgerlich in der Hütte und malte mir aus, daß ich schließlich meine Hände überhaupt nicht mehr rühren könnte.

Endlich ging der Regen in Graupeln und wieder in Schnee über. Meine Finger waren immer noch geschwollen, und jeder Handgriff tat mir weh. Luchs sah, daß ich krank war, und überschwemmte mich mit Liebesbezeigungen. Einmal brachte er mich damit zum Weinen, und wir saßen beide nachher beklommen auf der Bank. Die Krähen saßen auf ihren Fichten und warteten auf Abfälle. Sie schienen mich als prächtige Einrichtung zu betrachten, als eine Art Sozialversicherung, und wurden von Tag zu Tag fauler.

Am elften März sprang die Katze vom Bett, trat vor den Kleiderkasten und verlangte dringend Einlaß. Ich nahm ein altes Tuch, legte es in den Kasten, und die Katze schlüpfte hinein. Ich ging inzwischen meiner Arbeit nach, und erst am Abend, als ich aus dem Stall kam, fiel mir die Katze wieder ein, und ich sah in den Kasten. Es war schon alles vorüber. Sie schnurrte laut und beleckte freudig meine Hand. Diesmal waren es drei Junge, und alle drei lebten. Drei Tigerkatzen vom hellsten bis zum dunkelsten Grau, alle schon sauber geleckt und auf Nahrungssuche aus. Die Katze nahm sich kaum Zeit zu trinken und wandte sich sofort ihrem Nachwuchs zu. Ich ließ die Kastentür angelehnt und scheuchte den neugierigen Luchs zurück. Diesmal war die Katze nicht so wild wie bei Perle, sie fauchte Luchs zwar an, aber, wie mir schien, eher der Form halber. Es war sonderbar, wie sehr Luchs sich für das freudige Ereignis interessierte. Da er seine Hochstimmung nicht anders äußern konnte, fraß er eine doppelte Portion. Ich habe überhaupt bemerkt, daß jede seelische Erregung bei ihm eine zwanghafte Freßlust auslöste. Auch die Katze reagierte ähnlich; wenn sie sich über die Krähen geärgert hatte, ging sie häufig zur Freßschüssel. In jener Nacht kam die Katze nicht zu mir ins Bett, und ich lag wach und dachte an Perle. Der Blutfleck auf dem Fußboden wollte nicht verblassen. Ich hatte beschlossen, ihn nicht zu verdecken. Ich mußte mich an ihn gewöhnen und mit ihm leben. Und jetzt gab es wieder drei Katzenkinder. Ich nahm mir vor, sie nicht liebzugewinnen, aber es war vorauszusehen, daß es mir nicht gelingen würde, diesen Vorsatz zu halten.

Langsam setzte sich eine Wetterbesserung durch. Über Land war es bestimmt längst heiter, aber im Gebirge braute der Nebel oft noch eine Woche lang, ehe er sich auflöste. Und dann wurde es sehr rasch fast sommerlich warm, und überall sprossen Gras und Blumen fast über Nacht aus der feuchten Erde. Die Fichten setzten junge Triebe an, und die Brennesseln um den Misthaufen fingen fröhlich zu wuchern an. Die Umstellung ging so schnell, daß ich es gar nicht fassen konnte. Ich fühlte mich auch nicht gleich wohler, und an den ersten warmen Tagen war ich matter als im Winter. Nur meine Finger besserten sich sofort. Die Katzenkinder gediehen gut, hielten sich aber noch im Kasten auf. Die alte Katze war nicht so besorgt um sie, wie sie es um Perle gewesen war. Nachts ging sie gern auf ein Stündchen weg. Vielleicht hatte sie schon mehr Vertrauen zu mir, oder die kleinen Tiger schienen ihr weniger gefährdet. Sie trank schüsselweise Bellas Milch und verwandelte sie in ihrem Leib in Milch, die den Katzenkindern zuträglich war. Am zwanzigsten März stellte sie mir ihre Jungen vor. Alle drei waren dick und glänzend, aber keines hatte Perles langhaariges Fell. Eines hatte ein etwas schmäleres Gesicht als die andern, daraus schloß ich, daß es ein Weibchen war. Es ist fast unmöglich, das Geschlecht so kleiner Katzen festzustellen, und ich hatte auch nur sehr wenig Erfahrung darin. Von da an spielte die Katze mit ihren Kindern im Zimmer. Sie wurden eine besondere Belustigung für Luchs, der sich aufführte, als wäre er ihr Vater. Sobald sie merkten, daß er harmlos war, fingen sie an, ihn ebenso zu belästigen wie ihre Mutter. Manchmal bekam Luchs genug von seinen Quälgeistern und fand, daß sie ins Bett gehörten. Dann trug er sie vorsichtig in den Kasten. Kaum war das letzte transportiert, tummelte sich das erste schon wieder im Zimmer. Die Katze sah ihm zu, und wenn ich jemals eine Katze schadenfroh lächeln gesehen habe, dann war sie es. Schließlich stand sie auf, verteilte ein paar Ohrfeigen und trieb ihre Brut in den Kasten. Sie ging mit ihnen viel unsanfter um als mit Perle. Es war aber auch notwendig, denn sie waren unbändig spiel- und rauflustig. Herr Ka-au Ka-au schien sich ganz und gar durchgesetzt zu haben. Den ganzen Tag tobten sie durch die Hütte, und ich mußte immer achtgeben, um sie nicht zu zertreten.

Ich weiß nicht, wie es geschah, aber eines Mittags, gerade bei einem wilden Fangspiel, verfiel die kleinste Katze, die mit dem schmalen Gesicht, in krampfhafte Zuckungen und war nach wenigen Minuten tot. Ich hatte sie gar nicht beachtet und konnte mir nicht vorstellen, was ihr zugestoßen war. Sie schien völlig unverletzt. Die Alte rannte sofort zu ihr hin und leckte sie zärtlich klagend ab, aber da war schon alles vorüber. Ich begrub die kleine Katze in der Nähe Perles. Die Alte suchte sie eine Stunde lang und befaßte sich dann mit den beiden andern, so, als hätte es nie ein drittes Kätzchen gegeben. Auch die Geschwister schienen sie nicht zu vermissen. Luchs war gerade nicht im Haus gewesen, als er zurückkam, stutzte er, sah mich fragend an und ging zum Kasten, um nachzusehen. Irgend etwas lenkte ihn ab, und er vergaß, warum er hingegangen war. Ich bin aber sicher, daß er merkte, daß eines der Kätzchen fehlte. Ich bin das einzige Wesen, das noch heute manchmal an jenes schmalgesichtige Tierchen denkt. War es mit dem Kopf gegen die Wand gestoßen, oder gab es auch bei Katzenkindern Fraisen? Ich bin froh, daß es nicht lange leiden mußte und daß ich weiß, was aus ihm geworden ist. Natürlich trauerte ich nicht wie um Perle, aber ein wenig vermißte ich es doch.

Die Übriggebliebenen waren, wie sich allmählich herausstellte, wirklich Kater. Seit es so warm war, spielten sie auch vor der Tür und machten mir Sorgen, weil sie immerzu ins Gebüsch kriechen wollten. Sie fingen früh an, Fliegen und Käfer zu fangen, und machten schmerzliche Bekanntschaft mit den großen Waldameisen. Ihre Mutter bewachte sie anfangs scharf, aber ich merkte, daß das Kindergeschäft anfing, sie zu ermüden. Jedenfalls wurden die Ohrfeigen, die sie austeilte, immer kräftiger. Ich konnte es ihr nicht verübeln, die beiden waren unglaublich wild und ungehorsam. Ich nannte sie Tiger und Panther. Panther war hellgrau-schwarz gestreift und Tiger dunkelgrau-schwarz auf rötlichem Untergrund. Wenn ich ein wenig Zeit hatte, sah ich ihnen gerne zu bei ihren Raubtierspielen. So kam es, daß die beiden Kater Namen erhielten, während der kleine Stier noch immer namenlos war. Es war mir noch nichts eingefallen. Die alte Katze war ja auch namenlos. Natürlich hatte sie hundert Kosenamen, aber einen dauernden Namen bekam sie nie. Ich glaube, sie hätte sich auch nicht mehr daran gewöhnt.

Die Krähen, die den Kätzchen vielleicht gefährlich hätten werden können, waren, als es warm wurde, nach ihrem unbekannten Sommerrevier abgezogen, und die Eule ließ sich auch nicht hören. Manchmal, wenn ich auf der Bank in der Sonne saß und die Abstammung Panthers und Tigers bedachte, glaubte ich, sie hätten eine Chance, davonzukommen. Natürlich war es mir nicht gelungen, sie einfach nicht zu beachten. Ich fing schon an, mir Sorgen um sie zu machen. Ich wünschte, die beiden würden rasch groß und stark werden und von ihrer schlauen Mutter alle Schliche lernen. Aber ehe sie etwas anderes gelernt hatten als Fliegenfangen, verschwand Panther im Gebüsch und kam nicht mehr zurück. Luchs suchte nach ihm, aber er blieb verschwunden. Vielleicht hatte ihn ein Raubtier verschleppt.

Tiger blieb allein zurück. Er suchte und schrie lange nach seinem Bruder, und als er ihn nicht fand, spielte er wieder mit seiner Mutter, mit Luchs oder mit mir. Wenn keiner sich um ihn kümmerte, raste er hinter einer Fliege her, spielte mit kleinen Zweigen oder Papierbällchen, die ich ihm aus einem Kriminalroman drehte. Es tat mir weh, ihn so allein zu sehen. Er war so schön gezeichnet und machte seinem Namen alle Ehre. Ich habe nie einen wilderen und lebendigeren Kater gekannt. Mit der Zeit wurde er meine Katze, weil seine Mutter nichts mehr von ihm wissen wollte und Luchs seine scharfen Krallen scheute. So schloß er sich ganz an mich an und behandelte mich abwechselnd als Ersatzmutter oder Raufkumpan. Ich bekam eine Menge Kratzer ab, bis er endlich begriff, daß er beim Spiel die Krallen einziehen mußte. In der Hütte zerfetzte er alles, was er erreichen konnte, und schärfte seine Krallen an den Tischbeinen und Bettpfosten. Das machte mir aber nichts aus. Ich besaß ja keine kostbaren Möbel, und selbst wenn ich sie besessen hätte, wäre mir eine lebende Katze wichtiger als das schönste Möbelstück. Tiger wird in meinem Bericht noch oft vorkommen. Ich durfte ihn nicht einmal ein Jahr lang behalten. Es fällt mir noch jetzt schwer, zu begreifen, daß ein so lebendiges Geschöpf tot sein soll. Manchmal bilde ich mir ein, daß er in den Wald zu Herrn Ka-au Ka-au gegangen ist und ein freies wildes Leben führt. Aber das sind nur Tagträume. Ich weiß natürlich, daß er tot ist. Er wäre, zumindest zeitweise, immer wieder zu mir zurückgekommen.

Vielleicht wird die Katze im Frühling wieder in den Wald laufen und wieder Junge haben. Wer weiß es. Der große Waldkater mag vielleicht tot sein, oder die Katze wird, nach ihrer schweren Krankheit im vergangenen Jahr, nie wieder Junge austragen können. Wenn es aber junge Katzen geben wird, so wird sich alles wiederholen. Ich werde mir vornehmen, sie nicht zu beachten, dann werde ich sie liebgewinnen, und dann werde ich sie verlieren. Es gibt Stunden, in denen ich mich freue auf eine Zeit, in der es nichts mehr geben wird, woran ich mein Herz hängen könnte. Ich bin müde davon, daß mir doch alles wieder genommen wird. Es gibt keinen Ausweg, denn solange es im Wald ein Geschöpf gibt, das ich lieben könnte, werde ich es tun; und wenn es einmal wirklich nichts mehr gibt, werde ich aufhören zu leben. Wären alle Menschen von meiner Art gewesen, hätte es nie eine Wand gegeben, und der alte Mann müßte nicht versteinert vor seinem Brunnen liegen. Aber ich verstehe, warum die anderen immer in der Übermacht waren. Lieben und für ein anderes Wesen sorgen ist ein sehr mühsames Geschäft und viel schwerer, als zu töten und zu zerstören. Ein Kind aufzuziehen dauert zwanzig Jahre, es zu töten zehn Sekunden. Sogar der Stier brauchte ein Jahr, um groß und stark zu werden, und ein paar Axtschläge konnten ihn auslöschen. Ich denke an die lange Zeit, in der Bella ihn geduldig in ihrem Leib trug und nährte, die mühevollen Stunden seiner Geburt und die langen Monate, in denen er von einem Kälbchen zu einem großen Stier aufwuchs. Die Sonne mußte scheinen und das Gras für ihn wachsen lassen, Wasser mußte aus der Erde quellen und vom Himmel fallen, um ihn zu tränken. Er mußte gestriegelt und gebürstet werden, und sein Mist mußte weggeschafft werden, damit er trocken lag. Und das alles war vergebens gewesen. Ich kann darin nur eine greuliche Unordnung und Ausschweifung sehen. Vielleicht war der Mensch, der ihn erschlagen hat, wahnsinnig; aber selbst sein Wahnsinn hat ihn verraten. Der heimliche Wunsch zu morden, muß immer schon in ihm geschlafen haben. Ich bin sogar geneigt, ihn zu bedauern, weil er so beschaffen war, aber ich würde immer wieder versuchen, ihn auszumerzen, weil ich nicht dulden könnte, daß ein so beschaffenes Wesen weiterhin morden und zerstören kann. Ich glaube nicht, daß noch einer von seiner Art im Wald lebt, aber ich bin mißtrauisch geworden wie meine Katze. Mein Gewehr hängt immer geladen an der Wand, und ich gehe keinen Schritt weg, ohne mein scharfes Knickmesser. Ich habe viel über diese Dinge nachgedacht, und vielleicht bin ich jetzt soweit, daß ich auch die Mörder verstehen kann. Ihr Haß auf alles, was neues Leben erschaffen kann, muß ungeheuer sein. Ich verstehe es, aber ich muß mich gegen sie zur Wehr setzen, ich persönlich. Es gibt ja keinen Menschen mehr, der mich beschützt oder der für mich arbeitet, damit ich mich ungestört meinen Gedanken hingeben kann.

Da das Wetter im April halbwegs schön blieb, beschloß ich, den Erdapfelacker zu düngen. Der Misthaufen war angewachsen, und ich füllte zwei Säcke und schleppte sie auf Buchenzweigen zum Acker. Ich breitete den Mist in die Furchen und verteilte die Erde darüber. Auch das Bohnengärtchen düngte ich; dann gab es schon wieder Heu aus der Schlucht zu holen, und dann wurde das Holz knapp, und ich verbrachte eine Woche mit Sägen und Hacken. Ich war müde, aber froh, daß die Arbeit wieder begonnen hatte und daß es abends schon lange hell blieb. Die Frage einer Übersiedlung auf die Alm beschäftigte mich von Tag zu Tag mehr. Das Unternehmen schien mir schrecklich mühsam, selbst wenn ich nur das Notwendigste mitnehmen und ganz primitiv auf der Alm hausen wollte. Außerdem machte ich mir Gedanken wegen der Katzen. Es hieß ja immer, sie hingen mehr am Haus als an einem Menschen. Ich wollte sie unbedingt mitnehmen, aber das konnte auch unglücklich ausgehen. Je länger ich darüber nachdachte, desto unüberwindlicher erschienen mir die Schwierigkeiten. Ich durfte ja die Bachwiese und den Erdapfelacker nicht vergessen. Die Heuernte mußte eingebracht werden, und das bedeutete täglich einen Weg von sieben Stunden und noch die Arbeit dazu. Die Holzarbeit für den Winter mußte ich auf den Herbst verschieben, und den ganzen Sommer hindurch würde es keine Forellen geben. Während ich hin und her überlegte und den Plan undurchführbar fand, wußte ich schon, daß ich längst entschlossen war, auf die Alm zu gehen. Es war nützlich für Bella und den Stier, und ich mußte die Arbeit einfach leisten können. Es hing für uns alle viel zuviel vom Gedeihen der beiden ab, als daß ich auf mich Rücksicht hätte nehmen dürfen. Die Waldwiese war wohl auch nicht ausreichend für zwei Rinder, und das Heu von der Bachwiese mußte ich für den Winter sparen. Nachdem ich erkannt hatte, daß ich den Umzug längst beschlossen hatte, nämlich schon als ich die grünen Matten der Alm zum erstenmal gesehen hatte, wurde ich ruhiger, aber auch ein wenig bedrückt. Ich wollte bleiben, bis ich die Erdäpfel eingelegt hatte, und doch versuchen, bis dahin einen Holzvorrat anzulegen. Das Wetter blieb schön, aber ich wagte nicht, die Erdäpfel einzulegen, es konnte noch immer einen Rückschlag geben. So verlegte ich mich also auf die Holzarbeit. Ich arbeitete langsam, aber jeden Tag, und schichtete die Scheite rund um die Hütte auf. Und schließlich kam ein Sonntag, an dem ich nur die Stallarbeit tat und die übrige Zeit schlief. Ich war so müde, daß ich mir einbildete, nicht mehr aufstehen zu können. Am Montag ging ich aber doch wieder zum Scheiterstoß und schleifte Holz herbei.

Der Frühling blühte rund um mich, und ich sah nur Holz. Der gelbe Sägemehlhaufen wuchs von Tag zu Tag an. Harz klebte an meinen Händen, Splitter staken in der Haut, die Schultern schmerzten, aber ich war wie besessen von dem Wunsch, möglichst viel Holz zu schneiden. Es gab mir ein Gefühl von Sicherheit. Ich war viel zu müde, um hungrig zu sein, und versorgte meine Tiere wie ein Automat. Eigentlich lebte ich nur von Milch, nie zuvor hatte ich so viel Milch getrunken. Und dann ganz plötzlich wußte ich, daß ich aufhören mußte. Ich hatte gar keine Kraft mehr übrig. Ich tauchte aus meinem Arbeitstaumel auf und ging ein paar Tage im Schlafrock und in Pantoffeln umher und pflegte mich. Langsam fing ich auch wieder an zu essen, Brennesselspinat und Erdäpfel.

Inzwischen hatte die Katze ganz aufgehört, sich um ihren wilden Sohn zu kümmern. Wenn er sich ihr täppisch näherte, ohrfeigte sie ihn und gab ihm deutlich zu verstehen, daß seine Kindheit ein Ende gefunden hatte. Tiger hatte richtige Lausbubenmanieren angenommen. An seine Mutter traute er sich nicht heran, aber den armen Luchs quälte er den ganzen Tag. Und wie geduldig dieser Hund war! Mit einem Biß hätte er den kleinen Kater töten können, und wie vorsichtig ging er mit ihm um. Eines Tages schien aber auch für Luchs der Punkt erreicht, an dem man Tiger eine Lektion erteilen mußte. Er nahm den Kleinen am Ohr, schleifte den sich Sträubenden und Quiekenden durch die Stube und warf ihn unter mein Bett. Dann schritt er gemessen zum Ofenloch, um endlich in Ruhe schlafen zu können. Das leuchtete sogar Tiger ein. Da er aber unmöglich brav und ruhig sein konnte, stürzte er sich auf mich als auf sein nächstes Opfer.

Ich war von der Holzarbeit noch sehr müde, aber er ließ mich nicht in Frieden. Immerzu sollte ich Bällchen werfen oder ihm nachlaufen. Besonders liebte er es, sich zu verstecken und mich, wenn ich ahnungslos vorüberging, in die Beine zu beißen. Es fehlten ihm nur kleine Hände, in sie zu klatschen, wenn ich entsetzt zur Seite sprang. Seine Mutter sah dies alles mit sichtlicher Mißbilligung. Ich glaube, sie verachtete mich, weil ich mich nicht zur Wehr setzte. Und wirklich, Tiger wurde manchmal zur Plage. Aber wenn ich an das Los seiner Geschwister dachte, brachte ich es nicht fertig, ihn abzuweisen. Er dankte mir auf seine Art, indem er sich zum Schlaf auf meine Knie niederließ, sein Köpfchen an meiner Stirn rieb oder, auf dem Tisch stehend, die Vorderpfote gegen meine Brust stemmte und mich aufmerksam aus honiggelben Augen ansah. Seine Augen waren dunkler und wärmer als die seiner Mutter, und seine Nase war von einem feinen bräunlichen Reif umsäumt, als hätte er gerade Kaffee getrunken. Ich gewann ihn sehr lieb, und er erwiderte meine Zuneigung beinahe stürmisch. Es hatte ihm ja auch noch kein Mensch ein Leid getan, und er teilte nicht die trüben Erfahrungen seiner Mutter. Immer wollte er mit mir in den Stall gehen. Dort saß er auf dem

Herd und sah interessiert und mit gesträubtem Schnurrbart zu, wie ich Bella und den Stier versorgte. Sehr bald hatte er begriffen, daß Bella die Quelle der süßen Milch war, und ich mußte ihm sofort nach dem Melken seinen kleinen Teller füllen. Den beiden großen Tieren, denn auch der kleine Stier war ja für ihn ein Riese, näherte er sich nur vorsichtig und fluchtbereit.

Seit Tiger sich so an mich anschloß, war Luchs ein wenig eifersüchtig geworden. Eines Tages nahm ich ihn mir vor, streichelte ihn und dann den kleinen Kater und erklärte ihm, daß sich gar nichts an unserer Freundschaft geändert hatte. Ich weiß nicht, ob er wirklich etwas davon verstand. In Zukunft duldete er den kleinen Kater, und da er sah, daß mir an Tiger etwas lag, warf er sich zu seinem Beschützer auf. Sobald Tiger ins Gebüsch ging, holte Luchs ihn am Nackenfell zurück. Die alte Katze kümmerte sich nicht um diese Dinge. Sie hatte ihr gewohntes Leben wieder aufgenommen, schlief bei Tag und ging bei Nacht auf Raub aus. Gegen Morgen kam sie zurück und schlief, an meine Beine geschmiegt, schnurrend ein. Tiger hatte dem Kasten eine kindliche Anhänglichkeit bewahrt und schlief auf seinem alten Lager. Er war noch nicht dahintergekommen, daß er eigentlich ein Nachttier war, und spielte viel lieber im Sonnenschein. Ich war froh darüber, denn bei Tag konnte man ein Auge auf ihn haben, und wenn ich mit Luchs wegging, sperrte ich ihn in eine Kammer.

Ich hatte mich nicht geirrt mit meinen trüben Ahnungen. Der Mai begann kalt und naß. Es schneite und hagelte sogar, und ich war froh, daß die Apfelbäume schon verblüht waren. Ich besaß noch immer drei verschrumpfte Äpfel, und als ich einmal sehr hungrig war, aß ich sie alle drei auf einmal auf. Die Brennesseln waren wieder zugeschneit und mit ihnen alle Frühlingsblumen. Ich hatte wenig Zeit, mich um Blumen zu kümmern.

Einmal im Frühling, als ich Heu aus dem Stadel holte, sah ich drei oder vier Veilchen. Gedankenlos streckte ich die Hand aus und stieß an die Wand. Ich hatte mir eingebildet, ihren Duft zu spüren, als aber meine Hand die Wand berührte, war auch der Duft weg. Die Veilchen hielten mir ihre kleinen violetten Gesichter entgegen, aber ich konnte sie nicht anfassen. So gering der Anlaß war, er verstörte mich tief. Abends saß ich noch lange bei der Lampe, Tiger auf dem Schoß, und versuchte, mich zu beruhigen. Während ich Tiger langsam in den Schlaf streichelte, vergaß ich allmählich die Veilchen und fing an, mich wieder daheim zu fühlen. Das ist alles, was mir von den Blumen des ersten Frühlings geblieben ist, die Erinnerung an jene Veilchen und an die kühle Glätte der Wand auf meinen Handflächen.

Um den zehnten Mai fing ich an, eine Liste der Gegenstände aufzustellen, die ich auf die Alm mitnehmen wollte. Es war wenig, aber noch immer viel zuviel, wenn ich bedachte, daß ich alles auf dem Rücken hinaufschleppen mußte. Ich musterte aus und musterte aus, und immer noch war es zuviel. Schließlich teilte ich alles in Rationen ein. Ich mußte für den Umzug mehrere Tage verwenden, da ich bergauf nicht so viel schleppen konnte. Jeden Tag überlegte ich, wie ich alles am rationellsten und besten lösen könnte. Am vierzehnten Mai wurde das Wetter endlich wieder freundlich und mild, und ich mußte die Erdäpfel einlegen. Ich war ohnedies spät dran, länger durfte ich nicht mehr zuwarten. Den Acker hatte ich im Herbst schon vergrößert; bei der Arbeit merkte ich aber, daß er immer noch zu klein war und stach noch ein Stückchen Land um. Ich steckte dort Zweige in den Boden, weil ich wissen wollte, ob sich der Dünger bei der Ernte auswirken würde. Ich hatte die eine Seite des Zaunes entfernen müssen und fertigte ihn jetzt neuerlich aus Ästen und Lianen an. Endlich war ich auch damit fertig. Es blieben mir jetzt nicht mehr viel Erdäpfel, aber ich war froh, das Saatgut nicht angerührt zu haben.

Am zwanzigsten Mai fing ich mit der Übersiedlung an. Ich packte Hugos großen Rucksack und meinen eigenen und machte mich mit Luchs auf den Weg. Die Almwiese war schneefrei, und das junge Gras stand grün und feuchtglänzend unter dem blauen Himmel. Luchs tollte übermütig auf dem weichen Rasen dahin. Irgend etwas zwang ihn, sich immerfort zu wälzen, und er sah dabei sehr ungeschickt und komisch aus. Ich packte die Rucksäcke aus, trank Tee aus der Flasche und legte mich dann auf den Strohsack ins Bett, um ein wenig auszuruhen. Die

Hütte bestand aus einer Küche mit Bett und einer kleinen Kammer. Ich hielt es nicht lange auf dem Strohsack aus, es drängte mich, den Stall zu besichtigen. Er war natürlich viel größer als mein Stall und viel sauberer gehalten als die Hütte. Der Weg zum Brunnen war nicht weit, vielleicht dreißig Schritt von der Hütte, und er schien in Ordnung zu sein, wenn auch das Holzrohr schon ein wenig morsch war. Im Stall lag ein kleiner Stapel Holz, es mochte für zwei Wochen reichen. Im übrigen wollte ich mich den Sommer über mit Fallholz behelfen. Eine Axt war auch vorhanden, und mehr brauchte ich nicht. Wichtig war das Milchgeschirr, mehrere Eimer und Tongefäße, in denen früher wahrscheinlich Käse erzeugt worden war. Auch Kochgeschirr brauchte ich nicht zu bringen, es war für eine Person genug davon vorhanden. Es fiel mir auf, daß das Milchgeschirr im Gegensatz zum Kochgeschirr peinlich saubergehalten war, ebenso wie der Stall im Gegensatz zur Hütte. Der Senn schien private und dienstliche Belange streng getrennt behandelt zu haben.

Ich beschloß, auch die Lampe in der Hütte zu lassen und mich mit Kerzen und einer Taschenlampe zu begnügen. Den kleinen Spirituskocher wollte ich aber mitnehmen, damit ich an warmen Tagen den Ofen nicht heizen müßte. Für Bella und den Stier lohnte sich die Übersiedlung gewiß. Hier oben war es licht und sonnig, und gutes Futter für Monate gab es auch. Schließlich, der Sommer würde schnell vorüber sein, und vielleicht konnte ich in der Sonne und trockenen Luft meinen Rheumatismus ganz ausheilen. Luchs beschnüffelte interessiert jeden Gegenstand und schien durchaus einverstanden mit allem, was ich vorhaben mochte. Es war eine seiner liebenswertesten Seiten, daß er alles gut und schön fand, was ich tat, aber es war auch gefährlich für mich und ermutigte mich oft dazu, Dinge zu tun, die unvernünftig oder waghalsig waren.

In den folgenden Tagen brachte ich nach und nach alles auf die Alm, was ich unbedingt zu brauchen glaubte, und am fünfundzwanzigsten Mai kam der Tag des Abschieds vom Jagdhaus. In den letzten Tagen hatte ich Bella und den Stier auf der Lichtung grasen lassen, damit der Kleine sich ein wenig an das Gehen im Freien gewöhnte. Die

Umstellung hatte den Stier in freudige Erregung versetzt. Er hatte ja nichts gekannt als den ewig dämmrigen Stall. Der erste Tag auf der Wiese war vielleicht der glücklichste Tag in seinem Leben. Ich legte einen Zettel auf den Tisch: Bin auf die Alm gezogen, und dann versperrte ich das Jagdhaus. Während ich den Zettel schrieb, wunderte ich mich über die unsinnige Hoffnung, die daraus sprach, aber ich konnte einfach nicht anders. Ich trug den Rucksack, die Büchsflinte, das Fernglas und den Bergstock. Bella führte ich am Strick neben mir. Der kleine Stier hielt sich eng an seine Mutter, und ich fürchtete nicht, daß er davonlaufen würde. Außerdem hatte ich Luchs befohlen, auf ihn zu achten.

Die beiden Katzen hatte ich in eine Schachtel mit Luftlöchern gesetzt, die ich auf den Rucksack band. Ich wußte nicht, wie ich sie anders hätte befördern können. Sie nahmen diese Behandlung schrecklich übel und schrien empört in ihrem Gefängnis. Bella war anfangs ein wenig beunruhigt von dem Geschrei, dann gewöhnte sie sich daran und schritt ruhig an meiner Seite dahin. Ich war sehr aufgeregt und fürchtete, sie oder der Stier könnten abstürzen oder sich ein Bein brechen. Es ging aber besser, als ich mir vorgestellt hatte. Nach einer Stunde ergab sich die alte Katze in ihr Los, und nur Tigers erbärmliches Geschrei lag mir noch in den Ohren. Manchmal blieb ich stehen, um dem kleinen Stier eine Ruhepause zu gönnen, er war ja nicht daran gewöhnt zu gehen. Er und Bella benützten die Pausen dazu, ruhig das junge Laub von den Bäumen zu rupfen. Sie waren viel weniger aufgeregt als ich und schienen ganz zufrieden mit dem Ausflug. Ich redete dem ausdauernden Tiger gut zu, mit dem einzigen Ergebnis, daß nun auch die alte Katze wieder empört ihre Stimme erhob. So ließ ich sie schließlich beide schreien und versuchte, nicht hinzuhören.

Der Weg war ganz gut erhalten und in Serpentinen angelegt, aber es dauerte doch vier Stunden, ehe unsere merkwürdige Prozession die Alm erreichte. Es war schon gegen Mittag. Ich ließ Bella und den Stier neben der Hütte grasen und befahl Luchs, auf sie ein Auge zu haben. Ich war völlig erschöpft, weniger von der körperlichen Anstrengung als von der Nervenanspannung. Auch das

Geschrei der Katzen war am Schluß fast nicht mehr zu ertragen gewesen. In der Hütte schloß ich Tür und Fenster und ließ die beiden Schreihälse frei. Die alte Katze fuhr fauchend unter das Bett, und Tiger flüchtete nach einem letzten Klageschrei ins Ofenloch. Ich versuchte sie zu trösten, aber sie wollten nichts von mir wissen, und so ließ ich sie hocken. Ich legte mich auf den Strohsack und schloß die Augen. Nach einer halben Stunde erst fühlte ich mich fähig, aufzustehen und ins Freie zu gehen. Luchs stand trinkend am Brunnen, ohne ein Auge von seinen Schützlingen zu lassen. Ich lobte und streichelte ihn, und er war sichtlich froh, von der Wache abgelöst zu werden. Bella hatte sich hingelegt, und der Stier lag eng an ihrer Seite und sah so erschöpft aus, daß ich schon wieder anfing, mir Sorgen zu machen. Ich stellte den beiden ein Schaff Wasser hin. In Zukunft konnten sie aus dem Brunnen trinken. Es bestand keine Gefahr, daß sie sich in ihrer ermatteten Verfassung zu weit weg wagen würden. Wir hatten alle ein wenig Ruhe verdient. Ich legte mich wieder aufs Bett. Die Hüttentür mußte ich der Katzen wegen schließen. Luchs hatte sich neben der Hütte unter einem schattigen Busch zu einem Schläfchen niedergelassen. In wenigen Minuten war auch ich eingeschlafen, und ich schlief bis zum Abend und erwachte noch immer müde und unlustig. Die Hütte starrte vor Schmutz, und das störte mich sehr. Es war zu spät geworden, um noch heute mit der großen Reinigung zu beginnen. So wusch ich nur das notwendige Geschirr mit der Drahtbürste und Sand und stellte einen kleinen Topf mit Erdäpfeln auf den Spirituskocher. Dann riß ich das Bett auseinander und schleppte den muffigen Strohsack auf die Wiese und bearbeitete ihn mit dem Stock. Eine Wolke von Staub stieg auf. Mehr konnte ich im Augenblick nicht tun, ich nahm mir aber vor, den Strohsack jeden schönen Tag ins Freie zu legen und auszulüften.

Die Sonne sank hinter die Fichten hinter den sanften Matten, und es wurde kühl. Bella und der Stier hatten sich erholt und grasten friedlich auf ihrer neuen Weide. Ich hätte sie gerne über Nacht im Freien gelassen, wagte es aber dann doch nicht und trieb sie in den Stall. Ich hatte keine Streu, und sie mußten auf dem Bretterboden schlafen. Ich schüttete noch Wasser in den Trog und ließ die beiden dann allein. Inzwischen hatten die Erdäpfel genügend lang gekocht, und ich aß sie mit Butter und Milch. Auch Luchs bekam das gleiche Nachtmahl, und während ich aß, kroch auch Tiger aus seinem Versteck, angelockt durch den süßen Milchgeruch. Er trank ein wenig warme Milch und untersuchte dann, von Neugierde gepackt, jedes Ding in der Hütte. Als ich gerade den Kasten öffnete, kroch er sofort hinein. Ich glaube, es war ein Glücksfall, daß auf der Alm wie im Jagdhaus in der Küche ein Kleiderkasten stand. Von diesem Augenblick an hatte Tiger sich mit der Übersiedlung abgefunden. Sein Kasten war vorhanden, und er war wieder mit dem Leben ausgesöhnt. Den ganzen Sommer hindurch schlief er darin. Seine Mutter ließ sich nicht unter dem Bett hervorlocken, und so stellte ich ihr ein wenig Milch hin, wusch mich kalt am Brunnen und ging zu Bett. Das Fenster ließ ich offenstehen, und die kühle Luft strich über mein Gesicht hin. Ich hatte nur ein kleines Polster und zwei Wolldecken mitgebracht und vermißte meine warme, weiche Steppdecke. Das Stroh raschelte unter mir, aber ich war immer noch müde genug, um bald einschlafen zu können.

Nachts erwachte ich vom Mondlicht, das auf mein Gesicht fiel. Es war alles sehr fremd, und voll Staunen merkte ich, daß ich Heimweh nach dem Jagdhaus hatte. Erst als ich Luchs im Ofenloch leise schnarchen hörte, wurde mir ein wenig leichter ums Herz, und ich versuchte, wieder einzuschlafen, aber es gelang mir lange Zeit nicht. Ich stand auf und sah unter das Bett. Die Katze war nicht da. Ich suchte sie überall in der Hütte, aber erfolglos. Sie mußte, während ich schlief, aus dem Fenster gesprungen sein. Es war sinnlos, nach ihr zu rufen, sie folgte doch nie. Ich legte mich wieder hin und wartete, den Blick aufs Fenster gerichtet, die kleine graue Gestalt auftauchen zu sehen. Davon wurde ich so müde, daß ich wieder einschlief.

Ich erwachte davon, daß Tiger auf mir spazierenging und mich mit seiner kalten Nase an der Wange berührte. Es war noch nicht hell, und für ein paar Augenblicke war ich verwirrt und begriff nicht, warum mein Bett verkehrt herum stand. Tiger aber war völlig ausgeruht und zu einem Spielchen aufgelegt. Da fiel mir ein, wo ich war und daß die alte Katze in der Nacht weggelaufen war. Ich versuchte noch einmal, vor allen Unannehmlichkeiten des neuen Tages in den Schlaf zu flüchten. Dies empörte Tiger, und er schlug seine Krallen in die Wolldecke und schrie so laut, daß an Schlaf nicht mehr zu denken war. Resigniert setzte ich mich auf und zündete die Kerze an. Es war halb fünf, und das erste kalte Morgengrauen mischte sich mit dem gelben Kerzenschein. Tigers morgendliche Euphorie war eine seiner lästigsten Eigenschaften. Ich stand seufzend auf und suchte die alte Katze. Sie war nicht zurückgekommen. Bedrückt wärmte ich ein wenig Milch auf dem Kocher und versuchte Tiger zu bestechen. Er trank zwar die Milch, geriet aber daraufhin in einen Zustand von fröhlicher Raserei und gab vor, meine Fußknöchel für große weiße Mäuse zu halten, denen er den Garaus machen mußte. Es war natürlich alles Theater; er biß und kratzte unter wildem Knurren, aber ohne mir die Haut zu ritzen. Es genügte aber, um die letzte Spur von Schläfrigkeit aus meinem Kopf zu vertreiben. Auch war Luchs von dem Getobe erwacht, kroch aus dem Ofenloch und begleitete Tigers Scheinkämpfe mit aufmunterndem Gebell. Luchs kannte keine geregelten Schlafzeiten; sobald ich mich mit ihm befaßte, war er hellwach; wenn ich mich nicht um ihn kümmerte und er mich auch nicht dazu bewegen konnte, schlief er einfach ein. Ich glaube, wenn ich plötzlich verschwunden wäre, hätte er sich zu einem ewigen Schlaf niedergelegt. Ich konnte die Hochstimmung der beiden nicht teilen, weil ich an die alte Katze dachte. So öffnete ich die Tür, und Luchs stürzte ins Freie, während Tiger seine rasenden Tanzübungen fortsetzte.

Der Himmel war blaßgrau und färbte sich im Osten rosig, und die Wiese starrte vor Tau. Ein schöner Tag brach an. Es war ein seltsames Gefühl, unbehindert von Bergen und Bäumen, eine weite Fläche überblicken zu können. Und es war nicht sogleich angenehm und befreiend. Meine Augen mußten sich erst an die Weite gewöhnen, nach einem Jahr, das ich im engen Talkessel verbracht hatte. Es war unangenehm kühl. Ich fror und ging ins Haus, um mich warm anzuziehen. Das Ausbleiben der Katze bedrückte mich sehr. Ich wußte sofort, daß sie sich nicht in der Nähe aufhielt, sondern ins Tal zurückgelaufen war. Aber war es ihr auch wirklich geglückt, dahin zu gelangen? Ich hatte ihr Vertrauen, das ohnedies noch nicht sehr gefestigt war, böse enttäuscht. Ihr Verschwinden warf einen düsteren Schatten auf den anbrechenden Sommertag. Ich konnte nichts dagegen tun, und so ging ich wie jeden Tag an meine Arbeit. Ich molk Bella und trieb sie und den Stier auf die Wiese. Tiger unternahm keinerlei Anstalten wegzulaufen, er war noch jung und anpassungsfähig, vielleicht fühlte er sich auch noch nicht stark genug, um sich auf eigene Füße zu stellen.

An jenem Morgen ertränkte ich meinen Kummer in Tee (ich erinnere mich gern an die Zeit, da ich noch Tee besaß). Sein Duft heiterte mich auf, und ich fing an, mir einzureden, die alte Katze werde in der Jagdhütte übersommern und mich im Herbst bei meiner Heimkehr freudig begrüßen. Warum sollte das nicht möglich sein? Sie war ja ein gerissenes Frauenzimmer und mit allen Gefahren vertraut. Ich saß eine Zeitlang ganz ruhig an dem schmutzigen Tisch und sah durch das kleine Fenster, wie der Himmel sich rot färbte. Luchs besichtigte die Umgebung, Tiger war mitten im Spiel zusammengebrochen und hatte sich in den Kasten geschleppt, zu einem ausgedehnten Schläfchen. In der Hütte war es ganz still. Etwas Neues fing an. Ich wußte nicht, was es mir bringen würde, aber mein Heimweh und die Sorge um die Zukunft wichen langsam von mir. Ich sah die Fläche der Almmatten, dahinter einen Streifen Wald und darüber den großen gewölbten Himmelsbogen, an dessen westlichem Rand der Mond als blasser Kreis hing, während im Osten die Sonne emporstieg. Die Luft war scharf und zwang zu tieferem Atmen. Ich fing an, die Alm schön zu finden, fremd und gefährlich, aber wie alles Fremde voll heimlicher Lockung.

Schließlich riß ich mich von dem betörenden Anblick los und ging daran, die Hütte zu reinigen. Ich heizte den Herd, um heißes Wasser zu bekommen, und rieb dann den Tisch, die Bank und den Fußboden mit Sand und einer alten Bürste, die ich in der Kammer gefunden hatte.

Ich mußte den Vorgang zweimal wiederholen, und ganze Ströme von Wasser flossen zu diesem Zweck. Nachher war die Hütte noch immer nicht besonders wohnlich, aber wenigstens sauber. Stellenweise mußte ich den Schmutz mit einem Messer abkratzen. Ich glaube nicht, daß der Boden je zuvor mit Wasser in Berührung gekommen war, zumindest nicht zu Zeiten des Pin-up-Girls verehrenden Sennen. Ich ließ übrigens das Bild am Kasten hängen. Mit der Zeit gefiel es mir sogar recht gut. Es erinnerte mich ein wenig an meine Töchter. Die Hütte zu reinigen war eine Arbeit, die mir gefiel. Ich ließ Tür und Fenster offenstehen und die reine Luft durch die Hütte ziehen. Als der Boden im Lauf des Vormittags trocknete, fing er an, rötlich zu schimmern, und ich war stolz auf diesen Erfolg. Den Strohsack hatte ich auf die Wiese gelegt, und Luchs benützte ihn sofort als Lager. Als ich ihn von dort vertrieb, zog er sich verstimmt hinter die Hütte zurück. Er verabscheute häusliche Reinigungsarbeiten, weil ich ihm verboten hatte, auf dem nassen Boden umherzusteigen. Nach dem Wasser- und Luftbad verlor die Hütte ihren säuerlichen Geruch, und ich fing an, mich ein wenig wohler zu fühlen. Mittags gab es Milch und Erdäpfel, und es wurde mir klar, daß ich Luchs' wegen möglichst bald für Fleisch sorgen mußte. Ich beschloß, da es getan werden mußte, es möglichst bald zu tun, besonders, da mir die Gegend noch fremd war und ich nicht gleich mit Erfolg rechnen durfte. Es gelang mir auch erst am übernächsten Tag, nach vier vergeblichen Pirschgängen, einen jungen Hirsch zu schießen, und ein sehr unangenehmes Problem tauchte auf. Ich hatte hier keine Quelle, in der ich das Fleisch kühlen konnte, und so mußte ich die verderblichen Teile rasch verbrauchen und den Rest gekocht oder gebraten in der kühlen Kammer aufbewahren. Das führte dazu, daß wir den ganzen Sommer hindurch abwechselnd sehr magere und sehr fette Zeiten erlebten und ich jedesmal gezwungen war, einen Teil des Fleisches, weil es verdorben war, wegzuwerfen. Ich setzte es weitab von der Hütte im Wald aus, und es verschwand regelmäßig über Nacht. Irgendein wildes Tier muß diesen Sommer sehr genossen haben. Mit der Ernährung war es überhaupt nicht gut bestellt, da ich nur noch sehr wenig Erdäpfel hatte; aber wirklich hungern mußten wir nie. Solange ich auf der Alm war, machte ich keine Notizen. Ich hatte den Kalender zwar mitgenommen und strich pflichtschuldig jeden Tag ab, aber ich trug nicht einmal so wichtige Ereignisse wie die Heuernte ein. Die Erinnerung an diese Zeit ist aber frisch geblieben, und es fällt mir nicht schwer, darüber zu schreiben. Den Sommerduft, die Gewitterregen und die sternenfunkelnden Abende werde ich nie vergessen.

Am Nachmittag des ersten Tages auf der Alm saß ich auf der Bank vor der Hütte und wärmte mich in der Sonne. Ich hatte Bella an einen Pflock gebunden. Der kleine Stier entfernte sich nie weit von seiner Mutter. Schon eine Woche später verzichtete ich auf diese Vorsichtsmaßnahme. Bella war von angenehmer, gleichmäßiger Gemütsart und machte mir nie die geringsten Schwierigkeiten, und ihr Sohn war damals ein glückliches, übermütiges Kalb. Er wurde zusehends größer und kräftiger, und ich hatte noch immer keinen Namen für ihn gefunden. Natürlich gab es eine Menge Namen für einen Stier, aber sie gefielen mir nicht und klangen alle ein wenig läppisch. Er hatte sich außerdem schon daran gewöhnt, Stier gerufen zu werden, und folgte mir wie ein großer Hund. So ließ ich es eben dabei, und mit der Zeit dachte ich gar nicht mehr daran, ihm einen anderen Namen zu geben. Er war ein argloses, zutrauliches Geschöpf und hielt, wie ich deutlich sehen konnte, das Leben für ein einziges großes Vergnügen. Noch heute bin ich froh darüber, daß Stier eine so glückliche Jugend hatte. Er hörte nie ein böses Wort, wurde nie gestoßen oder geschlagen, durfte die Milch seiner Mutter trinken, zarte Almkräuter fressen und nachts in Bellas warmem Dunstkreis schlafen. Ein schöneres Leben gibt es nicht für einen kleinen Stier, und er hatte es wenigstens eine Zeitlang so gut. Zu einer anderen Zeit und im Tal geboren, hätte man ihn längst zum Schlächter getrieben.

Nach der ersten Woche, die ich mit Arbeiten im Haus und im Stall und mit dem Sammeln von Fallholz verbracht hatte, wollte ich mich ein wenig in der Umgebung umsehen. Die Almhütte lag eingebettet in die weite grüne Mulde der Matten zwischen zwei steilen Gebirgsrücken, die ich nicht besteigen konnte, weil ich nicht schwindelfrei war und ich mich dem Klettern auf Gemspfaden nicht gewachsen fühlte. Ich besuchte auch wieder den Aussichtspunkt und überblickte das Land mit dem Fernglas. Niemals sah ich Rauch aufsteigen oder eine Bewegung auf den Straßen. Eigentlich sah ich auch die Straßen nur noch verschwommen. Sie mußten teilweise mit Unkraut überwachsen sein. An Hand von Hugos Autokarte suchte ich mich zurechtzufinden. Ich befand mich am nördlichen Ende eines langgezogenen Gebirgsmassivs, das sich nach Südosten hin erstreckte. Die beiden Täler, die von mir aus ins Alpenvorland führten, hatte ich schon besichtigt; in einem von ihnen wohnte ich ja. Aber dieses Gebiet war nur ein kleiner Teil des Gebirgsstocks. Wie weit sich das freie Gebiet nach Südosten erstreckte, konnte ich nicht erkunden. Ich durfte mich ja nicht zu lange vom Haus entfernen, und selbst mit Luchs wäre mir das Unternehmen gefährlich erschienen. Wenn das ganze Massiv frei war, mußte es nur Reviere umfassen, die verpachtet und nicht frei zugänglich waren, denn sonst hätten sich gerade am ersten Mai eine Menge Ausflügler dort befunden und wären längst auf mich gestoßen. Ich studierte stundenlang die Höhenrücken und Taleinschnitte, die vor mir lagen, aber ich entdeckte keine Spur von menschlichem Leben. Entweder ging die Wand quer über das Gebirge, oder es gab tatsächlich in dem ganzen Massiv nur mich. Das letztere klang ein wenig unwahrscheinlich, aber es war nicht unmöglich. Am Vorabend eines Feiertages mochten alle Waldarbeiter und Jäger zu Hause gewesen sein. Außerdem schien es mir, daß in mein Revier immerfort Hirsche überwechselten, die ich nie zuvor gesehen hatte. Früher einmal waren mir alle Hirsche gleich erschienen, aber im Lauf eines Jahres hatte ich gelernt, meine Hirsche von fremden Hirschen zu unterscheiden. Irgendwo mußten diese Fremdlinge ja herkommen. Zumindest ein Teil des Gebirges mußte frei geblieben sein. In den Kalkfelsen sah ich manchmal Gemsen, aber nicht viele, die Räude hatte um sich gegriffen.

Ich entschloß mich, kleinere Erkundungsausflüge zu unternehmen, und fand einen Steig im Latschengebiet, den ich zu begehen wagte. Wenn ich um sechs Uhr nach dem Frühmelken aufbrach, konnte ich vier Stunden weit ins Gebirge gehen und immer noch bei Tageslicht zurückkommen. An solchen Tagen pflockte ich Bella und Stier an, aber die Sorge um sie verfolgte mich überallhin. Ich drang in mir völlig unbekannte Reviere ein, fand ein paar Jagd- und Holzknechthütten, aus denen ich noch brauchbare Dinge mitnahm. Der glücklichste Fund war ein kleiner Sack Mehl, das wunderbarerweise trocken geblieben war. Die Hütte, in der ich es fand, lag auf einer sehr sonnigen Lichtung, außerdem war das Mehl in einen Kasten eingesperrt gewesen. Ferner fand ich ein Päckchen Tee, Landtabak, eine Flasche Spiritus, alte Zeitungen und eine verschimmelte, madenzerfressene Speckseite, die ich zurückließ. Alle Hütten waren von Büschen und Brennesseln umwuchert, und bei einigen hatte es durch das Dach geregnet, und sie befanden sich in schlechtem Zustand.

Das ganze Unternehmen hatte etwas Gespenstisches. In den Strohsäcken, auf denen noch vor einem Jahr Männer geschlafen hatten, raschelten die Mäuse. Sie waren jetzt die Herren der alten Hütten. Alle Vorräte, die nicht versperrt gehalten waren, hatten sie zernagt und aufgefressen. Ja, sogar alte Mäntel und Schuhe hatten sie angefressen. Und es roch nach Mäusen; ein unangenehmer scharfer Geruch, der jede Hütte erfüllte und den alten, vertrauten Geruch nach Rauch, verschwitzten Männern und Speck vertrieben hatte. Selbst Luchs, der die Entdekkungsreisen mit großem Eifer angetreten hatte, schien bedrückt, sobald wir eine Hütte betraten, und beeilte sich, wieder ins Freie zu kommen. Ich konnte mich nicht dazu überwinden, in einer der Hütten zu essen, und so hielten wir unsere bescheidenen kalten Mahlzeiten auf irgendeinem Baumstamm, und Luchs trank aus den Bächen, die immer in der Nähe der Hütten flossen. Sehr bald hatte ich genug davon. Ich wußte, ich würde nie etwas anderes finden als Brennesselwildnis, Mäusegeruch und traurige, kalte Feuerstellen. Das Mehl, diesen kostbaren Fund, breitete ich an einem heißen, windstillen Tag auf einem Tuch in der Sonne aus. Es war zwar nicht feucht, aber mir schien, daß auch ihm ein wenig Mäusegeruch anhaftete. Nachdem es einen Tag lang in der Sonne und in der Luft gelegen hatte, fand ich es genießbar. Dieses Mehl half mir, die Zeit bis zur nächsten Erdapfelernte zu überstehen. Ich buk daraus mit Milch und Butter dünne Fladen auf einer eisernen Pfanne, das erste Brot nach einem Jahr. Es war ein Festtag; auch Luchs schien sich bei den aufsteigenden Düften vergangener Genüsse zu erinnern, und ich konnte ihn natürlich nicht leer ausgehen lassen.

Einmal, als ich auf dem Aussichtsplatz saß, glaubte ich in weiter Ferne Rauch aus den Fichten aufsteigen zu sehen. Ich mußte das Glas absetzen, weil meine Hände zu zittern anfingen. Als ich mich gefaßt hatte und wieder hinsah, war nichts mehr zu sehen. Ich starrte durch das Glas, bis meine Augen in Wasser schwammen und alles zu einem grünen Fleck zerfloß. Ich wartete eine Stunde lang und ging auch in den nächsten Tagen hin, aber den Rauch sah ich nie wieder. Entweder hatte ich mir selber etwas vorgezaubert, oder der Wind, es war ein föhniger Tag, hatte den Rauch niedergeschlagen. Ich werde es nie wissen. Schließlich ging ich mit Kopfschmerzen nach Hause. Luchs, der den ganzen Nachmittag neben mir ausgeharrt hatte, mußte mich für eine langweilige Närrin halten. Er mochte den Aussichtsplatz überhaupt nicht und versuchte immer, mich zu anderen Gängen zu überreden. Ich sage überreden, weil ich kein besseres Wort finde für das, was er tat. Er stellte sich vor mich und drängte mich in eine andere Richtung oder lief lockend ein paar Schritte voraus und sah sich auffordernd nach mir um. Das wiederholte er, bis ich nachgab oder er einsah, daß ich unbelehrbar war. Wahrscheinlich mochte er den Aussichtspunkt nicht, weil er dort still sitzen mußte und ich mich nicht um ihn kümmerte. Es ist auch möglich, daß er merkte, wie mich das Schauen durch das Glas in trübe Stimmung versetzte. Manchmal fühlte er meine Stimmung schon, ehe sie mir selber bewußt wurde. Ihm würde es sicher nicht gefallen, mich jeden Tag zu Hause sitzen zu sehen, aber sein kleiner Schatten hat nicht mehr die Kraft, mich auf andere Wege zu drängen.

Luchs liegt auf der Alm begraben. Unter dem Busch mit den dunkelgrünen Blättern, die einen zarten Duft ausströmten, wenn ich sie zwischen den Fingern zerrieb.

Genau an dem Platz, an dem er bei unserer Ankunft auf der Alm sein erstes Schläfchen hielt. Selbst wenn er keine andere Wahl hatte, mehr als sein Leben konnte er nicht für mich einsetzen. Es war ja alles, was er besaß, ein kurzes, glückliches Hundeleben: tausend erregende Gerüche, Sonnenwärme auf dem Fell, kaltes Quellwasser auf der Zunge, die hechelnde Jagd nach dem Wild, Schlaf im warmen Ofenloch, wenn der Winterwind um die Hütte fuhr, streichelnde Menschenhand und geliebte herrliche Menschenstimme. Nie wieder werde ich die Almwiese im flirrenden Sonnenlicht sehen, nie mehr ihren Duft atmen. Die Alm ist für mich verloren, ich werde sie nie mehr betreten.

Nachdem ich die Ausflüge in fremde Reviere aufgegeben hatte, verfiel ich ganz langsam in eine Art Lähmung. Ich hörte auf, mir Sorgen zu machen, und neigte dazu, auf der Bank vor der Hütte zu sitzen und einfach in die blaue Luft zu schauen. Aller Fleiß und alle Tüchtigkeit fielen von mir ab und wichen einer friedlichen Trägheit. Ich wußte wohl, daß dieser Zustand gefährlich werden konnte, aber auch das machte mir nicht viel aus. Es störte mich nicht länger, daß ich wie in einer primitiven Sommerfrische hausen mußte; die Sonne, der weite hohe Himmel über der Wiese und der Duft, der von ihr aufstieg, verwandelten mich langsam in eine fremde Frau. Wahrscheinlich machte ich auch keine Aufzeichnungen darüber, weil mir alles ein wenig unwirklich erschien. Die Alm lag außerhalb der Zeit. Wenn ich später, während der Heuernte, aus der Unterwelt der feuchten Schlucht zurückkehrte, schien mir dies die Rückkehr in ein Land, das auf geheimnisvolle Weise mich von mir selbst erlöste. Alle Befürchtungen und Erinnerungen blieben zurück unter den dunklen Fichten, um mich bei jedem Abstieg erneut zu überfallen. Es war, als strömte die große Wiese ein sanftes Betäubungsmittel aus, das Vergessen hieß.

Nachdem ich drei Wochen auf der Alm gelebt hatte, raffte ich mich dazu auf, einmal den Erdapfelacker zu besuchen. Es war nach einer langen Schönwetterzeit der erste kühle, trübe Tag. Ich ließ Bella und Stier bei Grünfutter und Wasser im Stall und sperrte Tiger in der Hütte ein. Sein Kistchen hatte ich ihm vorsorglich mit Erde gefüllt und ihm Fleisch und Milch zurückgelassen. Luchs ging, wie immer, mit mir. Gegen neun Uhr früh erreichte ich das Jagdhaus. Ich weiß nicht, was ich erhofft oder befürchtet hatte. Es war alles ganz unverändert. Die Nesseln waren gewachsen und schlugen über dem Misthaufen zusammen. Als ich das Haus betrat, sah ich sofort die vertraute kleine Mulde auf dem Bett. Ich ging rund um das Haus und rief die Katze, aber sie kam nicht. Ich war auch nicht sicher, ob der Abdruck nicht schon vom Mai stammte. So strich ich das Bett sorgfältig glatt und legte ein wenig Fleisch in die Katzenschüssel. Luchs beschnüffelte den Boden und den Katzenausgang. Es mochten aber auch alte Duftspuren sein, die er verfolgte. Ich öffnete alle Fenster, auch in der Vorratskammer, und ließ die frische Luft durch das Haus streichen. Auch im Stall tat ich dasselbe. Dann besichtigte ich den Acker. Die Erdäpfel waren schön aufgegangen, und die ohne Dünger eingelegten standen wirklich ein wenig niedriger und nicht so dunkelgrün. Der Acker war durch die lange Trockenheit nicht sehr verunkrautet, und ich beschloß, mit dem Jäten auf einen Regen zu warten. Auch die Bohnen wanden sich schon an den Stöcken hinauf. Das Gras auf der Bachwiese stand nicht so üppig wie im Vorjahr, es hätte dringend Regen gebraucht. Aber bis zur Ernte war ja noch einige Wochen Zeit, und es mochte sich nach einem Regen schnell erholen. Während ich die große, steile Wiese betrachtete, wurde ich ganz mutlos. Es war nicht auszudenken, daß ich damit fertig werden sollte; noch dazu nach einem langen Anmarsch. Sie hatte mich im vergangenen Jahr ohne weiten Weg schon fast umgebracht. Ich konnte nicht begreifen, wieso ich auf der Alm nicht einmal daran gedacht hatte. Es war sonderbar: sobald ich im Tal war, dachte ich an die Alm fast mit Furcht oder Widerwillen, auf der Alm aber konnte ich mir nicht vorstellen, wie man im Tal leben konnte. Es war, als bestünde ich aus zwei ganz verschiedenen Menschen, von denen der eine nur im Tal leben konnte und der andere anfing, auf der Alm aufzublühen. Dies alles ängstigte mich ein wenig, weil ich es nicht verstehen konnte.

Ich sah durch die Wand. Das Häuschen lag ganz von Sträuchern verdeckt. Den alten Mann konnte ich nicht sehen, er mußte hinter einer Mauer aus Nesseln liegen, die den Brunnen verdeckte. Die Welt, so schien es mir, wurde langsam von Nesseln verschlungen. Der Bach war durch die Trockenheit ganz klein geworden. Ein paar Forellen standen in den Tümpeln und bewegten sich kaum. In diesem Sommer hatten sie Schonzeit und mochten sich erholen.

Die Schlucht war düster und feucht wie immer; nichts hatte sich geändert. Es nieselte ein wenig, und zarter Nebel hing in den Buchen. Kein einziger Salamander zeigte sich, sie schliefen wohl unter den feuchten Steinen. In diesem Sommer hatte ich noch keine gesehen, nur grüne und braune Eidechsen auf der Alm. Einmal hatte Tiger eine von ihnen totgebissen und vor meine Füße gelegt. Er hatte ja die Gewohnheit, mir alle Beutetiere zuzutragen: riesige Heuschrecken, Käfer und schillernde Fliegen. Die Eidechse war sein erster großer Erfolg gewesen. Erwartungsvoll sah er zu mir auf, das Licht spiegelte sich goldgelb in seinen Augen. Ich mußte ihn loben und streicheln. Was hätte ich tun sollen? Ich bin nicht der Gott der Eidechsen und nicht der Gott der Katzen. Ich bin ein Außenseiter, der sich besser gar nicht einmischen sollte. Manchmal kann ich nicht widerstehen und spiele ein bißchen Vorsehung; ich rette ein Tier vor dem sicheren Tod oder schieße ein Stück Wild, weil ich Fleisch brauche. Aber mit meinen Pfuschereien wird der Wald leicht fertig. Ein neues Reh wächst heran, ein anderes Tier rennt ins Verderben. Ich bin kein ernst zu nehmender Störenfried. Die Nesseln neben dem Stall werden weiterwachsen, auch wenn ich sie hundertmal ausrotte, und sie werden mich überleben. Sie haben soviel mehr Zeit als ich. Einmal werde ich nicht mehr sein, und keiner wird die Wiese mähen, das Unterholz wird in sie einwachsen, und später wird der Wald bis zur Wand vordringen und sich das Land zurückerobern, das ihm der Mensch geraubt hat. Manchmal verwirren sich meine Gedanken, und es ist, als fange der Wald an, in mir Wurzeln zu schlagen und mit meinem Hirn seine alten, ewigen Gedanken zu denken. Und der Wald will nicht, daß die Menschen zurückkommen.

Damals, im zweiten Sommer, war es mit mir noch nicht

so weit gekommen. Die Grenzen waren noch streng gezogen. Es fällt mir schwer, beim Schreiben mein früheres und mein neues Ich auseinanderzuhalten, mein neues Ich, von dem ich nicht sicher bin, daß es nicht langsam von einem größeren Wir aufgesogen wird. Aber schon damals bahnte die Verwandlung sich an. Die Alm war schuld daran. Es war fast unmöglich, in der summenden Stille der Wiese unter dem großen Himmel ein einzelnes abgesondertes Ich zu bleiben, ein kleines, blindes, eigensinniges Leben, das sich nicht einfügen wollte in die große Gemeinschaft. Einmal war es mein ganzer Stolz gewesen, ein solches Leben zu sein, aber auf der Alm schien es mir plötzlich sehr armselig und lächerlich, ein aufgeblasenes Nichts.

Von meinem ersten Ausflug ins Jagdhaus brachte ich den letzten Rucksack voll Erdäpfel und Hugos mächtige Flanellschlafanzüge mit auf die Alm. Die Nächte waren empfindlich kühl, und ich vermißte meine warme Steppdecke. Gegen fünf Uhr erreichte ich die Hütte, grau und regenglänzend lag sie vor mir. Plötzlich hatte ich das unbehagliche Gefühl, nirgendwohin wirklich zu gehören, aber nach einigen Minuten verlor es sich, und ich war wieder ganz auf der Alm zu Hause. Tiger schrie mich wütend an und wischte an mir vorbei ins Freie. Die Erdkiste war unberührt, und das Fressen hatte er verschmäht. Er mußte in arger Bedrängnis gewesen sein. Als er zurückkam, war er noch immer tief gekränkt, setzte sich in eine Ecke und zeigte mir sein rundliches Hinterteil. Auch seine Mutter pflegte mir ihre Verachtung auf diese Weise auszudrücken. Tiger aber war doch noch ein Kind und erlag schon nach zehn Minuten den Lockungen der Geselligkeit. Satt und versöhnt, schritt er endlich in den Kasten. Ich tat die Stallarbeit, trank ein wenig Milch zu meinen Mehlfladen und kroch in Hugos gewaltigem Schlafanzug ins Bett. Es war gut gewesen zu sehen, daß im Tal alles in Ordnung war. Das Jagdhaus stand auf seinem alten Platz, und ich konnte sogar hoffen, daß die alte Katze noch am Leben war. Als Kind hatte ich immer unter der närrischen Angst gelitten, daß alles, was ich sah, verschwand, sobald ich ihm den Rücken kehrte. Alle Vernunft hat nicht vermocht, mich ganz von dieser Angst zu heilen. In der Schule dachte ich an mein Elternhaus und konnte plötzlich an seiner Stelle nur einen großen leeren Fleck sehen. Später verfiel ich in nervöse Ängste, wenn meine Familie nicht zu Hause war. Glücklich war ich eigentlich nur, wenn sie alle in ihren Betten lagen oder wenn wir alle rund um den Tisch saßen. Sicherheit bedeutete für mich soviel wie sehen und berühren können. So erging es mir auch in jenem Sommer. War ich auf der Alm, zweifelte ich an der Wirklichkeit des Jagdhauses, und war ich im Tal, löste sich in meiner Vorstellung die Alm in Nichts auf. Und waren meine Ängste wirklich so närrisch? War die Wand nicht eine Bestätigung meiner kindlichen Furcht? Über Nacht war mir mein früheres Leben, alles, woran ich hing, auf unheimliche Weise gestohlen worden. Alles konnte geschehen, wenn dies möglich gewesen war. Immerhin hatte man mir beizeiten so viel Vernunft und Disziplin beigebracht, daß ich jede derartige Anwandlung schon im Keim bekämpfte. Ich weiß aber nicht einmal, ob dieses Verhalten normal ist; vielleicht wäre die einzig normale Reaktion auf alles, was geschehen ist, der Wahnsinn.

Es folgten ein paar regnerische Tage. Bella und Stier standen auf der Wiese, mit zarten grauen Tröpfchen besät, grasend oder beieinander ruhend. Luchs und Tiger verschliefen die Tage, und ich zersägte im Stall das Fallholz. Ich mußte in der Hütte heizen. Ich kann eher auf Essen verzichten als auf Wärme, und Fallholz gab es ja genug. Die Winterstürme hatten die Äste von den Bäumen gerissen und kleine Bäumchen samt dem Wurzelstock umgelegt. Die Säge war schon hier gewesen, sie schnitt recht schlecht, aber Fallholz läßt sich leicht zerkleinern, und ich mußte mich nicht sehr anstrengen. Ich trug das Holz in die Hütte und stapelte es in der kleinen Kammer auf. Es tat mir leid, daß Bella und Stier keine Streu hatten, aber es gab in dieser Höhe keinen Laubwald mehr. Der Stall war aber sauber und trocken, und sie brauchten nicht zu frieren. Das Butterfaß, das ich mühsam zu Tal geschleppt hatte, hatte ich noch mühsamer wieder heraufschleppen müssen. Ich konnte nicht darauf verzichten. Bella gab so viel Milch, daß ich mir den Sommer über einen Vorrat an Butterschmalz anlegen wollte.

Ihre Milch wurde auf der Alm besonders wohlschmekkend; auch Tiger schien das zu finden und mästete sich ein Bäuchlein an.

Wenn ich Bella striegelte, erzählte ich ihr manchmal, wie wichtig sie für uns alle war. Sie sah mich sanft aus feuchten Augen an und versuchte, mir das Gesicht abzuschlecken. Sie hatte keine Ahnung, wie kostbar und unersetzlich sie war. Hier stand sie, bräunlich glänzend, warm und gelassen, unsere große sanfte Nährmutter. Ich konnte es ihr nur mit guter Pflege danken, und ich hoffe, ich habe für Bella alles getan, was ein Mensch für seine einzige Kuh tun kann. Sie hatte es gern, wenn ich zu ihr sprach. Vielleicht hätte sie die Stimme eines jeden Menschen geliebt. Es wäre ein leichtes für sie gewesen, mich zu zerstampfen und aufzuspießen, aber sie schleckte mir das Gesicht ab und drückte die Nüstern in meine Handfläche. Ich hoffe, sie wird vor mir sterben, ohne mich müßte sie im Winter elend umkommen. Ich binde sie jetzt im Stall nicht mehr fest. Wenn mir etwas zustoßen sollte, wird sie wenigstens die Tür einrennen können und nicht verdursten müssen. Ein kräftiger Mann könnte den schwachen Riegel lockern, und Bella ist stärker als der stärkste Mann. Mit diesen Ängsten muß ich Tag und Nacht leben; auch wenn ich mich dagegen wehre, fließen sie immer wieder störend in meinen Bericht.

Nach der kurzen Regenzeit blieben mir noch wenige Wochen bis zur Heuernte. Ich wollte mich in dieser Zeit erholen und kräftigen. Es wurde wieder warm, aber nur um die Mittagszeit heiß. Die Nächte waren in dieser hohen Lage empfindlich kühl. Es regnete selten, nur nach Gewittern, aber heftig und ausgiebig. Nach einem Gewitter war es auf der Alm schon wieder sonnig, wenn im Talkessel noch tagelang die Nebel hingen. Alle Tiere gediehen und waren glücklich in ihrer Freiheit, also konnte auch ich zufrieden sein. Nur der Gedanke an die alte Katze quälte mich manchmal. Es kränkte mich, daß sie es vorzog, in der einsamen Jagdhütte zu hausen, statt hier bei mir, bei fetter Milch, nachts durch die hohen Gräser zu streifen, auf der Suche nach reicher Beute. Kurze Zeit später konnte ich mich davon überzeugen, daß sie wirklich in die Jagdhütte zurückgefunden hatte. Nach einem heftigen Regenguß ging ich ins Tal, um den Acker zu jäten. Als ich das Jagdhaus betrat, sah ich gleich die kleine Mulde im Bett. Die Katze ließ sich nicht blicken. Ich streichelte das kühle Bettzeug und hoffte, sie würde meinen Geruch erkennen. Ich weiß nicht, ob sie dazu fähig war, nach meinen Beobachtungen ist es mit dem Geruchssinn der Katzen nicht besonders gut bestellt. Ihr Sinn ist das Gehör. Das Fleisch, das ich zurückgelassen hatte, war unberührt und eingedorrt. Ich hätte es mir denken können, sie war viel zu mißtrauisch, um ein fremdes Stück Fleisch anzunehmen.

Die Erdäpfel blühten weißviolett und waren nach dem Regen stark gewachsen. Das Unkraut ließ sich leicht aus der lockeren Erde ziehen. Ich häufte die Erde um die Stauden ein wenig an, und so wurde es drei Uhr, ehe ich zum Jagdhaus zurückkam, Tee kochte und für mich und Luchs ein Essen bereitete. Erst gegen sieben Uhr erreichte ich die Alm und mußte noch Bella und Stier versorgen. Tiger hatte wieder sein Kistchen und sein Fressen nicht angerührt und floh wütend ins Freie. Ich sah, daß es grausam war, ihn einzusperren. Er würde nie eine Stubenkatze werden. In Zukunft wollte ich ihm das Kammerfenster offenstehen lassen. Vielleicht würde er beruhigt zu Hause bleiben, wenn er merkte, daß er frei war, zu gehen und zu kommen, wie es ihm gefiel. Bella und Stier aber mußten immer in den Stall, wenn ich einen Tag ausblieb. Ich fürchtete, sie könnten den Strick zerreißen, wenn irgend etwas sie erschreckte, und über die Schutthalde am Rand der Wiese abstürzen. Nachdem ich die Stallarbeit getan hatte und Tigers stummer Trotz in versöhnliche Stimmung übergegangen war, konnte ich mich endlich hinlegen.

Die Nächte auf der Alm waren immer zu kurz. Ich träumte nicht. Die kühle Nachtluft strich über mein Gesicht, alles schien leicht und frei, und die Nächte waren nie ganz dunkel. Da es lange hell blieb, ging ich später zu Bett als im Tal. Ich saß an jedem schönen Abend auf der Bank vor dem Haus in meinen Lodenmantel gehüllt und sah, wie die Abendröte den westlichen Himmel überzog. Später sah ich den Mond aufgehen und die Sterne am Himmel aufblitzen. Luchs lag neben mir auf der Bank,

Tiger huschte, ein kleiner grauer Schatten, von Grasbüschel zu Grasbüschel hinter den Nachtfaltern her, und wenn er müde wurde, rollte er sich unter dem Umhang auf meinen Knien zusammen und fing an zu brummen. Ich dachte nicht, ich erinnerte mich nicht, und ich fürchtete mich nicht. Ich saß nur ganz still an die Holzwand gelehnt, müde und wach zugleich, und sah in den Himmel. Ich lernte alle Sterne kennen; wenn ich auch ihre Namen nicht wußte, wurden sie mir doch bald vertraut. Ich kannte nur den Großen Wagen und die Venus. Alle anderen blieben namenlos, die roten, grünen, bläulichen und gelben. Wenn ich die Augen zu einem Spalt schloß, sah ich die unendlichen Abgründe, die sich zwischen den Sternenhaufen auftaten. Riesige schwarze Höhlen hinter geballten Lichtnebeln. Manchmal benützte ich das Glas, aber lieber sah ich in den Himmel mit freiem Auge. Ich konnte so das Ganze überblicken, der Blick durch das Glas war eher verwirrend. Die Nacht, die ich immer gefürchtet und der ich oft mit Festbeleuchtung getrotzt hatte, verlor auf der Alm ihre Schrecken. Ich hatte sie ja nie zuvor wirklich gekannt, eingesperrt in steinernen Häusern hinter Rolläden und Vorhängen. Die Nacht war gar nicht finster. Sie war schön, und ich fing an, sie zu lieben. Selbst wenn es regnete und eine Wolkendecke den Himmel verhüllte, wußte ich, daß die Sterne da waren, die roten, grünen, gelben und blauen. Immer waren sie ja da, auch bei Tag, wenn ich sie nicht sehen konnte.

Wenn es kalt wurde und der Tau fiel, ging ich endlich in die Hütte. Luchs folgte mir schläfrig, und Tiger stelzte zu seinem Lager im Kasten. Ich drehte mich mit dem Rücken zur Wand und schlief ein. Zum erstenmal in meinem Leben war ich besänftigt, nicht zufrieden oder glücklich, aber besänftigt. Es hatte etwas mit den Sternen zu tun und damit, daß ich endlich wußte, daß sie wirklich waren, aber warum das so war, könnte ich nicht erklären. Es war eben so.

Es war, als hätte eine große Hand die Uhr in meinem Kopf stillstehen lassen. Und gleich darauf war es Morgen, Tiger ging auf mir spazieren, das Frühlicht fiel auf mein Gesicht, und weiter weg, im Wald, schrie ein Vogel. Anfangs hatte ich das verschlafene Vogelkonzert vermißt, das mich im Tal geweckt hatte. Auf der Alm sangen und zwitscherten die Vögel nicht, sie kannten nur den hellen, harten Schrei.

Ich war wach und lief barfuß in den anbrechenden Tag hinaus. Die Wiese lag ganz still, bedeckt von durchsichtigen Tropfen, die später, wenn die Sonne über den Wald stieg, in Regenbogenfarben aufglänzten. Ich ging in den Stall, um Bella zu melken und sie und Stier auf die Wiese zu lassen. Bella war schon wach und erwartete mich. Ihr Sohn, der Langschläfer, lag noch, mit gesenktem Schädel, die Stirnhaare zu schlaffeuchten Locken gedreht. Nachher reinigte ich den Stall und ging dann in die Hütte, um mich zu waschen, mich umzuziehen und zu frühstücken. Luchs und Tiger tranken kuhwarme Milch und liefen dann ins Freie. Den ganzen Tag über stand die Hüttentür offen, und die Sonne fiel auf mein Bett. War das Wetter einmal kühl und regnerisch, wurde es in der Hütte ungemütlich. Sie war dann nicht viel mehr als ein Dach über dem Kopf, kein Heim wie das Jagdhaus. Aber es regnete nicht oft und nie länger als ein, zwei Tage. Tiger spielte mit Papierbällchen, und Luchs verschlief die Zeit im Ofenloch. Ich befaßte mich viel mit dem kleinen Kater. Übrigens war er gar nicht mehr klein, er war sehr gewachsen, und seine Muskeln hatten sich gut entwickelt. Sein Fell glänzte vor Gesundheit, und sein Schnurrbart sträubte sich dicht und prächtig. Er war ganz anders als seine Mutter, stürmisch, liebebedürftig und immer zu einem Spaß gelaunt. Seine Leidenschaft war Theaterspielen, mit den gleichbleibenden Hauptrollen: wütendes Raubtier, gräßlich und furchterregend; sanftes, sehr junges Kätzchen, hilflos und zu bemitleiden; stiller Denker, erhaben über den Alltag (eine Rolle, die er nie länger als zwei Minuten durchstand), und tiefbeleidigter, in seiner Mannesehre gekränkter Kater. Sein einziges Publikum war ich, denn Luchs schlief bei den Vorstellungen, da sie sich nicht auf ihn bezogen, immer gleich ein. Noch war keine Spur zu erkennen von dem düsteren melancholischen Brüten, das die erwachsenen Katzen zeitweise befällt. Natürlich hatte ich auf der Alm viel Zeit, mich mit Tiger zu befassen, und so kam es, daß ich sein Spielgefährte wurde. Aber viel mehr als an mir hing er an seiner

Freiheit. Er konnte es nicht ertragen, eingesperrt zu sein, und überzeugte sich zwanzigmal am Tag, daß Tür oder Fenster offen waren. Die Feststellung genügte ihm meistens, und er ging in den Kasten zurück und schlief. Luchs war längst nicht mehr eifersüchtig. Ich glaube, er nahm Tiger nicht ernst. Er spielte wohl manchmal mit ihm, das heißt, er ging gutmütig auf die Spiele des Kleinen ein, aber er scheute seine Temperamentsausbrüche. Wenn Tiger einen seiner Anfälle erlitt und durch die Hütte tobte, sah Luchs mich mit dem Blick eines ratlosen Erwachsenen an, leicht irritiert und ohne Verständnis. Ich durfte nur nie vergessen, ihn zu loben. Er lebte von meinem Lob und wollte immer wieder hören, daß er der beste, schönste und gescheiteste Hund war. Es war so wichtig für ihn wie Fressen oder sich bewegen.

In jenen Wochen auf der Alm setzten wir alle ein wenig Fleisch an; nach der Heuernte wurde ich aber wieder mager, braun wie Holz und von der Sonne ausgedörrt. Aber noch war es nicht soweit. Ich hatte aufgehört, mir die Schwierigkeiten auszumalen, die diese Heuernte mir bringen würde, und fühlte mich sicher wie ein Traumwandler. Wenn es an der Zeit war, würde alles getan werden, was getan werden mußte. Und wie ein Traumwandler ging ich durch die warmen duftenden Tage und die sternfunkelnden Nächte.

Manchmal mußte ich ein Stück Wild schießen. Es war immer noch ein häßliches, blutiges Geschäft, aber es gelang mir, es ohne nutzlose Bedenken fertigzubringen. Die kalte Quelle fehlte mir sehr. Ich mußte das Fleisch vorkochen und stellte es dann in irdenen Töpfen in ein Schaff mit kaltem Wasser in die kühle Kammer. In den Brunnen konnte ich es nicht stellen, weil Bella und Stier daraus tranken. Tiger zog rohes Fleisch vor, und wenn ich kein rohes Fleisch mehr für ihn hatte, begab er sich auf die Mäusejagd. Er war jetzt soweit, daß er zur Not selbst für sich sorgen konnte. Das war gut so, denn vielleicht mußte er sich einmal ganz allein und ohne meine Hilfe durchschlagen. Ich war damals immer hinter Grünzeug her. Jedes Kräutlein, das mir angenehm und genießbar roch, aß ich. Ein einziges Mal irrte ich mich und bekam heftige Bauchschmerzen. Die Brennesseln fehlten mir, ich konnte kaum welche finden. Es schien ihnen auf der Alm nicht zu gefallen. Der ganze Sommer mußte über Land heiß und trocken gewesen sein. Es gab drei oder vier heftige Gewitter, und ein Gewitter auf der Alm schien mir noch ärger zu sein als im Jagdhaus, wo ich mich von den hohen Bäumen und dem hinter dem Haus ansteigenden Berg ein wenig geschützt fühlte. Auf der Alm hausten wir inmitten der tobenden Wolkenmassen. Ich hatte Angst, die mich immer bei heftigem Lärm überfällt, und noch dazu ein sonderbares Schwindelgefühl, das ich noch nie gespürt hatte. Tiger und Luchs verkrochen sich zitternd im Ofenloch, was ihnen sonst niemals einfiel. Bella und Stier mußte ich im Stall festbinden und die Fensterläden schließen. Es war mir ein Trost, daß sie zu zweit waren und sich ineinander verkriechen konnten, wenn sie Angst hatten.

So heftig diese Gewitter waren, am nächsten Morgen war der Himmel heiter, und nur im Tal wogten die Nebel. Es war, als zöge die Almwiese auf den Wolken dahin, ein grünes, feuchtglänzendes Schiff auf den weißen Gischtwellen eines brodelnden Ozeans. Und nur ganz langsam verlief sich das Meer, und die Fichtenwipfel tauchten naß und frisch aus ihm auf. Dann wußte ich, morgen würde die Sonne auch zum Jagdhaus durchbrechen, und ich dachte an die Katze, die ganz allein in dem feuchten Kessel hauste.

Manchmal, wenn ich Bella und Stier betrachtete, war ich froh, daß sie nichts ahnten von dem langen Winter im Stall. Sie kannten nur die Gegenwart, die zarten Gräser, die Weite der Wiese, die warme Luft, die ihre Flanken streichelte, und das Mondlicht, das nachts auf ihr Lager fiel. Ein Leben ohne Furcht und ohne Hoffnung. Ich hatte Angst vor dem Winter, der Holzarbeit in der Kälte und der Feuchtigkeit. Jetzt spürte ich nichts mehr von meinem Rheuma-Anfall, aber ich wußte, daß er sich im Winter wiederholen konnte. Und ich mußte doch um jeden Preis beweglich bleiben, wenn ich mit meinen Tieren am Leben bleiben wollte. Ich legte mich stundenlang in die Sonne und wollte sie speichern für die lange kalte Zeit. Ich bekam keinen Sonnenbrand, dafür war meine Haut viel zu abgehärtet, aber der Kopf tat mir weh, und mein Herz pochte schneller, als es sollte. Obgleich ich sofort ernüchtert von den Sonnenbädern abließ, hatten sie mich so geschwächt, daß ich eine Woche brauchte, um mich von ihnen zu erholen.

Luchs war sehr unzufrieden, weil ich nicht mit ihm in den Wald ging, und Tiger jammerte und versuchte, mich zum Spielen zu verlocken. Der Juli war gekommen, und ich war schwach und teilnahmslos. Ich zwang mich zum Essen und tat alles, um bis zur Heuernte wieder zu Kräften zu kommen. Um den zwanzigsten Juli war der Mond im Zunehmen, und ich beschloß, nicht länger zu warten und das günstige Wetter auszunützen. An einem Montag stand ich schon um drei Uhr auf, molk Bella, die über diese Unordnung ein wenig ungehalten war, und trug Grünfutter und Wasser für einen Tag in den Stall. Für Tiger ließ ich schweren Herzens das Fenster offenstehen und stellte ihm Fleisch und Milch hin, und nach einem kräftigen Frühstück verließ ich mit Luchs um vier Uhr die Alm.

Um sieben Uhr stand ich schon auf der Bachwiese und dengelte die Sense. Ich mähte noch immer ein wenig steif und ohne rechten Schwung. Es war gut, daß die Sonne hier erst gegen neun Uhr einfiel, denn ich war eigentlich zu spät dran zum Mähen. Ich mähte drei Stunden lang, und es ging eigentlich besser nach dem weiten Marsch, als ich mir vorgestellt hatte; besser als im Vorjahr, als ich die Sense nach zwanzig Jahren zum erstenmal angerührt hatte und noch nicht an schwere Arbeit gewöhnt gewesen war. Dann fiel ich unter einen Haselbusch und rührte mich nicht mehr. Luchs kehrte von seinen kleinen Stöberfahrten zurück und ließ sich hechelnd neben mir nieder. Ich setzte mich mühsam noch einmal auf und trank Tee aus der Flasche, dann schlief ich ein. Als ich erwachte, liefen Ameisen über meine nackten Arme, und es war zwei Uhr. Luchs betrachtete mich aufmerksam. Er schien erleichtert über mein Erwachen und sprang freudig auf. Ich fühlte mich schrecklich matt, und meine Schultern schmerzten heftig.

Die Sonne lag mit ihrer ganzen Glut auf dem Hang. Die frisch gemähten Heuschwaden lagen schon welk und glanzlos. Ich stand auf und fing an, sie mit der Gabel umzuwenden. Die Wiese war ein einziges Gesirr von aufgeschreckten Insekten. Ich arbeitete langsam, fast schläfrig, ganz der summenden, heißen Stille hingegeben. Luchs, der sich überzeugt hatte, daß mit mir alles in Ordnung war, trabte zum Bach und trank in langen, schlappenden Zügen, dann legte er sich in den Schatten, Kopf auf den Pfoten, das kummervoll gefaltete Gesicht ganz von den langen Ohren bedeckt, und döste vor sich hin. Ich beneidete ihn.

Als ich mit dem Umwenden fertig war, ging ich zum Jagdhaus. Die Katzenmulde auf meinem Bett stimmte mich ein wenig fröhlicher. Nachdem ich Luchs gefüttert und auch selber ein wenig kaltes Fleisch gegessen hatte, setzte ich mich auf die Bank vor dem Haus. Ich rief nach der Katze, und sie kam nicht. Dann strich ich das Bett glatt, versperrte die Tür und wanderte bergauf.

Es war schon sieben Uhr, als ich auf die Alm kam, und ich ging sofort in den Stall und molk die ungeduldige Bella, die schon unruhig war, bedrängt von der angestauten Milch. Dann, da es so schön war, ließ ich sie und Stier auf die Weide und pflockte sie an. Tiger lag auf meinem Bett und begrüßte mich zärtlich und vorwurfsvoll. Diesmal hatte er gefressen und getrunken, weil er nicht eingesperrt gewesen war. Ich gab ihm warme Milch, wusch mich, stellte den Wecker auf drei und schlief sofort ein. Gleich darauf lief der Wecker schon ab, und ich erhob mich taumelnd vom Bett. Die Hüttentür hatte ich angelehnt gelassen, weil Luchs am Abend noch im Freien gewesen war. Das Mondlicht fiel auf den Bretterboden und überflutete die Wiese mit kaltem Glanz. Luchs lag auf der Türschwelle; der Arme hatte mich bewacht und nicht gewagt, ins Ofenloch zu kriechen. Ich lobte und streichelte ihn, und gemeinsam holten wir Bella und Stier von der Weide. Ich führte sie in den Stall, molk Bella und ließ Wasser und Futter zurück. Tiger lag noch im Kasten und rührte sich nicht. Wie am Vortag stiegen wir im ersten Frühlicht zu Tal. Die Sterne verblaßten, und im Osten stieg die erste Röte auf.

An jenem Morgen war das Mähen eine Qual, jede Bewegung schmerzte, und ich kam langsamer vorwärts als am ersten Tag. Und wieder legte ich mich nach drei Stunden erschöpft unter einen Haselbusch und schlief. Um Mittag erwachte ich. Luchs saß neben mir, den Blick unverwandt ins Tal gerichtet, wo das Gras wild und hoch stand, vom Weiß der Blütenrispen und Fächer überstäubt. In einem Land ohne Bienen, Heuschrecken und Vögel, in dem die tödliche Stille unter der Sonne brütete. Luchs sah sehr ernst und einsam aus. Zum erstenmal sah ich ihn auf diese Weise. Ich bewegte mich ganz leicht, und er wandte sofort den Kopf, bellte freudig auf, und sein Blick wurde lebhaft und warm. Die Einsamkeit war vorübergegangen, und er vergaß sie auf der Stelle. Dann trabte er zum Bach, und ich fing an, das Heu zu wenden. Das Heu vom Vortag konnte ich schon in den Stadel bringen, es war ganz trocken, bis auf einen Rest, der zu sehr im Schatten lag. Diesmal kam ich erst um acht auf die Alm zurück und konnte Bella und Stier freilassen. Tiger wurde lästig. Da er den ganzen Tag allein gewesen war, wollte er jetzt spielen, und ich war kaum noch fähig, mich zu bewegen.

Am folgenden Tag mähte ich weniger, denn je höher ich kam, desto rascher erreichte mich die Sonne. Das Wetter blieb die ganze Woche schön, und ich war froh, mich an die alte Wetterregel vom zunehmenden Mond gehalten zu haben. Am achten Tag regnete es, und ich blieb zu Hause. Die halbe Wiese war abgeerntet, und ich hatte Ruhe nötig, denn ich schleppte mich nur noch dahin. Vor Müdigkeit hatte ich fast nichts gegessen und nur Milch und Tee getrunken. Auch für Bella war es gut, wieder nach der alten Ordnung gemolken zu werden. Ihre Milch war ein wenig zurückgegangen. Still und grau regnete es vier Tage lang. Der Regen fiel in winzigen Tropfen. Auf dem Bett ruhend, sah ich Wiese und Berge wie durch Spinnweben. Ich sägte ein wenig Fallholz und versorgte uns mit Fleisch. Vom letzten Hirsch hatte ich wegen der heißen Tage ein Drittel wegwerfen müssen. Eine Verschwendung, die mir in tiefster Seele zuwider war, gegen die ich aber nichts tun konnte. Den größten Teil der vier Tage verschlief ich oder spielte mit Tiger, der, wenn es regnete, nicht auf die Wiese gehen mochte. Meine Hände waren wund und zerstochen und heilten nur langsam. Immer noch taten mir jeder Muskel und jeder Knochen weh, aber der Schmerz berührte mich kaum, so, als ginge es mich gar nichts an.

Am fünften Tag klarte es gegen Mittag auf, und am Nachmittag brach die Sonne durch. Die Regenkühle lag noch in der Luft, und das Wasser zitterte auf den Gräsern. Stier galoppierte übermütig auf der Wiese hin und her, und Tiger setzte vorsichtig seine Pfoten ins Gras, ehe er sich zu einer kleinen Jagd entschloß. Auch Luchs ermunterte sich, schüttelte den Schlaf aus dem Fell und unternahm kleine Inspektionsgänge. Ich mähte Gras (natürlich gab es auf der Alm eine Sense) und trug es in den Stall. Die schöne Zeit für Bella und Stier war bald zu Ende. Das Wetter blieb jetzt vier Tage schön, dann wurde es schwül, und der Himmel trübte sich ein.

Ich hatte die Wiese zu zwei Dritteln abgeerntet und wanderte in der dumpfen Hitze der Alm zu. Das Herz tat mir weh. Vielleicht nur von der Überanstrengung, es mochte aber auch vom Rheuma etwas zurückgeblieben sein. Selbst Luchs trabte unmutig hinter mir her und schien von lähmender Müdigkeit befallen. Ich dachte daran, daß die Arbeit für mich zu schwer wurde und die Nahrung zu eintönig war. Auch das Gehen tat weh, denn ich hatte mir in den harten Bergschuhen eine Blase auf der Ferse gewetzt, und der Strumpf klebte an der kleinen Wunde fest. Plötzlich schien mir alles, was ich tat, eine nutzlose Quälerei. Ich fand, ich hätte besser daran getan, mich rechtzeitig zu erschießen. Wenn ich aber dazu nicht imstande gewesen wäre, es ist nicht ganz leicht, sich mit einem Gewehr zu erschießen, hätte ich mich unter der Wand durchgraben sollen. Dort drüben gab es Nahrungsmittel für hundert Jahre oder einen raschen, schmerzlosen Tod. Worauf wartete ich eigentlich noch? Selbst wenn ich wunderbarerweise gerettet werden sollte, was konnte mir viel daran liegen, da doch alle Menschen, die ich geliebt hatte, tot sein mußten. Luchs wollte ich mitnehmen, die Katzen konnten sich allein fortbringen, und Bella und Stier, ja die mußte ich wohl töten. Sie würden im Winter verhungern.

Die Wolkendecke war jetzt schiefergrau, und ein fahles Licht lag über dem Gebirge. Ich beeilte mich, vor dem Gewitter heimzukommen. Luchs hechelte hinter mir her.

Ich war zu müde und zu verzagt, um ihn trösten zu können. Es war ja auch alles ganz sinnlos und gleichgültig.

Als ich aus dem Wald trat, hörte ich das erste Grollen über mir. Ich ließ Luchs in die Hütte, zog die Schuhe aus und lief in den Stall, um Bella von ihrer Last zu befreien. Während der Stallarbeit brach das Gewitter los. Der Sturm fegte über die Matten hin, und die Wolken flogen tief und sahen graugelb und häßlich aus. Ich fürchtete mich und war gleichzeitig empört über die Gewalt, der ich mit meinen Tieren ausgeliefert war. Ich band Bella und Stier fest und schloß die Fensterläden. Stier drängte sich an seine Mutter, und sie leckte zärtlich und geduldig seine Nase ab, als wäre er noch ein hilfloses Kalb. Bella fürchtete sich nicht weniger als ich, aber sie versuchte Stier zu trösten. Während ich gedankenlos ihre Flanke streichelte, wußte ich plötzlich, daß ich nicht weggehen konnte. Es war vielleicht dumm von mir, aber so war es eben. Ich konnte nicht flüchten und meine Tiere im Stich lassen. Dieser Entschluß entsprang keiner Überlegung und keinem Gefühl. Etwas war mir eingepflanzt, das es mir unmöglich machte, Anvertrautes im Stich zu lassen. Mit einemmal wurde ich ruhig und fürchtete mich nicht mehr. Ich versperrte die Stalltür, daß der Sturm sie nicht aufreißen konnte, und rannte dann zur Hütte, bedacht, die Milch nicht zu verschütten. Der Wind knallte die Tür hinter mir zu, und ich verriegelte sie aufatmend. Ich zündete eine Kerze an und schloß die Läden. Endlich waren wir in Sicherheit, einer kleinen, armseligen Sicherheit, aber doch geschützt vor Regen und Sturm. Tiger und Luchs lagen schon aneinandergeschmiegt im Ofenloch und rührten sich nicht. Ich trank warme Milch und setzte mich an den Tisch. Es war dumm, die Kerze zu verbrennen, aber ich brachte es nicht fertig, im Finstern zu sitzen. So bemühte ich mich, nicht auf das Gebrüll in den Wolken zu hören, und untersuchte meinen schmerzenden Fuß. Die Blase war aufgesprungen und mit Blut verkrustet. Ich nahm ein Fußbad und strich nachher Jod auf die Wunde, mehr konnte ich nicht tun. Dann löschte ich doch die Kerze und legte mich angezogen aufs Bett. Durch die Spalten der Fensterläden sah ich die Blitze niederzucken. Endlich legte sich der Sturm ein wenig, und der Regen brach über die Alm herein. Es blitzte und donnerte noch lange, aber das Rauschen des Regens beruhigte mich. Der Donner ging nach langer Zeit in fernes Murren über, und gleich darauf erwachte ich und sah die Sonne durch die Läden schimmern. Tiger miaute klagend, und Luchs stieß mich mit der Schnauze an. Ich stand auf und riß die Tür auf, und die beiden stürzten ins Freie. Mir war kalt, denn ich hatte die ganze Nacht hindurch ohne Decke gelegen. Es war acht, und die Sonne stand schon über dem Wald. Nachdem ich Bella und Stier freigelassen hatte, blickte ich mich um.

Die Wiese lag in feuchtem Morgenglanz, alle Schrecken der Nacht waren verflogen. Im Tal mochte es noch immer nieseln, und ich dachte, wie immer bei schlechtem Wetter, an die Katze. Nun, sie hatte dieses freie Leben selbst gewählt. Aber hatte sie das wirklich, sie konnte doch gar nicht wählen. Ich fand keinen allzu großen Unterschied zwischen ihr und mir. Ich konnte zwar wählen, aber nur mit dem Kopf, und das war für mich so gut wie gar nicht. Die Katze und ich, wir waren aus demselben Stoff gemacht, und wir saßen im gleichen Boot, das mit allem, was da lebte, auf die großen dunklen Fälle zutrieb. Als Mensch hatte ich nur die Ehre, dies zu erkennen, ohne etwas dagegen unternehmen zu können. Ein zweifelhaftes Geschenk der Natur, wenn ich es recht überlegte. Ich verscheuchte diese Gedanken und schüttelte den Kopf. Ja, daran erinnere ich mich deutlich, denn ich schüttelte ihn so heftig, daß etwas in meinem Nacken knackste und ich tagelang mit einem steifen Hals umhergehen mußte. Ernüchtert verbrachte ich die nächsten Tage damit, Holz zu sägen und meine Ferse zu heilen. Ich lief barfuß, machte mir kalte Umschläge, und die Entzündung ging wirklich zurück. Ich trank eine Menge Milch, rührte Butter, rieb die Hütte aus, stopfte meine zerfetzten Socken, wusch mein bißchen Wäsche und saß auf der Bank in der Sonne. Erst am fünften Tag nach dem Gewitter ging ich mit Luchs wieder ins Tal. In den folgenden Tagen brachte ich das restliche Heu ein. Gegen zwei Uhr wurde ich fertig und zog die letzte Bürde auf Buchenästen vom Waldsaum zum Stadel.

Eine gewaltige Arbeit war getan; eine Arbeit, die monatelang wie ein riesiger Berg vor mir gelegen hatte. Jetzt war ich müde und froh. Ich konnte mich nicht erinnern, eine so große Befriedigung gefühlt zu haben, seit meine Kinder klein gewesen waren. Damals, nach der Mühe eines langen Tages, wenn die Spielsachen weggeräumt waren und die Kinder gebadet in ihren Betten lagen, damals war ich glücklich gewesen. Ich war eine gute Mutter für kleine Kinder. Sobald sie größer wurden und zur Schule gingen, versagte ich. Ich weiß nicht, wie es kam, je größer die Kinder wurden, desto unsicherer fühlte ich mich mit ihnen. Ich sorgte immer noch für sie, so gut es mir möglich war, aber ich war nur noch sehr selten glücklich in ihrer Nähe. Damals wandte ich mich wieder sehr meinem Mann zu; er schien mich nötiger zu brauchen als sie. Meine Kinder waren fortgegangen; Hand in Hand, die Schultaschen auf dem Rücken, mit wehendem Haar, und ich hatte nicht gewußt, daß das der Anfang vom Ende war. Oder vielleicht hatte ich es geahnt. Später war ich nie mehr glücklich gewesen. Alles veränderte sich auf eine trostlose Weise, und ich hörte auf, wirklich zu leben.

Ich stellte Sense, Rechen und Gabel in den Stadel und verriegelte die Tür. Dann ging ich zum Jagdhaus. Der Bach war an der Wand ein wenig gestaut. Ich durchwatete das eiskalte Wasser und lockte Luchs ans Ufer. Später kochte ich Tee im Jagdhaus und teilte mein Mittagessen mit Luchs. Das Bett zeigte den Abdruck der Katze, und das beruhigte mich sehr. Vielleicht würden wir im Herbst wieder alle vereint sein am warmen Herd. Ich strich das Bett glatt, und dann besichtigte ich die Bohnen. Den ganzen Sommer hindurch hatten sie rot und weiß geblüht, jetzt hingen sie schon voll kleiner grüner Schoten. Der Gewittersturm hatte wohl die Blütenblätter verstreut, aber die Ranken und Stöcke nicht geknickt. Ich beschloß, den Bohnengarten ein gutes Stück zu vergrößern und mir allmählich einen sättigenden Ersatz für Brot zu verschaffen. Es war inzwischen August geworden, in wenigen Wochen würden wir in unser Winterquartier zurückkehren. Ich achtete darauf, daß kein Funken Glut im Herd zurückblieb, und machte mich mit Luchs auf den Rückweg. Ich war froh, daß die große Mühe vorbei war, daß

Bella und Stier wieder bei Tag auf die Weide konnten und die Melkzeiten eingehalten wurden.

Tiger empfing uns diesmal nicht mit Geschrei, sondern hockte vergrämt, die Schultern hochgezogen, neben dem Herd und miaute leise und kläglich. Ich streichelte ihn, aber er rührte sich nicht, und als Luchs ihn beschnüffelte, fauchte er böse und gereizt. Später, als meine Arbeit getan war, sah ich, daß er auf drei Pfoten hinkte. Es ist nicht ganz leicht, eine verletzte Katze zu untersuchen, noch dazu einen Kater von Tigers Temperament. Ich legte ihn auf den Rücken und kraulte ihm den Bauch, bis es mir gelang, die Pfote ganz sachte festzuhalten. Er hatte sich einen Dorn oder Holzsplitter in den Ballen getreten. Mindestens zehnmal versuchte ich, ihn mit einer Pinzette zu entfernen. Es glückte mir nur, weil ein Vogel gerade an der Hüttentür vorüberstrich und Tigers Aufmerksamkeit von mir und der Pinzette ablenkte. Die kleine Operation war geglückt. Empört sprang Tiger auf, schlug mir die Pinzette aus der Hand und raste aus der Hütte.

Später sah ich ihn, eifrig die kleine Wunde leckend, auf der Bank sitzen. Eigentlich hatte er sich halbwegs erträglich benommen. Katzen geraten sehr leicht in Panik; jedes raschelnde Papier, jede jähe Bewegung kann sie völlig kopflos machen. Als Einzelgänger müssen sie dauernd auf der Hut und fluchtbereit sein. Hinter jedem harmlos aussehenden Busch, hinter jeder Hausecke kann sich der Feind verborgen halten. Es gibt nur etwas, was in ihnen noch stärker ist als Mißtrauen und Vorsicht, und das ist die Neugierde.

Inzwischen war es dämmrig geworden, und ich kochte das Abendessen. Ich hatte aus dem Jagdhaus das letzte Glas Preiselbeeren mitgenommen und machte Palatschinken ohne Ei. Auch das geht, wenn man sich daran gewöhnt hat. Das Ende der Heuernte schien mir Anlaß für ein solches Fest zu sein. Damals litt ich aber nicht mehr so sehr unter dem Verlangen nach unerreichbaren Genüssen. Die Phantasie wurde nicht mehr von außen angeregt, und die Begierde schlief langsam ein. Ich war schon froh, wenn ich mich und die Tiere sättigen konnte und wir nicht hungern mußten. Auch den Zucker vermißte ich kaum noch. Ich ging in jenem Sommer nur zweimal auf den Himbeerschlag und füllte einen Eimer mit Beeren. Der Weg war mir zu weit und mühsam. Es gab auch weniger Beeren als im ersten Sommer, vielleicht weil es zu trocken gewesen war. Die Früchte waren klein und sehr süß. Ich sah, daß der Schlag anfing zuzuwachsen. In wenigen Jahren wird er ganz von Unterholz bedeckt sein, das die Himbeersträucher erstickt hat.

Nach der Heuernte blieb ich schön ruhig zu Hause und saß viel auf der Bank. Ich war müde und ein wenig erschöpft, und der geheimnisvolle Zauber begann aufs neue, mich einzuspinnen. Meine Tage verliefen nun sehr regelmäßig. Um sechs Uhr stand ich auf, molk Bella und ließ sie und Stier auf die Weide. Dann reinigte ich den Stall, trug die Milch in die Hütte und leerte sie in der Kammer in das irdene Milchgeschirr, damit der Rahm sich an der Oberfläche absetzen konnte. Dann frühstückte ich und fütterte Luchs und Tiger. Luchs bekam sein Fressen am Morgen, Tiger nur Milch. Aus irgendeinem Grund, vielleicht weil er ein Nachttier war, wollte Tiger am Abend fressen. Am Abend bekam dann Luchs seine Milch. Dann folgten Tigers Morgenspiele: Abfangen rund um die Hütte. Ich mußte mich manchmal dazu zwingen, aber es tat mir ganz gut, und Tiger brauchte es zu seinem Wohlbefinden. Das Spiel hatte strenge Regeln, die alle Tiger erfunden und festgesetzt hatte. Es mußte immer in derselben Richtung erfolgen, und immer wurden die gleichen Verstecke gewählt. Die Hausecke, ein altes Regenfaß, ein Stapel Fallholz, ein größerer Stein, eine Hausecke und ein alter Hackstock. Tiger sauste um die Ecke, und ich mußte mich dumm stellen und ihn klagend und aufgeregt suchen. Ich durfte nicht sehen, wie er um die Ecke lugte, bis er endlich mit einem wilden Satz auf meine Beine losfuhr. Dann kam das Regenfaß, an dem ich blind vorbeitappen mußte und kräftig, aber nicht zu schmerzlich gebissen, aufheulen durfte, während Tiger mit aufgestelltem Schwanz hinter dem Holzstoß verschwand, den ich lange umkreisen mußte, weil ich den kleinen Kater in seiner Schutzfarbe einfach nicht sehen konnte, bis er wie ein Pferd auf Zehenspitzen seitlich angetänzelt kam und einen riesigen Buckel machte. Alles lief darauf hinaus, daß er, ein stolzes, kluges Raubtier, einen dummen, lächerlichen Menschen in Schrecken versetzte. Da der dumme Mensch aber auch der angenehme und geliebte Mensch war, wurde er nicht aufgefressen, sondern nach dem Spiel zärtlich abgeschleckt. Vielleicht hätte ich diese Spiele nicht mit ihm spielen dürfen. Möglicherweise hat sich dadurch in ihm eine Art von Größenwahn gebildet, der ihn unvorsichtig gegen jede wirkliche Gefahr machte. Tiger hätte das Spiel fünfzig Runden durchgestanden, bei mir reichte es höchstens für zehn. Immerhin war er daraufhin soweit befriedigt, daß er in den Kasten ging, um wieder ein wenig zu schlafen. Anfangs hätte Luchs gerne mitgespielt und umkreiste uns mit Gebell und täppischen Sprüngen. Er wurde aber von Tiger scharf zurechtgewiesen und verfolgte das Spiel nur noch von ferne mit zuckendem Schwanz und lautem Japsen. Nur wenn ich keine Zeit hatte und ganz unerbittlich war, durfte Luchs für mich einspringen. Allerdings schien es beiden dann wenig Spaß zu machen.

Nach einer kleinen Rast kümmerte ich mich um die Milch. Immer gab es irgend etwas mit ihr zu tun. Rahm wurde abgeschöpft, die Magermilch bekam Stier zum größten Teil. Manchmal konnte ich auch Butter rühren oder die übriggebliebene Butter zu Butterschmalz zerlassen. Natürlich wurde mein Schmalzvorrat nie sehr groß. Es dauerte viele Tage, bis ich genügend Rahm abgeschöpft hatte. Ich trank selber viel Milch, um mich bei der eintönigen Ernährung gesund zu erhalten, und für Luchs und Tiger brauchte ich auch täglich ein bißchen. Dann wurde die Hütte aufgeräumt, das Bett gelüftet, gewaschen oder geputzt und das Mittagessen bereitet. Es war kaum der Rede wert, und ich suchte meist auf der Wiese nach ein paar eßbaren Kräutern, um das Fleisch ein wenig damit zu würzen. Es gab auf der Wiese auch Pilze, aber ich kannte sie nicht und wagte nicht, sie zu essen. Sie sahen sehr verlockend aus, aber da Bella sie nicht anrührte, bezwang ich meinen Hunger.

Nach dem Mittagessen setzte ich mich auf die Bank und versank in schläfriges Dösen. Die Sonne schien auf mein Gesicht und mein Kopf wurde schwer vor Müdigkeit. Wenn ich merkte, daß ich am Einschlafen war, stand ich auf und ging mit Luchs in den Wald. Diesen täglichen

Ausflug brauchte er wie Tiger sein Morgenspiel. Wir gingen meist zum Aussichtspunkt, und ich sah mit dem Glas übers Land. Eigentlich tat ich es nur noch aus Gewohnheit. Die Kirchtürme leuchteten immer gleich rot, nur die Farbe der Wiesen und Felder veränderte sich ein wenig. Bei Föhn war alles zum Greifen nahe und ganz bunt, bei Ostwind lag das Land hinter feinen bläulichen Schleiern, und manchmal sah ich gar nichts, wenn der Nebel über dem Fluß lag. Ich blieb nie lange sitzen, es war für Luchs zu langweilig, schlug mich in einem weiten Bogen in den Wald und kehrte meist gegen vier oder fünf Uhr aus der entgegengesetzten Richtung zur Hütte zurück. Auf meinen Wanderungen sah ich nur Hochwild, Rehe kamen in diese Höhe nicht mehr herauf. Durch das Glas konnte ich manchmal auf den weißen Kalkfelsen ein paar Gemsen sehen. Im Lauf des Sommers fand ich vier tote Gemsen, die sich im Gebüsch verkrochen hatten. Wenn sie erblindeten, stiegen sie ins Tal. Die vier waren nicht weit gekommen. Der Tod hatte sie schnell eingeholt. Eigentlich gehörten sie alle abgeschossen, um die Seuche zum Erlöschen zu bringen und die armen Tiere von ihren Leiden zu erlösen. Aber ich hätte sie auf diese Entfernung nicht getroffen, und ich mußte mit meiner Munition sparsam umgehen. Also blieb mir nichts übrig, als das Elend mit anzusehen.

Nachdem wir unseren Ausflug hinter uns hatten, bezog Luchs die Bank und schlief in der Sonne ein. Sein Fell schien ihn zu schützen, denn er konnte stundenlang in der Hitze dösen. Ich beschäftigte mich währenddessen im Stall, sägte ein wenig Holz oder besserte irgend etwas aus.

Oft tat ich auch gar nichts und sah Bella und Stier zu, oder ich beobachtete einen Bussard, der seine Runden über dem Wald zog. Ich weiß nicht, ob es wirklich ein Bussard war, es könnte genausogut ein Falke oder Habicht gewesen sein. Ich hatte mir angewöhnt, alle Raubvögel Bussard zu nennen, weil mir dieses Wort so gut gefiel. Ich war immer ein wenig unruhig wegen Tiger, wenn der Bussard zu oft auftauchte. Glücklicherweise zog Tiger es vor, in der Nähe der Hütte zu bleiben, und schien eine Scheu davor zu haben, die weite Wiese zu überqueren, um in den Wald zu gelangen. Es gab auch rund um die Hütte genug Beute für ihn. Die fetten Heuschrecken sprangen sogar über die Türschwelle, genau vor Tigers Pfoten. Der Bussard gefiel mir sehr, wenn ich ihn auch fürchten mußte. Er sah sehr schön aus, und ich folgte ihm mit den Augen, bis er sich im Blau des Himmels verlor oder in den Wald niederstieß. Sein heiserer Schrei war die einzige fremde Stimme, die mich auf der Alm erreichte.

Am liebsten aber sah ich einfach über die Wiese hin. Sie war stets in leichter Bewegung, selbst wenn ich glaubte, es wäre windstill. Ein endloses sanftes Gekräusel, das Frieden und süßen Duft ausströmte. Lavendel wuchs hier. Almröserl, Katzenpfoten, wilder Thymian und eine Menge Kräuter, deren Namen ich nicht kannte, die aber ebensogut, nur wieder anders rochen als der Thymian. Tiger saß oft mit verdrehten Augen vor einem der duftenden Gewächse und war völlig unansprechbar. Er benützte die Kräuter wie ein Opiumsüchtiger das Rauschgift. Seine Räusche hatten allerdings keine bösen Folgen für ihn. Wenn die Sonne gesunken war, führte ich Bella und Stier in den Stall und tat meine gewohnte Arbeit. Das Nachtmahl fiel meist recht ärmlich aus und bestand aus Resten von mittags und einem Glas Milch. Nur wenn ich ein Stück Wild geschossen hatte, lebten wir einige Tage äußerst üppig, bis ich mich vor jedem Fleisch ekelte. Ich hatte ja weder Brot noch Erdäpfel dazu, das Mehl mußte ich sparen für die Tage, an denen es kein Fleisch mehr gab.

Dann setzte ich mich auf die Bank und wartete. Die Wiese schlief langsam ein, die Sterne traten hervor, und später stieg der Mond hoch und tauchte die Wiese in sein kaltes Licht. Auf diese Stunden wartete ich den ganzen Tag voll heimlicher Ungeduld. Es waren die einzigen Stunden, in denen ich fähig war, ganz ohne Illusionen und mit großer Klarheit zu denken. Ich suchte nicht mehr nach einem Sinn, der mir das Leben erträglicher machen sollte. Ein derartiges Verlangen erschien mir fast wie eine Anmaßung. Die Menschen hatten ihre eigenen Spiele gespielt, und sie waren fast immer übel ausgegangen. Worüber sollte ich mich beklagen; ich war einer von ihnen und konnte sie nicht verurteilen, weil ich sie so gut verstand. Es war besser, von den Menschen wegzudenken. Das große Sonne-, Mond- und Sterne-Spiel schien gelungen zu sein, es war auch nicht von Menschen erfunden worden. Aber es war noch nicht zu Ende gespielt und mochte den Keim des Mißlingens in sich tragen. Ich war nur ein aufmerksamer und bezauberter Zuschauer, aber mein ganzes Leben hätte nicht ausgereicht, um auch nur die winzigste Phase des Spieles zu überblicken. Den größten Teil meines Lebens hatte ich damit zugebracht, mich mit den täglichen Menschensorgen herumzuschlagen. Nun, da ich fast nichts mehr besaß, durfte ich in Frieden auf der Bank sitzen und den Sternen zusehen, wie sie auf dem schwarzen Firmament tanzten. Ich hatte mich so weit von mir entfernt, wie es einem Menschen möglich ist, und ich wußte, daß dieser Zustand nicht anhalten durfte, wenn ich am Leben bleiben wollte. Schon damals dachte ich manchmal, daß ich später nicht verstehen würde, was auf der Alm über mich gekommen war. Ich begriff, daß alles, was ich bis dahin gedacht und getan hatte, oder fast alles, nur ein Abklatsch gewesen war. Andere Menschen hatten mir vorgedacht und vorgetan. Ich mußte nur ihrer Spur folgen. Die Stunden auf der Bank vor der Hütte waren Wirklichkeit, eine Erfahrung, die ich persönlich machte, und doch nicht vollkommen. Fast immer waren die Gedanken schneller als die Augen und verfälschten das wahre Bild.

Nach dem Erwachen, wenn der Geist noch vom Schlaf gelähmt ist, sehe ich manchmal Dinge, ehe ich sie einordnen und wiedererkennen kann. Der Eindruck ist beängstigend und drohend. Erst das Erkennen verwandelt den Sessel mit meinen Kleidern in einen vertrauten Gegenstand. Eben noch war er etwas unsagbar Fremdes und machte mir Herzklopfen. Ich befaßte mich nicht sehr oft mit diesen Versuchen, aber es war auch nicht merkwürdig, daß ich es überhaupt tat. Es gab ja nichts, was mich ablenken und geistig beschäftigen konnte, keine Bücher, keine Gespräche, keine Musik; nichts. Seit meiner Kindheit hatte ich es verlernt, die Dinge mit eigenen Augen zu sehen, und ich hatte vergessen, daß die Welt einmal jung, unberührt und sehr schön und schrecklich gewesen war.

Ich konnte nicht mehr zurückfinden, ich war ja kein Kind mehr und nicht mehr fähig, zu erleben wie ein Kind, aber die Einsamkeit brachte mich dazu, für Augenblicke ohne Erinnerung und Bewußtsein noch einmal den großen Glanz des Lebens zu sehen. Vielleicht leben die Tiere bis zu ihrem Tod in einer Welt des Schreckens und Entzückens. Sie können nicht fliehen und müssen die Wirklichkeit bis zu ihrem Ende ertragen. Selbst ihr Tod ist ohne Trost und Hoffnung, ein wirklicher Tod. Auch ich war, wie alle Menschen, immer auf der eiligen Flucht und immer in Tagträumen befangen. Weil ich den Tod meiner Kinder nicht gesehen hatte, bildete ich mir ein, sie wären noch am Leben. Aber ich sah, wie Luchs erschlagen wurde, ich sah das Hirn aus Stiers gespaltenem Schädel quellen, und ich sah, wie Perle sich wie ein Ding ohne Knochen dahinschleppte und verblutete, und immer wieder fühlte ich das warme Herz der Rehe in meinen Händen erkalten.

Das war die Wirklichkeit. Weil ich das alles gesehen und gespürt habe, fällt es mir schwer, bei Tag zu träumen. Ich habe einen heftigen Widerwillen gegen Tagträume, und ich spüre, daß die Hoffnung in mir abgestorben ist. Es macht mir angst. Ich weiß nicht, ob ich es ertragen werde, nur noch mit der Wirklichkeit zu leben. Manchmal versuche ich, mit mir umzugehen wie mit einem Roboter: Tu dies und geh dorthin und vergiß nicht, das zu tun. Aber es geht nur kurze Zeit. Ich bin ein schlechter Roboter, immer noch ein Mensch, der denkt und fühlt, und ich werde mir beides nicht abgewöhnen können. Deshalb sitze ich hier und schreibe alles auf, was geschehen ist, und es kümmert mich nicht, ob die Mäuse die Aufzeichnungen fressen werden oder nicht. Es kommt nur darauf an zu schreiben, und da es keine anderen Gespräche mehr gibt, muß ich das endlose Selbstgespräch in Gang halten. Es wird der einzige Bericht sein, den ich je schreiben werde, denn wenn er geschrieben ist, wird es im Haus kein Stückchen Papier mehr geben, auf das man schreiben könnte. Schon jetzt zittere ich wieder vor dem Augenblick, in dem ich zu Bett gehen muß. Dann werde ich mit offenen Augen liegen, bis die Katze nach Hause kommt und ihre warme Nähe mir den ersehnten Schlaf schenken wird. Selbst dann bin ich noch nicht in Sicherheit. Wenn ich wehrlos bin, können mich Träume überfallen, schwarze Nachtträume.

Es fällt mir schwer, mich in Gedanken zurückzufinden in jenen Sommer auf der Alm, der mir sehr unwirklich und fern erscheint. Damals lebten Luchs, Tiger und Stier noch, und ich war ahnungslos. Manchmal träume ich, daß ich die Alm suche und nicht mehr finden kann. Ich gehe durch Unterholz und Wald, auf holprigen Steigen, und wenn ich erwache, bin ich müde und zerschlagen. Es ist sonderbar, im Traum suche ich die Alm und im Wachen bin ich froh, wenn ich nicht einmal an sie denken muß. Ich möchte sie nie wieder sehen, nie wieder.

Es gab im August noch zwei oder drei Gewitter, sie waren aber nie sehr heftig und dauerten nur ein paar Stunden. Wenn mich manchmal ganz dumpf etwas beunruhigte, war es, daß alles so gut gegangen war. Wir waren alle gesund, die Tage blieben warm und duftend, und die Nächte hingen voll Sterne. Schließlich, da weiterhin nichts geschah, gewöhnte ich mich an diesen Zustand und fing an, das Gute so gelassen hinzunehmen, als hätte ich nie etwas anderes erwartet. Vergangenheit und Zukunft umspülten eine kleine warme Insel des Jetzt und Hier. Ich wußte, daß es nicht so bleiben konnte, aber ich machte mir gar keine Sorgen. In der Erinnerung ist der Sommer überschattet von Ereignissen, die viel später eintraten. Ich spüre nicht mehr, wie schön es war, ich weiß es nur noch. Das ist ein schrecklicher Unterschied. Deshalb gelingt es mir nicht, das Bild der Alm zu zeichnen. Meine Sinne erinnern sich schlechter als mein Hirn, und eines Tages werden sie vielleicht ganz aufhören, sich zu erinnern. Ehe dies eintritt, muß ich alles niedergeschrieben haben.

Schon näherte sich der Sommer seinem Ende. In der letzten Augustwoche brach Schlechtwetter ein. Es wurde kalt und regnerisch, und ich mußte den ganzen Tag heizen. Damals verbrauchte ich zuviel Zündhölzchen, denn das Fallholz brannte sofort nieder, wenn ich die Hütte verließ. Bella und Stier blieben auf der Weide. Sie schienen nicht zu frieren, sahen aber weniger vergnügt aus als im Sommer. Tiger verbrachte eine unselige Woche in der

Hütte, saß auf dem Fensterbrett und starrte vergrämt in den Regen. Ich verrichtete meine täglichen Arbeiten, und ganz langsam fing ich an, mich nach dem Jagdhaus zu sehnen, nach meinem Schlafrock, der Steppdecke und den knisternden Buchenscheiten. Jeden Mittag nahm ich den Lodenmantel, zog die Kapuze über und ging mit Luchs in den Wald. Ziellos wanderte ich unter den tropfenden Bäumen, ließ Luchs ein wenig stöbern, um ihn bei Laune zu erhalten, und kehrte fröstelnd zur Hütte zurück. Da ich sonst nichts zu tun hatte, ging ich früh schlafen, und je mehr ich schlief, desto schläfriger wurde ich. Ich ärgerte mich darüber und fing an, trübsinnig zu werden. Tiger wanderte klagend von der Küche zur Kammer und versuchte, mich zum Spielen zu verlocken, gab es aber überdrüssig selbst bald wieder auf. Nur Luchs kränkte sich nicht über den Regen und schlief, von unseren kurzen Ausflügen abgesehen, Tag und Nacht im Ofenloch. Endlich fing es sogar in riesigen, nassen Flokken zu schneien an. Bald waren wir mitten im ärgsten Gestöber. Ich zog mich an und führte Bella und Stier in den Stall. Die ganze Nacht schneite es, und am Morgen lag der Schnee zehn Zentimeter hoch. Der Himmel war bedeckt, und der Wind blies kalt. Gegen Nachmittag wurde es wärmer, und es fiel ein wenig Regen. Ich sah jetzt deutlich, daß ich unsere Heimkehr nicht zu lange verzögern durfte.

Nach einer Woche erwachte ich davon, daß die Sonne auf mein Gesicht fiel. Es war wirklich noch einmal schön geworden. Die Luft war noch kalt, aber der Himmel klar und blaßblau. Die Sonne schien mir ein wenig matter und kleiner als zuvor, aber das bildete ich mir sicher nur ein. Der Tag wurde strahlend schön, aber irgend etwas hatte sich verändert. Von den Felsen schimmerte der erste Schnee und ließ mich frösteln. Luchs und Tiger standen schon an der Tür, und ich ließ sie ins Freie. Dann führte ich Bella und Stier auf die Weide. Die Luft roch nach Schnee, und es wurde erst mittags warm. Der Sommer war vorüber. Ich wollte jetzt doch mit dem Abtrieb von der Alm noch warten, und es blieb auch wirklich weiterhin schön bis zum zwanzigsten September. Am Abend mußte ich die Sterne durchs Fenster betrachten, im

Freien war es schon viel zu kühl. Sie schienen sich weiter in den Raum zurückgezogen zu haben, und ihr Licht war kälter als in den vergangenen Sommernächten.

Ich nahm mein altes Leben wieder auf, ging mit Luchs spazieren, spielte mit Tiger und kümmerte mich um das Hauswesen. Aber auf seltsame Weise fühlte ich mich ein wenig ernüchtert. Eines Nachts, ich fing schon an im Bett zu frieren, sah ich ein, daß es gefährlich war, noch länger zuzuwarten. Ich packte am frühen Morgen die notwendigsten Dinge in den Rucksack, steckte Tiger in die verhaßte Schachtel, holte Bella und Stier aus dem Stall und war reisebereit. Um sieben Uhr brachen wir auf, und um elf erreichten wir das Jagdhaus. Zunächst befreite ich den jämmerlich klagenden Tiger aus seinem Gefängnis und sperrte ihn ins Haus. Bella und Stier ließ ich, nachdem sie am Brunnen getrunken hatten, auf der Lichtung weiden. Das Wetter war ja noch immer schön, und es war hier wärmer als auf der Alm. Als ich ins Haus kam, lag Tiger schon im Kasten, wo er sich sicher zu fühlen schien. Luchs begrüßte das Jagdhaus freudig. Er begriff, daß wir nach Hause gekommen waren, und begleitete mich, aufgeregt japsend, auf Schritt und Tritt. Bis zum späten Nachmittag war ich im Haus beschäftigt und kam erst nach dem Melken und nachdem ich Bella und Stier in ihren alten Stall gebracht hatte dazu, etwas zu essen. Das Feuer brannte im Herd, richtiges, knisterndes Feuer aus Buchenscheiten, und das Haus roch nach Luft und gewaschenem Holz. Luchs kroch ins Ofenloch, und auch ich ging müde zu Bett. Ich streckte mich lang aus, löschte die Kerze und schlief sofort ein.

Etwas stieß feucht und kalt gegen mein Gesicht und weckte mich mit kleinen Freudenschreien. Ich machte Licht, und dann nahm ich das graue, taufeuchte Bündel in die Arme und drückte es an mich. Die Katze war wirklich heimgekommen. Unter vielen Grrus, Guarrs und Miaus berichtete sie die Erlebnisse ihres langen einsamen Sommers. Ich stand auf und füllte ihre Schüssel mit warmer Milch, auf die sie sich gierig stürzte. Sie war abgemagert und ungepflegt, schien aber ganz gesund zu sein. Luchs kam herbei, und die beiden begrüßten einander fast zärtlich. Vielleicht hatte ich der Katze immer unrecht getan, weil ich sie für kühl und abweisend gehalten hatte. Andrerseits sind ein warmer Herd, süße Milch und ein sicherer Platz im Bett schon ein wenig Geschrei wert. Jedenfalls waren wir alle glücklich vereint, und als ich wieder im Bett lag und den kleinen, vertrauten Körper an meinen Beinen spürte, war ich sehr froh, wieder daheim zu sein. Es war schön gewesen auf der Alm, schöner als es hier sein konnte, aber zu Hause war ich im Jagdhaus. Ich dachte fast mit Unbehagen an den Sommer zurück und war froh, ins gewöhnliche Leben zurückgekehrt zu sein.

In den folgenden Tagen hatte ich wenig Zeit für die Tiere. Jeden Morgen stieg ich mit Luchs auf die Alm und brachte große Rucksäcke voll Hausrat zurück. Es war weniger anstrengend als im Mai, weil es diesmal bergab ging. Nur das Butterfaß ließ wieder einige blaue Flecken auf meinem Rücken zurück. Als ich mich, ehe ich in den Wald trat, zum letztenmal umwandte, sah ich noch einmal die Wiese, vom Herbstwind gekräuselt, unter dem hohen blaßblauen Himmel. Ich gehörte schon nicht mehr in die große Weite und Stille. Ich wußte, daß es nie mehr so sein würde wie in diesem Sommer. Es gab keinen vernünftigen Grund dafür, aber ich wußte es mit großer Sicherheit. Heute glaube ich, ich wußte es, weil ich keine Wiederholung wünschte. Jede Steigerung dieses Ausnahmezustands hätte mich und meine Tiere in große Gefahr gebracht.

Bergab ging es unter dunklen Fichten, auf holprigen Wegen, und das winzige Stück Bläue über mir hatte nichts gemein mit dem Himmel über der Alm. Jeder Stein am Weg, jeder kleine Strauch bot sich mir vertraut dar, schön, aber ein wenig gewöhnlich gegen den gleißenden Schnee auf den Felsen. Aber diese vertraute Gewöhnlichkeit war es, die ich zum Leben brauchte, wenn ich ein Mensch bleiben wollte. Auf der Alm war etwas von der Kälte und Weite des Himmels in mich eingesickert und hatte mich unmerklich vom Leben entfernt. Aber das lag schon sehr weit zurück. Während ich zu Tal stieg, drückte nicht nur das Butterfaß schmerzlich auf meine Schultern; alle Sorgen, die ich abgetan hatte, wurden wieder lebendig. Ich war nicht mehr losgelöst von der Erde, sondern mühselig und beladen, wie es einem Menschen zusteht. Und es schien mir gut und richtig, und ich nahm die schwere Last willig auf mich.

Nach zwei Ruhetagen besichtigte ich den Erdapfelakker. Das Kraut stand dicht und grün und fing noch nicht an, gelb zu werden. Ich mußte noch einige Wochen mit Fleisch und Mehl durchkommen, aber auch Mehl hatte ich nur noch wenig. Ich kochte Brennesselspinat, der nicht so gut war wie im Frühling, aber doch den Magen füllte. Dann suchte ich meine Obstbäume auf. Die Zwetschgen, die reichlich geblüht und angesetzt hatten, mußten im Sommer abgefallen sein. Dafür gab es mehr Äpfel als im Vorjahr und eine Menge Holzäpfel. Auch mit dieser Ernte mußte ich noch warten. Ich aß einen Apfel, aber er war noch grün, und ich bekam Magenschmerzen davon.

Der zweite Herbst im Wald war für mich gekommen. Zyklamen blühten an feuchten und schattigen Stellen unter den Haselbüschen, und die Schlucht war blaugesäumt vom Enzian. Der Ostwind schlug in Südwind um und brachte unangenehm warme Luft mit sich. Vielleicht war ich doch zu früh von der Alm aufgebrochen, aber ich wußte schon, daß dem Föhn sehr bald schlechtes Wetter folgen mußte. Ich fühlte mich müde und gereizt, schleppte Heu in die Garage und war froh, im Frühling so viel Holz gehackt zu haben, daß mir wenigstens diese Arbeit erspart blieb.

Endlich kam der Regen, aber immer noch blieb es mäßig warm. Ich mußte abends heizen, aber das muß man hier auch an kühleren Sommertagen. Ich blieb im Haus und nähte Hugos alten Hüttenanzug für mich um. Ich nähte sehr schlecht und ohne jedes Geschick, aber es mußte ja kein Meisterwerk werden. Diese Arbeit, die ich so ungern tat, beschäftigte nur meine Hände. Meine Gedanken gingen spazieren. Es war angenehm, in einer warmen Stube zu sein. Luchs schlief im Ofenloch, die Katze auf meinem Bett, und Tiger trieb einen Papierball von einer Ecke in die andere. Er war jetzt fast erwachsen und schon größer als seine Mutter. Sein dicker Katerkopf war fast doppelt so breit wie ihr zartes Köpfchen. Die alte Katze war Tiger nach unserer Rückkehr feindselig begegnet, bis er sie, wohl aus Angst, kräftig angefaucht hatte.

Daraufhin vertrugen sie sich, das heißt, sie übersahen einander, und jede benahm sich, als wäre sie die einzige Katze im Haus. Tiger hatte seine Mutter nicht wiedererkannt. Er war ja noch klein gewesen, als wir auf die Alm gezogen waren, und die Alte hatte längst aufgehört, sich um ihn zu kümmern. Durch das Regenwetter wurde es früh dunkel, und um zu sparen, ging ich früh zu Bett. Ich schlief nicht so gut wie auf der Alm, wo ich schon von der Luft allein müde geworden war. Zwei- oder dreimal erwachte ich nachts und bemühte mich, nicht zu denken, um den Schlaf nicht ganz zu verscheuchen. Ich stand erst gegen sieben Uhr auf, um in den Stall zu gehen. Bella und Stier hatten sich wieder völlig eingelebt, nur gab Bella etwas weniger Milch durch die Umstellung auf das schlechtere Futter auf der Lichtung. Ich hoffte aber, das würde sich mit der Heufütterung bessern.

Ganz langsam wurde das Wetter kühl und unfreundlich. Ich ging jeden Tag mit Luchs in den Wald, und als der Regen nachließ, versuchte ich, ein paar Forellen zu fangen. An einem Nachmittag fing ich zwei, am nächsten nur eine, und die mit der Hand. Ich weiß nicht, ob Fische schlafen, aber diese eine mußte in ihrem Tümpel eingenickt sein. Es war nicht mehr viel los mit der Fischerei. Die Forellen wollten nicht mehr beißen. Ich konnte mich nicht an die Schonzeiten halten, aber es ergab sich auf diese Weise von selbst, daß ich keinen Fisch mehr fing. Durch den Föhneinbruch hatte die Hirschbrunft früher eingesetzt, und auch deshalb war mein Schlaf gestört. Es schien mir jetzt mehr Hirsche zu geben als im Vorjahr. Ich hatte recht behalten mit meinen Befürchtungen; aus den fremden Revieren, in denen sie sich unbehindert vermehren konnten, wechselten sie zu mir herüber. Eines Tages, wenn nicht ein unmäßig strenger Winter kam, würde der Wald von Wild überquellen. Ich kann heute noch nicht sagen, wie sich die Dinge weiterentwickeln werden; sollte ich mich aber unter der Wand durchgraben, werde ich diese letzte Arbeit sehr gründlich erledigen und ein richtiges Tor aus Erde und Steinen bauen. Ich darf meinem Wild diese letzte Möglichkeit nicht vorenthalten.

Endlich drehte sich der Wind wieder und kam jetzt von

Osten. Noch einmal wurde es wirklich schön. Mittags erwärmte sich die Luft so stark, daß ich auf der Bank in der Sonne sitzen konnte. Die großen Waldameisen wurden wieder sehr unternehmungslustig und zogen in grauschwarzen Prozessionen an mir vorüber. Sie schienen äußerst zielbewußt und waren nicht abzulenken von ihrer Arbeit. Sie schleppten Fichtennadeln, kleine Käfer und Erdstückchen und plagten sich sehr. Sie taten mir immer ein wenig leid. Ich war nie fähig, einen Ameisenhaufen zu zerstören. Meine Haltung gegen die kleinen Roboter schwankte zwischen Bewunderung, Grausen und Mitleid. Natürlich nur, weil ich sie mit Menschenaugen betrachtete. Einer riesigen Überameise wäre wahrscheinlich mein Treiben höchst rätselhaft und unheimlich erschienen.

Bella und Stier verbrachten den ganzen Tag auf der Lichtung und rupften, nun schon ein wenig lustlos, an den harten, gelblichen Gräsern. Sie zogen entschieden das frische, duftende Heu vor, mit dem ich sie am Abend fütterte. Tiger spielte in meiner Nähe, hielt sich aber von den Ameisen fern, und Luchs unternahm kleine Ausflüge ins Gebüsch, von denen er alle zehn Minuten zurückkam, mich fragend ansah und, nach einem lobenden Wort von mir, beruhigt wieder verschwand.

Fast den ganzen Oktober hindurch blieb das Wetter schön. Ich nützte nun doch die günstige Zeit und verdoppelte meinen Holzvorrat. Das ganze Haus war jetzt bis zur Veranda mit aufgestapeltem Holz bedeckt und sah aus wie eine Festung, aus der die kleinen Fenster wie Schießscharten blickten. Die Holzstöße schwitzten gelbes Harz aus und erfüllten die ganze Lichtung mit seinem Geruch. Ich arbeitete ruhig und gleichmäßig dahin, ohne mich übermäßig anzustrengen. Im ersten Jahr war mir das noch nicht gelungen. Ich hatte einfach den richtigen Rhythmus noch nicht gefunden. Aber dann hatte ich ganz langsam dazugelernt und mich dem Wald angepaßt. Man kann jahrelang in nervöser Hast in der Stadt leben, es ruiniert zwar die Nerven, aber man kann es lange Zeit durchhalten. Doch kein Mensch kann länger als ein paar Monate in nervöser Hast bergsteigen, Erdäpfel einlegen, holzhacken oder mähen. Das erste Jahr, in dem ich mich noch nicht angepaßt hatte, war weit über meine Kräfte gegangen, und ich werde mich von diesen Arbeitsexzessen nie ganz erholen. Unsinnigerweise hatte ich mir auf jeden derartigen Rekord auch noch etwas eingebildet. Heute gehe ich sogar vom Haus zum Stall in einem geruhsamen Wäldlertrab. Der Körper bleibt entspannt, und die Augen haben Zeit zu schauen. Einer, der rennt, kann nicht schauen. In meinem früheren Leben führte mich mein Weg jahrelang an einem Platz vorbei, auf dem eine alte Frau die Tauben fütterte. Ich mochte Tiere immer gern, und jenen, heute längst versteinerten Tauben gehörte mein ganzes Wohlwollen, und doch kann ich nicht eine von ihnen beschreiben. Ich weiß nicht einmal, welche Farbe ihre Augen und ihre Schnäbel hatten. Ich weiß es einfach nicht, und ich glaube, das sagt genug darüber aus, wie ich mich durch die Stadt zu bewegen pflegte. Seit ich langsamer geworden bin, ist der Wald um mich erst lebendig geworden. Ich möchte nicht sagen, daß dies die einzige Art zu leben ist, für mich ist sie aber gewiß die angemessene. Und was mußte alles geschehen, ehe ich zu ihr finden konnte. Früher war ich immer irgendwohin unterwegs, immer in großer Eile und erfüllt von einer rasenden Ungeduld, denn überall, wo ich anlangte, mußte ich erst einmal lange warten. Ich hätte ebensogut den ganzen Weg dahinschleichen können. Manchmal erkannte ich meinen Zustand und den Zustand unserer Welt ganz klar, aber ich war nicht fähig, aus diesem unguten Leben auszubrechen. Die Langeweile, unter der ich oft litt, war die Langeweile eines biederen Rosenzüchters auf einem Kongreß der Autofabrikanten. Fast mein ganzes Leben lang befand ich mich auf einem derartigen Kongreß, und es wundert mich, daß ich nicht eines Tages vor Überdruß tot umgefallen bin. Wahrscheinlich konnte ich überhaupt nur leben, weil ich mich immer in meine Familie flüchten konnte. In den letzten Jahren schien es mir allerdings oft, als wären auch meine engsten Angehörigen zum Feind übergelaufen, und das Leben wurde wirklich grau und trübe.

Hier, im Wald, bin ich eigentlich auf dem mir angemessenen Platz. Ich trage den Autofabrikanten nichts nach, sie sind ja längst nicht mehr interessant. Aber wie sie mich alle gequält haben mit Dingen, die mir zuwider waren. Ich hatte nur dieses eine kleine Leben, und sie ließen es mich nicht in Frieden leben. Gasrohre, Kraftwerke und Ölleitungen; jetzt, da die Menschen nicht mehr sind, zeigen sie erst ihr wahres jämmerliches Gesicht. Und damals hatte man sie zu Götzen gemacht anstatt zu Gebrauchsgegenständen. Auch ich habe mitten im Wald so ein Ding stehen, Hugos schwarzen Mercedes. Er war fast neu, als wir damit herkamen. Heute ist er ein grünüberwuchertes Nest für Mäuse und Vögel. Besonders im Juni, wenn die Waldrebe blüht, sieht er sehr hübsch aus, wie ein riesiger Hochzeitsstrauß. Auch im Winter ist er schön, wenn er im Rauhreif glitzert oder eine weiße Haube trägt. Im Frühling und Herbst sehe ich zwischen den braunen Stengeln das verblaßte Gelb der Polsterung, Buchenblätter, Schaumgummistückchen und Roßhaar, von winzigen Zähnen herausgerissen und zerzupft.

Ein herrliches Heim ist Hugos Mercedes geworden, warm und windgeschützt. Man müßte mehr Autos in den Wäldern aufstellen, sie gäben gute Nistplätze ab. Auf den Straßen über Land stehen sie wohl zu Tausenden, überwuchert von Efeu, Brennesseln und Gebüsch. Aber sie sind ganz leer und unbewohnt.

Ich sehe das Wuchern der Pflanzen, grün, satt und lautlos. Und ich höre den Wind und die vielen Geräusche in den toten Städten, Fensterscheiben, die auf dem Pflaster zersplittern, wenn die Angeln durchgerostet sind, das Tropfen des Wassers aus den geborstenen Leitungen und das Schlagen Tausender Türen im Wind. Manchmal, in stürmischen Nächten, kippt ein steinernes Ding, das einmal ein Mensch war, vom Sessel vor dem Schreibtisch und schlägt dröhnend auf dem Parkett auf. Eine Zeitlang muß es auch große Brände gegeben haben. Aber jetzt ist das wohl vorüber, und die Pflanzen haben es eilig, unsere Reste zu bedecken. Wenn ich den Boden hinter der Wand betrachte, sehe ich keine Ameise, keinen Käfer, nicht das kleinste Insekt. Aber es wird nicht so bleiben. Mit dem Wasser aus den Bächen wird das Leben, winziges einfaches Leben, einsickern und die Erde wiederbeleben. Das könnte mir ganz gleichgültig sein, aber seltsamerweise erfüllt es mich mit heimlicher Befriedigung.

Am sechzehnten Oktober, seit ich von der Alm zurück war, machte ich wieder regelmäßig Notizen; am sechzehnten Oktober nahm ich die Erdäpfel aus der Erde und sammelte die schwarzbestäubten Knollen in Säcke. Die Ernte war gut ausgefallen, und die Mäuse hatten wenig Schaden angerichtet. Ich konnte zufrieden sein und dem Winter getrost entgegensehen. Ich wischte meine schwarzen Hände an einem Sack ab und setzte mich auf einen Baumstrunk. Die Zeit des ständigen Magenknurrens war vorbei, und das Wasser lief mir im Mund zusammen, wenn ich an die abendliche Mahlzeit dachte: frische Erdäpfel mit Butter. Die letzten Sonnenstrahlen fielen durch die Buchen, und ich ruhte müde und zufrieden aus. Der Rücken schmerzte vom Bücken, aber er schmerzte angenehm, gerade so viel, daß ich merkte, daß ich überhaupt einen Rücken hatte. Das Heimschleppen der Säcke auf den Ästen stand mir noch bevor. Ich band immer zwei auf die Buchenzweige, die mir im Sommer einen Wagen und im Winter einen Schlitten ersetzten, und zog sie auf dem ausgetretenen Pfad zum Jagdhaus. Als ich am Abend alle Erdäpfel in der Kammer untergebracht hatte, war ich so müde, daß ich ohne Abendessen zu Bett ging und das große Festessen verschieben mußte.

Am einundzwanzigsten Oktober, noch immer bei heiterem Wetter, holte ich die Äpfel und die Holzäpfel nach Hause. Die Äpfel schmeckten wunderbar, auch wenn sie noch ein wenig fest waren. Ich legte sie in der Kammer auf und achtete darauf, daß sie einander nicht berührten. Die mit den Druckflecken legte ich in die erste Reihe, zum raschen Verbrauch bestimmt. Sie sahen sehr hübsch aus, grasgrün, mit feuerroten scharf abgesetzten Backen, wie der Apfel in der Geschichte von Schneewittchen.

An die Märchen erinnerte ich mich noch sehr genau, aber sonst hatte ich sehr viel vergessen. Da ich ohnedies nicht viel gewußt hatte, blieb nur wenig Wissen übrig. Namen lebten in meinem Kopf und ich wußte nicht mehr, wann ihre Träger gelebt hatten. Ich hatte immer nur für die Prüfungen gelernt, und später hatten mir die Lexika im Rücken ein Gefühl der Sicherheit gegeben. Jetzt, ohne diese Hilfen, herrschte in meinem Gedächtnis ein furchtbares Durcheinander. Manchmal fielen mir Gedichtzeilen ein, und ich wußte nicht, von wem sie stammten, dann packte mich das quälende Verlangen, in die nächste Bibliothek zu gehen und Bücher zu holen. Es tröstete mich ein wenig, daß es die Bücher noch geben mußte und ich sie mir eines Tages beschaffen würde. Heute weiß ich, daß es dann zu spät sein wird. Ich könnte selbst in normalen Zeiten nicht lange genug leben, um alle Lücken aufzufüllen. Ich weiß auch nicht, ob mein Kopf sich diese Dinge noch merken könnte. Ich werde, wenn ich je hier herauskommen sollte, alle Bücher, die ich finde, liebevoll und sehnsüchtig streicheln, aber ich werde sie nicht mehr lesen. Solange ich lebe, werde ich alle Kraft dazu brauchen, mich und die Tiere am Leben zu erhalten. Ich werde nie eine wirklich gebildete Frau sein, damit muß ich mich abfinden.

Die Sonne schien noch immer, aber es wurde von Tag zu Tag ein wenig kühler, und am Morgen lag manchmal ein Hauch von Reif. Die Bohnenernte war sehr gut ausgefallen, und jetzt war es an der Zeit, die Preiselbeeren von der Alm zu holen. Ich stieg sehr ungern auf die Alm, aber ich glaubte, auf die Beeren nicht verzichten zu können. Die Almwiese lag still und verzaubert unter dem blassen Oktoberhimmel. Ich besuchte den Aussichtspunkt und sah über das Land hin. Die Fernsicht war besser als im Sommer, und ich entdeckte einen winzigen roten Kirchturm, den ich nie zuvor gesehen hatte. Die Wiesen waren jetzt gelb, mit einem bräunlichen Hauch darüber, dem Meer der reifen Samen. Und dazwischen lagen die rechteckigen und quadratischen Flächen, die einmal Getreidefelder gewesen waren. In diesem Jahr waren sie schon zerfressen von großen grünlichen Flecken, dem wuchernden Unkraut. Ein Paradies für Spatzen. Nur, es gab dort keinen einzigen kleinen Spatzen mehr. Sie lagen wie Spielzeugvögel im Gras, schon halb in der Erde versunken. Ich hatte den Ort ohne Hoffnung betreten und doch, als ich das alles sah, keine Rauchwolke, nicht die kleinste Spur von Leben, überfiel mich wieder tiefe Niedergeschlagenheit. Luchs wurde aufmerksam und drängte mich, weiterzugehen. Es war auch viel zu kühl, um lange sitzen zu bleiben. Ich pflückte drei Stunden lang Beeren. Es war eine lästige Arbeit. Meine Hände hatten ganz verlernt, mit so kleinen Dingen umzugehen, und waren sehr ungeschickt. Endlich hatte ich meinen Eimer gefüllt, setzte mich auf die Bank vor der Hütte und trank heißen Tee. Die Wiese zeigte große Flecken, wo sie abgegrast und wieder nachgewachsen war. Das Gras war schon gelblich und ein wenig saftlos. Dort und da stand ein lilafarbener niedriger Büschelenzian. Er sah aus, als wären seine Blüten aus zarter alter Seide geschnitten. Ein kränkliches Herbstgewächs. Ich sah auch den Bussard wieder kreisen und jäh in den Wald niederstoßen. Das Gefühl überkam mich, daß es besser war, für immer von der Alm wegzubleiben.

Ich mag nicht, wenn man mich überfällt, und setzte mich sofort zur Wehr. Es gab keinen vernünftigen Grund, warum ich der Alm fernbleiben sollte, und ich schob das Unlustgefühl auf die Furcht vor der beschwerlichen Übersiedlung. Aber ich konnte auf meine Trägheit keine Rücksicht nehmen, alles war längst beschlossen und für gut befunden. Und doch, ich fröstelte beim Anblick der gelben Wiese, der gleißenden Felsen und des kränklichen Enzians. Das plötzliche Gefühl einer großen Einsamkeit, Leere und Helle, ließ mich aufstehen und die Alm fast fluchtartig verlassen. Schon auf dem vertrauten Waldpfad schien mir alles sehr unwirklich. Es wurde rasch kalt, und Luchs drängte heim in die warme Hütte.

Am folgenden Tag kochte ich die Beeren ein und füllte sie in Gläser, die ich mit Zeitungen zubinden mußte. Die letzten schönen Tage benützte ich dazu, mit der Sichel Streu für Bella und Stier zu mähen, und da ich schon dabei war, mähte ich auch ein Stück der Waldwiese für das Wild. Die Streu brachte ich über dem Stall und in einer der oberen Kammern unter, und das Heu gab ich, nachdem es trocken war, unter ein Schutzdach, wo auch früher schon das Heu für die Wildfütterung aufbewahrt worden war. Den Kartoffelacker ließ ich wie er war, und wollte ihn erst im Frühling umstechen und düngen. Dann war ich müde und ein wenig verwundert darüber, daß es mir wirklich gelungen war, Vorbereitungen für den Winter zu treffen. Aber schließlich hatte es ja immer wieder gute Jahre gegeben, warum sollte nicht auch mir ein gutes Jahr geschenkt werden?

Zu Allerheiligen wurde es plötzlich warm, und ich wußte, daß dies nur den Winter einleiten konnte. Den ganzen Tag über, während ich meine Arbeit tat, mußte ich an die Friedhöfe denken. Es lag kein besonderer Anlaß vor, aber ich konnte es nicht vermeiden, weil es so viele Jahre hindurch üblich gewesen war, zu dieser Zeit an die Friedhöfe zu denken. Ich stellte mir vor, wie das Gras die Blumen auf den Gräbern längst erstickt hatte, die Steine und Kreuze langsam in die Erde sanken und die Brennesseln alles überwucherten. Ich sah die Schlingpflanzen an den Kreuzen, die zerbrochenen Laternen und die Reste der Wachsstümpfchen. Und nachts lagen die Friedhöfe ganz verlassen. Kein Licht brannte, und nichts regte sich als das Rascheln des Windes im trockenen Gras. Ich erinnerte mich der Menschenprozessionen mit den Einkaufstaschen voll riesiger Chrysanthemen und des geschäftigen, verstohlenen Wühlens und Gießens auf den Gräbern. Ich habe Allerseelen nie gemocht. Das Geflüster der alten Frauen über Krankheit und Auflösung, und dahinter die böse Angst vor den Toten und viel zuwenig Liebe. So sehr man versucht hatte, dem Fest einen schönen Sinn zu geben, die uralte Angst der Lebenden vor den Toten war unausrottbar. Man mußte die Gräber der Toten schmücken, um sie vergessen zu dürfen. Es tat mir schon als Kind immer weh, daß man die Toten so schlecht behandelte. Jeder Mensch konnte sich doch ausrechnen, daß man bald auch ihm den toten Mund mit Papierblumen, Kerzen und ängstlichen Gebeten stopfen würde.

Jetzt endlich konnten die Toten in Frieden ruhen, unbelästigt von den wühlenden Händen derer, die an ihnen schuldig geworden waren, von Nesseln und Gras überwuchert, von Feuchtigkeit getränkt, unter dem ewigen raschelnden Wind. Und wenn es jemals wieder Leben geben sollte, so würde es aus ihren aufgelösten Leibern wachsen und nicht aus den steinernen Dingern, die für alle Zeiten zur Leblosigkeit verdammt waren. Ich hatte Mitleid mit ihnen, mit den Toten und mit den Steinernen. Mitleid war die einzige Form der Liebe, die mir für Menschen geblieben war.

Die heißen Windstöße vom Gebirge her wühlten mich

auf und hüllten mich in eine traurige Dunkelheit, gegen die ich mich vergebens zur Wehr setzte. Auch die Tiere litten unter dem Föhn. Luchs lag ermattet unter einem Busch, und Tiger schrie und klagte den ganzen Tag und verfolgte seine Mutter mit dranghafter Zärtlichkeit. Aber sie wollte nichts von ihm wissen, und da lief Tiger auf die Wiese und rannte mit dem Kopf immer wieder laut schreiend gegen einen Baum. Als ich ihn entsetzt streichelte, bohrte er seine heiße Nase kläglich schreiend in meine Hand. Tiger war plötzlich nicht mehr mein kleiner Spielgefährte, sondern ein fast erwachsener Kater, den die Liebe quälte. Da die alte Katze nichts von ihm wissen wollte, sie war in der letzten Zeit recht mürrisch geworden, würde Tiger in den Wald laufen und verzweifelt ein Weibchen suchen, und es gab doch für ihn kein Weibchen. Ich verwünschte den warmen Wind und ging voll finsterer Gedanken zu Bett. Die Katzen liefen beide in die Nacht hinaus, und bald hörte ich aus dem Wald Tigers Gesang. Er besaß eine prächtige Stimme, ein Erbstück von Herrn Ka-au Ka-au, aber jugendlicher und geschmeidiger. Armer Tiger, er würde vergeblich singen.

Die ganze Nacht lag ich in jenem halbwachen Zustand, in dem ich mir einbildete, mein Bett wäre ein Kahn auf hoher See. Es war fast wie ein Fieberanfall und machte mich matt und schwindlig. Immerfort glaubte ich, in einen Abgrund zu stürzen, und sah schreckliche Bilder. All dies geschah auf einer tanzenden Wasserfläche, und bald hatte ich nicht mehr die Kraft, mir zu sagen, daß es nicht wirklich wäre. Es war sehr wirklich, und Vernunft und Ordnung zählten nicht länger. Gegen Morgen sprang die Katze auf mein Bett und befreite mich von dem schrecklichen Zustand. Mit einem Schlag löste sich die ganze Verwirrung in Nichts auf, und ich schlief endlich ein.

Am Morgen war der Himmel schwarz verhangen; der fauchende Wind hatte sich gelegt, aber unter der Wolkendecke blieb es brütend warm. Der Tag kroch dahin, und die Luft war zäh und feucht und legte sich schwer auf die Lungen. Tiger war nicht nach Hause gekommen. Luchs schlich traurig umher. Er litt nicht so sehr unter dem Föhn wie unter meiner schlechten Stimmung, die mich von ihm entfernte und unansprechbar machte. Ich tat meine Arbeit im Stall und mußte Bella erst aufjagen, ehe ich sie melken konnte. Auch Stier war merkwürdig unruhig und widerspenstig. Nach der Arbeit legte ich mich auf mein Bett. Ich hatte ja nachts kaum geschlafen. Fenster und Tür standen offen, und Luchs ließ sich auf der Schwelle nieder, um meinen Schlaf zu bewachen. Ich schlief auch wirklich ein und fand mich in einem lebhaften Traum.

Ich war in einem saalartigen sehr hellen Raum, der ganz in Weiß und Gold gehalten war. Prächtige Barockmöbel standen an den Wänden, und der Boden war mit kostbaren Parketten ausgelegt. Als ich aus dem Fenster sah, erblickte ich einen kleinen Pavillon in einem französischen Park. Irgendwo spielte man die Kleine Nachtmusik. Plötzlich wußte ich, daß es dies alles nicht mehr gab. Das Gefühl, einen schrecklichen Verlust erlitten zu haben, überfiel mich mit Gewalt. Ich preßte die Hände auf den Mund, um nicht zu schreien. Da erlosch das helle Licht, das Gold versank in Dämmerung, und die Musik ging in monotones Trommeln über. Ich erwachte. Der Regen schlug gegen die Scheiben. Ich blieb ganz ruhig auf dem Bett liegen und lauschte. Die Kleine Nachtmusik hatte sich im Regen versteckt, und ich konnte sie nicht wiederfinden. Es war wie ein Wunder, daß mein schlafendes Hirn eine vergangene Welt zu neuem Leben erweckt hatte. Ich konnte es noch immer nicht fassen.

An jenem Abend waren wir alle wie erlöst von einem Alpdruck. Tiger kam durch die Katzentür gekrochen, zerzaust, das Fell von Erde und Nadeln bedeckt, aber erlöst von seinem Wahn. Er schrie sich seine Angst vom Leib und kroch, nachdem er Milch getrunken hatte, erschöpft in den Kasten. Die alte Katze ließ sich gnädig von mir streicheln, und Luchs kroch auf sein Lager, als er sich von meiner Rückwandlung in sein vertrautes Menschenwesen überzeugt hatte. Ich legte mein altes Kartenspiel und lauschte beim Schein der Lampe dem Regen, der gegen die Läden schlug. Dann stellte ich einen Eimer unter die Dachtraufe, um Wasser zum Haarwaschen aufzufangen, ging in den Stall, um zu füttern und zu melken, und dann legte ich mich nieder und schlief tief bis zum kühlen Regenmorgen. Die nächsten Tage, es regnete ruhig und beständig weiter, blieb ich im Haus. Ich hatte mein Haar gewaschen, und es flog mir jetzt leicht und gebauscht um den Kopf. Vom Regenwasser war es weich und glatt geworden. Vor dem Spiegel schnitt ich es kurz, daß es gerade die Ohren bedeckte, und betrachtete mein gebräuntes Gesicht unter der sonnengebleichten Haarkappe. Es sah ganz fremd aus, mager, mit leichten Höhlungen in den Wangen. Die Lippen waren schmaler geworden, und ich fand dieses fremde Gesicht von einem heimlichen Mangel gezeichnet. Da kein Mensch mehr lebte, der dieses Gesicht hätte lieben können, schien es mir ganz überflüssig. Es war nackt und armselig, und ich schämte mich seiner und wollte nichts mit ihm zu tun haben. Meine Tiere hingen an meinem vertrauten Geruch, an meiner Stimme und an gewissen Bewegungen. Ich konnte mein Gesicht ruhig ablegen, es wurde nicht mehr gebraucht. Dieser Gedanke ließ ein Gefühl der Leere in mir aufkommen, das ich unbedingt loswerden mußte. Ich suchte mir irgendeine Arbeit und sagte mir, daß es in meiner Lage kindisch wäre, um ein Gesicht zu trauern, aber das quälende Gefühl, etwas Wichtiges verloren zu haben, ließ sich nicht verscheuchen.

Am vierten Tag fing der Regen an, lästig zu werden, und ich fand mich undankbar, wenn ich an die Erlösung dachte, die er uns nach dem Föhn gebracht hatte. Aber es ließ sich einfach nicht leugnen, ich hatte bis zum Hals genug davon, und meine Tiere waren ganz meiner Meinung. Darin waren wir einander sehr ähnlich. Wir wünschten uns windstilles heiteres Wetter und jede Woche einen Regentag zum Ausschlafen. Aber keiner kümmerte sich um unsere Ungeduld, und wir mußten noch vier weitere Tage dem sanften Rieseln und Plätschern lauschen. Wenn ich mit Luchs in den Wald ging, schlugen die Zweige naß um meine Beine, und die Feuchtigkeit zog sich in mein Gewand. Manchmal verschwimmen die Regentage für mich in der Erinnerung zu einem monatelangen Tag, indem ich trostlos ins graue Licht starrte. Aber ich weiß genau, daß es in den zweieinhalb Jahren nie länger als zehn Tage hintereinander regnete.

Inzwischen hatte sich im Stall etwas angebahnt, das mich in Schrecken versetzte. Bella verlangte nach einem

Gatten und brüllte den ganzen Tag. Das war nichts Neues, es wiederholte sich alle paar Wochen, und ich hatte mir angewöhnt, es nicht zu beachten, weil ich ihr nicht helfen konnte. Wieso ich aber nie weiter gedacht hatte, verstehe ich heute kaum. Irgend etwas in mir mußte den Gedanken unterdrückt haben, Stier könnte eines Tages erwachsen werden. Dabei wartete ich doch seit seiner Geburt auf diesen Zeitpunkt. Jedenfalls überraschte ich ihn eines Tages dabei, daß er sich seiner Mutter sehr eindeutig näherte. Meine erste Reaktion war Ärger und Schrecken. Er hatte sich vom Strick losgerissen und stand zitternd und mit rotgeäderten Augen vor mir. Eigentlich sah er schrecklich aus. Er ließ sich aber willig festbinden, und nichts weiter geschah.

Ich ging zunächst einmal ins Haus und setzte mich an den Tisch, um nachzudenken. Ich hatte keine Ahnung, wie ich mich verhalten mußte. Durfte ich die beiden Tiere überhaupt beieinander lassen, ohne Bella, die schwächer war als Stier, zu gefährden? In der folgenden Zeit wurde Stier immer zudringlicher, und Bella schien sich vor ihm zu fürchten. Ich mußte die beiden trennen. So erwünscht Stiers Mannbarkeit war, zunächst hatte ich nichts als Ärger ihretwegen. Es wurde mir klar, daß ich ihm einen eigenen festen Verschlag im Stall bauen mußte, aus dem er nicht ausbrechen konnte. Bretter waren für ihn nicht stark genug, es mußten Stämme sein. Ich schnitt auch zwei junge Bäume um, aber dann sah ich ein, daß ich den Verschlag nicht bauen konnte. Ich war zu schwach und ungeschickt für richtige Zimmermannsarbeit. Ich weinte vor Zorn und Enttäuschung, und dann fing ich an, eine andere Lösung zu suchen. Stier mußte in die Garage übersiedeln. Dieser Entschluß brachte eine Menge Arbeit mit sich. Ich mußte das Heu in einer der oberen Kammern unterbringen. Es war mühsam für mich, das Heu von dort jeden Tag in zwei Ställe zu tragen, und für Stier bedeutete die Umstellung eine Verbannung in Kälte und Dunkelheit. Aber ich hatte keine Wahl.

Ich grub in der Garage eine Rinne, um den Unrat abfließen zu lassen, und bedeckte den Boden mit Brettern und Streu, dann holte ich die zweite Bettstatt aus dem Stall, die Stier schon immer als Futterbarren gedient hatte, und da ich mich nicht mit der Dunkelheit abfinden konnte, schnitt ich mit der Säge ein Fenster aus der Bretterwand und nagelte mit Leisten über die Öffnung eine Scheibe aus einer der Kammern. Jetzt war wenigstens ein wenig Licht in der Garage. Dann verschmierte ich die Ritzen der Wände mit Erde und Moos, füllte Heu in die Raufe und stellte ein Schaff Wasser hinein. Und dann holte ich Stier. Er war nicht glücklich über die Übersiedlung, und ich war es auch nicht. Er stand, den großen Schädel traurig gesenkt, dumpf vor sich hin starrend und ließ alles willig mit sich geschehen. Er hatte nichts verbrochen und wurde bestraft dafür, daß er erwachsen war. Ich ging mit Luchs in den Wald, um das Gebrüll von Mutter und Sohn nicht mehr hören zu müssen. Mir blieb die doppelte Stallarbeit und das Gefühl, eine Grausamkeit begangen zu haben. Die armen Tiere hatten nichts besessen als einander und die endlose geheime Zwiesprache ihrer warmen Leiber. Ich hoffte, daß Bella ein Kalb empfangen hätte und bald nicht mehr einsam sein würde. Für Stier sah ich gar keine Hoffnung.

Es zeigte sich nach drei Wochen, daß Stier doch noch nicht reif gewesen war oder daß Bella nach der langen Wartezeit nicht mehr fähig war zu empfangen. Übrigens weiß ich das heute noch nicht mit Gewißheit. Als Bella wieder zu brüllen anfing, führte ich Stier, der mich freudig hinter sich nachschleifte, zu ihr. Die ganze Zeit über war ich außer mir vor Angst, Stier könnte seine zarte, kleine Mutter verletzen oder gar umbringen. Er führte sich auf wie ein Wilder. Bella schien aber anderer Meinung zu sein, und das beruhigte mich ein wenig. Nach drei Wochen brüllte sie schon wieder, und das schreckliche Schauspiel wiederholte sich. Als sich auch dann kein Erfolg zeigte, wußte ich überhaupt nicht, was ich tun sollte. Vielleicht durfte Stier sich noch gar nicht auf diese Weise betätigen. Ich beschloß, noch einige Monate zuzuwarten. Früher hatte ich Bellas Gebrüll leichter ertragen, jetzt, da ich es befriedigen hätte können, war es nicht anzuhören. Ich mußte jedesmal mit Luchs möglichst weit weg in den Wald gehen. Außerdem befand sich Stier in schrecklicher Erregung, und ich wagte mich kaum in den Stall. In den Zwischenzeiten verwandelte er sich wieder in ein großes gutartiges Kalb und war verspielt und zärtlich zu mir. Oft genug verfluchte ich in den folgenden Monaten den Kreislauf von Zeugen und Gebären, der meinen friedlichen Mutter-Kind-Stall in eine Hölle der Einsamkeit und des anfallsweisen Wahnsinns verwandelt hatte.

Jetzt brüllt Bella schon lange nicht mehr. Entweder erwartet sie wirklich ein Kalb, oder sie hat aufgehört, fruchtbar zu sein, und es ist ihr nichts geblieben als die laue Wärme des Stalles, Fressen, Wiederkäuen und manchmal eine dumpfe Erinnerung, die langsam abstirbt. Nach allem, was wir gemeinsam erlebt haben, ist Bella mehr als meine Kuh geworden, eine arme geduldige Schwester, die ihr Los mit mehr Würde trägt als ich. Wirklich, ich wünsche ihr ein Kalb. Es würde die Zeit meiner Gefangenschaft verlängern und mir neue Sorgen aufbürden, aber Bella soll ihr Kalb haben und glücklich sein, und ich werde nicht fragen, ob es in meine Pläne paßt.

Der November und der Dezemberbeginn waren ganz ausgefüllt mit der Arbeit am neuen Stall und den Aufregungen über Stier und Bella. Von Winterruhe konnte keine Rede sein. Ich habe Tiere immer gern gemocht, auf die leichte, oberflächliche Weise, in der Stadtmenschen sich zu ihnen hingezogen fühlen. Da ich plötzlich nur noch auf sie angewiesen war, änderte sich alles. Es soll Gefangene gegeben haben, die Ratten, Spinnen und Fliegen zähmten und anfingen, sie zu lieben. Ich glaube, sie verhielten sich ihrer Lage angemessen. Die Schranken zwischen Tier und Mensch fallen sehr leicht. Wir sind von einer einzigen großen Familie, und wenn wir einsam und unglücklich sind, nehmen wir auch die Freundschaft unserer entfernten Vettern gern entgegen. Sie leiden wie ich, wenn ihnen ein Schmerz zugefügt wird, und wie ich brauchen sie Nahrung, Wärme und ein bißchen Zärtlichkeit.

Übrigens hat meine Zuneigung sehr wenig mit Einsicht zu tun. Im Traum bringe ich Kinder zur Welt, und es sind nicht nur Menschenkinder, es gibt unter ihnen Katzen, Hunde, Kälber, Bären und ganz fremdartige pelzige Geschöpfe. Aber alle brechen sie aus mir hervor, und es ist nichts an ihnen, was mich erschrecken oder abstoßen könnte. Es sieht nur befremdend aus, wenn ich es niederschreibe, in Menschenschrift und Menschenworten. Vielleicht müßte ich diese Träume mit Kieselsteinen auf grünes Moos zeichnen oder mit einem Stock in den Schnee ritzen. Aber das ist mir noch nicht möglich. Wahrscheinlich werde ich nicht lange genug leben, um so weit verwandelt zu sein. Vielleicht könnte es ein Genie, aber ich bin nur ein einfacher Mensch, der seine Welt verloren hat und auf dem Weg ist, eine neue Welt zu finden. Dieser Weg ist schmerzlich und noch lange nicht zu Ende.

Am sechsten Dezember fiel der erste Schnee, von Luchs freudig begrüßt, von der Katze abgelehnt und von Tiger mit kindlicher Neugierde bestaunt. Offenbar hielt er ihn für eine Spielart der weißen Papierbällchen und näherte sich ihm voll Zuversicht. Auch Perle hatte sich so verhalten, nur vorsichtiger und weniger temperamentvoll. Ihr war keine Zeit geblieben, dazuzulernen. Damals ahnte ich noch nicht, wie wenig Zeit Tiger noch bleiben sollte. Ich ging meiner Arbeit nach wie immer, holte Heu aus dem Stadel und sorgte für frisches Fleisch. Die Rehe schienen das Nahen des Winters zu spüren, denn sie kamen jetzt oft auf die Lichtung und ästen im Morgengrauen oder bei Einbruch der Dämmerung. Ich vermied es, sie hier zu schießen, und suchte die entfernteren alten Wechsel auf. Ich wollte sie nicht von der Waldwiese vertreiben, wo sie im Winter am leichtesten Futter ausscharren konnten. Außerdem beobachtete ich sie gerne. Luchs hatte längst begriffen, daß Rehe auf der Lichtung kein jagdbares Wild waren, sondern eine Art ganz entfernter Hausgenossen, die unter meinem und damit auch unter seinem Schutz standen, etwa wie die Krähen, die uns seit Ende Oktober wieder täglich besuchten.

Damals fingen meine Beine plötzlich an nachzulassen und schmerzten, besonders im Bett, empfindlich. Die übermäßige Anstrengung machte sich bemerkbar, und in Zukunft sollte daraus ein dauerndes Leiden werden.

Am zehnten Dezember finde ich eine seltsame Notiz: »Die Zeit vergeht so schnell.« Ich erinnere mich nicht, sie geschrieben zu haben. Ich weiß nicht, was sich an jenem zehnten Dezember ereignete und mich dazu brachte, unter »Bella bei Stier«, »Neuschnee«, »Heu geholt« zu schreiben: »Die Zeit vergeht so schnell.« Verging damals die Zeit wirklich besonders schnell? Ich kann mich nicht erinnern und kann darüber gar nichts berichten. Es stimmt auch gar nicht. Die Zeit schien nur mir schnell zu vergehen. Ich glaube, die Zeit steht ganz still und ich bewege mich in ihr, manchmal langsam und manchmal mit rasender Schnelligkeit.

Seit Luchs tot ist, empfinde ich das deutlich. Ich sitze am Tisch, und die Zeit steht still. Ich kann sie nicht sehen, nicht riechen und nicht hören, aber sie umgibt mich von allen Seiten. Ihre Stille und Unbewegtheit ist schrecklich. Ich springe auf, laufe aus dem Haus und versuche, ihr zu entrinnen. Ich tue etwas, die Dinge treiben voran, und ich vergesse die Zeit. Und dann, ganz plötzlich, ist sie wieder um mich. Vielleicht stehe ich vor dem Haus und schaue hinüber zu den Krähen, und da ist sie wieder, körperlos und still und hält uns fest, die Wiese, die Krähen und mich. Ich werde mich an sie gewöhnen müssen, an ihre Gleichgültigkeit und Allgegenwart. Sie dehnt sich aus in die Unendlichkeit wie ein riesiges Spinnennetz. Milliarden winziger Kokons hängen in ihren Fäden eingesponnen, eine Eidechse, die in der Sonne liegt, ein brennendes Haus, ein sterbender Soldat, alles Tote und alles Lebende. Die Zeit ist groß, und immer noch gibt es Raum in ihr für neue Kokons. Ein graues unerbittliches Netz, in dem jede Sekunde meines Lebens festgehalten liegt. Vielleicht erscheint sie mir deshalb so schrecklich, weil sie alles aufbewahrt und nichts wirklich enden läßt.

Wenn die Zeit aber nur in meinem Kopf existiert und ich der letzte Mensch bin, wird sie mit meinem Tod enden. Der Gedanke stimmt mich heiter. Ich habe es vielleicht in der Hand, die Zeit zu ermorden. Das große Netz wird reißen und mit seinem traurigen Inhalt in das Vergessen stürzen. Man müßte mir dafür dankbar sein, aber niemand wird nach meinem Tod wissen, daß ich die Zeit ermordet habe. Im Grunde sind diese Gedanken ganz ohne Bedeutung. Die Dinge geschehen eben, und ich suche, wie Millionen Menschen vor mir, in ihnen einen Sinn, weil meine Eitelkeit nicht gestatten will, zuzugeben, daß der ganze Sinn eines Geschehnisses in ihm selbst liegt. Kein Käfer, den ich achtlos zertrete, wird in diesem, für ihn traurigen Ereignis einen geheimnisvollen Zusammenhang von universeller Bedeutung sehen. Er war in dem Augenblick unter meinem Fuß, als ich niedertrat; Wohlbehagen im Licht, ein kurzer schriller Schmerz und Nichts. Nur wir sind dazu verurteilt, einer Bedeutung nachzujagen, die es nicht geben kann. Ich weiß nicht, ob ich mich jemals mit dieser Erkenntnis abfinden werde. Es ist schwer, einen uralten eingefleischten Größenwahn abzulegen. Ich bedaure die Tiere, und ich bedaure die Menschen, weil sie ungefragt in dieses Leben geworfen werden. Vielleicht sind die Menschen bedauernswerter, denn sie besitzen genausoviel Verstand, um sich gegen den natürlichen Ablauf der Dinge zu wehren. Das hat sie böse und verzweifelt werden lassen und wenig liebenswert. Dabei wäre es möglich gewesen, anders zu leben. Es gibt keine vernünftigere Regung als Liebe. Sie macht dem Liebenden und dem Geliebten das Leben erträglicher. Nur, wir hätten rechtzeitig erkennen sollen, daß dies unsere einzige Möglichkeit war, unsere einzige Hoffnung auf ein besseres Leben. Für ein unendliches Heer von Toten ist die einzige Möglichkeit des Menschen für immer vertan. Immer wieder muß ich daran denken. Ich kann nicht verstehen, warum wir den falschen Weg einschlagen mußten. Ich weiß nur, daß es zu spät ist.

Nach dem zehnten Dezember schneite es eine Woche still und gleichmäßig. Das Wetter war ganz nach meinem Wunsch, windstill und beruhigend. Nichts stimmt mich friedlicher als das lautlose Niedersinken der Flocken oder ein Sommerregen nach einem Gewitter. Manchmal färbte sich der grauweiße Himmel an einer Stelle rosarot, und der Wald versank hinter zarten, leuchtenden Schneeschleiern. Die Sonne, man konnte es ahnen, hing irgendwo hinter unserer Schneewelt, aber sie erreichte uns nicht. Die Krähen saßen stundenlang regungslos auf den Fichten und warteten. Ihre dunklen, dickschnäbligen Umrisse vor dem graurosa Himmel hatten etwas an sich, was mich rührte. Fremdes und doch so vertrautes Leben, rotes Blut unter schwarzem Gefieder, waren sie mir das Sinnbild der stoischen Geduld. Einer Geduld, die wenig zu erhoffen hat und einfach wartet, bereit, das Gute wie das Böse hinzunehmen. Ich wußte so wenig über die Krähen; wäre ich auf der Lichtung gestorben, hätten sie mich zerhackt und zerrissen, ihrer Aufgabe getreu, den Wald von Aas freizuhalten.

Wie schön war es an diesen Tagen, mit Luchs durch den Wald zu gehen. Die kleinen Flocken legten sich sachte auf mein Gesicht, der Schnee knirschte unter meinen Füßen, Luchs hörte ich kaum hinter mir. Ich betrachtete oft unsere Spuren im Schnee, meine schweren Absätze und die zierlichen Ballen des Hundes. Mensch und Hund auf die einfachste Formel gebracht. Die Luft war rein, aber nicht kalt, es war eine Lust zu gehen und zu atmen. Wären meine Beine kräftiger gewesen, ich hätte tagelang so durch den verschneiten Wald gehen können. Aber sie waren eben nicht kräftig. Am Abend zogen und brannten sie, und ich mußte sie oft in feuchte Handtücher wickeln, um einschlafen zu können. Im Lauf des Winters ließen die Beschwerden ein wenig nach und stellten sich erst im Sommer wieder ein. Es ist mir lästig, von meinen eigenen Beinen abhängig zu sein. Soweit es anging, kümmerte ich mich nicht darum. Bis zu einer gewissen Grenze kann man sich an Schmerzen sehr gut gewöhnen. Da ich meine Beine nicht kurieren konnte, gewöhnte ich mich an die Schmerzen.

Weihnachten rückte immer näher, und alles deutete auf einen glitzernden Weihnachtswald hin. Das gefiel mir nicht sehr. Ich fühlte mich noch immer nicht sicher genug, um ohne Furcht an diesen Abend zu denken. Ich war anfällig gegen Erinnerungen und mußte vorsichtig sein. Es schneite bis zum zwanzigsten Dezember. Der Schnee lag jetzt fast einen Meter hoch, eine feinkörnige bläulichweiße Decke unter einem grauen Himmel. Die Sonne unternahm keine Vorstöße mehr, und das Licht blieb kalt und weiß. Noch mußte ich nicht für das Wild fürchten. Der Schnee war nicht gefroren, und die Tiere konnten das Gras auf der Lichtung ausscharren. Kam jetzt ein Frost, würde sich eine Harschdecke bilden und der Schnee würde eine gefährliche Falle werden. Am Nachmittag des zwanzigsten wurde es ein wenig wärmer. Die Wolken färbten sich schiefergrau, und der Schnee fiel in wäßrigen Flocken. Ich hatte Tauwetter nicht gern, aber für das Wild war es ein Geschenk. Nachts schlief ich schlecht und hörte das Sausen des Windes, der vom Berg herunterstrich und die Schindeln klappern ließ. Ich lag lange wach, und meine Beine schmerzten stärker als je zuvor. Am Morgen war der Schnee stellenweise schon weggefressen. Der Bach führte Hochwasser, und auch in der Schlucht rannen auf der Straße Schmelzwasserbäche. Ich war froh für das Wild. Vielleicht zu Unrecht, denn wenn es nach dem Tauwetter fror, würde es unmöglich sein, die harte Erde aufzuscharren. Die Natur schien mir manchmal eine einzige große Falle für ihre Geschöpfe.

Im Augenblick war das Wetter günstig; die Waldwiese lag fast ganz schneefrei in der Sonne, die plötzlich zwischen schwarzen Wolken aus einem violetten Himmel brach. Die Weihnachtsstimmung war verflogen, und dafür war ich bereit, den Föhn auf mich zu nehmen. Ich hatte Herzbeschwerden, und die Tiere wurden unruhig und gereizt. Tiger erlitt einen neuen Anfall von Liebeswut. Seine topasfarbenen Augen wurden trüb, seine Nase heiß und trocken, und er wälzte sich klagend vor meinen Füßen. Später rannte er in den Wald.

Nach allem, was ich gesehen habe, kann die Verliebtheit für ein Tier kein angenehmer Zustand sein. Sie können ja nicht wissen, daß er nur vorübergehend ist; für sie ist jeder Augenblick Ewigkeit. Bellas dumpfe Rufe, das Jammern der alten Katze und Tigers Verzweiflung, nirgends eine Spur von Glück. Und nachher die Erschöpfung, das glanzlose Fell und der totenähnliche Schlaf.

Der arme Tiger war also schreiend in den Wald gerannt. Seine Mutter hockte mürrisch auf dem Boden. Sie hatte ihn wieder angefaucht, als er zärtlich werden wollte. Ich faßte sie scharf ins Auge und fand, daß sie in aller Stille unter ihrem Winterpelz rundlich geworden war. Dazu das launische Wesen. Ich konnte mir alles zusammenreimen. Herr Ka-au Ka-au war seinem Sohn längst zuvorgekommen. Die Katze ließ sich willig untersuchen und den Bauch sanft betasten, und plötzlich nahm sie meine Hand gefangen und biß vorsichtig in meine Knöchel. Es sah aus, als lachte sie über meine Blindheit.

Gerade damals machte ich mir weniger Sorgen um Tiger. Er war ja schon einmal zurückgekommen, und er war erwachsen und stark. Aber Tiger kam nicht zurück, nicht in jener Nacht und überhaupt nie wieder. Am vierundzwanzigsten Dezember schickte ich Luchs aus, um ihn zu suchen. Ich nahm ihn an die Leine, und er verfolgte eifrig seine Spur. Im Wald gab es natürlich eine Menge andere Spuren, und Luchs wurde manchmal unsicher. Eine Stunde lang schleppte er mich hin und her, und plötzlich geriet er in heftige Erregung und riß mir fast die Leine aus der Hand. Dann standen wir auf einmal am Bach, weit oberhalb der Hütte. Luchs sah zu mir auf und bellte ganz leise. Hier endete Tigers Spur. Wir überquerten den Bach, aber Luchs schien die Spur nicht mehr zu finden und kehrte immer wieder zur Stelle am andern Ufer zurück. Ich suchte das Bachufer ab, fand aber nichts. Wenn Tiger, was ich mir einfach nicht erklären konnte, in den Bach gefallen war, hatte ihn das Schneewasser längst mitgerissen. Ich werde nie wissen, was mit Tiger geschehen ist, und das quält mich noch heute.

Am Abend saß ich bei der Lampe und las in einem Kalender, aber nur mit den Augen, mein Kopf war draußen im schwarzen Wald. Immer wieder sah ich nach der Katzentür, aber Tiger kam nicht zurück. Am nächsten Tag legte sich der Föhn, und es fing wieder an zu schneien. Es schneite tagelang. Ich wußte, daß ich den neuen Verlust einfach ertragen mußte, und versuchte gar nicht erst, meinen Kummer um Tiger zu verdrängen. Die Schneemauer vor der Hütte wuchs an, und ich mußte täglich die Wege zu den Ställen ausschaufeln. Das neue Jahr brach an. Ich tat meine Arbeit und ging ein wenig betäubt in der Schneewüste umher. Endlich hörte ich auf, jeden Abend auf Tiger zu warten. Aber ich vergaß ihn nicht. Noch heute huscht sein grauer Schatten im Traum über meine Wege. Luchs und Stier haben sich zu ihm gesellt, und Perle war ihm vorausgegangen. Sie haben mich alle verlassen, ungern sind sie fortgegangen, sie hätten so gern ihr kurzes schuldloses Leben zu Ende gelebt. Aber ich konnte sie nicht beschützen.

Die alte Katze liegt vor mir auf dem Tisch und starrt durch mich hindurch. Damals, eine Woche nach Tigers Verschwinden, zog sie sich in den Kasten zurück und gebar unter schrecklichem Wimmern vier tote Kätzchen.

Ich nahm sie ihr weg und begrub sie auf der Wiese unter Erde und Schnee. Es waren zwei winzige, wunderschön gezeichnete Tigerchen und zwei Rotblonde. Alles an ihnen war vollkommen, von den Ohren bis zur Schwanzspitze, und doch hatten sie nicht leben können. Die Katze war so krank, daß ich fürchtete, auch sie zu verlieren. Sie fieberte, fraß nicht und stieß immer wieder kleine Schmerzensschreie aus. Was ihr aber fehlte, weiß ich bis heute nicht und kann es mir auch nicht vorstellen. Tagelang konnte sie die Milch nur von meinen Fingern lecken. Ihr Fell war tot und struppig, und ihre Augen waren verklebt. Und jede Nacht schleppte sie sich ins Freie und kam nach einigen Minuten jammernd zurückgekrochen. Um keinen Preis konnte sie ihr Lager oder die Hütte beschmutzen. Ich tat für sie, was ich konnte, flößte ihr Kamillentee ein und ein winziges Stückchen Aspirin, das sie nur schluckte, weil sie zu schwach war, um es auszuspucken. Damals merkte ich erst, daß die Katze zu einem Stück meines neuen Lebens geworden war. Seit sie so krank war, scheint sie mehr an mir zu hängen als zuvor. Nach einer Woche fing sie an zu fressen und nach weiteren vier Tagen nahm sie ihr altes Leben wieder auf. Aber etwas in ihr schien zerbrochen zu sein. Stundenlang hockte sie auf einer Stelle, und wenn ich sie streichelte, schrie sie leise auf und steckte die Nase in meine Handfläche. Sie war nicht einmal fähig Luchs anzufauchen, als er sie neugierig beschnüffelte. Sie senkte nur ergeben den Kopf und schloß die Augen. Während ihrer Krankheit hatte sie ganz seltsam gerochen, scharf und ein wenig bitter. Es dauerte drei Wochen, bis sie diesen kranken Geruch ganz verlor. Dann aber erholte sie sich rasch, und ihr Fell wurde wieder glänzend und voll.

Kaum war die Katze wieder halbwegs gesund, überfiel mich eine Krankheit. Ich hatte zwei Tage lang Heu die Schlucht heraufgezogen und war erschöpft und durchschwitzt heimgekommen. Erst als ich dann vom Stall hereinkam und mich umziehen wollte, merkte ich, daß ich fror und zitterte. Das Feuer war ausgegangen, und ich mußte nochmals einheizen. Ich trank heiße Milch, aber es wurde mir nicht besser davon. Meine Zähne schlugen aufeinander, und ich konnte die Schale kaum festhalten.

Ich begriff sofort, daß ich ernstlich krank war, aber das versetzte mich in größte Heiterkeit, und ich mußte laut lachen. Luchs kam herbei und stieß mich mahnend mit der Schnauze an. Und ich mußte immer weiterlachen, unnatürlich laut und lange. Aber tief in mir saß ein sehr kaltes und klares Bewußtsein und beobachtete, was vorging. Und gehorsam tat ich alles, was dieses wachsame Bewußtsein befahl. Ich fütterte Luchs und die Katze, legte frisches Holz in den Ofen und ging zu Bett. Vorher aber nahm ich noch Fiebertabletten und trank ein Glas von Hugos Kognak. Ich hatte hohes Fieber und wälzte mich unruhig hin und her. Ich hörte Stimmen und sah Gesichter, und jemand riß an meiner Decke. Manchmal ebbte der Lärm ab, und ich sah die Dunkelheit und spürte Luchs vor meinem Bett sich bewegen. Er war nicht ins Ofenloch gegangen, sondern lag nun endlich, wie ich mir einmal gewünscht hatte, auf Luises Schaffell. Ich machte mir schreckliche Sorgen um die Tiere und weinte hilflos vor mich hin.

Gegen Morgen wurden die lichten Momente häufiger, und als die Dämmerung des Schneetages ins Zimmer fiel, stand ich auf, zog mich zitternd an und ging in den Stall. Ich konnte ganz klar denken und hoffte, daß es mir möglich sein würde, Bella wenigstens einmal am Tag zu melken. Ich schleppte mich die Stiege hinauf und holte Heu für Bella und Stier, Heu für zwei Tage. Dann füllte ich ihnen das Wasserschaff nach. Alles ging sehr langsam, und ich hatte heftige Schmerzen in der Seite. Dann ging ich zurück ins Haus, stellte Fleisch und Milch für Luchs und die Katze hin und legte viel frisches Holz auf die Glut. Die Hüttentür ließ ich angelehnt, damit Luchs ins Freie konnte. Wenn ich sterben sollte, mußte er frei sein. Bella und Stier würden leicht ihre Türen einrennen können, die Riegel waren schwach, und die Stricke so um ihren Hals gelegt, daß sie sich nicht zusammenziehen und sie würgen konnten, wenn sie ihn zerreißen wollten. Es waren auch keine starken Stricke. Aber das alles würde ihnen nichts nützen, denn vor der Stalltüre warteten nur Kälte und Hunger auf sie. Ich schluckte wieder Pillen und Kognak, und dann sank ich schwindlig ins Bett. Aber ich mußte mich noch einmal aufraffen. Ich ging zum Tisch und schrieb auf den Kalender »Am vierundzwanzigsten Jänner krank geworden«. Dann schleppte ich einen Krug Milch zum Bett, und dann endlich löschte ich die Kerze und ließ mich fallen.

Das Fieber pochte hart in meinen Adern, und ich schwamm auf einer heißen roten Wolke dahin. Die Hütte fing an, sich zu beleben, aber es war gar nicht die Hütte, sondern ein hoher dunkler Saal. Ein ständiges Kommen und Gehen herrschte. Ich hatte gar nicht gewußt, daß es so viele Menschen gab. Sie waren mir alle unbekannt und benahmen sich sehr schlecht. Ihre Stimmen klangen wie Geschnatter, und ich mußte darüber lachen, und gleich darauf schwamm ich wieder fort in meiner heißen roten Wolke und erwachte in der Kälte. Die große Halle hatte sich in eine Erdhöhle verwandelt und war voll von Tieren, riesigen pelzigen Schatten, die an den Wänden entlangtappten und in allen Ecken kauerten und mich aus roten Augen anstarrten. Dazwischen gab es Augenblicke, in denen ich in meinem Bett lag und Luchs meine Hand leise winselnd leckte. Ich hätte ihn gerne getröstet, aber ich konnte nur flüstern. Ich wußte genau, daß es mir schlecht ging und daß nur ich mich und die Tiere retten konnte. Ich beschloß, diesen Willen mitzunehmen und ihn nicht zu vergessen. Rasch schluckte ich Pillen und trank Milch, und weiter ging es auf die feurige Reise. Und sie kamen, Menschen und Tiere, riesengroß und sehr fremd. Sie schnatterten und zerrten an meiner Decke, und ihre Finger und Tatzen stachen mich in die Seite. Ich war ihnen ausgeliefert, Salz auf den Lippen, Schweiß und Tränen. Und dann erwachte ich.

Es war finster und kalt, und mein Kopf tat weh. Ich zündete die Kerze an. Es war vier Uhr. Die Tür stand weit offen, und der Wind hatte Schnee bis in die Mitte der Hütte geweht. Ich zog den Schlafrock an, schloß die Tür und fing an einzuheizen. Es ging sehr langsam, aber endlich brannte doch ein stilles Feuer, und Luchs warf mich fast um und schrie vor Freude. Jeden Augenblick konnte das Fieber mich wieder überfallen. Ich zog mich warm an und tappte in den Stall. Bella begrüßte mich klagend. Der Verdacht überfiel mich, daß ich zwei Tage im Fieber gelegen hatte. Ich molk das arme Tier und holte Heu und

Wasser. Ich glaube, ich brauchte dazu eine Stunde, so schwach war ich. Ich mußte auch noch Stier versorgen, und es dämmerte schon, als ich mich zum Haus zurückschleppte. Dort war es inzwischen wenigstens warm geworden. Ich stellte für Luchs und die Katze Milch und Fleisch auf den Boden und trank selbst ein wenig Milch, die abscheulich schmeckte. Dann befestigte ich die Tür mit einer Schnur an der Bank, daß Luchs sie nur einen Spalt weit aufstoßen konnte. Etwas Besseres fiel mir nicht ein. Schon spürte ich das Fieber zurückkommen. Ich legte noch einmal nach, schluckte Tabletten und Kognak, und neue Schrecken schlugen über mir zusammen. Etwas legte sich schwer auf mich, und plötzlich griffen sie von allen Seiten nach mir und wollten mich hinunterziehen, und ich wußte, das durfte nicht geschehen. Ich schlug um mich und schrie, oder glaubte zu schreien, und plötzlich waren sie alle weg, und das Bett blieb mit einem Ruck stehen. Eine Gestalt beugte sich über mich, und ich sah das Gesicht meines Mannes. Ich sah es sehr deutlich und fürchtete mich nicht mehr. Ich wußte, daß er tot war, und ich war froh, sein Gesicht noch einmal zu sehen, vertrautes, gutes Menschengesicht, das ich so oft berührt hatte. Ich streckte die Hand aus, und es löste sich auf. Man durfte es nicht anfassen. Eine Woge neuer Glut schlug über mir zusammen und riß mich mit sich. Als ich zu mir kam, stand die Dämmerung vor dem Fenster. Ich fühlte mich fieberfrei, matt und ausgehöhlt. Luchs lag auf dem kleinen Fellteppich, und die Katze schlief zwischen mir und der Wand. Sie erwachte, obwohl ich mich nicht bewegt hatte, streckte die Pfote aus und legte sie langsam und weit gespreizt auf meine Hand. Ich weiß nicht, ob sie wußte, daß ich krank war, aber sooft ich später aus dem Fieber erwachte, lag sie neben mir und sah mich an. Luchs winselte vor Freude, sobald ich zu ihm sprach.

Ich war nicht allein, und ich durfte sie nicht verlassen. Sie warteten so geduldig auf mich. Ich trank Milch mit Kognak und nahm Tabletten, und wenn ich mich fieberfrei fühlte, stand ich auf und kroch in den Stall, um Bella und Stier zu versorgen. Ich weiß nicht, wie oft ich das tat, denn immer, wenn ich in einen unruhigen Halbschlaf versank, träumte ich, ich ginge in den Stall, um Bella zu melken, und gleich darauf lag ich wieder im Bett und wußte, daß ich nicht im Stall gewesen war. Alles verwirrte sich auf unlösbare Weise. Aber es muß mir doch immer wieder einmal gelungen sein, wirklich aufzustehen und meine Arbeit zu tun, sonst hätten die Tiere meine Krankheit nicht so gut überstanden. Ich habe gar keine Ahnung, wie lange der Zustand anhielt, in dem ich nur so dahindämmerte. Mein Herz tanzte in großen Sprüngen in meiner Brust, und Luchs versuchte immer wieder, mich zu wecken. Endlich brachte er mich dazu, daß ich mich aufsetzte und um mich blickte.

Es war taghell und kalt und ich wußte, daß ich nicht länger krank war. Mein Kopf war wieder klar, und das Stechen in meiner Seite hatte aufgehört. Ich wußte, daß ich aufstehen mußte, aber ich brauchte lange, lange Zeit, um aus dem Bett zu kommen. Meine Uhr und mein Wekker waren stehengeblieben, und ich wußte weder Tag noch Stunde. Taumelnd vor Schwäche heizte ich ein, ging in den Stall und erlöste die brüllende Bella von ihrer Milchlast. Das Wasserschaff mußte ich im Schnee hinter mir herziehen, weil ich es nicht heben konnte, und als ich das Heu aus der Kammer holte, setzte ich mich dreimal auf der Stiege hin. Ich tat meine Arbeit und kam irgendwie nach einer, wie mir schien, endlosen Zeit ins Haus zurück, Luchs immer auf meinen Fersen, meine Hände leckend, mich schiebend, Besorgnis und Freude in den rotbraunen Augen. Dann fütterte ich ihn und die Katze, beide waren sehr hungrig, zwang mich, warme Milch zu trinken, und fiel auf mein Bett. Aber Luchs ließ mich nicht schlafen. Unter namenlosen Mühen mußte ich mich ausziehen und unter die Decke kriechen. Ich hörte das Feuer im Ofen knistern, und für einen verwirrten Herzschlag lang war ich ein krankes Kind und wartete darauf, daß meine Mutter mir Chaudeau ans Bett bringen werde. Gleich darauf schlief ich ein.

Ich mußte sehr lange geschlafen haben, denn ich erwachte von Luchs' Gewinsel, und ich fühlte mich ganz gesund, aber sehr schwach. Ich stand auf und ging, noch ein wenig taumelnd, meiner gewohnten Arbeit nach. Die Krähen fielen schreiend in die Lichtung ein und ich richtete meine Uhr auf neun. Seither zeigte sie Krähenzeit an.

Ich wußte nicht, wie lange ich krank gewesen war, und strich, nach langer Überlegung, eine Woche vom Kalender ab. Seither stimmt auch der Kalender nicht mehr.

Die nächste Woche war sehr hart und mühsam. Ich tat keinen überflüssigen Handgriff, aber ich blieb immer noch sehr müde. Glücklicherweise hatte ich noch ein halbes Reh eingefroren und mußte nicht weit vom Haus weggehen. Ich aß Äpfel, Fleisch und Erdäpfel und tat alles, um wieder zu Kräften zu kommen. Ein schreckliches Verlangen nach Orangen hatte mich überfallen, und der Gedanke, daß ich nie wieder Orangen haben würde, trieb mir die Tränen in die Augen. Meine Lippen waren wund und aufgesprungen und konnten in der Kälte nicht richtig heilen. Luchs behandelte mich immer noch wie ein hilfloses Kind, und wenn ich schlief, wurde er manchmal von Angst befallen und weckte mich. Die Katze lag weiterhin in meinem Bett und war recht zärtlich zu mir. Ich weiß nicht, war es Anhänglichkeit oder Trostbedürfnis. Sie hatte ja ihre Jungen verloren und war sterbenskrank gewesen.

Ganz langsam kehrten wir alle zu unserem gewohnten Leben zurück. Nur Tigers kleiner Schatten verdüsterte die Freude an meiner Genesung. Ich glaube, wäre er nicht weggelaufen und die Katze nicht krank geworden, so hätte mir die Krankheit nichts anhaben können. Ich war schon oft durchnäßt nach Hause gekommen. Diesmal hatte mir aber jede Widerstandskraft gefehlt. Der Kummer hatte mich schwach und anfällig gemacht. Der Aufenthalt auf der Alm hatte mich ein wenig verwandelt, und die Krankheit setzte diese Verwandlung fort. Allmählich fing ich an, mich aus meiner Vergangenheit zu lösen und in eine neue Ordnung hineinzuwachsen.

Mitte Februar war ich so weit wiederhergestellt, daß ich mit Luchs in den Wald gehen und Heu holen konnte. Ich war sehr vorsichtig und achtete darauf, mich nicht zu sehr anzustrengen. Das Wetter blieb mäßig kalt, und das Wild schien gut durchzukommen. Ich hatte noch kein erfrorenes oder verhungertes Stück gefunden. Es war eine Freude, wieder gesund zu sein, die reine Schneeluft zu atmen und zu spüren, daß ich noch lebte. Ich trank viel Milch und litt mehr unter Durst als je zuvor. Durch besonders liebevolle Pflege suchte ich Bella und Stier zu entschädigen für die Angst und Bedrängnis, die sie wegen meiner Krankheit hatten durchmachen müssen. Aber die beiden schienen alles längst vergessen zu haben. Ich striegelte ihr Fell und versprach ihnen einen schönen langen Almsommer und brach leichtsinnigerweise Salzstückchen von meinen Lecksteinen und gab sie ihnen als Belohnung. Und sie rieben ihre Nüstern an mir und leckten meine Hände mit nassen, rauhen Zungen.

Wenn ich heute an diese Zeit zurückdenke, ist sie immer noch verdüstert von Tigers Verschwinden; fast war ich froh darüber, daß die jungen Katzen tot geboren wurden und mir eine neue Liebe und Sorge erspart geblieben war.

Ende Februar verlangte Bella stürmisch nach Stier, und ich gab wieder nach und wagte einen neuen Versuch. Später stellte sich heraus, daß ich vergeblich gehofft hatte. Ich beschloß, endgültig bis Mai zu warten. Ich fühlte mich zu unsicher in dieser Angelegenheit, und sie wuchs sich zu einer dauernden Belästigung für mich aus. Stier wuchs immer noch und schien nicht unter der Kälte zu leiden. Sein Fell wurde dicht und ein wenig struppig, und sein großer Leib verbreitete immer ein wenig lauen Dunst rund um ihn. Vielleicht hätte Stier auch ganz im Freien überwintern können. Ich schloß natürlich immer von meinem eigenen schutzlosen Körper auf den der Tiere. Aber auch die Tiere verhielten sich ganz verschieden. Luchs ertrug Hitze und Kälte gleichermaßen gut, die Katze, die einen viel längeren Pelz hatte, haßte die Kälte und Herr Ka-au Ka-au, der doch auch eine Katze war, lebte in Eis und Schnee des Winterwaldes. Ich fror leicht, aber ich hätte es auch nicht ausgehalten, wie Luchs tagelang im warmen Ofenloch zu liegen. Und jedesmal, wenn ich eine Forelle im Tümpel stehen sah, lief es mir kalt über den Rücken und sie tat mir leid. Sie tun mir heute noch leid, denn ich kann mir einfach nicht denken, daß es dort unten bei den bemoosten Steinen behaglich sein kann. Mein Vorstellungsvermögen ist sehr begrenzt, es reicht nicht bis ins glatte, weiße Fleisch der Kaltblüter.

Und wie fremd sind mir die Insekten. Ich beobachte sie und bestaune sie, aber ich bin froh, daß sie so winzig sind. Eine mannsgroße Ameise ist ein Alptraum für mich. Ich glaube, ich nehme die Hummeln nur deshalb aus, weil ihr flaumiger Pelz mir ein winziges Säugetier vorgaukelt.

Manchmal wünsche ich mir, daß sich diese Fremdheit in Vertrautheit verwandelte, aber ich bin weit entfernt davon. Fremd und böse sind für mich noch immer ein und dasselbe. Und ich sehe, daß nicht einmal die Tiere davon frei sind. In diesem Herbst ist eine weiße Krähe aufgetaucht. Sie fliegt immer ein Stück hinter den andern und läßt sich allein auf einem Baum nieder, den ihre Gefährten meiden. Ich kann nicht verstehen, warum die anderen Krähen sie nicht mögen. Für mich ist sie ein besonders schöner Vogel, aber für ihre Artgenossen bleibt sie abscheulich. Ich sehe sie ganz allein auf ihrer Fichte hokken und über die Wiese starren, ein trauriges Unding, das es nicht geben dürfte, eine weiße Krähe. Sie bleibt sitzen, bis der große Schwarm abgeflogen ist, und dann bringe ich ihr ein wenig Futter. Sie ist so zahm, daß ich mich ihr nähern kann. Manchmal hüpft sie schon auf den Boden, wenn sie mich kommen sieht. Sie kann nicht wissen, warum sie ausgestoßen ist, sie kennt kein anderes Leben. Immer wird sie ausgestoßen sein und so allein, daß sie den Menschen weniger fürchtet als ihre schwarzen Brüder. Vielleicht wird sie so verabscheut, daß man sie nicht einmal tothacken mag. Jeden Tag warte ich auf die weiße Krähe und locke sie, und sie betrachtet mich aufmerksam aus ihren rötlichen Augen. Ich kann sehr wenig für sie tun. Meine Abfälle verlängern vielleicht ein Leben, das nicht verlängert werden sollte. Aber ich will, daß die weiße Krähe lebt, und manchmal träume ich davon, daß es im Wald noch eine zweite gibt und die beiden einander finden werden. Ich glaube nicht daran, ich wünsche es mir nur sehr.

Der Februar schien durch meine Krankheit sehr kurz. Anfang März wurde es plötzlich warm, und der Schnee schmolz von den Hängen. Ich fürchtete, die Katze werde auf Abenteuer ausziehen, aber sie zeigte keinerlei Zeichen von Verliebtheit. Die Krankheit hatte ihr hart zugesetzt. Oft spielte sie wie ein junges Kätzchen und fiel dann matt und schläfrig zurück. Sie war freundlich und geduldig, und Luchs hielt sich gern in ihrer Nähe auf. Es kam sogar vor, daß sie nebeneinander im Ofenloch schliefen. Ich war ein wenig beunruhigt durch diese Verwandlung, sie schien mir ein Zeichen dafür, daß die Katze sich noch immer nicht ganz gesund fühlte. Auch ich war noch immer etwas geschwächt, und das war gefährlich. Bis zur Frühlingsarbeit mußte ich unbedingt meine Kraft zurückgewinnen. In meiner linken Seite war ein kleiner Schmerz zurückgeblieben. Ich konnte nicht durchatmen, und wenn ich Heu holte oder Holz hackte, behinderte mich diese Kurzatmigkeit. Der Schmerz war nicht arg, nur lästig wie eine beständige Mahnung. Ich spüre ihn heute noch vor einem Wetterwechsel, aber seit dem Sommer kann ich wieder tief atmen. Ich fürchte, die Krankheit hat mein Herz ein wenig geschwächt. Aber darauf kann ich wenig Rücksicht nehmen.

Der ganze März hatte etwas Ermüdendes und Gefährliches an sich. Ich sollte mich in acht nehmen und konnte mich doch nur wenig schonen. Die Sonne verführte mich dazu, auf der Bank zu sitzen, aber sie ermattete mich zu sehr, und ich mußte darauf verzichten. Es ist langweilig, immer an seine eigene Gesundheit denken zu müssen, und meistens vergaß ich auch ganz darauf. Die Erde war noch kalt, und sobald die Sonne gesunken war, wurde die Luft winterlich rauh und kühl. Das Gras hatte sich unter dem Schnee so gut gehalten, daß es stellenweise grün geblieben war. Das Wild fand genügend Futter auf der Waldwiese.

Den ganzen März verbrachte ich mit der Holzarbeit. Ich arbeitete langsam, da ich wenig Luft bekam, aber die Holzarbeit war lebenswichtig und mußte getan werden. Dabei war alles, was ich tat, ein wenig traumhaft, als ginge ich auf Watte und nicht auf festem Waldboden. Ich machte mir nicht viel Sorgen und schwankte zwischen hektischer Fröhlichkeit und oberflächlichem Kummer. Ich merkte selbst, daß ich mich benahm wie die Katze, die durch ihre Krankheit in eine kindliche Lebensform zurückgeglitten war. Vor dem Einschlafen war es mir oft, als läge ich in meinem Nußholzbett neben dem elterlichen Schlafzimmer und lauschte dem eintönigen Gemurmel, das durch die Wand zu mir drang und mich einschläferte. Immer wieder sagte ich mir, daß ich endlich wieder stark und erwachsen werden müßte, aber in Wahrheit wollte ich zurück in die Wärme und Stille des Kinderzimmers, oder noch weiter zurück in die Wärme und Stille, aus der man mich ans Licht gerissen hatte. Ich war mir der Gefahr undeutlich bewußt, aber die Verlockung, nach so vielen Jahren einmal sich sinken zu lassen, war zu stark, als daß ich ihr hätte widerstehen können. Luchs war unglücklich darüber. Er trieb mich an, mit ihm in den Wald zu gehen, dies und das zu unternehmen und meine Verschlafenheit abzuschütteln. Mein kleines kindisches Ich wurde sehr böse auf Luchs und wollte nichts davon wissen. So trieb ich dahin im feuchten Glanz der Märztage, der die Blumen zu früh aus der Erde gelockt hatte. Leberblümchen, Schlüsselblumen, Lerchensporn und Butterblumen. Alle waren sie sehr lieblich und zu meiner Freude geschaffen.

Wer weiß, wie lange ich noch so dahingelebt hätte, wäre nicht Luchs dazwischengekommen. Er hatte sich angewöhnt, auf eigene Faust kleine Ausflüge zu unternehmen, und eines Mittags kehrte er winselnd zurück und zeigte mir seine blutiggequetschte Vorderpfote. Mit einem Schlag verwandelte ich mich zurück in eine erwachsene Frau. Es sah aus, als wäre Luchs unter einen schweren Stein geraten. Ich wusch die Pfote, und da ich nicht feststellen konnte, ob sie gebrochen war, schiente ich sie mit Holzstückchen und gab einen Salbenverband darüber. Luchs ließ alles willig geschehen, hocherfreut über das Interesse, das ich ihm entgegenbrachte. Die nächsten zwei Tage lag er im Ofenloch und döste vor sich hin. Ich machte mir Vorwürfe, durch mein Versagen war der Hund in diese Lage gekommen. Ich hatte mich einfach nicht um ihn gekümmert und ihn im Stich gelassen. Ich untersuchte die Pfote neuerlich und sah, daß sie nicht gebrochen war. Luchs fing an, sich die Salbe herunterzulecken, und ich erneuerte den Verband nicht mehr. Luchs wußte wohl selbst, was ihm guttat, und er wollte seine Wunde lecken können. Nach einer Woche lief er wieder, zunächst noch hinkend, aber bald so gut wie früher. Die Pfote blieb ein wenig breiter und formloser als zuvor.

Plötzlich erschienen mir die letzten Wochen völlig unwirklich. Ich dachte wieder an meine Arbeit und machte Pläne für die Übersiedlung auf die Alm. Da brach der Winter neuerlich herein. Der Schnee begrub die Bäume auf der Bachwiese und meine Träume von einem behüteten Kinderschlaf. Es gab keine Sicherheit in meiner Welt, nur Gefahren von allen Seiten und harte Arbeit. Es war mir auch ganz recht so; der Gedanke an das, was in der letzten Zeit aus mir geworden war, ekelte mich an.

Der Holzstoß in der Nähe der Hütte war verbrannt, und ich ging daran, von einem etwas entfernteren Stoß die Scheite im Schnee herbeizuschleifen. Der Schnee war glatt und fest, und die Arbeit fing an, mir Freude zu machen. Meine Hände waren bald wieder rissig und voll Pech und kleiner Holzsplitter. Die Säge war ein wenig stumpf geworden, und ich wagte nicht, sie zu schärfen, weil ich fürchtete, ihr bei meinem Ungeschick die letzte Schneide zu nehmen. So wurde das Holzschneiden eine harte Arbeit, und jeden Abend ging ich ganz zerschlagen zu Bett. Aber endlich wurde ich auch hungrig und konnte sogar Fleisch mit Appetit essen. Bald spürte ich, daß ich wieder kräftiger und gewandter wurde. Luchs lief überallhin mit mir und schien seine Pfote nicht mehr zu spüren. Wir waren jetzt drei Invaliden, rüstige Invaliden, denn auch die Katze hatte sich endlich ermuntert und ihre unnatürliche Sanftheit abgelegt. Stier wurde noch immer größer und prächtiger, die Garage schien mir wie ein Spielzeughaus, so sehr füllte er sie aus. Ich freute mich auf den Tag, an dem er die Almmatten wieder unter seinen Hufen spüren würde.

Nur der Gedanke an die Katze quälte mich jeden Abend, wenn ich an die Übersiedlung dachte. Es hatte keinen Sinn, sie mitzunehmen. Sie würde doch nur nach Hause laufen, und wenn ich sie zurückließ, konnte ich ihr wenigstens die Gefahren des weiten Heimwegs ersparen. Ich sah, wie sie sich jeden Tag mehr in ihr altes kratzbürstiges Ich zurückverwandelte, und konnte nur hoffen, sie würde dem Leben im sommerlichen Wald gewachsen sein. Wäre sie noch krank gewesen, hätte ich sie auf jeden Fall mit mir genommen. Durch ihr Unglück war sie mir so sehr ans Herz gewachsen, daß mir der bevorstehende Abschied die Freude an der Alm ganz und gar verdarb.

Ich wäre überhaupt viel lieber im Jagdhaus geblieben. Mein unbegreiflicher Widerwillen gegen die Alm, unbegreiflich nach einem so schönen Sommer, war noch immer nicht ganz verschwunden. Vielleicht war nur meine Bequemlichkeit daran schuld, die mich vor den Strapazen zurückscheuen ließ. Vielleicht hätte ich auf meine heimlichen Wünsche hören sollen, aber ich glaubte, Bella und Stier einen neuen Almsommer schuldig zu sein.

Der ganze April blieb kalt und feucht, und im letzten Drittel war das Wetter so stürmisch, daß ich in der Hütte bleiben mußte. Die erzwungene Ruhe gefiel mir nicht. Ich war voll Arbeitseifer und mußte mich jetzt damit abgeben, meine Kleider für den Sommer auszubessern. Meine Hände waren so rissig, daß immerzu der Faden an ihnen hängenblieb, die Nadel rutschte mir durch die Finger, und ich mußte sie wieder suchen und neu einfädeln. Vorläufig brauchte ich mir um Kleidung noch keine Sorgen zu machen. Mit den Schuhen stand es viel schlimmer. Ich besaß ein Paar feste Bergschuhe mit gerillten Gummisohlen, die unverwüstlich waren, außerdem Luises Bergschuhe, die mir etwas zu groß waren, die ich aber zur Not auch würde tragen können. Aber meine Halbschuhe, mit denen ich angekommen war, befanden sich in üblem Zustand. Das Futter war zerrissen und die Spitzen und Absätze abgetreten, sie konnten kaum noch einen Sommer aushalten. Inzwischen habe ich mir aus einer getrockneten Rehdecke Mokassins genäht. Sie sind nicht besonders schön, aber sehr angenehm zu tragen. Leider sind sie nicht sehr haltbar. Damals war ich noch nicht auf diesen Ausweg gekommen. Auch mit Strümpfen und Socken sah es schlecht aus. Meine Stopfwolle war längst verbraucht, und ich mußte mir mit bunten Wollfäden helfen, die ich aus einer Decke zog.

Richtige Kleider trug ich schon lange nicht mehr. Ich hatte längst die Kleidung gefunden, die für mich praktisch war. Hugos Hemden, an denen ich die Ärmel gekürzt hatte, meine alte Schnürlsamthose, einen Lodenjanker, eine Wollweste und im Winter Hugos lange Lederhose, die Falten um mich schlug. Im Sommer ging ich in kurzen Hosen, geschneidert aus einer eleganten Brokathose, die Luise am Abend im Jagdhaus getragen hatte.

Mein Schlafrock war auch noch ganz gut erhalten, ich trug ihn ja nur im Haus. Alles in allem eine wenig kleidsame, aber zweckentsprechende Ausrüstung. Ich dachte kaum einmal an meine Erscheinung. Meinen Tieren war es gleichgültig, in welcher Schale ich steckte, sie liebten mich gewiß nicht wegen meines Aussehens. Wahrscheinlich hatten sie überhaupt keinen Schönheitssinn. Ich kann mir auch nicht vorstellen, daß ein Mensch ihnen schön erschienen wäre.

So verbrachte ich einige Tage mit der lästigen Flickarbeit. Es war so kalt und windig, daß nicht einmal Luchs Verlangen nach Ausflügen zeigte. Er saß im Ofenloch und sog die Wärme in sich ein. Die Katze lag auf meinen Kleidern auf dem Tisch. Sie lag sehr gerne auf Kleidern, auch Perle und Tiger hatten das immer getan. Wenn ich etwas sagte, fing sie an zu schnurren, manchmal genügte schon mein Blick, um sie dazu zu bringen. Der Wind fuhr um die Hütte, und wir hatten es warm und behaglich. Wenn die Stille zu groß und bedrängend wurde, redete ich ein wenig, und die Katze antwortete mit kleinen Gurrlauten. Manchmal sang ich auch, und die Katze hatte nichts dagegen. Ich hätte zufrieden sein können, wäre es mir gelungen, die Gedanken an früher ganz auszuschalten, aber das gelang mir nur sehr selten.

Am sechsundzwanzigsten April blieb mein Wecker stehen. Ich saß und nähte ein Hemd um, als er sein Ticken einstellte. Ich merkte es erst gar nicht, das heißt, ich merkte nur, daß irgend etwas anders war als zuvor. Erst, als die Katze die Ohren spitzte und den Kopf nach dem Bett hin wandte, hörte auch ich bewußt die neue Stille. Der Wecker war gestorben. Es war der Wecker, den ich in der oberen Jagdhütte auf meinem Ausflug ins Nachbartal gefunden hatte. Ich nahm ihn in die Hand, schüttelte ihn, und er sagte noch einmal tak-tak, und dann war es endgültig aus mit ihm. Ich schraubte ihn mit der Schere auf. Für mich sah er ganz gesund aus. Ich konnte keinen Fehler in seinem Räderwerk entdecken, nichts war zerbrochen, und doch wollte er nicht mehr ticken. Ich wußte gleich, daß es mir nie gelingen würde, ihn zum Gehen zu bringen. So ließ ich ihn in Ruhe und schraubte den Deckel wieder zu. Es war drei Uhr nachmittags, Krähenzeit, und sie zeigte er seither an. Ich weiß nicht, warum ich ihn behielt. Er steht noch immer neben meinem Bett und zeigt auf drei. Ich hatte jetzt nur noch die Armbanduhr, die immer in der Tischlade gelegen hatte, denn bei der Arbeit hätte ich sie nur zerbrochen.

Heute besitze ich gar keine Uhr mehr. Die Armbanduhr verlor ich auf dem Rückweg von der Alm. Vielleicht haben sie Bellas Hufe in die Erde gestampft. Damals fand ich, es käme nicht mehr darauf an, und ging nicht zurück, um sie zu suchen. Aber wahrscheinlich hätte ich sie ohnedies nie gefunden. Es war eine so winzige Uhr, ein Spielzeug aus Gold, das mir mein Mann vor Jahren geschenkt hatte. Er hatte immer gern zierliche und hübsche Dinge an mir gesehen. Ich hätte viel lieber eine praktische, große Armbanduhr gehabt, aber heute bin ich froh, daß ich damals über das Geschenk Freude heuchelte. Nun, die kleine Uhr war also auch weg. Die Zeit, die sie angezeigt hatte, war längst nicht einmal mehr genaue Krähenzeit gewesen. Diese kleinen Uhren gehen ja nie richtig. Anfangs vermißte ich den Wecker. Ich konnte ein paar Abende lang nicht einschlafen in der neuen beklemmenden Stille. Nachts erwachte ich mit dem vertrauten Tikken im Ohr, aber es war nur mein Herzschlag, der mich geweckt hatte. Die Katze hatte den Tod des Weckers als erste erfaßt, Luchs hatte ihn überhaupt nicht bemerkt. Das Stillstehen einer Uhr war wohl kein Anzeichen, das Gefahr bedeutete, Gefahr oder Wild, und deshalb merkte er es gar nicht. Er war gegen vertraute Geräusche, mochten sie auch heftig und lärmend sein, ganz unempfindlich. Wenn aber auf dem Pirschgang ein Ast ganz leise knackte, stutzte er und blieb witternd stehen. Jetzt kann niemand mehr für mich harmlose und bedrohliche Geräusche unterscheiden. Ich muß sehr vorsichtig sein. Die Katze lauscht zwar Tag und Nacht, aber nicht für mich.

Bis das Wetter sich wirklich besserte, war es Mai geworden. Zwei Jahre waren im Wald vergangen, und es fiel mir auf, daß ich fast nie mehr daran dachte, daß sie mich endlich finden würden. Ich verbrachte den ersten Mai damit, den Erdapfelacker umzustechen und Dünger hinzuschaffen. Auch der zweite Mai verging auf diese Weise. Über Nacht wurde es Sommer, und neben den erfrorenen braunen Frühlingsblumen drängte jetzt alles zugleich ans Licht. Ich nahm die Holzarbeit wieder auf und stapelte neuen Vorrat unter der Veranda auf. Der Winter sollte mich nicht unvorbereitet überraschen. Am zehnten Mai, es war sommerlich warm geblieben, legte ich die Erdäpfel ein und sah mit Genugtuung, daß mir diesmal mehr geblieben waren. Außerdem hatte ich den Acker wieder ein Stück vergrößern können. Auch die Bohnen legte ich ein, und damit waren die wichtigsten Frühlingsarbeiten getan. Ich beschloß, bald zur Alm aufzubrechen. Das Heu war schon sehr knapp, und ich ließ Bella und Stier auf die Weide. Stier hatte den ganzen Winter hindurch gefressen und gefressen und manchmal noch die gute Magermilch getrunken. Ich holte noch einmal Heu vom Stadel, um im Herbst bei meiner Rückkehr gleich einen kleinen Vorrat bei der Hand zu haben. Die Obstbäume standen in voller Blüte, und das Gras war in einer Woche hoch aufgeschossen, und jenseits der Wand wucherten schon die Brennesseln um das Häuschen. Die Bäume blühten in diesem Jahr sehr spät, aber so konnte man wenigstens hoffen, daß kein Reif mehr über sie kam.

In den folgenden Tagen wurde es wieder kühl und regnerisch, aber die Eismänner erwiesen sich als sehr milde, und am siebzehnten Mai war es wieder so schön, daß ich mit der Übersiedlung anfing. Sie erschien mir heuer noch mühevoller als im Vorjahr, weil ich noch immer nicht ganz durchatmen konnte und keuchend die schweren Lasten schleppen mußte. Das Gras auf der Alm stand schon dicht und grün, und nur an schattigen Stellen unter Bäumen lag noch ein wenig Schnee.

Die Katze betrachtete verdrossen meine Vorbereitungen. Wenn ich sie streicheln wollte, starrte sie mir kalt in die Augen und schnurrte nicht. Sie hatte sofort begriffen, und ich konnte ihren berechtigten Unwillen verstehen. Ich fühlte mich sehr schuldig unter ihrem Blick. In den letzten Nächten schlief sie nicht mehr in meinem Bett, sondern auf der harten Holzbank. Am Morgen unseres Aufbruchs war sie gar nicht nach Hause gekommen. Der Tag war mir von Anfang an verleidet. Ich könnte mir heute einreden, daß die Katze mich warnen wollte. Aber das wäre eine Lüge. Sie wollte nur nicht allein gelassen werden, und daran war gar nichts Geheimnisvolles. Niemand will ja verlassen werden, nicht einmal eine alte Katze.

Es war ein herrlicher Frühsommertag, aber mir war schwer ums Herz. Abschied nehmen, und wäre es auch nur für kurze Zeit, ist mir immer unmäßig schwergefallen. Ich bin ein seßhafter Mensch, und Reisen hat mich immer unglücklich gemacht. Meine Gedanken waren noch im alten Jagdhaus, das jetzt versperrt und mit geschlossenen Fensterläden in der Morgensonne lag. Ein verlassenes Haus ist etwas sehr Trauriges. Ich befand mich auf dem Aufstieg in einem Zwischenreich und war nirgendwo daheim. Diesmal hatte ich keinen Zettel auf den Tisch gelegt, der Gedanke war mir gar nicht gekommen. Gegen Mittag erreichten wir die Alm, und ich wurde aus meinem Brüten gerissen. Luchs flog mit einem Jauchzer über die Wiese und auf die Hütte zu. Er erinnerte sich an den vergangenen Sommer und war schon wieder ganz und gar auf der Alm zu Hause. Ich ließ Bella und Stier auf der Weide und trat in die Hütte ein. Auch jetzt wich mein Unbehagen nicht, aber ich raffte mich auf und ging nach einer kurzen Rast an die Arbeit. Ich holte Fallholz aus dem Stall und wusch den Staub eines Jahres vom Boden auf. Immerzu mußte ich an Tiger denken, und als ich den Kasten öffnete, erwartete ich einen verwirrten Augenblick lang, den kleinen Kater zusammengerollt und schlafend vorzufinden. Die Knie wurden mir weich, und ich mußte mich festhalten, bis der kleine Schwächeanfall vorbeiging.

Später setzte ich mich auf die Hausbank und starrte betäubt vor mich hin. Alles war noch da, das Regenfaß, der Hackstock und der Holzhaufen, als warteten sie auf unser altes Morgenspiel. Ich wußte, daß es so nicht weitergehen durfte, aber ich war nie dazu fähig gewesen, einen Kummer einfach abzuwürgen. Immer mußte ich warten, bis er reif und ausgetragen war und von mir abfiel. Aber ich konnte arbeiten. Ich ging auf die Fallholzsuche und schleppte den ganzen Nachmittag ein Bündel nach dem andern zur Hütte. Dort breitete ich es zum Trocknen in der Sonne aus. Die Decken und den Strohsack hatte ich schon mittags auf die Wiese gelegt. Sie waren nicht gerade feucht, rochen aber doch ein wenig modrig. Im Winter mußte hier der Schnee bis zum Dach die Hütte bedeckt haben. Diesmal hatte ich gleich mehr Erdäpfel mitgebracht und legte sie in der Kammer auf. Es bestand ja keine Aussicht, wieder irgendwo Mehl zu finden. Wenn es noch welches in einer der Hütten gab, war es längst verdorben oder von den Mäusen aufgefressen. Am dritten Tag schoß ich einen jungen Hirsch, verpackte das gesalzene Fleisch in Tongefäße, die ich zuband und in einer schattigen Mulde im Schnee vergrub. Noch immer fühlte ich mich bedrückt, aber Bella und Stier waren zufrieden. Manchmal unterbrachen sie das Grasen, trabten zur Hütte und steckten ihre großen Schädel zur Tür herein. Sie kamen nicht nur aus Zuneigung, sondern weil ich mir angewöhnt hatte, sie ein wenig Salz aus meiner Hand lecken zu lassen.

Erst am fünften Tag ging ich mit Luchs zum Aussichtspunkt. Das Land war jetzt eine einzige blühende und grünende Wildnis. Ich konnte Felder und Wiesen kaum noch an der Farbe unterscheiden. Das Unkraut hatte überall den Sieg davongetragen. Schon im ersten Sommer waren die kleineren Straßen zugewachsen, jetzt sah ich auch von der breiten Asphaltstraße nur noch kleine dunkle Inseln. Die Samen hatten in den Frostaufbrüchen Fuß gefaßt. Bald würde es keine Straße mehr geben. Der Anblick der fernen Kirchtürme bewegte mich diesmal kaum noch. Ich wartete auf den vertrauten Ansturm von Kummer und Verzweiflung, aber er kam nicht. Es war mir, als lebte ich schon fünfzig Jahre im Wald, und die Türme waren nichts mehr für mich als Bauwerke aus Stein und Ziegel. Sie gingen mich nichts mehr an. Ich ertappte mich sogar bei dem Gedanken, daß Bella nur noch wenig Milch gab und es gut war, daß ich das Butterfaß im Tal gelassen hatte. Da stand ich auf und ging mit Luchs weiter in den Wald hinein. Ich war bestürzt über meine Kälte. Etwas hatte sich geändert, und ich mußte mich mit der neuen Wirklichkeit abfinden. Der Gedanke verursachte Unbehagen, aber ich konnte dem Unbehagen nur entrinnen, wenn ich mitten hindurch ging und es hinter mir ließ. Ich durfte nicht versuchen, die alte Trauer künstlich am Leben zu erhalten. Die Umstände meines früheren Lebens hatten mich oft gezwungen zu lügen; jetzt aber war längst jeder Anlaß und jede Entschuldigung für eine Lüge weggefallen. Ich lebte ja nicht mehr unter Menschen.

Anfang Juni war ich endlich soweit, daß ich mich an die Alm gewöhnt hatte, aber es wurde nie mehr wie im vergangenen Jahr. Jener erste Sommer auf der Alm war unwiederbringlich dahin, und ich wollte keine schwächere Wiederholung und hielt mich absichtlich davor zurück, dem alten Zauber aufs neue zu verfallen. Aber die Alm machte es mir nicht schwer, sie hatte sich vor mir verschlossen und zeigte ein fremdes Gesicht.

Es gab weniger zu tun als im Vorjahr, weil die Butter- und Fetterzeugung wegfiel. Bella gab wenig Milch, und Stier mußte endlich anfangen, nur Wasser zu trinken. Bella gab gerade genug Milch für den täglichen Bedarf, und ich war wieder dazu übergegangen, das bißchen Butter mit der Schneerute zu schlagen. Arme Bella, wenn nicht bald ein Wunder geschah, würde sie nie mehr ein Kalb haben.

Oft saß ich, wie vor einem Jahr, auf der Hausbank und sah über die Wiese hin. Sie war nicht anders als damals, und sie roch ebenso süß, aber ich geriet nie mehr in das alte Entzücken darüber. Ich sägte fleißig mein Fallholz, und es blieb mir viel Zeit, um mit Luchs in den Wald zu gehen. Ich unternahm aber keine großen Ausflüge mehr, denn ich hatte schon im letzten Sommer meine Grenzen gezogen. Es war mir gleichgültig geworden, wo die Wand verlief, und ich hatte keine Lust, noch zehn weitere verfallene Holzknechthütten zu finden, in denen es nach Mäusen roch. Die Brennesseln würden jetzt auch schon durch die geborstenen Türen in die Hütten eingedrungen sein und in jeder Ritze wuchern. Lieber ging ich nur so zu meiner Freude mit Luchs durch den Wald. Es war besser für mich, als untätig auf der Bank zu sitzen und über die Wiese hinzuschauen. Das gleichmäßige Dahingehen auf den alten Pfaden, die schon anfingen zuzuwachsen, besänftigte mich immer aufs neue, und vor allem war es eine tägliche Freude für Luchs. Jeder Ausflug war für ihn ein großes Abenteuer. Ich redete damals sehr viel mit ihm, und er verstand fast alles, was ich sagte, dem

Sinn nach. Wer weiß, vielleicht verstand er auch schon mehr Wörter als ich dachte. In jenem Sommer vergaß ich ganz, daß Luchs ein Hund war und ich ein Mensch. Ich wußte es, aber es hatte jede trennende Bedeutung verloren. Auch Luchs hatte sich verändert. Seit ich mich soviel mit ihm befaßte, war er ruhiger geworden und schien nicht dauernd zu befürchten, ich könnte mich, sobald er fünf Minuten wegging, in Luft auflösen. Wenn ich heute darüber nachdenke, glaube ich, daß dies die einzige große Angst seines Hundelebens war, allein zurückgelassen zu werden. Ich hatte auch eine Menge dazugelernt und verstand fast jede seiner Bewegungen und Laute. Jetzt endlich herrschte zwischen uns ein stillschweigendes Verstehen.

Am achtundzwanzigsten Juni, als ich gegen Abend mit Luchs aus dem Wald zurückkam, sah ich, wie Stier Bella bestieg. Ich hatte gar nicht mehr darauf geachtet, daß sie in der Nacht gebrüllt hatte. Als ich die beiden großen Geschöpfe vor dem rosigen Abendhimmel miteinander verschmelzen sah, glaubte ich zu wissen, daß es diesmal ein Kalb geben würde. So mußte es geschehen, auf einer großen Wiese, vor dem Abendhimmel, ohne die Einmischung eines Menschen. Ich weiß noch heute nicht sicher, ob ich recht hatte. Jedenfalls hörte von da an Bella auf, nach Stier zu verlangen, und Stier beschäftigte sich nur noch damit, möglichst viel süßes Gras in seinen großen, starken Leib hineinzustopfen, in der Sonne zu dösen oder im Galopp über die Wiesen zu fliegen. Er war ein außergewöhnlich schönes und kräftiges Tier und ganz gutartig. Manchmal legte er seinen Schädel schwer auf meine Schulter und schnaufte vor Behagen, wenn ich seine Stirn kraulte. Vielleicht wäre er später wild und mürrisch geworden. Damals war er nur ein riesiges Kalb, zutraulich, verspielt und immer auf gutes Fressen aus. Ich glaube, er war nicht so klug wie seine Mutter, aber es war ja auch nicht seine Lebensaufgabe, klug zu sein. Es war zum Lachen, wie er sogar Luchs gehorchte, der gegen ihn nur ein kläffender Zwerg schien.

Heute glaube ich, daß Bella doch ein Kalb bekommen wird. Sie gibt mehr Milch als im Herbst, und sie ist entschieden dicker geworden. Wenn es so ist, müßte nach meinem Bauernkalender das Kalb Ende März geboren werden. Bella ist nicht auffallend dick, aber doch dicker, als daß ich es nur auf das gute Heu zurückführen könnte. Noch vor vier Wochen wagte ich nicht zu hoffen, ich bin auch heute noch im Zweifel, vielleicht rede ich mir nur Dinge ein, die ich mir eben sehr wünsche. Ich muß warten und Geduld haben.

Damals auf der Alm quälte mich die Unsicherheit noch viel mehr. Es war so wichtig für mich, daß Bella ein Kalb bekam. Anders hätte ich sehr bald für zwei völlig nutzlose Tiere schwer arbeiten müssen, die zu töten ich nicht fähig gewesen wäre. Nur Bella schien sich nicht die geringsten Sorgen über unsere Zukunft zu machen. Es war eine Freude, sie zu beobachten. Sie hatte die Führerrolle beibehalten. Wenn Stier zu übermütig wurde, wies sie ihn mit Kopfstößen zurecht, und er fügte sich und entfernte sich nie weit von seiner zierlichen Mutter-Gattin. Das beruhigte mich sehr, denn ich wußte, Bella war vernünftig und ich konnte mich auf sie verlassen. Die Vernunft saß bei ihr im ganzen Leib und ließ sie immer das Richtige tun. Luchs liebte es ohnedies nicht, den Hirtenhund zu spielen, und tat es nur, wenn ich es ausdrücklich befahl. Ich wollte mich in der Zeit bis zur Heuernte ein wenig erholen. Ich spürte ja noch deutlich die Folgen der Krankheit. Ich aß genug, war viel an der frischen Luft und schlief traumlos.

Am ersten Juli, es steht auf dem Kalender vermerkt, konnte ich zum erstenmal wieder ganz tief atmen. Die letzte Behinderung war gefallen, und ich merkte erst jetzt, wie sehr mich die Kurzatmigkeit gequält hatte, auch wenn ich sie nicht beachtet hatte. Eine Stunde fühlte ich mich wie neugeboren, dann konnte ich mir nicht vorstellen, daß es jemals anders gewesen war. In wenigen Wochen mußte ich mit der Heuernte beginnen, und es war wichtig für mich, auf der steilen Bergwiese richtig atmen zu können.

Am zweiten Juli ging ich ins Tal, um die Erdäpfel zu jäten. Es hatte geregnet, und das Unkraut war stärker gewuchert als im vergangenen trockenen Sommer. Ich arbeitete den ganzen Vormittag auf dem Acker. In der Hütte hatte ich die vertraute Mulde auf dem Bett gefunden, aber ich wußte nicht, wie alt sie schon war. Ich strich die Decke glatt, füllte den Rucksack mit Erdäpfeln und stieg wieder zu Berg. Mitte Juli unternahm ich einen zweiten Ausflug und besichtigte die Bachwiese. Das Gras stand hoch und viel saftiger als im Vorjahr. Der Sommer war veränderlich; Regen und warme Tage folgten in raschem Wechsel aufeinander. Es war ein wunderbares Wetter für alles, was wachsen und grünen sollte. Da mir noch Zeit blieb, fing ich drei Forellen und briet sie im Jagdhaus. Gerne hätte ich eine davon für die Katze zurückgelassen, aber ich wußte, sie würde in meiner Abwesenheit nichts berühren, schlau und mißtrauisch, wie sie war. Ich wollte den zunehmenden Mond abwarten, der vielleicht etwas beständigeres Wetter bringen würde. Außerdem beschloß ich, mir die Arbeit in diesem Jahr etwas leichter zu machen. Da Bella nur wenig Milch hatte, brauchte sie nur einmal am Tag gemolken zu werden, und ich konnte im Jagdhaus übernachten und ausgeruht im ersten Frühlicht mit dem Mähen beginnen.

Ende Juli war es dann soweit. Ich molk Bella und sperrte sie und Stier in den Stall. Sie waren nicht erfreut darüber, aber ich konnte ihnen nicht helfen. Ich versorgte sie gut mit Gras und Wasser und stieg mit Luchs ins Tal. Um acht Uhr abends kam ich im Jagdhaus an, aß ein kaltes Abendbrot und legte mich gleich nieder, um am Morgen frisch zu sein. Da ich den Wecker nicht mehr hatte, mußte ich mich auf meine Kopfuhr verlassen. Ich stellte mir groß und deutlich die Ziffer vier vor und konnte sicher sein, um vier Uhr zu erwachen. Damals war ich schon sehr geübt in diesen Dingen.

Ich wurde aber schon um drei Uhr wach, weil die Katze auf mein Bett sprang und mich freudig begrüßte. Sie schwankte zwischen anklagenden Vorwürfen und Zärtlichkeit. Ich war völlig wach, blieb aber noch ein wenig im Bett liegen, und die Katze schmiegte sich schnurrend an meine Beine. Ich glaube, für eine halbe Stunde waren wir beide zufrieden mit dem Leben. Um halb vier stand ich auf und bereitete im Licht der Lampe, das ich auf der Alm jeden Abend vermißte, mein Frühstück. Die Katze kroch unter die Decke und schlief weiter. Ich ließ ihr ein wenig gebratenes Fleisch zurück und dann, nachdem ich selbst gefrühstückt und auch Luchs gefüttert hatte, brach ich auf in die Schlucht. Es war dort noch ganz dunkel und kalt. Das Wasser rann in eiligen Rinnsalen von den Felsen und versickerte auf der Straße. Ich mußte langsam gehen, um nicht über die Steine zu stolpern, die der letzte Wolkenbruch ausgewaschen hatte. Die Straße schien in einem erbärmlichen Zustand zu sein. Das Schmelzwasser hatte schon im Frühling tiefe Furchen gezogen, und auf der Bachseite war das Erdreich stellenweise abgebröckelt und ins Wasser gefallen. Ich mußte im Herbst die Straße in Ordnung bringen, ehe der Winter sie ganz zerstören konnte. Ich hätte es längst tun sollen, aber ich hatte mich davor gedrückt. Dafür gab es gar keine Entschuldigung, und es geschah mir recht, wenn ich mir in der Morgendämmerung beinahe die Beine brach. Auf der Wiese angekommen, holte ich die Sense aus dem Stadel und fing an, sie zu dengeln. Das eiskalte Bachwasser vertrieb den letzten Schlaf. Als ich zu mähen begann, war es fast hell. Die Sense rauschte durch das Gras, und die feuchten Schwaden sanken nieder. Ich merkte deutlich, um wieviel besser ich mähen konnte, weil ich ausgeruht war. Ich mähte etwa drei Stunden, und dann war ich doch sehr müde. Luchs kroch aus dem Stadel, in dem er geschlafen hatte, und ging mit mir zur Hütte zurück. Ich legte mich ins Bett zur Katze, die sich brummend an mich schmiegte, und schlief gleich wieder ein. Die Hüttentür stand offen, und die Sonne schien leuchtend gelb auf die Schwelle. Luchs hatte sich auf der Hausbank niedergelassen und döste in der ersten Wärme ein. Ich schlief bis mittags, dann aß ich eine Kleinigkeit und ging wieder auf die Wiese, um das Gras umzuwenden. Als ich zurückkam, war die Katze weggegangen und hatte das Fleisch aufgefressen. Es war mir recht so, denn ich wollte ihre Enttäuschung nicht sehen, wenn ich sie wieder verlassen mußte.

Gegen sieben Uhr waren wir auf der Alm, und ich ging sofort in den Stall, um Bella und Stier zu befreien. Ich pflockte Bella an und ließ sie über Nacht im Freien. Dann wusch ich mich am Brunnen, trank warme Milch und legte mich nieder.

Am folgenden Tag molk ich Bella wieder am Nachmittag und sperrte sie und Stier in den Stall. Ich schlief im Jagdhaus, und die Katze kam und schmiegte sich an meine Füße. Ich hatte eine Flasche Milch mitgebracht, und die Katze bedankte sich mit vielen Buckeln und Kopfstößen. Am Morgen mähte ich wiederum ein großes Stück, legte mich aber nicht wieder hin, sondern wendete das am Vortag gemähte Gras ein zweites Mal. Es war halb trokken und roch süß und mild. Am Nachmittag konnte ich schon einen Teil in den Stadel bringen und das Gras, das ich am Morgen gemäht hatte, umwenden.

Mit dieser neuen Einteilung kam ich rasch vorwärts. Solange der Mond wuchs, blieb das Wetter heiß und schön. Ich wollte diesmal auch eine angrenzende Wiese zum Teil ernten, weil ich nicht wieder mit dem Heu knapp werden wollte. Aber das Wetter schlug um, als ich mit der großen Wiese fertig war, und es regnete mit tageweisen Unterbrechungen eine Woche lang. Es war ein angenehmes Wetter, das die Almwiese in neuer Frische wachsen ließ, aber kein Wetter zum Heuen. So wartete ich eben, der Großteil der Ernte war ja eingebracht, und ich brauchte mir keine Sorgen zu machen. Meine Beine waren ohnedies wieder in schlechter Verfassung. Ich wikkelte sie in nasse Tücher und legte mich auch bei Tag hin, wenn es mir möglich war. Luchs war zuerst unzufrieden mit meiner Unbeweglichkeit, ich zeigte ihm aber meine kranken Beine und erklärte ihm das Ganze, und schließlich schien es ihm sogar einzuleuchten. Er strich allein auf der Wiese umher, blieb aber immer in Rufweite. Er gab sich damals dem Vergnügen des Mäuseausgrabens hin. Der Wetterumschlag war zur rechten Zeit gekommen. Ich konnte meine Beine zwar nicht auskurieren, aber sie erholten sich doch so weit, daß ich nach dieser Pause die Heuarbeit wiederaufnehmen konnte. Die Ernte der kleineren Wiese dauerte eine Woche. Diesmal nahm die Katze mein Erscheinen gelassener auf, und ich hoffte, sie ein wenig ermutigt zu haben. Wahrscheinlich brauchte sie das gar nicht, aber für mich war schon der Gedanke beruhigend.

Der Sommer war merkwürdig rasch vergangen, nicht nur in meiner Erinnerung. Ich weiß, daß er mir auch damals sehr kurz erschien. In diesem Jahr war der Himbeerschlag noch mehr von Unterholz bewachsen, und ich fand nur einen Eimer Beeren, besonders große, aber nicht sehr süße Früchte. Für mich waren sie natürlich noch immer süß. Ich ließ sie auf der Zunge zergehen und dachte an alle vergangenen Süßigkeiten. Ich muß lächeln, wenn ich daran denke, wie der Held in einem Abenteuerroman die Stöcke der wilden Bienen plündert. In meinem Wald gibt es keine wilden Bienen, und wenn es sie geben sollte, würde ich nie wagen, ihre Stöcke zu plündern, sondern ganz weit weggehen von ihnen. Ich bin aber auch kein Held und kein findiger Bursche. Ich werde nie lernen, mit zwei Stöcken einen Funken zu reiben oder einen Feuerstein aufzufinden, denn ich würde ihn nicht erkennen. Ich kann nicht einmal Hugos Feuerzeug reparieren, obgleich ich Feuersteine und Benzin besitze. Ich kann ja nicht einmal eine anständige Tür für den Kuhstall zimmern. Und gerade das geht mir immer im Kopf herum.

Den Rest des August blieb ich auf der Alm, immer ein wenig behindert durch die schmerzenden Beine. Aber die Spaziergänge mit Luchs hatte ich doch wiederaufgenommen, weil ich, wenn ich untätig auf dem Bett lag, zuviel denken mußte. Ich fing schon an, mich auf die Übersiedlung zu freuen, der Sommer war mir nur wie ein Zwischenspiel erschienen.

Am zehnten September ging ich noch einmal ins Tal, um die Erdäpfel zu jäten. Sie standen besonders schön. Auch die Bohnen hatten sich sehr vermehrt. Es hatte wenige Gewitter gegeben und keine Stürme und Überschwemmungen. Diesmal ließ ich Stier und Bella auf der Weide. Das schöne Wetter verführte mich dazu, den beiden diesen Sonnentag nicht zu stehlen.

Gegen fünf Uhr erreichte ich die Alm. Plötzlich, ich konnte die Hütte noch gar nicht richtig sehen, stutzte Luchs und rannte dann mit wütendem Gebell über die Wiese. Ich hatte ihn noch nie auf diese Weise bellen gehört, grollend und haßerfüllt. Ich wußte sofort, daß etwas Schreckliches geschehen war. Als die Hütte mir nicht mehr die Sicht verdeckte, sah ich es. Ein Mensch, ein fremder Mann stand auf der Weide, und vor ihm lag Stier. Ich konnte sehen, daß er tot war, ein riesiger graubrauner

Hügel. Luchs sprang den Mann an und schnappte nach seiner Kehle. Ich pfiff ihn gellend zurück, und er gehorchte und blieb grollend und mit gesträubtem Fell vor dem Fremden stehen. Ich stürzte in die Hütte und riß das Gewehr von der Wand. Es dauerte ein paar Sekunden, aber diese paar Sekunden kosteten Luchs das Leben. Warum konnte ich nicht schneller laufen? Noch während ich auf die Wiese rannte, sah ich das Aufblitzen des Beils und hörte es dumpf auf Luchs' Schädel aufschlagen.

Ich zielte und drückte ab, aber da war Luchs schon tot.

Der Mann ließ die Axt fallen und sank, in einer sonderbaren kreiselnden Bewegung, in sich zusammen. Ich beachtete ihn gar nicht, als ich neben Luchs hinkniete. Ich konnte keine Verletzung sehen, nur aus seiner Nase tropfte ein wenig Blut. Stier war schrecklich zugerichtet; sein Schädel, von vielen Hieben gespalten, ruhte in einer großen Blutlache. Ich trug Luchs zur Hütte und legte ihn auf die Bank. Er war plötzlich klein und leicht geworden. Und dann hörte ich wie aus weiter Ferne Bellas Gebrüll. Sie stand an die Stallwand gepreßt und war außer sich vor Furcht. Ich führte sie in den Stall und versuchte, sie zu beruhigen. Erst dann fiel mir der Mann wieder ein. Ich wußte, daß er tot sein mußte, er war ein so großes Ziel gewesen, ich hätte ihn gar nicht verfehlen können. Ich war froh, daß er tot war; es wäre mir schwergefallen, einen verletzten Menschen töten zu müssen. Und am Leben hätte ich ihn doch nicht lassen können. Oder doch, ich weiß nicht. Ich drehte ihn auf den Rücken. Er war sehr schwer. Ich wollte ihn gar nicht deutlicher sehen. Sein Gesicht war sehr häßlich. Seine Kleider, schmutzig und verkommen, waren aus teurem Stoff und von einem guten Schneider genäht. Vielleicht war er ein Jagdpächter wie Hugo oder einer jener Anwälte, Direktoren und Fabrikanten, die auch Hugo so oft eingeladen hatte. Was immer auch er gewesen sein mochte, jetzt war er nur tot.

Ich wollte ihn nicht auf der Wiese liegenlassen; nicht neben dem toten Stier und im unschuldigen Gras. So faßte ich ihn an den Beinen und schleifte ihn zum Aussichtsplatz. Dort, wo der Felsen steil in die Geröllhalde abfällt und im Juni Alpenrosen blühen, ließ ich ihn hinunterrollen. Stier ließ ich liegen, wo er lag. Er war zu groß und schwer. Im Sommer wird sein Gebein auf der Wiese bleichen, Blumen und Gräser werden durch ihn hindurchwachsen, und ganz langsam wird er in die regenfeuchte Erde versinken.

Für Luchs hob ich noch am Abend ein Grab aus. Unter jenem Strauch mit den wohlriechenden Blättern. Ich machte die Grube tief, legte Luchs hinein, bedeckte ihn mit Erde und trat den Rasen darüber fest. Und dann war ich sehr müde, so müde wie nie zuvor. Ich wusch mich am Brunnen, dann ging ich in den Stall zu Bella. Sie gab keinen Tropfen Milch und zitterte noch immer. Ich gab ihr ein Schaff voll Wasser, aber sie trank nicht. Dann setzte ich mich auf die Bank und wartete auf die lange Nacht. Es wurde eine helle Sternennacht, und der Wind fiel kalt von den Felsen herab. Aber ich war kälter als der Wind und fror nicht.

Bella fing wieder an zu brüllen. Schließlich holte ich meinen Strohsack und trug ihn in den Stall. Angezogen legte ich mich auf ihn hin. Erst dann verstummte Bella, und ich glaube, sie schlief ein.

Beim ersten Frühlicht stand ich auf, packte meinen Rucksack und band noch ein großes Bündel darauf, nahm das Gewehr und verließ mit Bella die Alm. Der Mond hing flach und blaß am Himmel, und die erste Morgenröte färbte die Felsen. Bella ging langsam und mit gesenktem Schädel, und manchmal blieb sie stehen und blickte, dumpf aufbrüllend, zurück.

Alles, was ich nicht unbedingt brauchte, liegt heute noch auf der Alm, und ich werde es nicht holen. Oder vielleicht wird dies auch vorübergehen, und ich werde die Alm wieder betreten können.

Ich brachte Bella in ihren alten Stall, fütterte sie und richtete mich im Jagdhaus ein. Nachts kam die Katze und legte sich zu mir, und ich schlief traumlos und erschöpft.

Am nächsten Tag nahm ich meine gewohnte Arbeit wieder auf. Bella brüllte noch zwei Tage, dann wurde sie still. Solange es schön blieb, ließ ich sie auf der Lichtung weiden. Schon am folgenden Tag fing ich an, die Straße auszubessern. Das dauerte zehn Tage. Der Oktober kam, und ich erntete Erdäpfel, Bohnen und Obst. Dann stach ich den Acker um und düngte ihn. Ich hatte im Frühling so viel Holz zersägt, daß ich keines mehr unter der Veranda unterbringen konnte. Die Streu mußte gemäht werden, aber auch das dauerte nur eine Woche, und schließlich gab ich, körperlich geschlagen und gebrochen, meine sinnlose Flucht auf und stellte mich meinen Gedanken. Es kam dabei gar nichts heraus. Ich verstehe nicht, was geschehen ist. Noch heute frage ich mich, warum der fremde Mann Stier und Luchs getötet hat. Ich hatte doch Luchs zurückgepfiffen, und er mußte wehrlos darauf warten, daß ihm der Schädel eingeschlagen wurde. Ich möchte wissen, warum der fremde Mann meine Tiere getötet hat. Ich werde es nie erfahren, und vielleicht ist es auch besser so.

Als im November der Winter hereinbrach, beschloß ich, diesen Bericht zu schreiben. Es war ein letzter Versuch. Ich konnte doch nicht den ganzen Winter am Tisch sitzen mit dieser einen Frage im Kopf, die mir kein Mensch, überhaupt niemand auf der Welt, beantworten kann. Ich habe fast vier Monate dazu gebraucht, diesen Bericht zu schreiben.

Jetzt bin ich ganz ruhig. Ich sehe ein kleines Stück weiter. Ich sehe, daß dies noch nicht das Ende ist. Alles geht weiter. Seit heute früh bin ich ganz sicher, daß Bella ein Kalb haben wird. Und, wer weiß, vielleicht wird es doch wieder junge Katzen geben. Stier, Perle, Tiger und Luchs wird es nie wieder geben, aber etwas Neues kommt heran, und ich kann mich ihm nicht entziehen. Wenn die Zeit ohne Feuer und ohne Munition kommen wird, werde ich mich mit ihr befassen und einen Ausweg suchen. Aber jetzt habe ich anderes zu tun. Sobald das Wetter wärmer wird, werde ich darangehen, die Kammer in Bellas neuen Stall umzubauen, und es wird mir auch gelingen, die Tür auszubrechen. Ich weiß noch nicht wie, aber es wird mir bestimmt noch einfallen. Ich werde Bella und dem neuen Kalb ganz nahe sein und werde sie Tag und Nacht bewachen. Die Erinnerung, die Trauer und die Furcht werden bleiben und die schwere Arbeit, solange ich lebe.

Heute, am fünfundzwanzigsten Februar, beende ich meinen Bericht. Es ist kein Blatt Papier übriggeblieben. Es ist jetzt gegen fünf Uhr abends und schon so hell, daß ich ohne Lampe schreiben kann. Die Krähen haben sich erhoben und kreisen schreiend über dem Wald. Wenn sie nicht mehr zu sehen sind, werde ich auf die Lichtung gehen und die weiße Krähe füttern. Sie wartet schon auf mich.

Nachwort

Sie war eine ebenso bescheidene wie bedeutsame Dichterin, diese Marlen Haushofer, die man in unserer Zivilisation, die sich dreht und windet und lautlos schreit, wohl vieles gelehrt hatte, aber nie das Glück. Als es nicht zu haben war, entfremdete sie sich sehr bald der Welt: eine Hoffende ohne Hoffnung, früh Verzicht übend, den Sicherheitsabstand zu Menschen ständig vergrößernd, in einem Leben, das der Poesie entbehrte. Lediglich in ihrem Werk war sie zu Hause, in Szenen von einprägsamer Originalität. leidenschaftlicher Wahrheit und enthüllender Evidenz, so daß man meinen könnte, sie sei plötzlich unter ihre Figuren getreten, um zu töten oder sich selbst zu opfern.

Das ewige Motiv der Marlen Haushofer kreist um die Entdeckung der Dinge, die in ihrer reinsten Form nur in der Erinnerung gemacht werden kann. Für sie war Kunst, soweit sie hohen Wert besaß, auch und gerade Retrospektive auf die Kindheit. Wie die ihre war, ist nachzulesen im Roman ›Himmel, der nirgendwo endet‹, der so beginnt: »Das kleine Mädchen, von den Großen ›Meta‹ genannt, sitzt auf dem Grund des alten Regenfasses und schaut in den Himmel. Der Himmel ist blau und sehr tief. Manchmal treibt etwas Weißes über dieses Stückchen Blau, und das ist eine Wolke. Meta liebt das Wort Wolke. Wolke ist etwas Rundes, Fröhliches und Leichtes ...«

Die kleine Rebellin mit »Elektrakomplex« entwickelt sich in diesem mit freundlicher Ironie verfaßten Psychogramm einer Familie zu einer Frau von Format. Ein schwärmerisches Buch mit naiven, unbeschädigten, farbenfrohen Bildern aus der Jugend der Autorin, gerettet vor der fortschreitenden Zerstörung, zumindest auf dem Papier. Sie schätzte das Einfache, Unverfälschte. Marlen Haushofer war der Harmonie, die ihr versagt blieb, dringend bedürftig. Unstillbar muß ihr Hunger gewesen sein, nach Zuneigung, ehe sie sich an den Zustand gewöhnte. Selbst von ihren guten Freunden, mit denen sie sich im

Café Raimund traf, wenn sie – ganz selten – nach Wien kam, trennte sie oft eine Wand, das Wissen um die Unmöglichkeit von Nähe. Die Liebe, zu der wir uns befähigen können, hielt sie für unsere vernünftigste Regung. Daß sie sich selbst ganz angenommen hat, ist wenig glaublich.

Nicht in ihrer Haut, sondern in der Natur, die ihr zur schützenden Heimat wurde, konnte sie frei sein, und in ihren Texten, mit denen sie vorwiegend sich selbst bewies, daß sie kein Nichts ist. Sie klagte kaum und war der Meinung, wahres Unglück dulde kein Pathos. Es komme eben wie Wind und Regen. Vermutlich schrieb sie, weil sie so, wie sie sein wollte, nicht werden durfte. Deshalb ging sie in die innere Emigration, lebte ihr eigentliches Leben in ihrer Literatur, in der sie litt, mehr als im Leben draußen, für die andern, aber auch an sich. Ihre emotionale Distanz, ihre geistige Skepsis – bei optimistischem Handeln – hatten nichts gemein mit der modischen Attitüde von Leuten, zu deren Berufsausstattung Kritik gehört. Sie rührten aus tiefempfundener existentieller Not, waren eine Art Ausgeliefertsein. Das wieder resultierte aus nie verwundenen Vertrauensverlusten und frühen privaten Erschütterungen.

Marie Helene Frauendorfer wurde 1920 im oberösterreichischen Frauenstein geboren. Ihre Mutter war Kammerzofe bei einer Hocharistokratin, der Vater Revierförster. Mit zehn Jahren schickten die Eltern die Tochter in die Internatschule der Ursulinenschwestern nach Linz: 1939 Abitur. Eine Biographie der Glätte, bis dahin. Großwerden und Geborgensein; im Rücken die Berge und vor sich weite Wälder. Eine ideale Prämisse für einen jungen Menschen – oder doch wieder nur Ausstattungsidylle wegen der klösterlichen Rigidität, der dörflichen Enge und antiquierter Moral? Der Landstrich hat immerhin eine signifikante Selbstmordrate.

1939 leistete Marlen Haushofer ihren Arbeitsdienst in Ostpreußen. Danach studierte sie ein paar Semester Germanistik, zunächst in Wien, später in Graz. Sie heiratet einen Zahnarzt, zieht zwei Söhne groß und hilft in der Praxis mit. Steyr wird fortan ihr Wohnort sein. Aufgehoben war sie jedoch weiterhin in ihren Gedanken und Geschichten, zuerst abgedruckt in Gazetten. 1952 veröffentlicht der Jungbrunnen-Verlag ihre Novelle ›Das fünfte Jahr‹, für die sie mit dem Staatlichen Förderungspreis für Literatur ausgezeichnet wird. Einige Jugendbücher entstehen, drei davon zählen zum Besten, was das Genre zu bieten hat. Eins trägt den Titel ›Schlimmsein ist auch kein Vergnügen‹ und lobt die Stärke der vermeintlich Schwachen. Sie schreibt jetzt nicht mehr nur, um Geld zu verdienen oder für ihr Publikum, sondern weil dies ihre Bestimmung ist, aber auch gegen ihren Mann, dem sie demonstriert, daß als »Autorin tätig sein kein Hobby ist wie Häkeln«. 1956 wird sie geschieden, zwei Jahre danach geht sie mit demselben Partner erneut eine Ehe ein, den Ausgang aus den ihr eingeimpften Schuldgefühlen verfehlend, verletzt und in Verwirrung gestürzt. Ihre Verfassung fortan – die der Notverordnungen.

Die Fesseln der Familie, die Eintönigkeit des Alltags, frostige Kälte durchaus wohlgesonnener Kleinbürger, die eigene Unzulänglichkeit ebenso wie die von Dritten – all dies soll in einem Band aufgezeichnet gewesen sein, den sie vernichtet hat, »denn ich sehe sehr scharf und will niemandem weh tun«. Notiert waren darin sicher auch die kompromißlosen Formeln von der »Begegnung mit dem eigenen Ich« und die Ahnung, an einen Punkt getrieben worden zu sein, »wo man sich entweder erneuert oder aber selber auslöscht«.

Entschieden hat sie sich in dieser verzweifelten Lage fürs Weiterarbeiten, fürs Aufspüren geheimster, vielleicht niemals zu entschlüsselnder Wünsche; sie registriert das Irrationale als einen wesentlichen Faktor des Geschehens, die Rudimente von Dämonie in uns, und belegt das Wahnhafte in der Normalität. Dabei huldigt sie dem weisen Prinzip: nichts mehr belächeln, nichts beweinen, keinen verdammen, nur noch erkennen, also unbestechlicher Chronist sein. Zu diesem Behufe war sie da. Wie sonst hätte sie auf die Frage, ob die Welt durch Worte verändert werden könne, zwar zögernd und einschränkend, aber immerhin doch ja sagen können?

So als stünde ihr nur noch wenig Zeit zur Verfügung, widmete sie sich in der Folge fieberhaft ihren Stoffen: Entliehen sind sie dem Psychodrom, mit seinen Seelenrevuen, den Verdrängungsakrobaten, den vielfältigen Machtkämpfen. Die Männer, bis auf die Betagten, schneiden dabei schlecht ab. Nacheinander schrieb sie die Romane ›Eine Handvoll Leben‹ und ›Die Tapetentür‹, außerdem Hörspiele sowie die Meisternovelle ›Wir töten Stella‹. Die geschilderten Schicksale sind zumeist Regelfälle, eher von geringem allgemeinem Interesse, das erst geweckt wird durch ihren unnachahmlichen Stil, diesen magischen Realismus, der seinesgleichen nicht hat, sowie die Präzision ihres Intellekts, ihre Selbsterfahrungen, und die Demut gegenüber der Einmaligkeit des jeweils anderen. Erfassen möchte sie den Menschen ganz, das heißt nicht weniger als den ganzen Menschen, im Lichte seiner Finsternis.

Wichtig für sie wurde nun ausschließlich die Vollendung ihres »Stock«-Werkes, baut doch ein Buch auf dem anderen auf. Marlen Haushofer, dabei noch einsamer als zuvor, kann jetzt das Alleinsein eher ertragen, nachdem sie sich abschirmt gegen die Illusionen jener in der Familie, die nur fordern von ihr. In der Heiterkeit fielen ihr düstere Geschichten ein, in der Bedrückung Humoresken. Allmählich wechselte sie in das Reich, das sie sich in einem Roman schafft, der in die Galerie der Klassiker eingereiht werden muß, ob seiner bezwingenden Sprache, seiner atemlosen Spannung, seiner richtigen Psychologie. Ein tapferer, ehrlicher, bis ins Detail durchkomponierter Text, der von den eigenen Möglichkeiten berichtet, die sich nicht verwirklicht haben, und der dem Publikum Augen und Poren öffnet über die heutige Welt: eine Symphonie der uns allmählich erfassenden Angst. Als sie ›Die Wand‹ beendet hat, übereignet sie das Manuskript ihrem Mentor Hans Weigel mit der Bitte um ein Urteil und der ihrem Charakter adäquaten Bemerkung: »Hier eine Katzengeschichte.«

Robinson ist in diesem Roman weiblich. Zitat: »Wenn ich jetzt an die Frau denke, die ich einmal war, ehe die Wand in mein Leben trat, erkenne ich mich nicht in ihr. Aber auch die Frau, die auf dem Kalender vermerkte, am zehnten Mai Inventur, ist mir sehr fremd geworden. Es war ganz vernünftig von ihr, Notizen zu hinterlassen, daß ich sie in der Erinnerung zu neuem Leben erwecken kann. Es fällt mir auf, daß ich meinen Namen nicht niedergeschrieben habe. Ich hatte ihn schon fast vergessen, und dabei soll es auch bleiben. Niemand nennt mich mit diesem Namen ... Ich möchte auch nicht, daß er eines Tages in den Illustrierten der Sieger erscheint ...«

Die Namenlosigkeit dieser Protagonistin, die ausbricht aus einem Leben, das nicht lebendig ist, kann benannt werden: Sie heißt Identitätskrise und kommt unter anderem aus den vorherrschenden Verhältnissen, die eben so sind, daß wir, sofern wir fortfahren im rasanten Tempo unserer angebeteten Technik, der guten alten Mutter Erde demnächst einen Nekrolog widmen können. Die Autorin weiht mit dem Buch ein imaginäres Museum ein, in dem Brüderlichkeit, Gleichheit, Kreatürlichkeit, Bäume, Tiere zu besichtigen sind, für den Tag nach der Stunde X. Marlen Haushofer konnte damals, 1963, mit dem Roman nicht reüssieren. Das war bitter, denn solch einen Text schreibt man nur einmal, und man schreibt ihn nicht einfach nieder, seinen Inhalt muß man antizipiert haben im eigenen Dasein. Das Werk, von dem die Dichterin sagt, es habe »am wenigsten Mühe gekostet«, läuft heute Gefahr, zur Kultfibel für oberflächliche Konsumenten zu werden.

Marlen Haushofer variiert immer wieder Ur-Situationen des Menschen, fließend sind dabei die Grenzen zwischen Traum, Trauma und Tatsachen. Alle ihre Figuren sind von ihr abgespaltene Persönlichkeiten. Ein typisches Beispiel dafür ist der Band von 1968 ›Schreckliche Treue‹ (ein programmatischer Titel), in dem unbesiegbare Aggressionen jeden und alles bedrohen. Da sind die biederen Eheleute, die sich plötzlich dabei ertappen, daß sie sich gegenseitig ins Grab wünschen, da ist das Kind, das seelisch verkümmert, nachdem es eine verrückt gewordene Greisin erlebt, die sich im Suizid erlöst, und da ist der ältere Herr, der sich ängstigt, weil die Frauen seiner Generation robuster sind als er, vitaler. Von den Extremen war sie angezogen, den äußeren Belastungen hat sie sich ausgesetzt, um sie dann, meisterhaft überhöht, als Endzeitvisionen zu schildern: ohne weithergeholte Worte, ohne eine gestelzte Wendung.

Die solche Geschichten schrieb, bereute kaum etwas und fürchtete niemanden mehr. So wie es war, war es zwar nicht gut, aber anders konnte es wohl nicht sein, weil die besten Ideen meist verfälscht werden, sobald die Menschen, die für die Dichterin »nicht böse waren, sondern nur desorientiert«, von ihnen Besitz ergreifen. So lautete ihr Credo. Damit war Selbstbehauptung angezeigt und nicht Selbstbetrug. In Gesellschaft schwieg sie ausgiebig und gerne, und wenn sie dann etwas sagte, formulierte sie zögernd, als wolle sie unterstreichen, das wahre Wesen unseres Seins sei auch bei noch größerer Anstrengung nicht zu entschlüsseln. Allein schon deshalb ist es schade um ein verschollenes Manuskript mit dem Sujet, von dem sie sich nicht trennen konnte: die Geschlechter-Krise. Während eines Festes stoßen Frauen, nach einem diabolischen Plan, einen Mann in eine Schlucht. Schluß. Punkt. Aus. Weil die Tat nicht gesühnt wird, hat ihr jemand den Roman ausgeredet. Seitdem sind die zweihundert Seiten spurlos verschwunden.

Geachtet vom Kulturbetrieb, geschätzt von den Kollegen, mehrfach geehrt, unter anderem mit dem Arthur-Schnitzler-Preis und dem Großen Staatspreis für Literatur in Österreich, schreibt sie, seit 1968 bereits vom Tod umstellt, ihren letzten Roman ›Die Mansarde‹: unnachahmliche Gleichnisse vom isolierten Menschen und der conditio humana, mit somnambuler Sicherheit in der Form, von Trauer grundiert. Manchmal mag sie deprimiert oder enttäuscht gewesen sein, gleichgültig war sie nie; nur erschöpft, wie nach einer langen Reise.

Marlen Haushofer hatte Krebs, doch sie erwähnte ihre Krankheit nicht. Lange bettlägerig, wäre sie wohl gerne, noch einmal wenigstens, zurückgekehrt an die Orte ihrer Kindheit – auf die Haidenalm etwa oder zur Lackenhütte im Sengsengebirge – beide verewigt in ›Die Wand‹. Aus diesen Ausflügen wären dann bestimmt neue Bücher geworden, große Literatur, die für sie der Ernstfall war, Ersatz für ein Leben, das sie so nicht geliebt hat und aus dem sie ausgestiegen wäre und anderes gemacht hätte, wenn ... Doch genau davon erzählt sie ja in ihren Romanen, in denen das Leben zur Kunst wird und ihre Kunst zum Lebenswerk.

Marlen Haushofer, die sich mit dem Schreiben »selber eine Freude bereitete«, starb am 21. März 1970 im Alter von fünfzig Jahren, ein Abschied ohne Bedauern, sachlich-entrückt: fixiert in ihrem geistigen Vermächtnis, luzid ob seiner Erkenntnis und Selbsterkenntnis:

»Mach dir keine Sorgen. Du hast zuviel und zuwenig gesehen, wie alle Menschen vor dir. Du hast zuviel geweint, vielleicht auch zuwenig, wie alle Menschen vor dir. Vielleicht hast du zuviel geliebt und gehaßt – aber nur wenige Jahre – zwanzig oder so. Was sind schon zwanzig Jahre? Dann war ein Teil von dir tot, genau wie bei allen Menschen, die nicht mehr lieben oder hassen können.

Du hast viele Schmerzen ertragen, ungern wie alle Menschen vor dir. Dein Körper war dir sehr bald lästig. Du hast ihn nie geliebt. Das war schlecht für dich – oder auch gut, denn an einem ungeliebten Körper hängt die Seele nicht sehr. Und was ist die Seele? Wahrscheinlich hast du nie eine gehabt, nur Verstand, und der war nicht gedenkend der Gefühle. Oder war da manchmal noch etwas anderes? Für Augenblicke? Beim Anblick von Glockenblumen oder Katzenaugen und des Kummers um einen Menschen, oder gewisser Steine, Bäume und Statuen; der Schwalben über der großen Stadt Rom.

Mach dir keine Sorgen.

Auch wenn du mit einer Seele behaftet wärest, sie wünscht sich nichts als tiefen, traumlosen Schlaf. Der ungeliebte Körper wird nicht mehr schmerzen. Blut, Fleisch, Knochen und Haut, alles wird ein Häufchen Asche sein, und auch das Gehirn wird endlich aufhören zu denken. Dafür sei Gott bedankt.

Mach dir keine Sorgen – alles wird vergebens gewesen sein – wie bei allen Menschen vor dir. Eine völlig normale Geschichte.«

Niemals hat sie den Spiegel verhängt vor dem eigenen Blick. Auch das Vergebliche zu tun, wurde sie nicht müde. Uns bleibt die Beschäftigung mit ihren Büchern, die das Werk eines unlebbaren Lebens sind von einer Autorin, die sich mit allem der Literatur verschrieben hatte und der schon deshalb nicht zu helfen war.

Klaus Antes

Marlen Haushofer im dtv

Foto: Peter J. Kahrl, Etscheid

Begegnung mit dem Fremden

Siebenundzwanzig zwischen 1947 und 1958 entstandene Erzählungen. dtv 11205

Die Frau mit den interessanten Träumen

Zwanzig Kurzgeschichten aus dem Frühwerk der großen österreichischen Erzählerin. dtv 11206

Bartls Abenteuer

Kaum stubenrein, wird der kleine Kater Bartl von der Mutter getrennt und muß sich in seinem neuen Zuhause einrichten. Zögernd beginnt er die Welt zu erkunden, besteht Abenteuer und Gefahren, erleidet Niederlagen und feiert Triumphe, wird der Held der Katzenwelt und in der Familie die »Hauptperson«.
dtv 11235 / dtv großdruck 25054

Wir töten Stella und andere Erzählungen

»Marlen Haushofer schreibt über die abgeschatteten Seiten unseres Ichs, aber sie tut es ohne Anklage, Schadenfreude und Moralisierung.« (Hessische Allgemeine) dtv 11293

Schreckliche Treue. Erzählungen

»... Sie beschreibt nicht nur Frauenschicksale im Sinne des heutigen Feminismus, sie nimmt sich auch der oft übersehenen Emanzipation der Männer an ...« (Geno Hartlaub) dtv 11294

Die Tapetentür

Eine berufstätige junge Frau lebt allein in der Großstadt. Die Distanz zur Umwelt wächst, begleitet von einem Gefühl der Leere und Verlorenheit. Als sie sich verliebt, scheint die Flucht in ein »normales« Leben gelingen ... dtv 11361

Eine Handvoll Leben

Eine Frau kehrt unerkannt in das Haus ihrer Familie zurück, das sie vor vielen Jahren verließ, um eine gar nicht so unglückliche Ehe und eine leidenschaftliche Affäre aufzugeben. Marlen Haushofer glaubt nicht an die Idylle. dtv 11474

Die Wand

Eines Morgens wacht eine Frau in einer Hütte in den Bergen auf und findet sich, allein mit ein paar Tieren, in einem Stück Natur eingeschlossen von einer unüberwindbaren gläsernen Wand, hinter der offenbar keine Menschheit mehr existiert. dtv 11403

Thomas Bernhard im dtv

Die Ursache
Eine Andeutung
»Thomas Bernhard schildert die Jahre 1943 bis 1946, als er eine drückende, geistabtötende, zuerst nationalsozialistische, dann katholische Internatszeit erlebte ... Wenn etwas aus diesem Werk zu lernen wäre, dann ist es eine absolute Wahrhaftigkeit.«
(Frankfurter Allgemeine Zeitung)
dtv 1299

Der Keller
Eine Entziehung
Die unmittelbare autobiographische Weiterführung seiner Jugenderinnerungen aus ›Die Ursache‹. Der Bericht setzt an dem Morgen ein, als der sechzehnjährige Gymnasiast auf dem Schulweg spontan beschließt, sich seinem bisherigen, verhaßten, weil sinnlos erscheinenden Leben zu entziehen, indem er »die entgegengesetzte Richtung« einschlägt und sich im Keller, einem Kolonialwarenladen, eine Lehrstelle verschafft ...
dtv 1426

Der Atem
Eine Entscheidung
»In der Sterbekammer bringt sich der junge Thomas Bernhard selber zur Welt, auch als unerbittlichen Beobachter, analytischen Denker, als realistischen Schriftsteller. Aus dem Totenbett befreit er sich, in einem energischen Willensakt, ins zweite Leben.« (Die Zeit)
dtv 1610

Foto: Isolde Ohlbaum

Die Kälte
Eine Isolation
Mit der Einweisung in die Lungenheilstätte Grafenhof endet der dritte Teil von Thomas Bernhards Jugenderinnerungen, und ein neues Kapitel in der Lebens- und Leidensgeschichte des Achtzehnjährigen beginnt. Bis schließlich sein Lebenswille die Oberhand gewinnt, bedarf es vieler schmerzhafter Erfahrungen.
dtv 10307

Ein Kind
Die Schande einer unehelichen Geburt, die Alltagssorgen der Mutter und ihr ständiger Vorwurf: »Du hast mein Leben zerstört« überschatten Thomas Bernhards Kindheitsjahre. »Nur aus Liebe zum Großvater habe ich mich in meiner Kindheit nicht umgebracht« bekennt Bernhard rückblickend auf jene Zeit.
dtv 10385

Alois Brandstetter im dtv

Die Abtei

Eine große Klage wird da von Alois Brandstetter in Gang gesetzt, ein circulus lamentationum, der keine Problematik ausläßt, seien es nun die mangelnden Fähigkeiten der Politiker, sei es die betrübliche Situation der gymnasialen Schulbildung oder die Depravation des Mönchtums. dtv 10218

Über den grünen Klee der Kindheit

Brandstetter erinnert sich an die Sorgen und Freuden des bäuerlichen Lebens in seiner Heimat, an Landschaft und Menschen, die sich ihm eingeprägt haben. dtv 10450

Altenehrung

Dünkel und Überheblichkeit, Besserwisserei und Beckmesserei werden dem Ich-Erzähler nach seiner »Untat« vorgeworfen. Doch er wollte nichts anderes, als auf den »Mißstand der vielen politischen und damit unsachlichen und unfachlichen Entscheidungen« bei Besetzungen öffentlicher Ämter aufmerksam machen. dtv 10595

Zu Lasten der Briefträger

Der Herr, der hier in jeder Hinsicht das große Wort führt, bleibt anonym. Sein imaginärer Gesprächspartner ist der Postmeister eines niederbayerischen Dorfes, der drei Landbriefträger unter sich hat, über deren Schwächen Klage geführt wird. dtv 10694

Vom Schnee der vergangenen Jahre

Früher waren die Winter irgendwie kälter, schneereicher, glanzvoller. In diesen autobiographischen Skizzen untersucht Brandstetter, warum das so war. Ob er von seinen ersten Ski-Erlebnissen oder vom Eisstockschießen zur Zeit seiner Kindheit in dem kleinen österreichischen Dorf Pichl erzählt, oder ob er humorvoll die Anschaffung des ersten Radioapparats kommentiert, immer geht er den Dingen auf den Grund. dtv 11149